几多边塞苦乐，几多军旅峥嵘。无论是写铁马秋风、战地黄花，还是写边关冷月、楼船夜雪，边塞诗基本都与军旅和战争生活息息相关。

边塞诗撷英品读

一言一诗一心境　历久弥新
一墨一纸一人生　名篇佳作

中国出版集团　现代出版社

陈露 著
CHENLU ZHU

图书在版编目（CIP）数据

边塞诗撷英品读 / 陈露著. -- 北京 : 现代出版社, 2024.1
ISBN 978-7-5231-0724-9

Ⅰ.①边… Ⅱ.①陈… Ⅲ.①边塞诗—诗歌欣赏—中国 Ⅳ.①I207.22

中国国家版本馆CIP数据核字(2024)第003926号

著　　者　　陈露著
责任编辑　　杨学庆

出 版 人　　乔先彪
出版发行　　现代出版社
地　　址　　北京市安定门外安华里504号
邮政编码　　100011
电　　话　　(010) 64267325
传　　真　　(010) 64245264
网　　址　　www.1980xd.com
印　　刷　　北京建宏印刷有限公司
开　　本　　889mm×1194mm　1/16
印　　张　　21.75
字　　数　　200千字
版　　次　　2024年2月第1版　2024年2月第1次印刷
书　　号　　ISBN 978-7-5231-0724-9
定　　价　　98.00元

版权所有，翻印必究；未经许可，不得转载

目 录　　　　　　　　　　CONTENTS

第一篇章
先秦两汉

诗经·秦风·无衣	003
诗经·卫风·伯兮	004
诗经·王风·君子于役	006
诗经·豳风·东山	009
诗经·小雅·采薇	011
楚辞·九歌·国殇	014
旧题《苏子卿诗》四首（其三）	017

第二篇章
三国两晋南北朝

步出夏门行·观沧海	021
饮马长城窟行	023
悲愤诗	026
至广陵于马上作	033
白马篇	035
咏怀·其三十九	039
赠秀才入军·其九	042

咏史·其一	045
代出自蓟北门行	048
战城南	051
出　塞	053
关山月	054
陇上为陈安歌	056

**第三篇章
隋唐五代**

从军行	061
出塞（其一）	064
出塞（其二）	066
饮马长城窟行	068
从军行	070
还陕述怀	072
秋夜长	073
从军行	075
战城南	077
陇头水	078
从军行	079
在军中赠先还知己	081
登幽州台歌	082
送魏大从军	085
感遇（其卅四）	087
凉州词·其一	090
古　意	093
出　塞	094

从军行·其一	096
从军行·其二	097
从军行·其三	098
从军行·其四	099
从军行·其五	100
陇西行	102
观猎	104
使至塞上	107
少年行（其二）	109
古游侠呈军中诸将	111
赠王威古	113
辽西作	115
燕歌行	118
送李侍御赴安西	122
塞上听吹笛	123
塞下曲	125
营州歌	128
白雪歌送武判官归京	130
逢入京使	133
走马川行奉送封大夫出师西征	134
轮台歌奉送封大夫出师西征	137
凉州词（其一）	140
凉州词（其二）	142
出塞曲	143
从军行	146
军行	147
塞下曲（其一）	149

关山月	152
子夜吴歌（秋）	154
子夜吴歌（冬）	156
北风行	158
古风（其卅四）	162
兵车行	164
前出塞（其六）	168
闻官军收河南河北	170
悲陈陶	172
从军行	174
军城早秋	176
塞上曲	178
塞下曲（其二）（卢纶）	180
塞下曲（其三）	182
夜上受降城闻笛	183
塞下曲（其二）（李益）	185
边思	187
塞下曲	188
赠李愬仆射	190
平蔡州三首（其一）	192
南园（其五）	194
雁门太守行	195
马诗（其五）	198
赤壁	199
渔阳将军	201
塞下	202
咏马（其二）	204

从军行	206
陇西行	207
己亥岁（其一）	209
水调歌	211

第四篇章 宋金元

塞　上	217
渔家傲·秋思	219
江城子·密州出猎	221
念奴娇·赤壁怀古	223
早　发	226
水调歌头·九月望日	228
水调歌头·致道水调歌头	230
相见欢	232
苏武令	234
夏日绝句	237
贺新郎·寄李伯纪丞相	239
石州慢·己酉秋吴兴舟中作	241
满江红·怒发冲冠	244
关山月	246
书愤（其一）	249
十一月四日风雨大作（其二）	251
秋夜将晓出篱门迎凉有感	253
诉衷情·当年万里觅封侯	255
金错刀行	257
州　桥	259
水调歌头·和庞佑父	261

六州歌头·长淮望断	264
破阵子·为陈同甫赋壮词以寄之	266
永遇乐·京口北固亭怀古	269
水龙吟·登建康赏心亭	272
水调歌头·送章德茂大卿使虏	275
念奴娇·登多景楼	277
沁园春·张路分秋阅	279
贺新郎·送陈真州子华	282
过零丁洋	285
正气歌	287
出塞曲	293

第五篇章 明清

立春后寒甚（其二）	297
上太行	298
入塞	300
秋望	302
石将军战场歌	304
咏海舟睡卒	307
颂任公	308
凫山凯歌（其二）	310
马上作	311
边中送别	313
军中夜感	314
复台	316
即事（其一）	317
又酬傅处士次韵（其二）	319

| 南将军庙行 | 320 |
| 于中好 | 322 |

**第六篇章
近代部分**

次韵答陈子茂德培	327
冯将军歌	329
永遇乐·秋草	333
出　塞	335
鹧鸪天·祖国沉沦感不禁	337

第一篇章 先秦两汉

诗经·秦风·无衣

佚名

岂曰无衣？与子同袍①。王②于兴师，修我戈矛。与子同仇③！
岂曰无衣？与子同泽④。王于兴师，修我矛戟。与子偕作⑤！
岂曰无衣？与子同裳⑥。王于兴师，修我甲兵。与子偕行⑦！

[写作背景]

《诗经》是我国第一部诗歌总集，《秦风·无衣》是《诗经》中最为著名的一首战争诗。这首诗书写的是秦地（今陕西西部和甘肃东南部）人民的战歌，由于时代久远，其创作的具体年代已不可考。据今人考证，秦襄公七年（周幽王十一年，771），周王室内讧，导致戎族入侵，攻进镐京，周王朝土地大部沦陷。秦国靠近王畿，与周王室休戚相关，遂奋起反抗。此诗便在这一背景下产生。

[注 释]

① 袍：长袍，指装有旧丝绵的长袍。
② 王：此指秦君。一说指周天子。
③ 同仇：共同对敌。
④ 泽：亲肤的内衣。
⑤ 作：起。
⑥ 裳：下衣，此指战裙。
⑦ 行：往。

[赏 析]

这是一段感人的战斗情谊，这是一首嘹亮的军中战歌，它奏响了《诗经》

战争诗正义、豪迈的最强音!

外族进攻,京城告急;周王一声令下,秦地战士整装待发。隔着千年的烽烟,我们似乎还能听到战士们那雄浑有力的呐喊:

小伙子们哪,谁说我们的战袍不够穿?谁说我们的武器不完备?我们的大王就要讨伐外敌了,让我们共穿一件战袍,拿起武器,携手同行,共赴疆场!

短短三章,短短三行,却如一阵紧似一阵的战鼓——一鼓,与子同仇,战士们统一思想;再鼓,与子偕作,战士们统一行动;三鼓,与子偕行,战士们同上战场。

秦国的历史渊源,秦地的高天厚土,成就了秦人的尚武之风。正如朱熹在《诗集传》中说:"秦人之俗,大抵尚气概,先勇力,忘生轻死,故其见于诗如此。"秦地的男儿,平日耕田放牧,战时披挂上阵,阵前舍生忘死。

刀剑穿过眉梢,风沙划过眼角,耳畔战马嘶鸣,眼前铁骨铮铮,声声战鼓仿佛激活了那群肃肃挺立的战士,那秦地独有的面部轮廓越发明朗、清晰,他们相互鼓励、相互召唤,手挽手、肩并肩,他们踏步前行,如江河奔涌。

这是秦地的男儿,这是《诗经》中的战士,这是独属于中国人的正义凛然、风威赫赫的战争诗。

诗经·卫风·伯兮

佚名

伯[①]兮朅兮,邦之桀[②]兮。伯也执殳[③],为王前驱。
自伯之东,首如飞蓬。岂无膏沐[④],谁适[⑤]为容?
其雨其雨,杲杲[⑥]出日。愿言思伯,甘心首疾。
焉得谖草[⑦],言树之背[⑧]。愿言思伯,使我心痗[⑨]。

[写作背景]

关于此诗背景,《毛诗序》解释为:"《伯兮》,刺时也。言君子行役,为王前驱,过时而不反焉。"意思是说,理想的政治不应该使国人行役无度,以致破坏了他们的家庭生活。客观来讲,"刺时"在诗歌中并没有根据。丈夫出征日久,妻子思念丈夫,这才是这首诗歌的表现主题。

[注 释]

① 伯:兄弟姐妹中年长者称伯,此处系指其丈夫。朅(qiè):英武高大。

② 桀:同"杰",杰出的人。

③ 殳(shū):古兵器,杖类。

④ 膏沐:妇女润发的油脂。

⑤ 适(dí):悦。

⑥ 杲(gǎo):明亮的样子。

⑦ 谖(xuān)草:萱草,忘忧草,俗称黄花菜。

⑧ 背:屋子北面。

⑨ 痗(mèi):忧思成病。

[赏 析]

古往今来,战争题材的诗歌里,描写妻子思念丈夫的作品,不在少数。《卫风·伯兮》实属让人过目难忘的一篇。

这首诗歌里,有妻子的大家国情。

"伯兮朅兮,邦之桀兮。伯也执殳,为王前驱。"一个"伯"字,是爱称,更是打心眼里对丈夫的崇敬。丈夫高大威猛,不仅是我心目中的英雄,更是邦国的英雄。他手执长殳,是我们君王的开路前锋。全诗开篇,没有缠绵不尽的凄苦和幽幽咽咽的倾诉,而是一位妻子对丈夫随王出征的赞许,对丈夫以身许国的认同。

这首诗歌里,有妻子的小儿女态。

"自伯之东,首如飞蓬。岂无膏沐,谁适为容?"自从丈夫随王出征,

第一篇章 先秦两汉 | 005

我便邋里邋遢，头发乱蓬蓬。难道是因为我没有好的润发油吗？不是！自己的心上人不在身旁，我打扮得这么好看又有什么用？这种情感的表达，没有婉转含蓄，没有欲说还休，而是直接又浓烈，让人上头。仿佛，眼前就立着一位满腹委屈的小媳妇，哭天抹泪的同时，不妨碍她一直不停地碎碎念："其雨其雨，杲杲出日。愿言思伯，甘心首疾。"老天啊老天，我希望你能下场雨，可偏偏现在太阳红彤彤。既然连老天都来和我作对，那么，就让我一门心思地思念他吧，即便想得头疼发作又能怎么样。这其中，还有小儿女的娇憨和任性。

战争，掀动人们的生活，撕扯人们的情感，从来都是最牵动人心的一件事情。战争背后的女性，她们不直接参与战争，却寄付了一身所有的惦念、牵挂，因为那遥远的征途中、那拼杀的战场上，有她们至为重要的亲人、爱人。因此，大多的思妇诗是凄楚、压抑的。《卫风·伯兮》这首诗歌的独特之处在于，糅合家国情与儿女态，大家国情里浩荡明朗，小儿女态中直抒胸臆。因此，整首诗歌虽思念彻骨、情感浓烈，但丝毫不让人觉得低沉、悲苦。

诗经·王风·君子于役

佚名

君子于役[①]，不知其期，曷至哉？
鸡栖于埘[②]，日之夕矣，羊牛下来。
君子于役，如之何勿思！
君子于役，不日不月，曷其有佸[③]？
鸡栖于桀[④]，日之夕矣，羊牛下括[⑤]。
君子于役，苟无饥渴！

[写作背景]

《王风·君子于役》是先秦时期一首写妻子怀念远出服役的丈夫的诗。"君子",是妻子对自己丈夫的称谓。这首诗描写了日常生活中的场景——"鸡栖""日夕""羊牛下来",抒发了对不知丈夫何时归来的思念之情。全诗二章,重章叠句,在层层的感情推进中为读者描绘出一幅真挚动人的生活画面。

[注 释]

① 役:服劳役。
② 埘(shí):墙上挖洞做鸡舍。
③ 有(yòu)佸(huó):相会,来到。
④ 桀:鸡栖木。
⑤ 括:相会,来到。

[赏 析]

同上首一样,这仍然是一首描写妻子思念丈夫的诗。不同的是,《卫风·伯兮》呈现的是妻子热烈的念夫之情,离别中亦有小儿女的娇憨与泼辣,《王风·君子于役》流露的则是柴米油盐中的惦念与问候。

这种惦念与问候,浸透在生活的琐碎中,看似日常,却沉甸甸的,让两千年后的人们,但凡有过等待,都能读得懂、感动到。

这是一首很朴素的诗,两章相重,只有很少的变化。但是我们能从这首简单的诗里,读到一个最明显的情绪——等待。等待什么?等待丈夫的归来。但我们知道,等待亲人归来最令人心烦的就是这种归期不定的情形,一个月,一年,还是十年?好像每天都有希望,结果每天都是失望。正是在这样的心理中,女主人公带着叹息问出了"曷至哉",你什么时候才能回来?你到底还回不回来?

到底什么时候回来?诗歌中有没有给我们一个答案?没有!而是转换了一个视角,接着下面的一节,不再正面写妻子思念丈夫的哀愁乃至绝望,而是淡淡地描绘出一幅乡村晚景的画面——"鸡栖于埘，日之夕矣，羊牛下来"。因为这一句，这首最简单的诗成了中国最早的意境诗。我们看，在夕阳余晖下，鸡鸭归了巢，牛羊从村落外的山坡上缓缓地走下来。我们仿佛就能看到夕阳下的那位妇人，凝视着鸡鸭归巢、牛羊归圈，凝视着村落外那条蜿蜒延伸的小路……

有在农村生活过、熟悉农村生活的人，会经常看到这种"日之夕矣"的夕阳晚景。农作的日子是辛劳的，但到了黄昏，一切即归于安谧、恬美。牛羊家禽回到圈栏，炊烟袅袅升起，灯火温暖地跳动，妈妈呼唤在外面玩耍的孩子回家。这种图景，大概就是古人所向往的幸福。所谓幸福，就是和最亲、最近的人在一起，守着家，耕着地，看着鸡鸭归巢、牛羊归圈，日出而作，日落而息。这种幸福无关浪漫，但是它杂糅在生活的柴米油盐当中，碎到可以用手去触摸，用手去掌握。这就是稳稳的幸福。

在这首诗里，当我们都沉浸在夕阳美好的时候，这位妻子的丈夫依然没有回来。万家灯火的黄昏，无限地放大着她生活的缺损。但这首诗的最后的情绪，没有歇斯底里、没有悲痛欲绝，全诗的最后一句——"君子于役，苟无饥渴！"这句话，把妻子那种近乎绝望的祈盼转化为对丈夫的最温暖的牵挂和祝福：回不来就回不来吧，我只是希望你在外面——渴不着、饿不着啊。这是夫妻间最平常的话，但也只有夫妻，才能说出这样的话来。

当分离成为生活的常态，当等待看不到归期，当战争浸透了生命和岁月，《王风·君子于役》中的女子，她让我们看这战争背后的女性，她们盼夫归来时的隐忍、坚强与伟大。

诗经·豳风·东山

佚名

我徂①东山，慆慆②不归。我来自东，零雨其蒙。我东曰归，我心西悲。制彼裳衣，勿士行枚③。蜎蜎者蠋④，烝⑤在桑野。敦⑥彼独宿，亦在车下。

我徂东山，慆慆不归。我来自东，零雨其蒙。果臝⑦之实，亦施于宇。伊威⑧在室，蠨蛸⑨在户。町疃⑩鹿场，熠耀宵行⑪。不可畏也，伊⑫可怀也。

我徂东山，慆慆不归。我来自东，零雨其蒙。鹳鸣于垤⑬，妇叹于室。洒扫穹窒，我征聿至。有敦瓜苦，烝在栗薪。自我不见，于今三年。

我徂东山，慆慆不归。我来自东，零雨其蒙。仓庚于飞⑭，熠耀其羽。之子于归，皇驳⑮其马。亲结其缡⑯，九十其仪⑰。其新孔嘉⑱，其旧⑲如之何？

[写作背景]

　　这首诗的写作背景，有两种说法。一为《毛诗序》："《东山》，周公东征也。周公东征，三年而归。劳归士，大夫美之，故作是诗也。一章言其完也，二章言其思也，三章言其室家之望女也，四章乐男女之得及时也。君子之于人，序其情而闵其劳，所以说（悦）也。说（悦）以使民，民忘其死，其唯《东山》乎？"另一种说法见于朱熹《诗集传》，朱熹认为"此周公劳归士词，非大夫美之而作"。从诗的内容来看，这是一首征人解甲还乡途中抒发思乡之情的诗，事与周公东征相关，却不一定是周公所作，很可能是还乡士卒所作。

[注　释]

　　① 徂（cú）：往。

　　② 慆慆（tāo tāo）：久。

　　③ 勿士行枚：即"勿事行枚"。行军时衔枚，怕发出声音，今不用衔枚。

　　④ 蜎蜎（yuān yuān）：虫子蠕动貌。蠋（zhú）：野蚕。

⑤ 烝：众多。

⑥ 敦：蜷曲成一团。

⑦ 果臝(luǒ)：蔓生葫芦科植物，一名栝楼。

⑧ 伊威：土鳖虫。

⑨ 蟏蛸(xiāo shāo)：长脚蜘蛛。

⑩ 町畽(dīng tuǎn)：有禽兽践踏痕迹的空地。

⑪ 熠耀：闪闪发光貌。宵行：萤火虫。

⑫ 伊：是。

⑬ 鹳(guàn)：水鸟名，形似鹤。垤(dié)：小土丘。

⑭ 仓庚：黄鹂。

⑮ 皇驳：马毛色淡黄的叫皇，淡红的叫驳。

⑯ 缡(lí)：古代妇女的佩巾，出嫁时母亲为女子结佩巾。

⑰ 九十其仪：言其仪之多。

⑱ 新：指新婚。孔嘉，极好。

⑲ 旧：已婚者。

[赏 析]

关于《东山》，学者扬之水有这样的一句评价："'诗三百'，最好是《东山》。诗不算长，也不算短，而句句都好。它如此真切细微地属于一个人，又如此博大宽厚地属于每一个人。"

此诗的宽厚博大，在于它的背景。

周公东征，是周朝历史上一次伟大、宏达的战争。"一沐三握发，一饭三吐哺"的周公，为大周朝政殚精竭虑、夙夜在公。为平息叛乱、稳定朝局，他亲自东征。出征前，周公昭告天下的话都记录在了《尚书·大诰》里，成为先秦时期最重要的战斗檄文。东征历时三年，最终杀死谋反的诸侯，彻底消除了商朝残余势力对国家的隐患，更是巩固了周朝的统治，隆盛了大周的国威。三年的征战，战士身披铠甲、同仇敌忾、势不可当，他们为家国命运拼杀，在刀枪与生死中浮沉。三年的征战，战士们远离家园、居无定所、栉风沐雨，在征战的间歇、在沉寂的深夜，他们是否也会无声的哭泣？他们最深的惦念会留给谁？战争胜利了，随军征战三年的战士，终于踏上了回家的旅程。这段旅程，镌刻着这场战争的荣光，也融入了战士们上千个日夜的悲喜。大家都属于这场战争，他们生死共、悲喜同。

此诗的真切细微，在于它的抒情。

"东山诗"属于每一位战士，但通过个体的眼与心娓娓道出，又是如此的独特感人。沿途所遇的风光，眼神触及的虫草，心里放不下的那个人，在"零雨其蒙"中晕染、沉积，将个体的情抒写得细腻、淋漓。清代牛运震在《诗志》中这样评价："此诗曲体人情，无隐不透，直从三军肺腑，扪摅一过，而温挚婉恻，感激动人。"归途中，桑园变荒野，野蚕伴入眠，独自蜷缩在战车车轮下的战士感慨万千；睡梦中，家园芜杂，荒草萋萋、鸟兽徘徊、萤火流动，只因心中所念，家园依然可盼；抬望眼间，妻子的叹息声穿过窗棂回响在战士耳畔，那个瓜藤缠绕、长满毛栗黄荆的院落在战士眼中清晰可见；归家的脚步越来越近，空中有轻灵的黄鹂鸟，院里有受惊马儿脚步错乱的影子，人群中的那个你，是归途的主角，是最美的定格。整首诗，时空转换、心随景移、物动情牵，现实、追忆与想象中的景、物、人，被一个情字串起，平常之至，也情深至极。

整首诗，贯穿着浇透万物的雨声。长雨必有晴，愿跋涉在征途中的人们，心有所待，重逢有期。

诗经·小雅·采薇

佚名

采薇①采薇，薇亦作止②。曰归曰归，岁亦莫止。
靡室靡家，猃狁③之故。不遑启居，猃狁之故。

采薇采薇，薇亦柔④止。曰归曰归，心亦忧止。

忧心烈烈⑤，载饥载渴。我戍未定，靡使归聘⑥。

采薇采薇，薇亦刚⑦止。曰归曰归，岁亦阳⑧止。

王事靡盬，不遑启处。忧心孔疚，我行不来！

彼尔⑨维何？维常之华。彼路⑩斯何？君子之车。

戎车既驾，四牡业业。岂敢定居？一月三捷。

驾彼四牡，四牡骙骙⑪。君子所依，小人所腓⑫。

四牡翼翼⑬，象弭鱼服⑭。岂不日戒？猃狁孔棘⑮。

昔我往矣，杨柳依依。今我来思，雨雪霏霏。

行道迟迟，载渴载饥。我心伤悲，莫知我哀！

[写作背景]

关于此诗背景，《毛诗序》解释为："《采薇》，遣戍役也。文王之时，西有昆夷之患，北有猃狁之难。以天子之命，命将率遣戍役，以守卫中国。故歌《采薇》以遣之，《出车》以劳还，《杕杜》以勤归。"《采薇》描写了戍卒返乡途中的所见所感，言浅意深，情景交融，是《诗经》战争诗中最著名的一篇。

[注 释]

① 薇：豆科野豌豆属的一种。

② 作：指薇菜冒出地面。止：句末助词，无实意。

③ 猃狁（xiǎn yǔn）：中国古代少数民族名，春秋时为戎狄，秦汉时为匈奴，隋唐时为突厥。

④ 柔：嫩。指刚长出来的薇菜柔嫩的样子。

⑤ 烈烈：形容忧心如焚。

⑥ 聘：问候的音信。

⑦ 刚：坚硬。

⑧ 阳：阳历十月。

⑨ 尔：花盛开状。

⑩ 路：高大的战车。

⑪ 骙骙（kuí kuí）：马强壮貌。

⑫ 腓（féi）：掩护。

⑬ 翼翼：整齐的样子，指马训练有素。

⑭ 弭（mǐ）：弓末弯曲处。鱼服：鱼皮作箭袋。

⑮ 棘：急。

[赏　析]

"昔我往矣，杨柳依依。今我来思，雨雪霏霏。"不管你对中国第一诗歌总集的了解是深是浅，《采薇》中的这则名句，都是我们打开《诗经》之门的钥匙。离别时依依杨柳，归来时满天飞雪，学生时代的口诵心记，最终刻在我们心头，成为中国人独有的文化记忆。

《采薇》中的主人公是归家途中的一名战士。这名战士，承载了归家路途的漫长，更传递了古代军人的责任与坚强。

在《诗经》里，《采薇》算是一首长诗。如果认真读完《采薇》这首诗，你会有明显的感觉：你会读得很累，会觉得这首诗真长。但这首诗，长的难道只是篇幅吗？长的还有战争、时间和岁月。

"采薇采薇，薇亦作止"，薇，是一种野生的豌豆，作的意思是生长。"曰归曰归，岁亦莫止"，莫指年末。我们通读下来，"说回家呀说回家，又到了十月小阳春，征役没有休止，哪能有片刻安身。心中是如此痛苦，我们什么时候才能回去呀"？所以，这首诗给人的感觉是永远在路上。"十五从军征，八十始得归"，古代的战争诗中，归家的路总是漫漫、茫茫。

但在漫长的归家路上，我们更能感受到战士心中那份沉甸甸的情。

这首诗歌中，战士想不想回家？想！但是，这个家他能不能回？不能！因为敌人不退，国家还不安宁。猃狁在不断地进攻，我又怎能回去？诗中反复出现的"猃狁之故""猃狁孔棘"，成了战士肩上最沉重同时也最神圣的责任。那频频传来的捷报、那雄俊高大的战马，我又怎能不去报效国家？

思乡的浓烈与抵御外敌的慷慨，在漫天的雨雪中，最终交织成了战士脚下一条漫长的归家路。

这是一条什么样的路？这是一条世界上最远最长的路，它如此之长，长得足以承载一场战争，长得足以装满一个人年年岁岁的思念，长得足以盛满一个人生命中所有的苦乐悲欣。

诗歌最后，诗人将自己所有的情绪定格在一句话上：

"昔我往矣，杨柳依依；今我来思，雨雪霏霏。行道迟迟，莫知我伤。"

当年我出发的时候，杨树青青、垂柳依依；现在我回来啦，漫天大雪，弥漫了归程。我在这条又远又长的路上慢慢地走着，那么，又有谁了解我心中这百感交集的滋味呢？

这就是我们的战士，他心里有忧伤，但更多的是肩上神圣的责任。

这名战士，折射的是中国古代战争诗的精神与风格。中国人没有对战争的狂热，我们期待团圆与和平。但敌人进犯、保家卫国时，我们又能从一名战士身上看到那份千年不变的勇敢与豪迈。

楚辞·九歌·国殇[①]

屈原

操吴戈兮被犀甲[②]，车错毂[③]兮短兵接。

旌蔽日兮敌若云，矢交坠兮士争先。

凌余阵兮躐余行[④]，左骖殪[⑤]兮右刃伤。

霾[⑥]两轮兮絷四马，援玉枹[⑦]兮击鸣鼓。

天时坠兮威灵怒，严杀尽兮弃原野。

出不入兮往不反，平原忽兮路超远。

带长剑兮挟秦弓⑧，首身离兮心不惩。

诚既勇兮又以武，终刚强兮不可凌。

身既死兮神以灵，魂魄毅兮为鬼雄！

[写作背景]

《九歌·国殇》是战国时期楚国诗人屈原的作品。《九歌》是一组祭歌，共11篇，是屈原据民间祭神乐歌的再创作。《国殇》取民间"九歌"之祭奠之意，以哀悼死难的爱国将士，追悼和礼赞为国捐躯的楚国将士的亡灵。

战国末年，秦楚对决，楚不敌强秦。自楚怀王十六年起，楚国曾经和秦国发生多次战争，均是秦胜而楚败。在秦楚战争中，战死疆场的楚国将士因是战败者，只能暴尸荒野，无人替这些为国战死者操办丧礼，进行祭祀。正是在这一背景下，放逐之中的屈原创作了这一不朽名篇。

[注　释]

① 国殇：指为国捐躯的人。殇：指未成年而死，也指死难的人。戴震《屈原赋注》："殇之义二：男女未冠（男二十岁）笄（女十五岁）而死者，谓之殇；在外而死者，谓之殇。殇之言伤也。国殇，死国事，则所以别于二者之殇也。"

② 吴戈：吴国制造的戈，因锋利而闻名。被，通"披"。犀甲：犀牛皮制作的铠甲，特别坚硬。

③ 毂：车轮的中心部分，有圆孔，可以插轴，这里泛指战车的轮轴。

④ 凌：侵犯。躐（liè），践踏。

⑤ 骖（cān）：战马。殪（yì），死。

⑥ 霾：通"埋"。古代作战，在激战将败时，埋轮缚马，表示坚守不退。

⑦ 枹（fú）：鼓槌。

⑧ 秦弓：指良弓。战国时，秦地木材质地坚实，制造的弓射程远。

[赏　析]

战国末年，强秦犹如一只凌厉的猛兽，傲然屹立，虎视六国。目之所及，已是无边大地。

南方楚国，像极了一匹爬满虮虱的绸缎。曾经的黄河饮马问鼎中原，曾经的宏伟台阁、精美器物，这些骄傲与荣光，铸就了大楚骨血里流淌的风格气度，当然，还有缓慢于时代车轮的自负与冥顽。怀王、顷襄王以来，任馋弃德、背约忘亲，以致良士远离、孤立无友。

广袤的国土、丰厚的蕴藏，楚国被强秦觊觎；而秦楚的对决，结局也早已注定。

史料记载：楚怀王十七年，楚秦战于丹阳，楚军大败，大将屈匄被俘，被斩杀达八万；楚以举国之兵力攻秦，却再次大败于蓝田；楚怀王二十八年，秦联合齐、韩、魏攻楚，杀楚将唐眛；次年，楚军再次大败于秦，阵亡者达二万；顷襄王元年，秦再攻楚，大败楚军，斩首五万。

历史中能看到的，是惊心触目的数字。但是诗歌，却能让我们看到数字背后滚烫的生命，还有那些虽败犹荣的不灭忠魂。

白刃相接、车轴交错的战场最前沿，楚国的敌众我寡、形势危急。但就在这旌旗蔽日、飞矢如雨的险境之中，诗歌聚焦了那群舍生忘死的战士：他们临危不惧，冒死迎敌，即便最后身陷重围，依然坚守不退。他们的剑胆从何而来？来自他们身上的文化印记，来自他们誓死不跪的精神气节，为守护国土，他们背井离乡，义无反顾。"身既死兮神以灵，魂魄毅兮为鬼雄"，即便战败，他们也站成了一座山、一道岭。他们生是人杰，死亦鬼雄！

屈原代表的是楚国，不管香草美人，还是盔甲战士，都是楚国的灿烂文化、不灭文明。他用诗歌留存了楚国将士最后的影像，用文字为那些亡灵进行最盛大的祭奠。

汨罗江畔，屈原纵身投入，但精神永在；喋血疆场，硝烟远去，但忠魂屹立。"楚虽三户，亡秦必楚"，有这份坚定的信念，历史注定是一本精彩绝伦的书。

旧题《苏子卿诗》四首（其三）

佚名

结发为夫妻，恩爱两不疑。

欢娱在今夕，嬿婉①及良时。

征夫怀往路，起视夜何其②？

参辰皆已没③，去去从此辞。

行役在战场，相见未有期。

握手一长叹，泪为生别滋。

努力爱春华④，莫忘欢乐时。

生当复来归，死当长相思。

[写作背景]

《苏子卿四首》相传为苏武和李陵相赠答的五言诗，因此又称《别诗》，但据考证不是，真正的作者已不可考究，此诗诞生时期大致在东汉末年。组诗叙写兄弟、朋友、夫妻之间的离别，其三即写夫妻之情。

[注　释]

① 嬿婉：欢好貌。

② 夜何其：《诗经·庭燎》云："夜如何其？"这里用《诗经》成语。"其"，语尾助词，犹"哉"。

③ 参辰皆已没：参辰，二星名，参星居西方，辰星（又名商星）居东方，出没两不相见。参辰皆已没，言天将明。

④ 春华：青春，喻少壮时期。

[赏　析]

这首五言古诗，朴素直白，诗中对话的两个人就是芸芸众生中平凡的一对小夫妻。

"结发为夫妻,恩爱两不疑",一句话,可以涵盖今天婚礼上的千言万语。结发亦结心,一旦结为夫妻,就要相亲相爱、相互依靠、相互信赖。当恩爱又值青春,美景良辰,今夕何夕,这份甜蜜羡煞旁人。

　　人生长恨欢娱少,离别是生命的主题。转眼之间,新郎已是征夫,新娘必须要直面生活的残忍。那个"起视夜何其"的夜晚,我们无法想象它的漫长与短暂。分别在即,前路未卜,这注定是个难眠的长夜;但这个长夜里的每一分每一秒,都是夫妻可以依偎的瞬间。时间,你能不能慢点走?因为天一亮,丈夫就要踏上归期不定的征途。

　　离别在即,心中一定藏有千言万语。但是中国的古典诗歌就是有这样的魅力,"握手一长叹,泪为生别滋",一个握手、一声长叹,就能把读者带入情境,将两个人的表情、眼神尽收眼底,那些说出的、没说出的话,我们似乎都能听到了。

　　可是谁又能阻挡分离的脚步呢?

　　分别就分别吧,但是希望分别后,我们依然努力活成最好的"我们"。那欢乐的时光,让我们常记心头,当苦难辛酸时,多把它们想一想;此时正在拥有的青春年少,那灼灼其华的容貌、那白杨一样的身姿,珍惜春华就是好好爱自己。更何况,在遥遥相望的另一端,还有那份坚如磐石的誓言呢——"生当复来归,死当长相思"。

　　这首小诗,是另一首《新婚别》。它以离乱为背景,书写离愁别绪。但最能扣响人心弦的,却是诗中甜蜜坚贞的爱情,还有那通透积极的人生态度。"努力爱春华,莫忘欢乐时",读到这样的诗句,很多人都会会心一笑吧。

第二篇章　三国两晋南北朝

步出夏门行·观沧海

曹 操

东临碣石①,以观沧海②。

水何澹澹③,山岛竦峙④。

树木丛生,百草丰茂。

秋风萧瑟,洪波涌起。

日月之行,若出其中;

星汉⑤灿烂,若出其里。

幸⑥甚至哉,歌以咏志⑦。

[写作背景]

建安十二年(207),曹操率领大军征伐当时东北方的大患乌桓,得胜归来,他写下了一组乐府歌辞《步出夏门行》。这组歌辞共五首,开头为"艳"辞,即序曲,其余各篇分别取诗句命名,依次为《观沧海》《冬十月》《河朔寒》(亦作《土不同》)《龟虽寿》。作为当世之雄的曹操,雅爱诗章,"御军三十余年,手不舍书,登高必赋"。当他登临碣石山,远眺汹涌澎湃的渤海,想起秦始皇、汉武帝的功绩,留下了这篇抒情之作。

[注 释]

① 碣(jié)石:山名。碣石山,在今河北昌黎。

② 沧:通"苍",青绿色。海:渤海。

③ 澹澹(dàn):水波摇动的样子。

④ 竦峙(sǒng zhì):高高地耸立。竦:通"耸",高起。峙,挺立。

⑤星汉：银河，天河。

⑥幸：庆幸。

⑦歌以咏志：可以用歌来表达自己内心的心志或理想，最后两句与本诗正文没有直接关系，是乐府诗结尾的一种方式，是为了配乐歌唱而加上去的。

[赏　析]

建安十二年的秋天，寒风萧瑟，天气清冷，这次东征乌桓三郡，曹军大胜而归，不仅肃清了袁氏势力，而且收降了二十余万名将士。看着那浩浩荡荡的队伍，曹操顿觉欢欣鼓舞，这是继官渡之战后的又一次大的胜利。

回师途中，曹操登上碣石山，俯瞰辽阔苍茫的渤海，浩瀚天地在眼前展开，万千气象从胸中涌起。昔日，秦皇汉武曾登临此地，而此时眼前只见海水浩渺摇荡，延伸到无尽的远方，海中山岛高高耸立，岸边树木繁茂，各色草木葱茏。直到萧瑟的凉风吹来，诗人才意识到，原来已是秋天。每逢秋日，袅袅秋风，总能吹起人的愁思，怅天地寥廓，悲年华易逝，而曹操的这首诗一洗凄凉哀婉之态，眼中所见尽是汹涌澎湃的海涛，生生不息的草木，诗意盎然。不仅如此，诗人的眼睛还穿透了眼前茫茫沧海，看到了宇宙的运行，"天地四方曰宇，古往今来曰宙"，那宇宙洪荒中日月星辰的流转，好像就在大海之中，就在胸臆之中。"写沧海，正自写也"（清张玉榖《古诗赏析》）若非有恢宏博大的胸襟，又怎容得下日月之行、星汉灿烂，难怪清代评论家沈德潜称此诗有"吞吐宇宙气象"。

此时曹操登高望远，这是目之所及，更是心之所往。战争的胜利给了曹操实现梦想的无限可能，因为此次平定乌桓后，初步奠定了统一中国北方的局面，他把目光投向了更为广阔的天下。东汉末年的乱世之中，他已经见过太多杀戮——"贼臣持国柄，杀主灭宇京"，背叛——"势利使人争，嗣还自相戕"，以及死亡——"白骨露于野，千里无鸡鸣"。曹操从不掩饰自己一统中国的雄心，"周公吐哺，天下归心"，因为那不仅是个人的荣光，更关乎天下百姓，"生民百余一，念之断人肠"。沧海横流，方显英雄本色，面对辽阔沧海和动荡乱世，曹操以吞吐日月的胸怀，写下了这首壮丽的诗篇,抒发了统一天下建功立业的抱负。全诗气象壮阔,气势雄浑,千载之下,风骨犹存。

英雄惜英雄,1954年,伟人毛泽东来到了这片北方的海,想起了当年在这里横槊赋诗的曹操,写下怀念的诗篇:"往事越千年,魏武挥鞭,东临碣石有遗篇。萧瑟秋风今又是,换了人间。"

饮马长城窟行

陈 琳

饮马长城窟①,水寒伤马骨。

往谓长城吏,慎莫稽留太原卒②!

官作自有程③,举筑谐汝声④!

男儿宁当格斗死,何能怫郁⑤筑长城。

长城何连连,连连三千里。

边城多健少,内舍多寡妇⑥。

作书与内舍,便嫁莫留住。

善待新姑嫜⑦,时时念我故夫子!

报书往边地,君今出语一何鄙?

身在祸难中,何为稽留他家子?

生男慎莫举⑧,生女哺用脯⑨。

君独不见长城下,死人骸骨相撑拄⑩。

结发行事君,慊慊心意关⑪。

明知边地苦,贱妾何能久自全⑫?

[写作背景]

　　这首诗用汉乐府旧题，属《相和歌·瑟调曲》。诗歌以秦代统治者征召百姓修筑长城的历史为背景，以夫妻书信往来的形式，揭露了徭役给百姓带来的深重灾难，至死不渝的爱情在残暴的社会现实中显得尤为可歌可泣。

[注　释]

　　① 饮马长城窟行：汉乐府旧题。长城窟，长城侧畔的泉眼。

　　② 慎莫：恳请语气，千万不要。慎：小心，千万。稽留：滞留。太原卒：从太原调来修筑长城的人。这句是对长城吏说的话。

　　③ 官作：官府的工程。程：期限。

　　④ 筑：夯类等筑土工具。谐汝声：喊齐你们打夯的号子，这句是长城吏不耐烦地回答太原卒的话。

　　⑤ 怫（fú）郁：烦闷不畅的样子。

　　⑥ 寡妇：指役夫们的妻子，古时有丈夫而独居的妇人均可称为寡妇。

　　⑦ 姑嫜（zhāng）：婆婆和公公。这句是太原卒写给妻子的信，劝她改嫁。

　　⑧ 举：抚养。

　　⑨ 哺：喂养。脯：干肉。

　　⑩ 撑拄：骸骨相互支撑。以上四句化用秦时民谣："生男慎勿举，生女哺用脯，不见长城下，尸骸相支拄。"

　　⑪ 慊慊（qiàn）：苦闷的样子，这里指两地思念。关：牵连。

　　⑫ 久自全：长久地保全自己。

[赏　析]

　　亲爱的妻：

　　关外的天气已经非常寒冷了，我到长城下的泉边喂马喝水，那水冰冷彻骨，好像要把马儿的骨头冻伤。家中是不是也渐渐冷了？我不在你身边，你自己留意添衣。

　　想了很久，前两天我鼓起勇气，找到监修的长官，恳求他这次服役期满就让我们这些太原籍的役卒回家。你知道我的，平时我不愿开口找他们说话，这次实在是熬得没有办法了，好歹有个说法、有个盼头。长官却不耐烦地说："官家的活儿自有章程，哪能由你们说了算？快！拿你的东西赶紧干活！号子喊齐！"

虽然已经料到是这种结果了，但还是失望、绝望。我堂堂一介男子汉，宁愿在战场上和敌人拼尽最后一滴血，也不愿在这里无休无止地筑长城！在这些煎熬的时间里，我也会看着那绵延不断的长城出神，这么个庞然大物吞噬了多少人的岁月和生命啊。不仅你我，多少家庭亦是如此！丈夫像我一样在边关修筑长城，而妻子在老家，不知何年何月，也不知能不能等到良人回来。

唉！我不愿意说，却不得不说，我已经耽搁你良久，你……还是趁年轻改嫁吧，好好照顾新公婆，只要心里给我这个前夫留一点点位置就足够了。

夫君

夫君：

你的信我已收到。我的心又气又痛，你把我当作什么人，说出这么鄙陋的话！我明白你的心意，只是这件事不要再提了。

妻

亲爱的妻：

你的这番深情厚谊我至死铭记。只是你远在家乡不知道，我如今朝不保夕，想必今世已没有再见的可能了，又何必拖着别人家的好女子呢？只要你有个好归宿，我在九泉之下也就放心了。记得啊，以后生了男孩千万不要把他养大，像我这一辈子，只有无尽的痛苦，也让你痛苦。要是生了女孩呢，好好照顾她，女儿一定像你一样美丽、可爱，可惜我是见不到了。

希望你这次听我的，不要再固执了，你难道看不见那长城下面，不是砖瓦，而是累累白骨支撑起来的啊！可怜啊，那不具名的白骨，仍是春闺中人梦里的归客。我已知自己的命运，又怎敢再累你如此呢？

夫君

夫君：

　　桃之夭夭，灼灼其华，我还记得我们成亲那天的桃花，那时，我们不是立誓要生死与共吗？这些年来，我一直在痛苦的思念当中，岁月流逝亦没有减轻分毫，无数个日夜我都盼着你能回来。时间久了，怎么也等不回你，我也想明白了，你在边地痛苦煎熬，你走了，我自己苟活又有什么意思呢？当初说好一辈子，只恨这一辈子太短，思念太长。

等你的妻

悲愤诗

蔡 琰

汉季^①失权柄，董卓乱天常^②。
志欲图篡弑^③，先害诸贤良。
逼迫迁旧邦^④，拥主以自强。
海内兴义师^⑤，欲共讨不祥^⑥。
卓众^⑦来东下，金甲耀日光。
平土^⑧人脆弱，来兵皆胡羌^⑨。
猎野围城邑，所向悉破亡。
斩截无孑遗，尸骸相撑拒^⑩。
马边悬男头，马后载妇女。
长驱西入关^⑪，迥^⑫路险且阻。
还顾邈冥冥^⑬，肝胆为烂腐。
所略有万计，不得令屯聚。

或有骨肉俱，欲言不敢语。
失意几微间，辄言弊⑭降虏。
要当以亭刃⑮，我曹不活汝⑯。
岂敢惜性命，不堪其詈骂。
或便加棰杖，毒痛参并下⑰。
旦则号泣行，夜则悲吟坐。
欲死不能得，欲生无一可。
彼苍者何辜⑱，乃遭此厄祸。
边荒⑲与华异，人俗少义理⑳。
处所多霜雪，胡风春夏起。
翩翩吹我衣，肃肃入我耳。
感时念父母，哀叹无穷已。
有客从外来，闻之常欢喜。
迎问其消息，辄复非乡里。
邂逅徼时愿㉑，骨肉来迎己。
己得自解免，当复弃儿子。
天属缀人心㉒，念别无会期。
存亡永乖隔，不忍与之辞。
儿前抱我颈，问母欲何之。
人言母当去，岂复有还时。
阿母常仁恻，今何更不慈。
我尚未成人，奈何不顾思。
见此崩五内，恍惚生狂痴㉓。
号泣手抚摩，当发复回疑。
兼有同时辈，相送告离别。

慕我独得归，哀叫声摧裂。

马为立踟蹰，车为不转辙。

观者皆嘘唏，行路亦呜咽。

去去割情恋㉔，遄征日遐迈㉕。

悠悠三千里，何时复交会。

念我出腹子，胸臆为摧败。

既至家人尽，又复无中外㉖。

城廓为山林，庭宇生荆艾。

白骨不知谁，纵横莫覆盖。

出门无人声，豺狼号且吠。

茕茕对孤景㉗，怛咤糜肝肺㉘。

登高远眺望，魂神忽飞逝。

奄若㉙寿命尽，旁人相宽大㉚。

为复强视息㉛，虽生何聊赖。

托命于新人㉜，竭心自勖㉝励。

流离成鄙贱，常恐复捐废㉞。

人生几何时，怀忧终年岁。

[写作背景]

　　蔡琰的《悲愤诗》是我国诗歌史上第一首文人创作的自传体的五言长篇叙事诗。诗人"感伤乱离，追怀悲愤"，详细叙述了战乱中被胡人掳掠后经受的打骂和屈辱，被赎归后和亲生骨肉分别的痛苦，以及回乡后家园的荒凉。诗人以个人遭际真实而深刻地反映了汉末社会动乱给普通民众带来的灾难。

[注　释]

　　① 汉季：汉末。

　　②"乱天常"，犹言悖天理。

③篡弑：言杀君夺位。董卓于公元189年以并州牧应袁绍召入都，废汉少帝（刘辩）为弘农王，次年杀之，京城大乱。

④旧邦：指长安，原是西汉都城，故称旧邦。公元190年董卓焚烧洛阳，强迫君臣百姓西迁长安。

⑤兴义师：指起兵讨董卓。初平元年（190）关东州郡以袁绍为盟主，起兵讨伐董卓。

⑥祥：善。"不祥"，指董卓。

⑦卓众：指董卓部下李傕、郭汜等所带的军队。初平三年（192）李、郭等出兵关东，大掠陈留、颍川诸县。蔡琰于此时被掳。

⑧平土：平原，指中原地区。

⑨胡羌：指董卓军中的羌胡。董卓所部本多羌、氐族人，李傕军中杂有羌胡。

⑩斩截无孑遗：杀得不剩一个。孑，独。相撑拒：互相支拄，这句是说尸体众多堆积杂乱。

⑪西入关：指入函谷关。卓众本从关内东下，大掠后还入关。

⑫迥：遥远。

⑬邈冥冥：渺远迷茫貌。

⑭獘：即"毙"，詈骂之词，就是说要杀死你们这些俘虏。

⑮亭：古通"停"。"亭刃"，加以刀刃。

⑯我曹：犹我辈，胡人自称。不活汝：不让你们活下去。

⑰毒痛参并下：毒骂和痛打一起来。

⑱彼苍者：指天。辜：罪。

⑲边荒：边远之地，指南匈奴，蔡琰如何入南匈奴人之手，此诗略而不叙，史传也不曾明载。

⑳少义理：其地风俗野蛮，不讲礼义。以此句隐写自己被侮辱的种种遭遇。

㉑邂逅：意外遇上。微：侥幸。侥幸实现平时的愿望。曹操遣使假托其亲属的名义赎回蔡琰，故诗中称"骨肉"。

㉒天属：天然的亲属。缀：牵挂、联系。

㉓恍惚生狂痴：精神恍惚，如狂如痴。

㉔割情恋：割断骨肉之情，此为反语，恰是割不断的母子之情。

㉕遄征：疾行。日遐迈：一天一天地走远了。

㉖中外：指中外亲戚，"中"指舅家，"外"指姑母家。蔡琰回乡后才知道家人、亲戚都已不在了。

㉗茕茕：孤独貌。景：同"影"。

㉘怛咤：悲痛惊恐而惊呼。糜：烂。

㉙奄若：忽然像。

㉚相宽大：宽慰劝解。

㉛强视息：勉强生活下去。

㉜新人：指作者重嫁的丈夫董祀。

㉝勖：勉励。

㉞捐废：弃置不顾。此二句是说自己经过离乱，已成为遭人轻视的鄙贱之人，常常怕被丈夫抛弃。

[赏　析]

　　战争离乱中，一个女子会经历什么？史书记载："兴平中，天下丧乱，文姬为胡骑所获,没于南匈奴左贤王,在胡中十二年,生二子。"寥寥数语中，似乎就是这个女人的一生了，史书没有写尽的是她的痛哭与悲歌，她的爱与恨，悲与愤。还好，那位才华横溢的女子留下了诗歌，历史难得地从女性的视角展开，当个人的生命经验融于历史的洪流中，她书写的不仅是一己的遭际，还是百姓和民族的命运，更深入地刻画了战乱给世人带来的心灵创伤。

　　东汉末年，董卓之乱，其麾下多是羌胡豪帅或西北马贼出身的将领，进入洛阳后，董卓纵容将士不避贵戚，奸淫掳掠，残害无数士人与百姓。公元190年，关东州郡以袁绍为盟主，起兵讨伐董卓。董卓被吕布杀后，董卓旧部李傕、郭汜出兵关东，大肆报复，掠夺陈留、颍川等县，他们的部队中又多有胡人，中原人难以抵御，蔡琰正是此时被南匈奴人趁乱掳走。诗人回忆道："斩截无孑遗，尸骸相撑拒。马边悬男头，马后载妇女。"胡人们在战争中疯狂地杀戮，有时一座城里甚至不留一个人，满城的尸体相枕藉，当他们离开的时候，马边悬挂着男人的头，马后捆绑着抢来的妇女，而诗人正是其中之一。

离开家园的道路上如此漫长，数万人被俘，西出函谷关，此生或许再无一人能够归家，最后再回望一眼故乡，那曾经生活的地方如同隔世一样遥远，想到此，肝肠寸断。在生离与死别之间，还有一种痛苦，相见不能相认，哪怕被俘的人中有自己的家人，也只能装作不认识。稍不留意，就会遭到胡人的打骂，他们常会说："我们根本不想让你们这些人活下来，杀人只是动一动刀的事情。"性命又有什么值得顾惜，难以忍受的是对尊严的践踏，活着没有什么留恋的，只是欲死不能。白天哭号着前行，晚上只能悲哭着等待天亮，那些难眠的夜晚，总忍不住问，苍生何辜，遭此厄运。

塞外的生活和中原迥异，哪怕春夏，依然风霜侵袭，无尽的大雪落在生命里。她看着那大雪纷扬洒下，白茫茫一片，遮住了曾经多少被侮辱的与被损害的血与泪，只有耳边肃杀的风声在提醒着命运的残酷。夜晚摇晃的烛光中，听着耳边的风声，也会想起年迈的父母，想起曾经的生活，太遥远了啊，像是过了忘川未曾消弭的记忆。每当听到有中原的客人到来时，是最开心的，忙去问他家里的消息，而他只摇摇头说，并非同乡。雪无声无息地和眼泪一起落下。

希望的火苗在一年年的等待中熄灭，直到真的有一天有家人来接自己了。开心只是一瞬间的，转念又想到自己离开后，永远不能再见到年幼的孩子了。临走前，儿子还像以前那样，天真无邪地抱着她的项颈，问母亲要去哪里，什么时候回来？她只能转过头哭泣。旁人告诉小孩子，你的母亲要回自己的故乡了，怎么还会再回来呢？儿子号啕大哭起来："阿母常常教导我要怀有仁义恻隐之心，为什么你这么无情，我还没有成人，就要抛弃我。"听到儿子的话，她的心理防线瞬间被击溃，哭号着抚摸着儿子的脊背，一边是血脉相连、骨肉至亲的冲龄幼儿，一边是日思夜想、魂牵梦绕的故国家园，她颤抖着嘴唇，"不走了"几乎要冲出口，又和着眼泪被咽下。

当年同时被掳走的同乡也来送别，离开中原的时候，他们曾一起回望故园，那时还说，不知有谁还能再从这条路上回来，十二年了，没想到是这个已为人母的女子。他们羡慕又无奈，为母子永诀而哭泣，也为自己不曾有这样的机会而哭泣。女子、孩子、同乡的哭声掺杂在一起，摧裂心肝，马不肯行，车不转辙，就连路边的旁观者都忍不住呜咽。疾行的马车似乎把眷恋甩在了身后，三千里山河像巨大的刀锋，割断了不舍，总归要离开，不知什么时候能够再见面，想不到，来时断肠，去时亦断肠。

十几年来，她无数次幻想过自己回到家的情形，却从未想到是这般荒凉。走到家门口，没有想象中的家人迎接、相拥而泣，只有自己孤身一人，走过遍生杂草的庭院，推开残破的房门，吱呀——一声，再次打开另一段人生，没有了血与火的杀戮，没有了塞外风雪的刺骨，它的底色是苍凉。

族中的亲人早已凋零，回到故乡也只剩下孤影和自己相对，原本繁华富庶的城市长满荒草，路边白骨陈杂却无人收敛，那些人或许也曾是公子与红妆。踏过寂静的街道，没有人声的喧嚣，却有豺狼的嚎叫。登高远眺，一个孤独的女子面对这样的景象，惊魂难定，仿佛自己的神魂都要随风飘逝，生命亦尽于此。旁人的劝解或许能够让她感到一丝丝人生的温暖，但是这一点点温暖，化不了生命里绵延的大雪，化不了艰难世事凝结的风霜。将余生托付给新一任丈夫，虽然自知应竭心尽力、克尽本分，只是身经离乱，已成鄙贱之人，不知是否会被夫婿抛弃。人生如此短暂，却为何有如此多的忧愁，年复一年，难以解脱。

诗歌写到这里，女诗人传奇的一生却未结束。后来，为免丈夫死罪，她为曹操默写了四百余篇其父蔡邕的藏书，无一处错误，丈夫得以赦免。她有着最杰出的才华和最不幸的命运。蔡文姬，自古以来就是才女的代名词，她擅长琴、书，留下《胡笳十八拍》等诗篇；然而她的一生先后经历寡居、被俘虏、被侮辱、被迫失节，永别爱子，亲族丧尽，满怀忧惧。然而在风雪相逼的人生中，她以至柔至刚的人格，传父之业，免夫之死，留千古名。乱世如同沼泽，有的人陷落其中，有的人污秽满身，而她却在此间开出最美的花。魏晋诗篇，慷慨悲凉，她亦诠释了何谓风骨。

至广陵于马上作

曹 丕

观兵临江水,水流何汤汤①!

戈矛成山林,玄甲耀日光。

猛将怀暴怒,胆气正纵横。

谁云江水广?一苇可以航②!

不战屈敌虏,戢兵③称贤良。

古公④宅岐邑,实始翦殷商。

孟献⑤营虎牢⑥,郑人惧稽颡⑦。

充国⑧务耕植,先零⑨自破亡。

兴农淮泗间,筑室都徐方。

量宜运权略,六军咸悦康。

岂如东山诗⑩,悠悠多忧伤。

[写作背景]

　　曹丕称帝之后,曾两次率大军伐吴。第一次是在公元 224 年 9 月,"魏文帝出广陵,望大江,曰:'彼有人焉,未可图也。'乃还"。(《三国志·吴志·孙权传》)第二年,曹丕再次率魏国水师出征,逼近长江北岸,两军隔江对峙。《三国志》记载:"曹丕冬十月行幸广陵故城,临江观兵。戎卒十余万,旌旗数百里。是岁大寒,水道冰,舟不得入江。乃引还。"农历十月,江水却结上了厚冰,曹丕不由得感叹道:"嗟乎!固天所以隔南北也!"这首诗正是创作于此时,这是曹丕登上帝位的第 6 年,也是他病逝的前一年。

[注　释]

① 汤汤:形容江水浩荡。

② 一苇可以航:取自《诗经·卫风·河广》:"谁谓河广,一苇航之。"

③戢兵：收藏兵器。

④古公：周太王，古代周族的首领。

⑤孟献：即孟献子，春秋鲁国大夫。

⑥虎牢：城名，在今河南省荥阳县汜水镇。

⑦稽颡（sǎng）：跪拜，古代一种请罪的礼节。稽，叩头至地。颡，额头。

⑧充国：指西汉名将赵充国。

⑨先零：汉代羌族的一支，又称先零羌，汉宣帝时，被赵充国打败，后渐渐与西北各羌族融合。

⑩东山诗：指《诗经·豳风·东山》，诗中描写了士卒东征后在归家路途中真切而复杂的感受。词句意为不愿将士经受《诗经·东山》中的痛苦。

[赏　析]

烟尘四起，戎狄的铁骑再次踏碎部落的宁静。这一次，古公亶父带领着周族全体部族，离开了生活了数百年的豳地，来到岐山下的周原。附近的人民听说古公仁德，也赶来归附。古公带领着周族部落，开始筚路蓝缕艰难创业，也埋下了灭商的种子。

春秋无义战，晋、宋、卫等国攻打郑国，鲁国亦加入其中。而鲁国大夫孟献子却不愿再诉诸武力，提出"请城虎牢以逼郑"。诸侯在地势险要的虎牢关筑城，既保一方土地免于战火，又达到了逼郑称臣的政治目的。

善战者，无赫赫之功。汉武帝晚年，名将凋零，赵充国被称为西汉最后的大将，而他最突出的功绩并不在于多次打破匈奴的进犯，而是以"军屯制度"守土安民、招降叛乱，降服西域各个部落。

这三个人的故事有什么共同特征？人们喜欢金戈铁马、征战沙场的英雄故事，但在曹植的心中，"不战屈敌虏，戢兵称贤良"，古公亶父、孟献子和赵充国都不是以武力成就一番大业，正所谓"不战而屈人之兵，善之善者"。

公元225年，君临天下的曹丕，挥师南下，来到长江，准备和吴军一战。长江浩荡苍茫，曹丕在长江边检阅即将出征的部队。只见将士们手持的长戈铁矛如同繁盛茂密的山林，黑色的铠甲上泛着耀眼的日光。他们奋勇歼敌、不顾身死的血性胆气，回荡在天地之间。都说长江广袤无垠，三军战士在此，一叶像芦苇的小船就可以横渡长江，攻陷吴国。

如此的雄心壮志、气吞山河，历史已告诉了我们答案。诗中，曹丕没有告诉我们这次军事行动失败的原因，却从历史的深处打捞上来这三个人的故事，来诉说他的不甘、解嘲与谋略。不如像古公亶父、孟献子和赵充国一样，在淮水和泗水间大力发展农业，在徐州兴建都城，以招徕吴地百姓、威逼吴国政府。暂时不出兵并不意味着放弃，而是孕育着更长远的谋划，六军战士不为征战所苦，亦不动摇国之根本。

历史却白纸黑字地记录下了事情的始末，是时机不对，是天意如此，它如实地记录下每场战争的胜负，而诗歌却写下了那胜与负之间的心迹。从三河少年，风流自赏，到以魏代汉，登临九五，没有变的是魏晋风骨，慷慨激昂。"生有七尺之形，死惟一棺之土"，人生短暂，生命易逝，魏晋士人渴望建功立业，"载主而征，救民涂炭"；渴望获得比生命更永恒的声名"建永世之业，流金石之功"。然而功业未就，名士零落，时不假年，曹丕依然没有被接连的噩运磨灭志气，不求毕其功于一役，而是不改初衷，惨淡经营，那是一代君主的志向、风度与韬略。这样的慷慨悲歌中永远有一种强烈的感人的力量。

白马篇

曹　植

白马饰金羁，连翩西北驰。
借问谁家子，幽并[①]游侠儿。
少小去乡邑，扬声沙漠垂[②]。

宿昔秉良弓，楛③矢何参差。

控弦④破左的⑤，右发摧月支⑥。

仰手接飞猱⑦，俯身散⑧马蹄⑨。

狡捷过猴猿，勇剽⑩若豹螭⑪。

边城多警急，虏骑数迁移。

羽檄⑫从北来，厉马登高堤。

长驱蹈匈奴，左顾凌鲜卑。

弃身锋刃端，性命安可怀？

父母且不顾，何言子与妻！

名编壮士籍⑬，不得中顾私。

捐躯赴国难，视死忽如归！

[写作背景]

曹植的生活和创作以曹丕代汉称帝为界，分为前后两个时期。前期多写交游宴饮的生活和建功立业的志向。曹植的后半生，饱受兄弟和侄子的冷遇和猜疑，过着名为藩侯实为囚徒的生活，诗歌多表达忧生之嗟和理想的落空。本篇诗歌是《杂曲歌辞·齐瑟行》，又作《游侠篇》，是曹植早期诗歌的代表作，歌颂边塞游侠视死如归的精神，亦是书写自己"建永世之业，流金石之功"的理想抱负。

[注 释]

① 幽并：幽州和并州在今河北、山西和陕西一带，邻近边塞，自古以来多出勇侠人物。

② 垂：通"陲"，边远的地区。

③ 楛（hù）：木名，茎可以做箭杆。

④ 控弦：拉弓。

⑤ 的：靶心。

⑥ 月支：即箭靶，又名素支。

⑦猱:猿类,体矮小,尾作金色,攀缘树木极其轻捷,上下如飞。

⑧散:射碎。

⑨马蹄:箭靶的名称。

⑩剽:勇猛而轻疾。

⑪螭:传说中的猛兽,似龙而黄。

⑫檄:用于征召的文书,写在一尺二寸长的木简上。上插羽毛表示紧急就叫作"羽檄"。

⑬壮士籍:军中将士的的名册,记其姓名、籍贯、相貌等。

[赏 析]

序幕

大漠深处,残阳如血,撕裂西方的天空,远方传来风的呜咽和悠远的铃声。一匹白马,饰着金色笼头,如同流星一样划破长空,马蹄扬起阵阵沙尘,又散入风中。

白马少年的身影,也随着落日,消失在大漠的暮色烟尘中。

第一幕

深秋,西北边陲的客栈,夯土的墙壁久经风沙的侵蚀,这是附近几百里唯一可以歇脚的地方,各类人物汇集,在寂静的沙漠中自顾自地喧闹着。

一个身材劲瘦的少年,斗笠遮住了大半张脸,拴好白马,提着剑,走进了客栈。

小二:(弯腰,迎接)客官,您里面请!(说着,拿肩上的抹布掸了掸桌椅)坐,坐。

少年隔壁桌是一队行商。

大胡子:真晦气!边境还在戒严,好几车东西是过也过不去,回也回不了,这年头做生意真憋屈。

小二:(给大胡子倒茶)您消消火,这两年年景不好,匈奴人狼子野心,鲜卑人也不消停,上面也不是武帝的时候了,尤其是到了秋天,咱们刚收了粮食,他们倒好,养得膘肥马壮,一群人打过秋风,另一群又来了。

大胡子:朝廷什么时候才有动作?就算我们等得及,货物也不等人。

小二:朝廷已经召集各个地方壮士,准备反击。听说,那位幽并游侠已经收到信了。

大胡子:哦?是哪位?

第二幕

客栈里,人声鼎沸,说书先生坐定,低头抿一口茶,惊堂木一拍,嘈杂的人群顿时安静一刹,旋即一阵叫好声。

说书先生(清了清嗓子):"上回说到,那幽州、并州自古以来就是英雄辈出的地方,昔有壮士荆轲携剑入秦,一去不返,今有游侠少年少小离乡,扬声沙漠。击退鲜卑那一役中,双方短兵相接,我军逐渐呈颓势,只见那游侠身骑白马,挽弓杀入战场。说时迟,那时快,少年左右开弓,百步穿杨,例无虚发,一片胡人应声倒下。正杀得尽兴,一支冷箭从背后破风袭来——正是明枪易挡,暗箭难防,少年呢,一个转身,抬手接住暗器,真真是如豹螭般勇猛,如猴猿般矫捷。紧接着少年侧身一跃,身离马背,单手抓住马鞍,随着飞奔的宝马,俯身打破地上鲜卑人设下的层层陷阱。"

正说到精彩处,说书先生顿了顿,不急不忙地喝了口水。

"游侠者,其言必信,其行必果,已诺必诚,不爱其躯,赴国之厄困。如今边城紧急,匈奴、鲜卑再次凌掠我国土,羽檄已发,那少年游侠正厉马扬鞭,奔赴前线,长驱蹈匈奴,左顾凌鲜卑。"

众人:(一阵喧腾)好——

谁都不曾留意到一个持剑的年轻人,背对着人群,走出了客栈。

第三幕

客栈外,残阳未歇。少年去牵棚里的白马,门内走出一人,正是刚在台上的说书先生。

说书先生:(拱手道)"少侠,好久不见,近来可好?"

少年(点头):"托福。"

说书先生:"如今边地战事又起,此去一别,又不知能否再见。恕我冒昧,那朵临水照影的花……"

少年:"您是知道的,名在壮士籍上,命亦在刀锋上,我已对不住家中父母,又怎么敢奢谈其他?麻烦您帮我把这封信带给她,她会明白的。"

说书先生接过信,看着少年的身影消失在西边的云霞中,夜幕正缓缓降下,只有熹微的一丝残光。长庚星在天边亮起。手中的薄纸,也随尘烟散入风中,风中有思念的声音。

尾声

"你说少年信里写的什么呢,叔叔?"自己名义上的侄子,当今魏国天子问他。

他从醉意中醒来,双眼难以对焦,模模糊糊地看着那酷似哥哥的冷漠眉目。"甄宓的孩子已经这么大了",他想,嘴上却说:"捐躯赴国难,视死忽如归。"

"拳拳之心,令人动容。朕许叔叔移藩陈地,以全报国之心,如何?"

"谢陛下。"那颗星星是从什么时候坠落的呢?他最终也不明白。

史书载:公元232年,曹植改封陈王,同年11月在忧郁中病逝,时年41岁。

咏怀·其三十九

阮 籍

壮士何慷慨,志欲威八荒①。

驱车远行役,受命念自忘。

良弓挟乌号②,明甲③有精光。

临难不顾生,身死魂飞扬。

岂为全躯士④，效命争战场。

忠为百世荣，义使令名⑤彰。

垂声谢⑥后世，气节故有常⑦。

[写作背景]

阮籍，字嗣宗，陈留尉氏(今河南省开封市)人，竹林七贤之一，其父阮瑀为建安七子之一。门荫入仕，累迁步兵校尉，世称阮步兵。代表作《咏怀》八十二首，开创了中国文学史上政治抒情组诗的先河，然而"厥旨渊放，归趣难求"，这些诗寄托遥深，常借比兴、象征的手法来表达感情、寄托怀抱，表现隐晦曲折，"百代之下，难以情测"。

[注　释]

① 八荒：八方的荒远之地。此泛指天下。

② 乌号：良弓名。

③ 明甲：即明光铠，一种良甲。

④ 全躯士：苟且保全自己的人。

⑤ 令名：美名。

⑥ 谢：告。

⑦ 气节故有常：气节万古长存。

[赏　析]

深蓝的夜幕，缀着寒星，笼盖在沙漠上，天际处一轮冷月如同弯刀，淬着冷锋。倏忽，烟尘起，声阵阵，一匹快马，踏碎月光，沿着沙丘的山脊朝着弯月飞奔而去。

马上俨然一名壮士，腰佩精良的弓箭，身上的铠甲在月光下泛着冷色的光。他长途跋涉终于来到此处，肩负着天下托以的重任，不敢有片刻遗忘、片刻迟疑。捐躯赴国难，唯有死而后已。身既死兮神以灵，魂魄毅兮为鬼雄。哪怕身死大漠深处，灵魂也会回到他誓死守卫的故土。故乡还会流传着他的故事，忠魂流芳百世，气节凛然长存。然而战场的厮杀总是残酷的，对阵中，敌人的大刀将要落下……

猛然惊醒！碰倒了手边的酒坛。今夕何夕？仍旧是一轮弯月半挂在暮色下，冷冷地看着他，不可追逐，难以触摸。风穿过竹林留下沙沙声，他想起梦中诗句："壮士何慷慨，志欲威八荒。"醒来只有自己孤身一人在这天地间。

一只离群的鸟哀鸣着，划破寂静。该走了，他想。可是酒醒了该去哪里呢？他本可以去找嵇康，哪怕还没到就兴尽而返，可是嵇康已随着广陵散的琴声散去了，山涛、向秀、刘伶……曾经高山流水遇知音，如今也都曲终人散，不是妥协，就是被杀。

那是一个动荡、灾难、肮脏、血污的时代，"属魏、晋之际，天下多故，名士少有全者"（《晋书·阮籍传》）。司马氏夺取曹魏政权，之后一直伴随着政治的高压和血腥的杀戮，那些不肯与司马氏合作的士人都被残忍杀害，比如嵇康。"但恐须臾间，魂气随风飘。终身履薄冰，谁知我心焦。"（《咏怀》其三十三）无边的幻灭感和危机感始终弥漫在阮籍的人生中，像是终其一生都没有散的大雾。

那又是令人觉醒的时代。从经学桎梏中解脱出来的士人看到美的绽放与美的毁灭，人生美好而易逝，如果能够放弃最珍贵的生命，那一定是为了最崇高的理想。然而，此时魏篡汉，晋篡魏，没有谁是正义的，谁是无辜的，没有战争，只有杀戮，这样污秽的时代里，他已经没有了可以捍卫的东西。

司马氏口口声声说着孝义，却背信弃义，残忍嗜杀。那些附庸朝堂的礼法之士，亦是如此，争名夺利，虚伪做作，"外厉贞素谈，户内灭芬芳。放口从衷出，复说道义方"。（《咏怀》其六十七）礼义、名教成了嵇康、阮籍最鄙夷的事，他们大声宣称"越名教而任自然""礼岂为我辈设也"。当阮籍和他的朋友们在竹林中放浪形骸，纵情饮酒时，那并不是真的轻视世事，潇洒肆意，他们内心有着万分焦灼、恐惧和烦忧，还有守护着的一点人性的微光。

"临难不顾生,身死魂飞扬。岂为全躯士,效命争战场。"严酷的政治环境,没有夷平高蹈的精神,没有消磨高远的志向,没有使灵魂向杀戮屈服,他的骨子里仍是儒家的忠义与气节,慷慨悲壮的建安风骨在黑暗压抑的时代再次唱响。他的恐惧、悲痛,他的执着、留恋,无法解脱,也无法沉沦。

悲凉之雾,遍被竹林,他是那天地间独行之人,"出门临永路,不见行车马。登高望九州,悠悠分旷野"。别人却说,阮籍,会做青白眼。史书中只记下:"籍本有济世志。"

他驾车远行,却没有方向,找不到路,只好停下,痛哭着打开一坛酒,酒的名字叫作醉生梦死。梦中骑马少年的身影再次出现,他追到自己的月亮了吗?

赠秀才入军·其九

嵇 康

良马既闲①,**丽服有晖。**
左揽繁弱,右接忘归②。
风驰电逝,蹑景追飞③。
凌厉中原④,**顾盼**⑤**生姿。**

[写作背景]

组诗《赠秀才入军》,共十九首,创作于嵇康送别哥哥嵇喜从军时,这是其中的第九篇,也是嵇康诗歌的代表作。嵇康的兄长嵇喜,早年以秀才身份从军,后历任太仆、扬州刺史、宗正等职。

[注 释]

①闲:同"娴",熟习。"良马既闲",是指坐骑惯于征战,语出《诗经·大

雅·卷阿》："君子之马，既闲且驰。"

② 繁弱，良弓。忘归，好箭。

③ 按晋崔豹《古今注》说："秦始皇有七匹马：追风、白兔、蹑景、奔电、飞翮、铜雀、晨凫。"皆以骑行迅疾而得名。

④ 凌厉，气势猛烈，勇往直前。中原，泛指原野。

⑤ 顾盼，左右观望，踌躇满志的样子。

[赏　析]

有一个天才又万人迷的弟弟是什么感受？没有人比嵇喜更懂得。

他的弟弟嵇康，是那个黑暗时代最亮的一颗星，倾倒了整个时代，乃至后世无数文人。惊才绝艳，这个词或许是为嵇康而生的。史书很少夸赞一个人的样貌，《晋书》对于嵇康的风采却不吝惜语言："身长七尺八寸，美词气，有风仪，而土木形骸，不自藻饰，人以为龙章凤姿，天质自然。"更令人倾心的是他的风神气度："嵇叔夜之为人也，岩岩若孤松之独立；其醉也，傀俄若玉山之将崩。"（《世说新语·容止》）

与那些只讲求"风度"的假名士不同，嵇康的思想、才华和人格才是他最大的魅力。他的《声无哀乐论》一出，让清谈名士暗声；他的诗歌飘逸洒脱，玄思悠远；就连临终前弹奏的一曲《广陵散》，都成为音乐史上永久的遗憾。他更以超然淡泊的人格，成为当时名士圈"竹林七贤"的精神领袖，同时代著名的思想家向秀，在他打铁时也自愿为他鼓风，贵公子钟会在拜见他时紧张得说不出话来。

面对这样的弟弟，嵇喜的心情是复杂的。一方面，父亲去世得早，是他把嵇康抚养长大，教他读书，纵他随性，兄弟两人感情深厚；另一方面，因为谋求仕途，弟弟的这群朋友从不曾正眼看他。

嵇康的好友阮籍亦是狷介狂士，阮籍的母亲去世后，嵇喜前去吊唁，不想阮籍却轻蔑地翻起了白眼。随后嵇康带着酒、携着琴拜访，阮籍谓之知己，青眼相加。还有一次，另一位名士吕安来拜访嵇康，恰逢嵇康不在，嵇喜热情地招待吕安进门，吕安不发一言，在门上写下一个"凤"字后离去，嵇喜喜不自胜，却不知"鳳"拆开即是"凡鸟"，这是嘲讽、嘲讽，还是嘲讽呢？

竹林名士追求"越名教而任自然"，鄙弃世俗官场。身为竹林名士领袖的嵇康更是如此，他认为"俗人不可亲，松乔是可邻。何为秽浊间，动摇增垢尘"。嵇康对哥哥的感情亦是复杂的。当哥哥决定去战场谋求功业时，嵇康为他写下了十九首送别的诗，他知道，自此，两人选择了不同的道路。

诗中，嵇康想象哥哥奔赴战场后戎马骑射的英姿。那马儿训练有素，身上的战甲在阳光下散发着耀眼的光辉，宝马配英雄，马背上的哥哥正拉开良弓，搭上宝箭，蓄势待发。转眼间，骏马又如同闪电一般飞奔而出，在原野上逐风而飞，驰骋无羁，而那骑马飞驰的身姿在回首中更添了几分飘逸。

诗歌是写给哥哥的，而那份洒脱豪侠的心境却是自己的，他希望自己能够像想象中的哥哥一样，凌厉中原，现实中却只能醉倒竹林。在那个时代，他不知道可以为谁而战。他本是魏臣，娶了曹家的女儿，司马氏篡魏，他人可以归附，他却不能、不愿。令人窒息的暗夜中是背叛、杀戮、贪婪、污秽、谎言、强权，人生的幻灭和危机，除了酒，不知还有什么能让他暂时解脱。当他拒绝司马氏的时候，他已经知道自己必然的命运，他和他的朋友只是清醒地疯狂着。

清人陈祚明评论这首诗："起八句便言入军，激昂有气势，然似嘲之。"（《采菽堂古诗选》卷八）嵇康的诗歌，是风神人格的自然流露，他胸怀洒落，又怎会明褒暗贬呢？嵇康和他的朋友们都知道怎么做才能在乱世全生，然而和自己的本性、信念相违，他自己不愿去做，却无法苛责哥哥，最有利的证据是他教给儿子嵇绍忠孝、教他官场的处世之道。嵇绍记住了父亲的教诲，八王之乱中以身护卫晋惠帝，最终遇害。正如鲁迅先生所言："社会上对于儿子不像父亲，称为'不肖'，以为是坏事，殊不知世上正有不愿意他的儿子像他自己的父亲哩。试看阮籍嵇康，就是如此。这是因为他们生于乱世，不得已才有这样的行为，并非他们的本态。但又于此可见魏

晋的破坏礼教者，实在是相信礼教到固执之极的。"(《魏晋风度及文章与药及酒之关系》)

他以自身的陨落划伤夜幕，却无法照亮夜空，更等不来黎明，只好以身殉道，他早已知道自己的命运，坦荡地奔赴自己的结局。临终前唯一的遗憾只是那首《广陵散》在他手里失传了。

咏史·其一
左 思

弱冠弄柔翰①，卓荦②观群书。
著论准过秦，作赋拟子虚③。
边城苦鸣镝④，羽檄飞京都。
虽非甲胄士⑤，畴昔览穰苴⑥。
长啸激清风，志若无东吴。
铅刀贵一割⑦，梦想骋⑧良图。
左眄澄江湘⑨，右盼定羌胡⑩。
功成不受爵，长揖归田庐⑪。

[写作背景]

左思，西晋太康年间的诗人、文学家，出身门第不高，《晋书·左思传》记载他"貌寝口讷，而辞藻壮丽"，长于诗赋，《三都赋》使"洛阳纸贵"，诗歌创作更是"古今难比"（谢灵运语）。《咏史》八首是左思诗歌代表作，真切地表达了诗人由满怀豪情壮志到不屑世俗毁誉的心灵历程，其诗风继承着建安风骨。首章是诗人的"自言"，表达了对自己才能的自信、对建功立业的渴望。

[注　释]

　　①弱冠:古代的男子二十岁行冠礼,表示成人,但体犹未壮,所以叫"弱冠"。柔翰:毛笔。

　　②卓荦:才能卓越。

　　③过秦:即《过秦论》,汉贾谊所作。子虚:即《子虚赋》,汉司马相如所作。准、拟:以为法则。

　　④鸣镝:响箭,古时发射它作为战斗的信号。

　　⑤胄:头盔。甲胄士:战士。

　　⑥畴昔:往时。穰苴(ráng jū):春秋时齐国人,善治军。因其抵抗燕、晋有功,齐景公尊其为大司马,所以叫"司马穰苴",曾著《兵法》若干卷。

　　⑦铅刀贵一割:引用汉班超上疏中的成语。李善注引《东观汉记》:"班超上疏曰:臣乘圣汉威神,冀㑺铅刀一割之用。"铅质的刀迟钝,一割之后就很难再次使用,比喻自己才能拙劣。

　　⑧骋:施。这句犹言希望施展一下自己的抱负。

　　⑨眄:看。澄:清。江湘:长江。邰希萱水,是东吴所在,地处东南,所以说"左眄"。

　　⑩羌胡:即少数民族的羌族,在甘肃、青海一带,地在西北,所以说"右盼"。

　　⑪田庐:家园。这两句是说要学习鲁仲连,为平原君却秦兵,功成身退。

[赏　析]

　　西晋太康年间的一天,一棵茂密的松树和一棵稀疏的小树同时从山间被移植出来,送到权臣贾谧的府中。

　　等待栽种的这段时间里,小树找松树攀谈了起来:"喂,兄弟,你以前是在哪儿长着的?怎么没有见过你呢?"

　　"我见你可面善呢,我以前在山涧的时候,只有中午那一会儿阳光可以照到谷底,每次抬起头看太阳,总能看到你在崖顶。"松树不卑不亢地说。

　　"我们出生时候的地势不一样,自然会受到不同的待遇,自古以来都是如此。"小树不以为然,"咦?你听那个人结结巴巴地在读什么?"

松树认真地听完那个其貌不扬的年轻人在高朋满座的宴席上念完他写的诗，对小树说："那个年轻人在抒发他的志向。他说自己年少时就博览群书、见识不凡，以《过秦论》为准则、以《子虚赋》为典范，写出了不少好文章。如今边境危急，檄文已传到京城，他虽然不是习武之人，但也曾学习兵法，愿意为国平定西北的羌胡和东南的东吴。铅质的刀迟钝，一割之后就无法再使用，自己就如同那把铅刀，虽然天资愚钝，但是可以为了国家奉献自己只有一次的生命。如果能够为国家平定祸患，他则不求名利、功成身退。"

"啧啧啧，"小树说，"可我听到其他人嘲笑他'寒门贫士，何以言国事？'"

"世胄蹑高位，英俊沉下僚。地势使之然，由来非一朝。我们不也是如此吗？"松树对年轻人的境遇深有感触，涧底茂密高大的苍松，反而被山崖上矮小稀疏的小树遮蔽。

"士活一世，当身名俱泰。是那个年轻人太偏执了。"小树仍然不懂那个年轻人。

"这个世界啊，有抱负、有能力的年轻人想为国效力不得，而那些贪图享乐的门阀贵族却身居高位。他和那些人不是一路人，我想他很快就不会再出现在这里了。自非攀龙客，何为欻来游？"松树感叹道。

"可是离开上层社会的交际圈子，他怎么能实现自己的理想呢？"

"晋篡魏后，整个朝堂哪里还有忠义之士，那些名士外表高洁出尘，实际上掩饰着肮脏的灵魂；强调血统门第，实际上掩饰着对自身价值的不自信。曾经慷慨悲壮、追求理想为之献身的勇气，在这个时代都消失了，只有对人生的苟且，对名誉和财富的占有和贪婪。如果将来有一天，神州陆沉，百年丘墟，他们难逃其责。那个胸怀远大的年轻人又怎会为了这些豪士的认可而同流合污呢？贵者虽自贵，视之若埃尘。贱者虽自贱，重之若千钧。"松树看着这个年轻人想到了许多，他知道小树和那些志得意满的士族们肯定不会理解他们所经受的痛苦，可是那又有什么关系呢？世俗的毁誉已经不能动摇它了。

不久,松树看到那个少年离开了巍峨壮丽的高门,走得毅然决绝,此后再没有来过。夫天地者,万物之逆旅也;光阴者,百代之过客也。转眼间,昔日繁华的府邸已经人去楼空,庭院荒芜,仍有一棵松树高耸在院落中、天地间。不管是在寂静无人的山谷,还是在荒芜的旧时庭院,那棵松树不改傲然身姿、苍翠本色。

代出自蓟北门行

鲍 照

羽檄①起边亭②,烽火入咸阳③。
征师④屯广武⑤,分兵救朔方⑥。
严秋⑦筋竿劲⑧,虏阵⑨精且强。
天子按剑怒⑩,使者遥相望⑪。
雁行⑫缘石径,鱼贯⑬度飞梁⑭。
箫鼓流汉思⑮,旌甲被胡霜。
疾风冲塞起,沙砾自飘扬。
马毛缩如猬⑯,角弓⑰不可张。
时危见臣节,世乱识忠良。
投躯报明主,身死为国殇⑱。

[写作背景]

鲍照,字明远,南朝宋文学家,与颜延之、谢灵运合称"元嘉三大家"。鲍照家世微寒,满腹才华却沉沦下僚,时任刘子顼前军参军,故世称"鲍参军"。后刘子顼起兵反宋明帝刘彧失败被杀,鲍照于乱军中遇害,时年五十岁。鲍照的诗歌上承建安传统,下启唐代诸公,潇洒俊逸,奇矫凌厉,杜甫有"清新庾开府,俊逸鲍参军"之赞。《代出自蓟北门行》是乐府旧题,属杂曲歌辞。蓟,为燕国之地,今北京一带。此诗通过描写敌虏入侵、边地告急、援军赴边,抒发建功立业、以身许国的决心。

[注 释]

① 羽檄:插有羽毛的紧急军书。

② 边亭:边境上的瞭望哨。

③ 咸阳:秦都,借指京城。

④ 征师:征发的部队,一作"征骑"。

⑤ 广武:地名,今山西代县西。

⑥ 朔方:汉代朔方郡,在今内蒙古自治区河套西北部及后套地区。

⑦ 严秋:深秋。

⑧ 筋竿劲:深秋天气干燥,弓弦与箭杆强劲有力。

⑨ 虏阵:敌虏军阵,指北方军马。

⑩ 天子按剑怒:天子听闻后抚剑大怒。

⑪ 使者遥相望:军情紧急,使者奔走于路,络绎不绝,遥相望见。

⑫ 雁行:军队排列整齐而有次序,像大雁的行列一样。

⑬ 鱼贯:军队行进时如游鱼先后接续。

⑭ 飞梁:凌空飞架的桥梁。

⑮ 流汉思:流露出对家国的思念。

⑯ 蝟:刺猬。因天气严寒,马身蜷缩,毛如刺猬。

⑰ 角弓:装饰着兽角的弓。

⑱ 国殇:为国战死的人。

[赏 析]

知天命之年时,死于乱军之手的鲍照,会想起年少时写的那首边塞诗吗?"投躯报明主,身死为国殇。"生于烟雨楼台的南朝少年对战争的想象或许来自历史、来自故事、来自诗歌,悲壮而慷慨,仿佛那一死重于泰山,青史留名。可惜他从未侍奉过明主,只在幕府中沉沦下僚,羁旅他乡,不知出头之日。可惜有些死是轻于鸿毛的,身在叛军之中,当世无双的诗人和普通人没有任何区别,无辜被杀,没有道理,没有意义。

写诗的时候鲍照还年少吧,虽然没有去过北方,诗中却有一往无前的意气。多事之秋,秋之多事,边境总少平静,这一年,虏军的进攻格外猛烈。八百里加急的战报已经传到都城,汉军马上征招军队,屯军广武,派遣先锋,出救朔方。深秋,天气干燥,虏军草料充足,弓箭强劲,军马肥壮,如有破竹之势,边境危急!

天子听闻后拔出佩剑,剑锋直指北境,所谓天子一怒,伏尸百万,不破敌虏,不撤大军。往来使者络绎不绝地把圣旨传往前线,全军战士得知君主的决心,同仇敌忾,千里行军,加急奔赴前线。"雁行缘石径,鱼贯度飞梁。"行军的队伍纪律严明,如同列飞的大雁,游动的鱼群,走过一条条坎坷的小路,越过一座座高耸的桥梁。

行军的道路总是漫长而孤苦,山一程,水一程,夜深千帐灯。夜晚望着明月时,总会想起故乡,吹奏的曲调中流露出思念的痕迹,月光落在铠甲上凝结成了霜。向北行军,敌人不仅仅是胡虏,还有思念和严寒。"疾风冲塞起,沙砾自飘扬。"天气很快冷了下来,风一更,雪一更,冬天的风凛冽而肃杀,远远袭来,沙砾带着风霜,扑在脸上如同割面。"马毛缩如蝟,角弓不可张。"平日英勇的战马被寒风一吹,瑟缩起来,身上的毛如同刺猬一样根根竖起,作战用的弓好像也被冻住了,硬得难以拉开。寒冷像是一个看不见的、却更为致命的敌人。

"时危见臣节,世乱识忠良。"再大的风雪也无法冷却建功立业、誓死报国的热忱,越是在危急时节、将倾乱世,越彰显忠义气节,"诚既勇兮又以武,终刚强兮不可凌。身既死兮神以灵,魂魄毅兮为鬼雄"。铁骨铮铮,共赴国难,视死如归,奏响了气壮山河的英雄赞歌,这也正是鲍照的意气所在。

北上行军的路程不好走,南下求仕之路又怎会顺畅,年少离家的鲍照满怀热望，满怀悲愤，烟雨征途中，历尽人间行路难，却从未停止前进的步伐。铿锵的曲调在温软的南朝显得那么突兀，好像刹那间惊醒了一场迷梦。醉生梦死的权贵们不喜欢他诗里下层寒士的激愤之情、不平之鸣，底层戍卒的报国之心、故园之思，就像他们只愿意看浮在王朝表面上错彩镂金的金粉，却不愿意看腐败溃烂的皮肤和骨骼。因此鲍照在他的时代"才秀人微，取湮当代"，直到几百年后一位谪仙下凡，从他的诗中找到了共鸣，在黑暗中追上了他的身影：

"对案不能食，拔剑击柱长叹息。"

"停杯投箸不能食，拔剑四顾心茫然。"

战城南

吴 均

蹀躞① 青骊马②，往战城南畿。
五历鱼丽阵③，三入九重围④。
名慑武安将⑤，血污秦王衣。
为君意气重⑥，无功终不归。

[写作背景]

吴均，字叔庠，南朝齐末梁初文学家，曾于公元506年，入萧宏幕，参加北伐。吴均的诗文自成一家，常描写山水景物，称为"吴均体"。史书中说他"文体清拔有古气"，语言清俊峭拔、晓畅疏朗，迥异于时下流行的浓艳香软的"宫体诗"。吴均积极地从乐府民歌中汲取养分，拟作了不少乐府旧题，《战城南》正是其中之一，诗中抒发了渴望为国征战、建立功勋的理想追求。

[注　释]

① 躞蹀（xiè dié）：小步行走的样子。
② 骊马：黑马。
③ 鱼丽阵：古代作战时军队布置的阵势。
④ 九重围：形容多层的围困。
⑤ 武安将：指战国时期秦国名将白起，他曾被封为武安君。
⑥ 意气重：倒装句式，即"重意气"，实际指看重报国立功的意气。

[赏　析]

和许多在江南暖风中沉醉的诗人不一样，吴均曾真正跟随梁朝大军踏上讨伐北魏的征程。

已经散轶的吴均集没有写明这首《战城南》究竟作于何时，千载以来，只有诗中的壮心未已。战士骑着青黑色的骏马向城南飞驰，一路尘与土、云和月，往事如云烟在眼前浮起，他想起了曾经那些血与火的日子，多次组成杀阵却敌千里，亦多次身陷重围九死一生。这些出生入死的厮杀让他立下了赫赫战功，有人拿他比作秦国的白起，他笑着摇了摇头，说自己只愿意当个血污秦王衣的荆轲，以全部才能、意气和热血来报答君主，如果功业未就，那么，自己也不必归来。

用汉魏古韵写就的悲歌，在温香软玉、纤细秾丽的南朝越发显得铿锵有力。这样的意气，与现实相对照，显得格外嘲讽，那次北伐，最终以闹剧告终：军至洛口，两军对峙，一天晚上突降暴雨，主帅萧宏以为敌人来袭，弃军逃跑，军中将士阵脚大乱，弃甲曳兵而逃，梁军未经一战而精锐尽失。

很难体会到当时的吴均是怀着怎样的心情回到南朝，或许有一天，他坐着小船再次漂流到家乡的富春江，风烟俱净，天山共色，他想起了自己经历的由齐入梁的短暂王朝，不战而溃的昏庸将领，销魂蚀骨的靡靡世风，看懂了人世的虚无、浮华与荒诞，而山水明澈、天地静穆，他从永恒的山水中寻得了一份寄托。

出 塞

刘孝标

蓟门①秋气清,飞将②出长城。

绝漠③冲风④急,交河⑤夜月明。

陷敌摐⑥金鼓⑦,摧锋⑧扬旆旌。

去去⑨无终极,日暮动边声⑩。

[写作背景]

刘峻,字孝标,南朝梁学者兼文学家,才识过人,著述甚丰,诗文创作亦有不俗之处。刘孝标出生于刘宋时期的山东德州,八岁时因战乱被掳至北魏,成年后方得以回到江南。后在梁朝任职,因耿介耿直,为梁武帝所不喜。晚年隐居东阳(今浙江金华山),当地年轻人纷纷跟随学习。刘峻所作《世说新语注》,考校缜密,旁征博引,被视为后世注书之圭臬,至今流传。

[注 释]

①蓟门:原指古蓟门关,又称居庸关,在今北京市昌平县西北三十里。

②飞将:"飞将军"李广的简称,泛指骁勇善战的将领。

③绝漠:极远、荒无人烟的沙漠地区。

④冲风:暴风,猛烈的风。

⑤交河:即交河故城,位于吐鲁番市以西约十三公里的雅尔乃孜沟中,最早是"车师前国"的都城。

⑥摐(chuāng):敲击。

⑦金鼓:即四金和六鼓,代表行军与战斗的信号。

⑧摧锋:摧折刀锋,喻挫败敌军的锐气。

⑨去去:越去越远。

⑩边声:指边境上羌管、胡笳、画角等乐声。

[赏　析]

刘孝标本是南朝人，早年因为战乱被掳至北魏，在北方边境度过了自己的童年和青年时期，再加上才华出众、性格孤高，他的边塞诗中有着复杂的况味。

"蓟门秋气清，飞将出长城"，从小生活在北方的刘孝标或许对此司空见惯，只是以平静的口吻诉说着：每到秋天，天朗气清，华夏农耕区谷物丰收，仓廪充实，而北方的游牧民族经过一个夏天的休养，正膘肥马壮，屡屡进犯。我军将领率大军闻令出动，御敌长城之外。大军出塞后，行走在大漠深处，荒无人烟，只有狂风呼啸，在无云的夜晚，月亮显得越发皎洁，高高地照着交河故城，照着那抬头望月的行者。

战争总是免不了冲锋陷阵的厮杀，狭路相逢勇者胜。"陷敌摐金鼓，摧锋扬斾旌"，两军对垒，一鼓作气，再而衰，进攻的鼓声密集得如同雨点，不停地嘶吼着杀，杀，杀，我军战士英勇杀敌，挫败了敌军的前锋，攻陷了敌人的阵地，猎猎秋风中，胜利的旗帜在风中招展，宣扬着丰硕战果。战争还未就此止息，战士们继续进入大漠深处，追击敌人的残部。然而这样的行军还不知要进行到何时，"去去无终极，日暮动边声"，大漠风尘，日暮黄昏，四面边声连角起，那撩乱边愁的曲子总也唱不尽，触动了内心最柔软的地方。

生于战乱时代的诗人没有回避战争的艰苦与残酷，也没有因此而丧失一往无前的锐气。历史记下战争的结果，文学却不计较成败，只记下战争的过程中，那些渺小个人的曲折心路、复杂况味，它通常在相互矛盾中展开无限意义的空间，在漫长的时间长河中等待与人共鸣。

关山月

徐　陵

关山三五月[①]，客子忆秦川[②]。

思妇高楼上，当窗应未眠。

星旗映疏勒③**，云阵上祁连**④**。**

战气⑤**今如此，从军复几年。**

[写作背景]

  徐陵，字孝穆，南朝梁陈时期著名诗人、文学家，编有《玉台新咏》。徐陵早年与其父徐摛及庾信父子在梁朝宫中任职，皆以宫体诗闻名。后经历侯景之乱，被迫羁留北方七年之久，南归后又经陈代梁的王朝更迭，阅历颇多，感慨遂深，诗歌风格随之摆脱了轻浮秾艳，创作了一些真情实感、平易晓畅的作品，这首《关山月》正是其中的代表，以乐府旧题写感伤别离，可以看作是唐代边塞诗的先声。

[注　释]

  ①关山：泛指边关山川，征战人的所在地。三五月：农历十五的月亮。

  ②客子：在外出征的人。秦川：指关中平原，在今陕西中部。

  ③星旗：星名，亦称天旗，古人认为它是主西北兵象的星。映：照耀，映照。疏勒：汉代西域的诸国之一，王都遗址在今新疆维吾尔族自治区疏勒县。

  ④云阵：古代一种军阵，呈蜿蜒曲折的横队。祁连：山名，指新疆的天山。

  ⑤战气：战争气象。

[赏　析]

  自古以来，月亮就是所有人心间的一抹绝色。要想真正懂得她，就必须先懂得孤独与思念。

  起先，他也不懂，在醉生梦死的皇宫筵席上，他喝得醉醺醺的，把月亮比作美丽的歌姬，或是把美丽的歌姬比作月亮，同样的明丽皎洁，照亮了这虚无烦闷的长夜。《诗经》中不也这样写的吗——"月出皎兮，佼人僚兮"，又怎么算得上轻浮？

  他写过许多关于爱情的诗，香艳的、缱绻的，在后来流落北国的日子里，他才尝尽孤独、思念与无可奈何，就像一个美丽的歌姬，洗尽腻脂浓粉，只留下一张泫泣欲滴的脸。

从繁华的宫廷，到苍凉的边关，他听闻国破家亡，也看见艰难时世，他多次想回到南方的家乡，却遭到北齐的种种阻挡及诘难，正如他自己所言："岁月如流，平生几何？晨看旅雁，心赴江淮；昏望牵牛，情驰情越。朝千悲而掩泣，夜万绪而回肠，不自知其为生，亦不自知其为死。"

自己如此，兵燹中又有多少人和自己一样有家难归呢？月光照着羁旅他国的徐家公子，也照着枕戈待旦的普通士卒。月亮全都看见了，千万年了，月亮看过了太多悲欢。你问她，她也不答，你却想向她倾诉更多。这一次，他为那些士卒代言。

农历十五的一轮明月高高地挂在关山上，月圆而人却不团圆，在难眠的夜晚，征人正看着月亮，将所有的思念都告诉了她。美人迈兮音尘阙，隔千里兮共明月。远在秦川的妻子也一定难以入睡，站在高楼上凝望着同一轮明月，牵挂着远方的夫君。当妻子抬头望向月亮时，当月光洒向妻子的衣襟时，妻子一定能够读到他的思念。只是人如何能像月光一样，穿过重重山河相拥。当前战争局势越发紧张，乌云蔽月，主战的星辰闪烁，一支队伍已经潜入祁连山，战争一触即发，那离家已久的征人更不知何时能够解甲归田，趁着月光回到故乡。

在那个时代，放下门第、身份的"我执"，士族公子和戍边士卒分享着同样的际遇与心情。在漫长的淹留和等待中，当他不再只是徐陵，他终于懂得了那轮月亮，芸芸众生，阴晴圆缺，悲欢离合。

故事的最后，新月弯弯，像一条小船，他乘船归去，越过万水千山，而故国已换了朝代。

陇上为陈安歌

乐府民歌

陇上[①]壮士有陈安，躯干虽小腹中宽，爱养将士同心肝。

骁②骢③父马④铁锻鞍，七尺大刀奋如湍，丈八蛇矛左右盘。

十荡⑤十决⑥无当⑦前，战始三交⑧失蛇矛，弃我骁骢窜⑨岩幽⑩。

为我外援⑪而悬头⑫，西流之水⑬东流河⑭，一去不还奈子何！

[写作背景]

陈安原是西晋晋南阳王司马模帐下都尉，永嘉之乱后，司马模被杀，陈安招募陇上氐、羌等少数民族军队十余万人，坚决抗击北方匈奴政权前赵对于晋的入侵。公元 323 年，陈安部在与前赵刘曜的对决中，兵溃被杀。陈安平日对待将士宽厚仁爱，与士兵百姓同生死、共患难，他战死后，饱受匈奴欺凌的秦陇人民创作了这首歌来悼念他。史书记载，刘曜听了这首歌后也十分感伤，命乐府演唱此歌。

[注　释]

① 陇上：指陇西郡，在今甘肃西南一带。

② 骁（niè）：马善疾奔。

③ 骢（cōng）：毛色青白相间的马。

④ 父马：公马。

⑤ 荡：冲杀。

⑥ 决：溃散。

⑦ 当：抵挡。

⑧ 三交：三次交锋。

⑨ 窜：隐藏。

⑩ 岩幽：深山。

⑪ 外援：向外求援。

⑫ 悬头：指被杀害。

⑬ 西流之水：从西流来的水，指陇水，流入洮水。

⑭ 东流河：向东流入黄河。

[赏　析]

永嘉之乱后，中国再次走向分裂，北方进入战乱不休的五胡十六国时期，西晋士人南渡，建立了东晋政权。北方广袤辽阔的土地，成为少数民族政权逐鹿中原的战场。在这风起云涌的时代出现了一批少数民族将领，他们有的出身卑微，如石勒、刘曜、王弥，攻城拔寨如入无人之境，却杀戮成性，累累白骨于他们而言只是功勋簿上的注脚。人们畏惧他们，也诅咒着他们。有一个人却恰恰相反，他的死让无数百姓悲痛叹息，人们自发地唱着歌怀念他，正是在无数人的传唱中，今天我们还能从历史长河中溯游而上，看到那个黑暗时代里，一个失败者点亮的一点人性的微光。

在烽火点燃的陇西土地，曾有一位英雄，叫陈安，他个子不高，看起来格外亲厚，肚中好像容纳了宽容与仁厚，战乱中命如草芥，而他对待将士如同自己的心肝一般爱惜。他在战场的身姿是那么英武，骑着一匹青白色的骏马，七尺大刀和丈八蛇矛在左右手之间来回飞旋，好似急湍流动，汹涌澎湃。他所到之处，十荡十决，所向披靡，无人敢去阻拦。可叹这次交战却出师不利，只战了三个回合就丢失了蛇矛，舍下坐骑向深山隐蔽，只是时运不济啊，为我军寻求外援的途中竟被俘获，血洒当场。昙花一现的英雄，如同黑暗的河流上，漂过的一盏河灯，在波澜中荡起微光，而流水长逝，一去不返，只留下人们深深怀念，深深悲叹。

这是流传于民间的俚俗之乐，不是歌功颂德的庙堂之歌，它传唱于行役艰苦的路途中，低吟于如水沉静的夜晚，歌声苍凉而悲远，它唱的是"我们的英雄"。兵锋收割一片片如草芥般的生命，只有他，不把士兵看作是成就自己霸业的工具，而是和自己一样有血有肉的普通人；只有他守护着乱世中，如蝼蚁一般的普通人的价值与尊严。像是一把火，一点光，无法照亮整个黑夜，却给周围的人带来一点温暖和希望。

第三篇章 隋唐五代

从军行

卢思道

朔方^①烽火照甘泉^②，长安飞将出祁连^③。

犀渠^④玉剑良家子，白马金羁^⑤侠少年。

平明偃月^⑥屯右地，薄暮鱼丽^⑦逐左贤。

谷中石虎^⑧经衔箭^⑨，山上金人^⑩曾祭天。

天涯一去无穷已，蓟门迢递^⑪三千里。

朝见马岭^⑫黄沙合，夕望龙城^⑬阵云起。

庭中奇树已堪攀，塞外征人殊未还。

白雪初下天山外，浮云直向五原^⑭间。

关山万里不可越，谁能坐对芳菲^⑮月。

流水本自断人肠，坚冰旧来伤马骨。

边庭节物与华异，冬霰^⑯秋霜春不歇。

长风萧萧渡水来，归雁连连映天^⑰没。

从军行，军行万里出龙庭，

单于渭桥^⑱今已拜，将军何处觅功名。

[写作背景]

"从军行"是乐府诗题，据《乐府题解》的说法，"'从军行'皆军旅苦辛之辞"。卢思道是隋朝大文士，年轻时师事"北朝三才"之一邢劭（字子才），以才学重于时，有"八米卢郎"之称。虽然最后他供职于隋朝且逝于隋朝，

第三篇章 隋唐五代 | 061

但这仅是其52岁的一生中的最后三五年,而他一生的大部分时间是相继供职于北齐和北周的,对北方的干戈扰攘、战乱不断深有体会,这种特殊经历或许就是对卢思道写这首《从军行》的诠释。

[注　释]

① 朔方:北方。又古郡县名,西汉元朔二年(127)置,治所在今内蒙古自治区杭锦旗西北。

② 甘泉:甘泉宫。故址在今陕西淳化西北甘泉山。

③ 祁连:祁连山。匈奴语意为"天山",广义的祁连山是甘肃省西部和青海省东北部边境山地的总称,绵延一千公里。狭义的祁连山系仅指最北的一支。

④ 犀渠:古兽名,《山海经·中山经》中有:"(釐山)有兽焉,其状如牛,苍身,其音如婴儿,是食人,其名曰犀渠。"这里指犀皮制成的盾牌。

⑤ 金羁(jī):金饰的马络头。

⑥ 偃月:横卧形的半弦月。这里指半月形的阵营。

⑦ 鱼丽:鱼丽阵。《东周列国志》:"(郑)庄公曰:'鱼丽阵如何?'高渠弥曰:'甲车二十五乘为偏,甲士五人为伍。每车一偏在前,别用甲士五五二十五人随后,塞其阙漏。车伤一人,伍即补之,有进无退。此阵法极坚极密,难败易胜。'"

⑧ 石虎:虎形之石。

⑨ 衔箭:以口含箭,犹中箭。出自李广射石虎的典故。

⑩ 金人:铜铸的人像,指佛像。

⑪ 迢递:遥远貌。

⑫ 马岭:关名。在今山西省太谷县东南马岭山上。

⑬ 龙城:即龙庭,汉时匈奴地名,为匈奴祭天之处。一说是指河北卢龙。

⑭ 五原:关塞名。即汉五原郡之榆柳塞。在今内蒙古自治区五原县。

⑮ 芳菲:芳香,花草盛美。

⑯ 冬霰(xiàn):冬天空中降落的白色小冰粒。

⑰ 映天:映照在天空。

⑱ 渭桥:汉唐时代长安附近渭水上的桥梁,指离别之地。

[赏　析]

　　这是一首叙写征夫思妇的乐府诗,既有征夫的驰骋沙场,又有思妇的肝肠寸断。相传唐玄宗自巴蜀回,夜登勤政楼就吟咏了此诗中的"庭前奇树已堪攀,塞外征人殊未还"(《古今诗话》),可见这首诗在唐代就很受欣赏。

　　匈奴再次犯边,苍茫大漠中,烽烟四起,传至长安。皇上马上派遣像汉代飞将李广那样的名将远征祁连山。那握犀皮之盾、持冰玉利箭的士兵是征来的良家子弟,身骑金罩白马的是豪侠少年。如此精兵强将,焉能不战无不胜?早上的时候,用"偃月阵"占领了战略要地,傍晚时,又用"鱼丽阵"击溃了追杀的敌人。可见将军的兵法奇谲啊!"谷中石虎经衔箭"引用《史记·李将军列传》:"广出猎,见草中石,以为虎而射之,中石没镞,视之石也。因复更射之,终不能复入石矣。""山上金人曾祭天"引用《史记·匈奴列传》:"汉使骠骑将军去病将万骑出陇西……破得休屠王祭天金人。"诗人通过这两个典故进一步表现出将士的神威,也正如此,才有了战争的胜利。然而,一去天涯之外,还是不禁让人想起了千里之外的蓟门老家,年年征战何时休啊!早上看见的还是马岭关上的漠漠黄沙,晚上就看到神出鬼没的匈奴王廷兵阵如云。战争没有结束,归期还要延长。

　　时空流传。征人离开时,在庭院中种下的珍奇树木已能攀折,可是他却还未归来。白雪皑皑的天山外,浮云飘荡的五原间,想必又是一番景象吧!可是,思妇又能怎样呢?那万里之遥的关山是不可能一跃而过的,谁能独自欣赏这百花芬芳下美丽的月色呢?想到这里,不禁让人又怨又恨!别离后的时光似流水一般一去不复返,思妇的青春年华也已慢慢不再。人老珠黄,见到流水又让人倍感心伤。塞外的寒冷使原不怕冷的战马也感到骨头冻伤了,征人又何以堪呢?塞外的节令和物候与中原有很大不同,秋冬的霜雪到了春天也不停息。如今长风萧萧,吹过了水面,大雁接连不断地南飞而消失在天际,可是我的丈夫却还没有回来。思妇触景伤情,愈加愁楚、痛苦。

　　"从军行,军行万里出龙庭。单于渭桥今已拜,将军何处觅功名。"可以说是对全诗的总结。跟随军队去打仗,一直打到万里之外的龙庭。如今匈奴单于已经到长安俯首称臣了,将军还要到哪里去求得功名呢!那么,戍边的将士也该回家了吧!

全诗风格刚劲雄健,既有北人的豪放旷达,又有南人的细腻婉约,刘师培说:"卢思道长于歌词,发间刚劲,嗣建安之遗响。"(《南北文学不同论》)此诗即是代表。

出塞(其一)

杨 素

漠南①胡未空,汉将复临戎。
飞狐②出塞北,碣石指辽东。
冠军③临瀚海,长平翼大风。
云横虎落④阵,气抱龙城虹。
横行万里外,胡运百年穷。
兵寝星芒落,战解月轮空。
严鐎⑤息夜斗,驿角⑥罢鸣弓。
北风嘶朔马,胡霜切塞鸿。
休明⑦大道⑧暨⑨,幽荒日用同。
方就长安邸,来谒建章宫。

[写作背景]

突厥是隋初北方最强大的少数民族政权,由于南北朝时期中原分裂,内战不休,北齐、北周皆重赂突厥以求苟安。隋开皇四年(584)突厥分裂为东、西两部。隋文帝利用其内部纠纷,命高颎、杨素等率兵出塞。杨素作为隋朝的开国重臣，两次出塞，《隋书》记载，（他）"出云州击突厥，连破之。"这首《出塞》其一就是其作战生活的一种反映。

[注　释]

① 漠南：指蒙古高原大沙漠以南的地区。

② 飞狐：要隘名，在今河北省涞源县北蔚县南。

③ 冠军：指霍去病，霍去病曾因征匈奴等军功封冠军侯，因以"冠军"称之。

④ 虎落：遮护城堡或营寨的篱笆。

⑤ 严鐎（jiāo）：严格的鐎声。鐎，刁斗，古代军用炊具，三足，有柄，夜间用来敲击报更。

⑥ 骍（xīng）角：赤色牛角。

⑦ 休明：美好清明。

⑧ 大道：宏伟王道。

⑨ 暨：到、及、至。

[赏　析]

这是一首出塞诗，诗人有着真切的战争生活体验，不仅描写了边塞风光、行军作战的艰苦生活，还抒发了报国忘身的爱国情感，可以说是盛唐边塞诗的先驱。

汉塞秦关，满目遗迹，古往今来，征战不休，曾上演多少惨烈的活剧！从现实到历史，诗人心事浩茫，而如今，却又踏上出塞的征程。大军长驱北上，先经飞狐关而出塞北，又经碣石而指附辽东。军队出征后气势如虹，似要像汉代霍去病打败匈奴那样登临翰海，又要像卫青两翼军队借风包抄单于一般击败敌人。"云横虎落阵，气抱龙城虹"二句，为全诗诗眼所在。遮护营寨的篱笆好似黑云压城，如虹的气势要将龙城包围。诗人以泰山压顶的气概写出了军队必胜的信念和整肃的军容。诗人友人薛道衡和诗云："凝云迷代郡，流水冻桑乾""长驱鞮汗北，直指夫人城"（《出塞》），虞世基和诗亦曰："瀚海波澜静，王庭氛雾晞"（《出塞》），亦同此意。

"横行万里外，胡运百年穷"两句及以下六句描写战争的经过和体验。

严明的军纪、昂扬的斗志,使这支军队具有很强的战斗力,可以长驱万里之外,直捣突厥老巢,胡人的百年气运必将终结。放眼望去,月落星稀,夜已将尽,战争也将结束。但从这响犹在耳的余音和肃杀的气氛中,人们还能感受到战争的气息。古诗有云:"胡马依北风,越鸟巢南枝。"(《古诗十九首》)马的主人也许已经阵亡了,马却仍悲鸣不已。大雁从北方飞来,飞过这尸横山积的战场,也发出令人摧肝裂胆的鸣叫,委实令人惊心动魄。

"休明大道暨,幽荒日用同"两句化用张衡《东京赋》中:"惠风广被,泽洎幽荒"("洎"即"暨")和陆机《五等诸侯论》中:"德之休明,黜陟日用",道出战争的目的在于使荒僻边远之地同受王化。"方就长安邸,来谒建章宫"二句结束全诗,写军队班师回朝、奏凯京师。

清人沈德潜描述杨素:"幽思健笔,词气清苍。"(《说诗晬语》)这首《出塞》诗与杨素流传至今的其他诗作一起,以"雄深雅健"之笔,力矫齐梁柔靡之风,给隋代诗坛带来了生气,而杨素也成为陈子昂之前隋唐诗坛转变诗风的代表作家之一。

出塞(其二)

薛道衡

边庭烽火惊,插羽夜征兵。
少昊[①]腾金气,文昌动将星。
长驱鞮汗北,直指夫人城。
绝漠三秋暮,穷阴万里生。
寒夜哀笛曲,霜天断雁声。
连旗下鹿塞,叠鼓向龙庭。

妖云坠虏阵，晕月绕胡营。

左贤皆顿颡②，单于已系缨。

绁马③登玄阙，钩鲲临北溟。

当知霍骠骑④，高第起西京⑤。

[写作背景]

　　南朝时，边塞诗写作渐盛，其诗中虽出现北方边境地名，描写绝域荒凉之状，但其实多数作者并无从军塞外的生活体验。隋代情况便有所不同，如杨素、薛道衡、虞世基各有《出塞》二首（系薛、虞和杨素所作），杨素本人是征讨突厥、战功卓著的大将，薛道衡也曾从征突厥，掌管军中文书。他的这首《出塞》，从字面上看，写的是汉代远征匈奴的事迹，实际上不妨视为隋朝与突厥战争的反映。

[注 释]

　　① 少昊：上古帝王名，主兵戈事。
　　② 顿颡（sǎng）：扣头。
　　③ 绁（xiè）马：扣马。
　　④ 霍骠骑：指霍去病。
　　⑤ 西京：指长安。

[赏 析]

　　这是一首唱和诗，为薛道衡和杨素《出塞》所作，虽为唱和，但气势蓬勃、格调高昂，不亚于杨素之作。

　　苍茫夜色中，边境烽火冲天而起，朝廷征兵羽书连夜发出，军队进入紧张备战状态。"少昊腾金气，文昌动将星"点明局势紧张的原因在于突厥入侵。"少昊"本是传说中古代东夷族首领，（晋）王嘉《拾遗记》："少昊以金德王"，这里借指胡军。"文星"本是星名，《晋书·天文志》云："文昌文星在斗魁前，一曰上将，二曰次将……"这里借指汉军。"少昊""文昌"相对，一"腾"字，一"动"字，写出局势之紧张，已有一触即发之势。边境告急,大军浩浩荡荡,开出塞外,直驱敌境,一场激战迫在眉睫。

此时已是深秋,平沙万里笼罩在一片沉重浓郁的阴气之中。"穷阴万里生"一句更是让人想象出一幅万里愁云、阴沉惨淡的画面。寒气刺骨的夜里,响起阵阵笳声。笳是军中乐器,其声凄厉哀怨。据说晋代刘琨(一说刘畴)为胡骑所围,乃月夜吹笳,敌兵为哀声所感,流涕唏嘘,凄然兴起故土之思,便弃围而去。而此时,悲笳伴着失群孤雁的悲嘶,更叫人肝肠断绝。唐人李颀《古从军行》曰:"胡雁哀鸣夜夜飞,胡儿眼泪双双落。"李益《夜上受降城闻笛》曰:"不知何处吹芦管,一夜征人尽望乡。"宋人范仲淹《渔家傲》曰:"塞下秋来风景异,衡阳雁去无留意。……羌管悠悠霜满地。人不寐,将军白发征夫泪。"……此情此景,似超越了时空的界限。

猎猎军旗下,汉军士如猛虎出山,越过鹿砦;咚咚战鼓中,大军所向披靡,直逼敌营。妖云惨淡、昏月笼罩,敌人的营垒一片死气沉沉,离败局已经不远了。而此时,匈奴贵族左贤王等正屈膝下拜,纷纷投降,敌酋单于也被生擒。军队上下洋溢着一片胜利的喜悦氛围。

将军器宇轩昂,正朝京面圣,领功封赏。想当年,西汉大将霍去病也是如此吧!诗末四句又从战前、战中写到战后,把崇敬颂扬的诗情推到高潮,使全诗的思想境界得到升华。而汉军大将霍去病安边定远、立功异域的雄图大志,也给读者留下了历久弥新的印象。

饮马长城窟行

杨 广

肃肃秋风起,悠悠行万里。
万里何所行,横漠筑长城。
岂台小子[①]智,先圣之所营。

树兹万世策,安此亿兆生②。

讵敢③惮④焦思⑤,高枕于上京。

北河见武节,千里卷戎旌。

山川互出没,原野穷超忽。

撞金止行阵,鸣鼓兴士卒。

千乘万旗动,饮马长城窟。

秋昏塞外云,雾暗关山月。

缘严驿马上,乘空烽火发。

借问长城侯,单于入朝谒。

浊气静天山,晨光照高阙。

释兵仍振旅⑥,要荒⑦事万举。

饮至告言旋,功归清庙⑧前。

[写作背景]

杨广,即隋炀帝,隋朝的第二位皇帝,精于文采,后人评价曰:"混一南北,炀帝之才,实高群下。"此诗选自宋人郭茂倩《乐府诗集》,有人认为此诗作于大业五年(609),隋炀帝西巡张掖时。也有人认为,此诗是大业八年(612),隋炀帝率军百万,亲征辽东时所作。

[注 释]

① 台小子:小子我、我小子。《书·汤誓》:"非台小子,敢行称乱,有夏多罪,天命殛之。"台:三台、三公,官员自称,后为官员的称呼,如臬台、府台等。也可表示"我"的谦称。

② 生:百姓。

③ 讵(jù)敢:岂敢。

④ 惮:怕。

⑤ 焦思:焦苦思虑。

⑥ 振旅:整顿军队。

⑦要荒：古称王畿外极远之地，亦泛指远方之国。
⑧清庙：即太庙，古代帝王的宗庙。

[赏　析]

　　这是一首乐府古题，但其一改以往《饮马长城窟》的凄寒主题，而以千军万马战长城，来烘托国威、张扬国力。

　　萧瑟秋风吹起，道路悠且长，前往哪里呢？北上沙漠修筑长城。哪里是我的智慧啊，这都是先人的功业，建立这种惠泽万代的功业，是为了安顿天下的黎民百姓。在北河见到了将领统率三军的符节，千里之外，似乎看到军旗迎风招展。山川时隐时现，原野旷远渺茫。军队纪律严明，令行禁止，千军万马旌旗招展，在长城下的水窟暂息饮马。秋天的黄昏，塞外一片渺茫。雾气渐渐升起，映衬着关山之月，显现出一片肃杀的气氛。沿着陡峭的山岩，传递军令的战马正急速前进，前方敌军来犯，烽烟又起。试问长安城的守关，单于俯首称臣了吗？厮杀过后，战场一片狼藉，天山上下陷入了沉寂。仗虽然已经打完了，但是军队却不懈怠，仍在紧急操练，远方一场新的战事正刚刚兴起。饮马完毕后，军队凯旋，祭告天地祖宗。

　　"男儿宁当格斗死，何能怫郁筑长城"（陈琳《饮马长城窟行》），长城，承载着中华儿女生生不息的战斗精神，隋炀帝作此篇，也隐含着一代帝王统一长城内外的雄浑气魄。后人评价此诗曰："通首气体强大，颇有魏武之风。"这首诗已经成为"饮马长城窟行"同题诗的代表作。

从军行

明余庆

三边①烽乱惊，十万且横行。
风卷常山阵，笳喧细柳营②。

剑花寒不落，弓月晓逾明。

会取淮南地，持作朔方城。

[写作背景]

明余庆的《从军行》虽然不比卢思道和杨素的军旅诗差，但他的名气、官位等可是比前两位差得太远了。《隋书》只在他父亲的传后提到有关明余庆的两句话："子余庆官至司门郎。越王侗称制，为国子祭酒。""从军行"是乐府诗题，前文介绍卢思道的"从军行"时就提起过，所以明诗与卢诗的共同点都在于述说了军旅之苦辛。

[注　释]

① 三边：指汉时设立的边地三州，幽州、并州、凉州。

② 细柳营：周亚夫当年驻扎在细柳的部队，后遂称军营纪律严明者为细柳营。

[赏　析]

这是一首乐府旧题，诗人通过对战事的叙述和边塞苦寒风光的描绘，展现军队昂扬的气势和雄壮的国威。

边境地区烽烟四起，警报频传。朝野上下一片震惊，急拨十万大军驰骋边塞。"风卷常山阵，笳喧细柳营"写出了军队作战的艰苦和纪律严明。风卷长沙，悲笳阵阵，军队摆出常山阵，势要夺取这次战争的胜利。"剑花寒不落，弓月晓逾明"一句中的"剑花""弓月"是边地独特的意象，"寒不落""晓逾明"则描绘出了边地酷寒的意境，让人如临其境。塞外酷寒，寒风呼啸，士兵们剑上的霜花凝而不落，通宵巡逻的哨兵伴着弦月直到天明。想当年，周亚夫吞兵细柳，军纪严明，如今的军队也不亚于此，一定会像当年汉武帝收复河南地般驱逐入侵者，在那收复之地也建一座朔方城般的胜利之城。

这首诗只有八句，但结构紧凑，气势逼人，让人感到诗人不失前人的豪迈之气。

还陕述怀

李世民

慨然抚长剑,济世岂邀名。

星旃^①纷电举,日羽^②肃天行。

遍野屯万骑,临原驻五营。

登山麾武节,背水纵神兵。

在昔戎戈动,今来宇宙^③平。

[写作背景]

隋朝末年,李世民驻扎关中,先平定山西刘武周,后大败洛阳王世充,这一年,李世民二十三岁。《还陕述怀》这首诗是唐王朝创建初期,李世民平定关东割据势力,回师关中时所作。诗人回忆自己当年慷慨抚剑,举义起事,济天下黎民于水火之中,以及在陕地进行的激烈战斗,抚今追昔,因作此诗。

[注 释]

① 星旃,旃(qí),即"旗",旌旗簇拥。

② 日羽:渲染队伍浩荡、军情火急、战报不绝。

③ 宇宙:指天下。

[赏 析]

这是一首帝王之诗,不仅因为诗歌的作者李世民在日后的帝位争夺中脱颖而出,而在于诗人早年迸发出的豪情壮志、帝王气象。

诗的开篇,即是诗人的抚剑叹息:我如此南征北战、干戈劳碌,岂止是为了邀取功名,我是为了济世救民啊!诗人刚刚经历了南征北战,结束了群雄割据、国家四分五裂的局面,如今凯旋班师,面对着刚刚得到统一的大好河山,想起此前战争的艰辛,将士们的浴血奋战,不禁手抚腰间的长剑慨然长叹。

回想起当时作战的情景，仍然历历在目。行军的场面是"星旆纷电举，日羽肃天行"。"星旆""日羽"渲染队伍浩荡、旌旗簇拥，军情火急、战报不绝。"纷电举""肃天行"表现行动迅猛，纪律严明。短短两句十字，把一支军风严明、行动迅速、声势威严的正义之师的雄姿展现在读者眼前；军队驻扎的场景是"遍野屯万骑，临原驻五营"。千军万马，漫山遍野；战斗的场面是"登山麾武节，背水纵神兵"。"登山""背水"写地形复杂，"麾武节""纵神兵"写指挥灵活。其中，"背水纵神兵"引用《史记·淮阴侯列传》中韩信的典故："信乃使万人先行，出，背水陈。赵军望见而大笑。"诗人以大军事家韩信自比，充满了乐观、自信。短短三联六句，再现了这次规模巨大的军事行动，描绘出了统帅的英勇神武、军队的气势雄壮、机动灵活。

诗末两句以"在昔戎戈动，今来宇宙平"作结，抒发了诗人的豪情壮志，与首联遥相呼应。战争是残酷的、无情的，有破坏、要牺牲，但正是当初的干戈扰攘，才有了如今的天下统一局面。诗人心中有感慨，但更多的是慰藉，而他所表现的这种战争观，具有进步的历史意义。

秋夜长

王　勃

秋夜长，殊未央，月明白露澄清光，层城绮阁遥相望。
遥相望，川无梁[①]，北风受节南雁翔，崇兰委质时菊芳。
鸣环曳履出长廊，为君秋夜捣衣裳。
纤罗[②]对凤凰，丹绮[③]双鸳鸯，调砧乱杵思自伤。
思自伤，征夫万里戍他乡，鹤关音信断，龙门[④]道路长。
君在天一方，寒衣徒自香。

[写作背景]

王勃,初唐诗人。唐王朝从早期就无休止地进行武力征伐。据史书记载,总章元年(668),唐高宗李治兴兵讨伐西突厥,擒沙博罗可汗;龙朔元年(661)又讨伐百济,灭掉了百济国,并击败了日本的援兵;接着又征高丽,擒高丽王高藏。王勃十五岁那年,即上书右相刘祥道,抨击唐王朝的侵略政策。这首《秋夜长》可以说是他对现实的一种真实反映。

[注　释]

① 川无梁:指河流不架桥梁。

② 纤罗:细薄透气的丝织品。

③ 丹绮:红色而有花纹的丝织品。

④ 龙门:王勃为绛州龙门(今山西稷山、河津一带)人。

[赏　析]

这是一首以女子口吻写下的杂言体闺怨诗,以闺中少妇为丈夫深夜捣衣之事,把一个闺妇的愁思写得缠绵悱恻。

秋夜漫漫,未过夜半。月光皎皎,映照着白露,泛着明亮的光。重楼绮阁叠嶂,里面是思夫的少妇辗转反侧、难以入眠。天上的牵牛织女星遥遥相望,奈何银河未架设桥梁,怎得相见?北风呼啸,大雁南归,草木萧瑟、兰菊正芳。此情此景,不禁令人更加悲伤。"秋风萧瑟天气凉,草木摇落露为霜,群燕辞归雁南翔。……明月皎皎照我床,星汉西流夜未央。牵牛织女遥相望,尔独何辜限河梁。"曹丕的这首《燕歌行》似是少妇此刻心境的真实写照。

穿戴好衣服,佩戴好环佩,起来为夫君洗洗衣服,聊以度过这漫漫秋夜吧!轻薄名贵的丝织罗衣上绣着凤凰、鸳鸯,可以看出少妇身份的华贵。但是少妇此刻却是心烦意乱,胡乱地捣着杵,心里黯然神伤。思念啊!思念!可是思念又有什么用呢?只会伤及自身而已!征夫在遥远的万里之外,山河阻断,音信渺茫,回家的路,是那么的悠久漫长。

寒衣虽然准备妥当,这龙门戍地的道路却又很长很长,你在天的那一边,我在天的这一边,这寒衣怎么能送到你的手中呢?只好让它搁在那儿独自地散发熏烤的香味了。全诗到这里戛然收束,那不尽的愁思,那远戍他乡征人的悲苦,只好留给读者去玩味、揣摩了。

全诗言有尽而意无穷,表面虽描写征夫思妇的离愁别绪,但实则饱含着诗人对唐朝统治者发动对外扩张的非正义战争的谴责与抗争。同时,诗人引用魏晋诗歌的精华,细腻婉约,给读者以真切的体验和触动。

从军行

杨　炯

烽火照西京,心中自不平。
牙璋①辞凤阙,铁骑绕龙城。
雪暗凋②旗画,风多杂鼓声。
宁为百夫长③,胜作一书生。

[写作背景]

杨炯与王勃、骆宾王、卢照邻齐名,世称"王杨卢骆",为"初唐四杰"。工诗,擅长五律,所作边塞诗较著名。唐高宗调露、永隆年间(679-681),吐蕃、突厥多次侵扰甘肃一带,礼部尚书裴行俭奉命出师征讨。(明)唐汝询在《唐诗解》中认为是诗人看到朝廷重武轻文,只有武官得宠,心中有所不平,故作诗以发泄牢骚。

[注　释]

① 牙璋:古代发兵所用之兵符,分为两块,相合处呈牙状,朝廷和主帅各执其半。此指代奉命出征的将帅。

② 凋:原意指草木枯败凋零,此处指失去了鲜艳的色彩。

③百夫长（zhǎng）：一百个士兵的头目，泛指下级军官。

[赏　析]

　　这是一首乐府旧题，仅仅四十个字，就描述了一个读书士子从军边塞、参加战斗的全过程。

　　边塞的报警烽火传到了长安，壮士的心哪能平静！首联以"烽火照西京"领起，通过"烽火"这一形象化的景物，把军情的紧急表现出来了。一个"照"字渲染了紧张气氛。"心中自不平"，是由烽火而引起的，国家兴亡，匹夫有责，诗人不愿再把青春年华消磨在笔砚之间，而立志投笔从戈。一个"自"字，表现了书生那种由衷的爱国激情，写出了人物的精神境界。

　　手持兵符，辞别皇宫，奔赴作战前线。精锐骑兵勇猛异常，以排山倒海之势围敌攻城。一个"辞"字，显出奉旨率师远征者的严肃庄重；一个"绕"字，显见铁骑威力无穷，把敌兵团团包围。大雪纷飞，军旗顿时黯然失色，狂风怒吼，夹杂着咚咚鼓声。诗人抓住隆冬自然界中的"雪""风"等特有景象，以视觉上的大雪纷飞中战旗到处翻舞，以及听觉上的风声狂吼中夹杂着进军的战鼓声，描绘出两军对峙的紧张局面，同时也展现出军队的英勇顽强。

　　看到这里，诗人不禁感叹：我宁愿做个低级军官为国冲锋陷阵，也胜过当个白面书生只会雕句寻章。"宁为百夫长，胜作一书生"两句诗更表达了初唐广大知识分子为国建功立业的共同心愿，成为中国知识分子投笔从戎的千古名句。

　　全诗节奏明快、一气呵成，有力地凸显了书生强烈的爱国激情和唐军将士气壮山河的精神面貌。

战城南

杨 炯

塞北途辽远,城南①战苦辛。

幡②旗如鸟翼,甲胄③似鱼鳞。

冻水寒伤马,悲风愁杀人。

寸心明白日,千里暗黄尘。

[写作背景]

《战城南》是乐府《铙歌·鼓吹曲辞》旧题,多写战争的残酷、军旅生活的艰辛。这首诗是杨炯早年在渴求功业的心态支配下所作,具体的创作年代不详。

[注 释]

① 城南:泛指边塞城堡的附近,非确指城的南边。

② 幡(fān):垂直悬挂的一种窄长形旗子。

③ 甲胄:甲是用皮革绳索串联铁叶而成的战衣,即铁甲。胄是战争中戴的防护帽子。

[赏 析]

这首《战城南》虽然以征人的口吻叙述了远征边塞的生活,但已不像汉乐府诗歌那样写得尸横遍野、惨不忍睹了,而是洋溢着一种自豪、自信,充满了胜利的希望。

将军骑马出了紫塞长城,去与驻扎在乌贪的冒顿作战。两军在雁门关的北面发起了战争,我军与敌军在城南布下了阵势。起首两句直截了当地点出了战争的地点,如同画家的笔先挥毫涂抹出一个塞外寥廓的背景。"战城南,死郭北,野死不葬乌可食。"(无名氏《战城南》)诗人如叹如诉、饱含艰辛,语言朴实感人。

旌旗迎风猎猎，如飞鸟展翼；盔甲映日闪闪，似大鱼曝鳞。此二句，诗人以"幡旗""甲胄"代指军队，写其布阵变化，出奇传神。此二句运用比喻，鲜明、生动地描绘了唐军将士与敌人顽强搏斗的精神和艰苦作战的场面。

在此出生入死之际，诗人的心境是复杂的、不平静的，一阵冲杀之后，感慨也随之而来。"冻水寒伤马，悲风愁杀人"，以气候之严寒，烘托出战斗的严酷与艰辛。诗人化用陈琳《饮马长城窟行》诗中的"饮马长城窟，水寒伤马骨"情景，令人心寒血凝，魂惊魄散。

诗末两句借景抒情。"明白日"言将士满怀信心，心系祖国，怀着必胜的信心，视死如归，继续驰骋疆场，报效君王。"暗黄尘"以景结情，含有不尽之意，通过描绘千里碛沙、黄尘蔽日的景象，实为渲染战争的激烈，使诗意更为丰厚深刻。

陇头水[①]

卢照邻

陇阪[②]高无极，征人一望乡。
关河[③]别去水，沙塞断归肠。
马系千年树，旌悬九月霜。
从来共呜咽，皆是为勤王[④]。

[写作背景]

卢照邻，初唐诗人，曾为邓王府小吏及新都尉。他一生不得志，又患风疾，手足痉挛，成为残废，后因不胜病痛，投颍水而卒，年四十。以歌行体为最佳，为"初唐四杰"之一。本诗是卢照邻所写的一首正面描写六盘山景物的唐诗。

[注　释]

① 陇头水：汉乐府篇名。
② 陇阪：亦作"陇坂"，即陇山，也就是六盘山。
③ 关河：关塞、关防，泛指山河。
④ 勤王：君王有难，臣下起兵救援。

[赏　析]

这是一首写景诗，以景抒情、寓情于景，表达了诗人对残酷的政治现实的深切感受。

诗人策马悠悠，登上了高峻无比的六盘山，回首远望，故乡渺茫，相隔万里。开篇点明登临的地点，"望"字是全诗的诗眼，以下部分皆是"望"而所得、所感。山河远隔、沙丘阻断。归乡的心啊，难以平静！随手将马拴在千年的古树上，抬头看见军队的战旗，虽然在九月，却已经结了霜。这是战地独有的景致，战场的残酷、环境的肃杀，一跃眼底。何时才能回到故乡呢？不可测量！家里的父母、兄妹、妻儿此刻是否也因思念我而呜咽抽泣呢？可是自古就是如此啊！男儿报效国家，怎得顾私。诗的最后升华了主题，指出一切痛苦的根源在于效忠国家与儿女私情不得两全。

全诗情景交融、如泣如诉，表达了诗人在外思乡以及效忠国家之情。

从军行

骆宾王

平生一顾重①，意气溢三军②。
野日分戈影，天星合剑文③。
弓弦抱汉月，马足践胡尘。
不求生入塞，唯当死报君。

[写作背景]

骆宾王,"初唐四杰"之一,与富嘉谟并称"富骆"。骆宾王于武则天光宅元年,为起兵扬州反武则天的徐敬业作《代李敬业传檄天下文》,敬业败,亡命不知所之,或云被杀,或云为僧。骆宾王于咸亨元年(670)以奉礼郎身份从军,咸亨三年(672)自西域随军赴姚州平叛。这期间他写了约十首军旅诗,此诗是其中一首。

[注 释]

① 一顾重:看重别人提携自己的恩情。

② 三军:现代的概念是指陆、海、空三军。而在中华文化中"三军"的说法起源于春秋时期骑马打仗的前、中、后三个兵种,这与现代陆、海、空三军的实质意义完全不同。

③ 天星合剑文:指剑柄上的花纹与天上星座排列相合。"文"通"纹"。

[赏 析]

这是一首乐府旧题,表现了诗人立志从军、誓死沙场的情怀,对仗工巧、格调雄健。

想起别人提携自己的恩情,就意气风发,充溢三军。诗的开篇直抒胸臆,道出了诗人的志向与抱负。中间四句导入战争厮杀场面的描绘,日光照耀之处尽是戈矛、剑戟的影子,战士们挽弓如满月,策马直驱敌营。好一派激战的景象,令人血脉喷涌。

此时此刻,诗人不禁抒发感叹:我活着入塞,就是为了以死报答君王。表现了诗人大无畏的精神和保家卫国的志向。东汉定远侯班超,威镇西域三十余年,功勋卓著,年老思乡,上疏朝廷:"臣不敢望到酒泉郡,但愿生入玉门关。"诗人对班超的英雄业绩十分钦羡,曾写《宿温城望军营》以表仰慕之情:"投笔怀班业,临戎想顾勋。还应雪汉耻,持此报明君。"在这首《从军行》中,诗人化用班超之语而着以"不求"二字,并无贬抑班超之意,而在于实现自己以身许国的豪情。

全诗意气风发，两度从军塞上的经历，开拓了诗人雄奇的诗境，是初唐边塞诗中难得的佳作。

在军中赠先还知己

骆宾王

蓬转①俱行役，瓜时②独未还。

魂迷金阙③路，望断玉门关。

献凯④多惭霍，论封几谢班。

风尘催白首，岁月损红颜。

落雁低秋塞，惊凫起暝⑤湾。

胡霜如剑锷⑥，汉月似刀环。

别后边庭树⑦，相思几度攀。

[写作背景]

本诗是骆宾王在西域从军送别友人时所作。在西域军中，骆宾王写下了多首诗，如《边庭日落》《久戍边城有怀京邑》《荡子从军赴》等，此是其一。表达了诗人誓死报效国家的决心和意志。

[注　释]

① 蓬转：蓬草随风飞转。

② 瓜时：瓜熟之时，七月，指任职期满。

③ 金阙：指仙人或天帝所居住的宫殿。

④ 献凯：古时战胜后进献俘虏和战利品。

⑤ 暝：日落、黄昏。

⑥ 剑锷：剑身与护手间的铜片，作为防止剑鞘滑落、格挡来剑之用。

⑦边庭树：南朝陈叔宝创制有《玉树后庭花》乐府篇名，属《清商曲辞·吴声歌曲》。

[赏　析]

这是一首赠别诗，诗人在送别友人的过程中，不自觉地流露出容颜易逝、思念家乡之情。

我如同飘蓬一样在外行役，任职期满了却还未能还乡。诗的开篇就直抒胸臆，表达了深切的思乡之情。心神荡漾，感觉灵魂出窍，飞向皇宫，但实际上却仍是关山阻隔。几经兵戈，本幻想着会像汉代大将霍去病、班超那样凯旋、平定敌寇，却几经周折。此次出征，东线大败，两军对峙之下，只有防卫，自然无功可立。想到这里，不觉又多几分惭愧。岁月不饶人啊，不知不觉间，已是红颜褪去、须发尽白，可是归乡的路依旧遥遥无期啊！

秋雁在低处徘徊，飞禽在水面惊起，秋月映照着刀剑，剑锷上已经染了霜。想起故乡庭院种下的相思树，已经能够攀折了吧！在这里，诗人运用时空流传的写法，边地与家乡交相映衬，更显示出心境的悲凉。借景抒情、情由心生，这一切的凄凉、无奈皆源于诗人坚守边地的意志和保家卫国的决心。

全诗情景交融、感情真挚，表现了诗人的拳拳爱国之心。同时也很好地呈现出边塞诗思乡的主题。

登幽州台①歌

陈子昂

前不见古人②，后不见来者③。
念天地之悠悠④，独怆然⑤而涕⑥下。

[写作背景]

　　武则天万岁通天元年（696），契丹部落首领李尽忠、孙万荣等攻陷营州（今辽宁朝阳一带），武则天派侄子武攸宜率军征讨。陈子昂时任武攸宜幕府参谋，随军出征。武攸宜出身亲贵，不晓军事，次年兵败，军心大乱。此时，陈子昂向武攸宜进谏，"乞分麾下万人以为前驱"，欲亲自出战、为国立功，但武攸宜认为陈子昂"素是书生"，于是"谢而不纳"。后陈再次进谏，终触怒武攸宜，被降为军曹。诗人接连受到挫折，内心郁郁寡欢，在某日黄昏登上幽州台，极目远眺、感慨万千，遂写下《登幽州台歌》《蓟丘览古赠卢居士藏用七首》等诗篇。

[注　释]

　　① 幽州台：即黄金台，又称蓟北楼，前人注谓又称蓟丘、燕台，故址在今北京西南，燕昭王为招纳天下贤士而建。

　　② 前：过去。古人：古代那些能够礼贤下士的圣君。

　　③ 后：未来；来者：后世那些重视人才的贤明君主。

　　④ 念：想到；悠悠：形容时间的久远和空间的广阔。

　　⑤ 怆然：悲伤凄恻的样子。

　　⑥ 涕：古时指眼泪。

[赏　析]

　　强军之道，要在得人！

　　想到这里，这位年近四十的耿介书生，不由得攥紧了拳头！

　　太多的不甘，太多的委屈，如霜刀一般阵阵刻在他的心头，使他原本因塞外风雪而变得皴裂的面容愈加的干枯。极目远眺，起伏的群山仿佛一道道张牙舞爪的屏障，藩篱一般压得他透不过气来；回首望，偌大的幽州城内，车水马龙的街市，熙熙攘攘的人群，越发使他感到孤独和落寞。

　　他不由得长叹一声，流下了痛苦的眼泪。

　　一千年前，就是在他脚下的这片泥土地上，一座金光璀璨的楼台拔地而起，它的主人是当时的燕国名士郭隗。燕昭王的父亲哙刚刚客死他乡，被剁成了肉泥，整个国家正处于风雨飘摇之中。此时此刻，身负着家仇国恨的燕昭王，出现在了郭隗的面前。

他紧紧拉着郭隗的手，声音抖动得几乎连膝盖也站不直："先生！先君死难，尸骨不存。齐国趁我之乱，早已兵临城下，我们大燕已经命悬一线了！请您救救我，救救我们燕国吧！"

"您需要我做什么？"郭隗平静地问道。

燕昭王怔了一下，他想到吴起在魏国训练武卒，使魏国的军事力量雄踞列国之首；商鞅变法，让偏居一隅的赳赳老秦国富兵强……于是心里有了主意。

"国家要想富强就必须靠人才。先生，我渴望人才已经很久了，可怎样才能找到治国安邦之才呢？"

郭隗的眼角浮起一丝微笑，他说："大王，请不要着急，听老臣给您讲一个故事吧！说来话长，想当年……老臣已经想不起来是哪国的事情了，据说该国的国君喜欢马，有一次听说郊外一户人家有一匹名贵的千里马，立即派身边的侍者带着一千两黄金前去买马。可等侍者到的时候，千里马已经病死了。于是，侍者就用一千两黄金把这具千里马的尸体买了回来。回到宫中，国王大怒说：'我让你去买千里马，你怎么买了一堆没用的马骨头回来！'侍者却镇静地说：'大王，您想想，别人听说您连一具千里马的尸骨都愿意花重金去买，难道还怕没有人把自己的千里马送过来吗？'国君听后恍然大悟。不出一年，各地名贵的宝马果然络绎不绝地向宫中送来。"

燕昭王听后，陷入了一阵沉默。

"大王，您如果决心招揽人才，不妨就从我这个马骨头开始吧，让天下人都知道，像我这样没有才能的人，您都能厚待，何况是那些才能远胜于我的贤士呢？"

"先生，我明白了，谢谢您。"

燕昭王朝着郭隗深深作了一揖，当下即拜郭隗为师。

没几日，易水之畔，一项浩大的工程开始了。在乒乒乓乓的砌土声中，一座为恩师郭隗而筑的楼台应声而起，燕昭王亲自在此问郭隗，迎接从各地来访的贤臣谋士，并赠黄金以作见面礼。没几日，这座楼台就见证了"士争凑燕"的局面，在悠扬的銮铃声中，魏国军事家乐毅、齐国阴阳家邹衍、赵国说客剧辛等先后留在了这里。从此，一个内忧外患、满目疮痍的弱国燕国，逐渐成为一个富裕兴旺的强国燕国。

时过境迁，千百年后的今天，这座楼台已是断垣残壁，荒草枯杨。夕阳西下，落寞的书生在百无聊赖之中，登上了这座高台，他早已不再年轻，少小离乡、扬声沙陲的理想也被现实践踏得所剩无几。不久前，最高统帅的指示已经下达：

伯玉先生敬启：

素闻先生博闻强识，尤善属文，雅有相如之风。军中事务，唯先生以文墨为重，出征挂帅一事，向有安排，不宜再谈。

谨再拜。

天色逐渐暗淡，风乍起，吹走他手中的一纸黄页。在无边的苍茫之中，他仿佛看到燕昭王的车马，驾着风尘而去，掀起漫天黄沙。在他的背后，唯有孤影一片。

送魏大[①]从军

陈子昂

匈奴犹未灭，魏绛复从戎[②]。
怅别三河道，言追六郡雄[③]。
雁山横代北，狐塞接云中[④]。
勿使燕然[⑤]上，惟留汉将功。

[写作背景]

陈子昂曾两次慷慨从军,第一次随乔知之北征同罗、仆固,跃马大漠;第二次随武攸宜讨伐契丹。两次亲临沙场,让陈子昂对战争和边疆有了更深刻的认识,更激发起他不甘平庸、建功立业的壮怀。因此陈子昂的诗歌有感而发,兴寄深远,壮志昂扬,远超同时代那些应制的宫体诗。再加上陈子昂有着高度的理论自觉,批评齐梁体"彩丽竞繁,而兴寄都绝",明确提出诗歌应"骨气端翔,音情顿挫,光英朗练"(《修竹篇序》)的主张,开创了一代诗风,影响了李白、杜甫、王维等盛唐诗人。

[注 释]

① 魏大:姓魏,在兄弟中排行老大,诗人的朋友,此诗是他出征前,陈子昂为他送别所作。

② 匈奴:以汉代唐,借指当时侵犯唐代北方疆土的边患。魏绛:春秋时代晋国的谋臣,辅佐齐桓公以"和戎"(与北方的少数民族部落讲和)政策消除了边患。诗人将魏绛比作今天的魏大,将"和戎"的典故活用为"从戎",以此激励魏大建功疆场。

③ 三河道:在"三河"的道路口,点明送别的地点,古称河东、河内、河南为三河之地,大致指黄河中流区域,据《史记·货殖列传》记载:"夫三河在天下之中,若鼎足,王者所更居也。"六郡:汉朝时称"陇西、天水、安定、北地、上郡、金河"为六郡,是汉代经常受到匈奴侵犯的地区。"六郡雄"本指六郡一带的豪杰,这里专指西汉时在这一带立过战功的英雄赵充国。

④ "雁山"二句:点明魏大从军所往之地,即雁门关和飞狐塞一代。雁门山横亘在代州的北面,飞狐塞与云中郡相连接,此句点明了从军之地位置的险峻和重要。

⑤ 燕然:也称燕然山,是今天蒙古人民共和国境内的杭爱山。东汉时,车骑将军窦宪曾大败匈奴,在燕然山刻石记功,"燕然勒石"成为驰骋疆场、建功立业的代称。

[赏　析]

　　古时，道路险阻，通信不便，每一次出发，都可能是一段危险的旅途，每一次离别，都可能是最后一次相见，因此离别才那么郑重，尤其是送对方出征，前路更是生死未卜。而陈子昂天生一副侠义心肠，送友人魏大从军时，他亦是慷慨激昂。他没有说"西出阳关无故人"，而是讲了一个又一个英雄的故事，鼓励友人立功沙场。

　　他说霍去病封狼居胥，留下了"匈奴未灭，何以家为"的壮言，他说魏绛以"和戎"政策赢得了晋国几十年的安定。那不仅是前人的故事，更是你未来的荣光。如今你也要踏着前人足迹远赴沙场了，我在三河之地，天下之中送你远征，虽然难过不舍，但我依然相信你能够成为威震边关的豪杰，就像是汉朝名将、六郡之雄赵充国那样。

　　看看你的征程吧，那是雁门关——横亘在西域与大唐之间；那是飞狐塞——紧邻着云中郡——位置险要，责任重大，也正是建功立业的良机，不要让燕然山上，只留下汉代将军的名字，也要刻下你魏大的赫赫之名。好了，不说了，我会在这里等你的捷报，等着看那比石头还要不朽的战功。

　　就让这首诗陪你踏上征程吧，文章道弊五百年矣，齐梁的诗富丽繁冗，今人的诗歌缺少风骨，我想只有这样的金石之声才配得上你此时出征的意气。见字如面，在路途中再读起这首诗的时候，我想你会明白这不仅是我写诗的追求，而是和你一样的理想——而那时，或许我也踏上了和你一样的征程。

感遇（其卅四）

陈子昂

朔风吹海树，萧条边已秋。

亭^①上谁家子，哀哀明月楼^②。

自言幽燕客，结发^③事远游。

赤丸杀公吏，白刃报私仇^④。

避仇至海上，被役此边州。

故乡三千里，辽水复悠悠。

每愤胡兵^⑤入，常为汉国^⑥羞。

何知七十战，白首未封侯^⑦。

[写作背景]

　　陈子昂少年时家庭富裕，慷慨任侠。成年后开始发奋读书，永淳元年（684），进士及第。他直言敢谏，对武后朝的不少弊政，常常提出批评意见，不为武则天采纳，并曾一度因"逆党"株连而下狱。陈子昂曾两次从军，对边塞形势和当地人民的生活有较深的认识。入仕后，陈子昂曾创作了三十八篇《感遇》诗，多与其政治活动有直接关系，具有强烈的政治倾向，此为第三十四篇，作于唐朝武则天的万岁通天二年（697）。诗人从建安王武攸宜东征契丹时，借一位游侠的怀才不遇，为下层将士鸣不平。程千帆、沈祖棻《古诗今选》中揭示其主题："这篇诗写一位生长幽燕的侠客，被役边州，忠心卫国，而有功不赏。在武曌当政的时代，边境将士的功劳，多被一些无耻有权的人冒去，所以诗人借汉喻唐，加以揭露。"

[注　释]

　　① 亭：指亭上的戍楼。

　　② 楼：边塞哨所。

　　③ 结发：束发，指古代男子初成年之时。

　　④ 本句引自《汉书·酷吏列传》典故："长安中奸猾浸多，闾里少年群辈杀吏，受赇报仇，相与探丸为弹，得赤丸者斫武吏，得黑丸者斫文吏，白者主治丧。"

　　⑤ 胡兵：原指汉朝时的匈奴军队，这里代指契丹军队。

　　⑥ 汉国：即汉朝，实指唐朝。

⑦本句典故引自《史记·李将军列传》，李广骁勇善战，治军有方，"与匈奴大小七十余战"，却无"尺寸之功以得封邑"，最终在一次战争中失利而自刎。

[赏 析]

　　万岁通天元年（696），四川人陈子昂跟随军队来到了渤海之地。"朔风吹海树，萧条边已秋"，秋天时，北边的风格外凛冽，海边生长的树木早已凋零。这一句虽未写波涛，却让风把海与树联系在一起，引起潮起潮生的想象，让人不由得吟诵起另一位英雄在海边所作的歌诗："树木丛生，百草丰茂。秋风萧瑟，洪波涌起。"寥寥几句，勾勒出浩瀚无涯的时空画卷，勾连起苍凉悲壮的魏晋风度。

　　随后画面渐渐推进，定格在海边的戍楼上，"亭上谁家子，哀哀明月楼"，萧瑟的北方海边，皎皎孤月高悬，流光万里，照耀着戍楼上临风独立的游子，一人一月一天地，顿生孤独与悲慨，正合曹植《七哀》诗中的意境："明月照高楼，流光正徘徊。上有愁思妇，悲叹有余哀。"此时此景的相遇，或许是诗人陈子昂和他喝了一杯，故事和诗从酒杯中碰撞了出来。

　　幽燕之地自古多慷慨悲歌之士，游子自言曾是幽燕游侠，自成年起就去家远游，快意恩仇。"赤丸杀公吏，白刃报私仇"，他曾像汉代长安的少年一样，以武犯禁，杀公吏、报私仇，也因此避仇海上，投身疆场，开启了另一段飘摇的生命历程。

　　海水壮阔，悠悠不绝，离乡千里，前路何处？"故乡三千里，辽水复悠悠。"悠悠不绝亦是故园之思，家国之恨。胡兵寇境，幽燕少侠的勇武之力与侠义之胆都不被赏识，只能眼睁睁看着敌军长驱直入，"每愤胡兵入，常为汉国羞"。我军屡战屡败，并非是将士没有拼尽全力，只是主将昏聩，怯敌不前，只能暗自羞愧又无能为力，一杯又一杯饮尽杯中浊酒。

　　他又说起李广身经七十余战，无尺寸之功得以封侯，"何知七十战，白首未封侯"，有人却凭借裙带关系青云直上。功名半纸，白首无归。他说："我不是说自己，还有无数的兄弟。"陈子昂道："我一路走来，也知道话到英雄失路,更是海风刺骨。"

史书记载,陈子昂年少时任侠使性;史书又记,子昂在永昌元年的上书,其中一条:"臣闻劳臣不赏,不可劝功;死士不赏,不可劝勇。今或勤劳死难,名爵不及;偷荣尸禄,宠秩妄加,非所以表庸励行者也。愿表显徇节,励勉百僚。"或许,在那一晚的海边,他独上高楼,海风明月,自己和自己碰了一杯,一腔心事,无人诉说,写下了自己和亡故兄弟们的故事。

凉州词①·其一

王之涣

黄河远上白云间②,一片孤城万仞山③。
羌笛何须怨杨柳④,春风不度玉门关⑤。

[写作背景]

王之涣(688—742)是盛唐时期著名的诗人,祖籍并州晋阳(今山西太原)。曾任冀州衡水主簿,因被人诬谤,愤而辞官,遂寄情山水间,与王昌龄、高适等诗人互相唱和,名动一时。靳能《王之涣墓志铭》中称其"慷慨有大略,倜傥有异才。尝或歌从军,吟出塞,皦兮极关山明月之思,萧兮得易水寒风之声,传乎乐章,布在人口"。今仅存诗六首,其中三首边塞诗与高适、王昌龄、岑参并称为边塞诗人。章太炎认为其诗《凉州词》为"绝句之最"。明代评论家杨慎在《升庵诗话》中分析这首诗的主题是"言恩泽不及于边塞,所谓君门远于万里也"。

[注　释]

①凉州:今甘肃省武威市附近,因天气寒凉故称为凉州;凉州词:是为当时流行的一首曲子《凉州曲》配的唱词,以凉州地方乐调演唱。

②黄河远上白云间：远远望去，黄河的源头好像在白云之间，形容黄河上游地势极高。"黄河"另有版本写作"黄沙"。

③孤城：孤零零的城池，指凉州。仞：古代的长度单位，周制八尺、汉制七尺为一仞。

④羌笛：羌族的笛子，一种乐器。何须：何必。杨柳：指的是《杨柳曲》，唐人常折柳送别，以杨柳喻离别之情。

⑤不度：吹不到。玉门关：汉武帝置，古代通往西域的要道，是当时凉州的最西境，因西域输入玉石取道于此而得名。

[赏　析]

旌旗招展，酒字的香味好像随着旗帜飘荡在街市上，吸引着行人来一醉方休。喧闹的酒楼中，三个落魄的书生赊酒痛饮，酒入豪肠，忽见款款走来四位歌伎登楼赴宴，摇曳生姿，路过时留下的香气让酒香更加浓醇。三人的目光缓缓收回，道："我们也算是诗名在外了，今天不妨看看这些歌女们唱的谁的诗最多，定个高下。"

转轴拨弦三两声，一名女子和着乐曲，唱："洛阳亲友如相问，一片冰心在玉壶。"三人中，一人大笑着起身，说："这是我的绝句。"拿起毛笔，在墙上写下《芙蓉楼送辛渐》，署名王昌龄。

弦弦掩抑声声思，又一名歌女唱道："开箧泪沾臆，见君前日书。夜台何寂寞，犹是子云居。"落魄的三位诗人中，又起身一位，"这是我的诗。"话音未落，在墙上笔走游龙，写的正是《哭单父梁九少府》，署名高适。

不久，又一名歌女唱起了熟悉的音调，"玉颜不及寒鸦色，犹带昭阳日影来"。第一位书生难掩得意之色，笑道，不好意思了，又是我的诗。随即题下《长信怨》的诗文。

还有一位书生呢，倒也不以为意，笑着说："这些女子不过是唱些下里巴人的词而已，阳春白雪的歌诗俗人怎敢开口吟唱呢，诸位请看，那最后一个最美的歌女，唱的要不是我的诗，我就拜你们为师。"三人大笑。

半晌，那最美的歌女开口了，众人陶醉在优美的曲调和悲壮的乐词中，第三个书生大笑道，你们这些乡巴佬，没有骗你们吧。一口饮尽杯中酒，提起笔在粉墙的最中间，快意纵横，书《凉州词》王之涣，众人击节赞叹。后有人抄录，写的正是："黄河远上白云间，一片孤城万仞山。羌笛何须怨杨柳，春风不度玉门关。"

歌女们见是此三位大名鼎鼎的诗人，盛情款待，醉饮终日，席间，王之涣缓缓向众人说起写这首诗的那一天。

细柳怎留得住志在天下的人，那天，他从故乡出发，仗剑远游，一路向西，人烟渐渐被留在身后，脚下是奔涌不息的黄河，他曾在鹳雀楼见过这条河，仿佛见它奔涌入海，今天又来到了河的上游，再向西望去，滚滚的河水像是从白云之间流淌下来，此时，诗的第一句便有了——"黄河远上白云间"，如此浩荡的起笔，下句怎么接呢？眼前连绵不绝的山脉，顶着经年不化的皑皑白雪，与云雾相映，在这万山之中，隐隐约约有一座城，像是有人在水墨间画上去的一样，显得那么的单薄而寥落，此时此景，下句便从胸中涌出"一片孤城万仞山"。

面对如此壮丽的景色，他没有停下步伐，向西，向西，后来出了玉门关。他从袖中拿出了已经枯萎的柳条，想起了那时告别的故人，此时，只有无尽的大漠黄沙，不见离别时的柳色。忽而风中传来了笛声，仔细一听，正是《折柳曲》，曲调是那么的哀怨，勾起了迟到的离情别绪，当时走得太仓促了吧，没有好好告别，如果这次能回去不知是否还能再见到。笛声怎么越发凄切呢，不要再吹这首曲子去埋怨春光为何迟迟不到，我本就知道，春风吹不到玉门关这里，那无尽的思念只会徒增怨恨啊。"羌笛何须怨杨柳，春风不度玉门关"正是他和自己说，既然选择了西行的道路，便不计他乡的春色满园。

众人中，却有一人有了异议："据我所知，玉门关处没有黄河流经，兄台写的莫非是'黄沙远上白云间'？"王之涣笑着摇了摇头，嗤笑道："都说了你个乡巴佬，不懂诗。"

又有人拱手道："先生所写'春风不度玉门关'莫非是指君恩不及边关

将士？"王之涣又笑着摇了摇头，不以为意道："你愿这么理解，我亦无话可说。"

说罢，便和两位好友摇摇晃晃离开了酒楼，在孤城落日里，留下不羁的身影。

后来旗亭画壁的故事就从这里流传到了历史里。

古　意①

李　颀

男儿事长征，少小幽燕客。
赌胜②马蹄下③，由来轻七尺④。
杀人莫敢前，须如猬毛磔⑤。
黄云陇⑥底白云飞，未得报恩不能归。
辽东小妇年十五，惯弹琵琶解歌舞⑦。
今为羌笛⑧出塞声，使我三军泪如雨。

[写作背景]

李颀（690—751），唐代诗人，河南颍阳（今河南省登封市）一带人。开元二十三年中进士，曾任新乡县尉，后辞官归隐于颍阳之东川别业。李颀擅长边塞诗，风格豪放，慷慨悲凉，与王维、高适、王昌龄等人皆有唱和。七言歌行尤具特色。

[注　释]

① 古意：拟古诗，托古喻今之作。

② 赌胜：较量胜负。

③ 马蹄下：即驰骋疆场之意。

④七尺:七尺相当于一般成人的高度,指人的七尺之躯。
⑤磔(zhé):纷张。
⑥陇:泛指山地。
⑦解歌舞:擅长歌舞;解:懂得、通晓。
⑧羌笛:羌族人所吹的笛子。

[赏　析]

　　他曾说男子汉就应该征战沙场,因此年少时就离开了家乡去幽燕之地闯荡。少年游侠,性命胜负都在马蹄之下,七尺之躯又何足挂齿。他说,厮杀时,他的胡须像刺猬的毛一样炸开,敌人没有敢向前的。他说,出征那天,黄沙漫天,山间白色的云都被熏黄了,当时他在心中暗下决心不报答天子恩情誓死不会回到中原。

　　他说,铁血亦有柔肠,曾有一个惯弹琵琶,擅长歌舞的辽东女子,在军前,用羌笛奏了一曲《出塞》:"秦时明月汉时关,万里长征人未还""羌笛何须怨杨柳,春风不度玉门关"……他说,那时他在队伍中,风把笛声一吹来,战士们就掉下了眼泪。而他却不说,他也在三军中泪如雨下,也不说,他离开家乡这些年的牵挂和思念。

出　塞

王昌龄

秦时明月汉时关,万里长征人未还。
但使龙城①飞将在,不教胡马度阴山②。

[写作背景]

　　王昌龄(698—756),字少伯,河东晋阳(今山西太原)人。盛唐著名边塞诗人,后人誉为"七绝圣手"。早年贫贱,困于农耕,而立之年,始中进士。初任秘书省校书郎，又因博学宏辞，授汜水尉，因事贬岭南。与李白、高适、王维、王之涣、岑参等交好。开元末年返长安，改授江宁丞。被谤谪龙标尉。安史乱起，为刺史闾丘晓所杀。

《出塞》原是乐府旧题，诗人根据乐曲填词，多写边塞征人的离愁别绪，而这首诗声调高昂，气势雄浑苍茫，明代诗人李攀龙曾经推奖它是唐人七绝的压卷之作。诗歌没有从正面对无能的将领进行批判和斥责，而是以今人对"飞将军"李广的赞叹和追忆，反衬出当今将领的昏聩。清代评论家沈德潜说："'秦时明月'一章，前人推奖之而未言其妙，盖言师劳力竭，而功不成，由将非其人之故；得飞将军备边，边烽自熄，即高常侍《燕歌行》归重'至今人说李将军'也。防边筑城，起于秦汉，明月属秦，关属汉，诗中互文。"

[注　释]

① 龙城：有版本写作"卢城"。
② 阴山：昆仑山脉北支，是古代抵御北方游牧民族的屏障。

[赏　析]

寂寂无人的夜晚，皎皎月光洒在黄沙万里的边塞，绵延不绝的长城，横吹羌笛的戍卒。风沙侵蚀了高耸的城墙，也吹皱了征人的脸庞，好像没有什么是永恒的，只有眼前的月亮，它照着秦汉时的边塞，也照耀着今日的征人，人生代代无穷已，此月年年望相似。几年来，几十年来，千百年来，月亮似乎没有任何的不同，只是镇守边关的人换了一批又一批，吹奏的乐曲也总是相同，尽是关山离别情。"关山三五月，客子忆秦川"（徐陵《关山月》），"关山夜月明，秋色照孤城"（王褒《关山月》），"关山万里不可越，谁能坐对芳菲月"（卢思道《从军行》），"陇头明月迥临关，陇上行人夜吹笛"（王维《陇头吟》）。看得见的，看不见的似乎都亘古不变。

只是在广阔的历史时空中，边祸年年都有，并非所有征人都能有足够幸运拥有像李广那样的将领，带领他们击退匈奴，守护家国。今日在思念家乡之余，戍卒们还在怀念着历史中那位素未谋面的将军，正是有了这样的主将,匈奴才不敢南下而牧马,以一己之力,护佑万家团圆,自己也能够早日回到梦中的故乡。

那些已经言说的和未曾言说的思念和抱怨,都随风化在月光中。千百年后,此时的月亮,是唐朝时的月亮,也是秦汉的月亮,已经变化的和未曾变化的,都写在了诗中。在漂泊流浪的孤寂中,打开一卷诗歌,邀一轮明月相照,它无声地向你诉说千百年来无数诗歌中写过的无数明月照耀过的悲欢离合、喜怒哀乐。

从军行①·其一
王昌龄

烽火城②西百尺楼,黄昏独坐海风③秋。
更吹羌笛关山月,无那④金闺万里愁。

[写作背景]

  盛唐国力强盛,在对外战争中屡屡取胜,极大地激发了民族自信心。唐朝时科举选拔人才数量非常少,于是许多考场失意的文人,远赴边塞,渴望建立一番事业。在这种时代精神的感召下,许多士人用雄壮的豪情谱写了一曲曲瑰丽壮美的诗篇,王昌龄的《从军行七首》正是其中的代表。《从军行》原是乐府旧题,王昌龄的这组诗歌的具体创作时间不详。

[注　释]

  ①从军行:乐府旧题,属相和歌辞平调曲,王昌龄所作的这组《从军行》共有七首,多反映边疆戍卒的情感与生活。

  ②烽火城:边境上设有烽火台的城堡。

  ③独坐:一作"独上"。海:内陆的湖泊,这里指的是青海湖。

④ 无那:无奈。金闺:对女子闺阁的美称。

[赏　析]

　　一望无际的苍茫戈壁,黄昏缓缓落下帷幕,一座城楼孤独地耸立在烽火台的西边,映衬着将落未落的夕阳,像是无字的纪念碑,未曾留下一个在这里驻守的人的名字。仔细一看,碑上却有一个渺小之人的身影。他独自坐在戍楼中,见如血残阳落向天际。"烽火城西百尺楼,黄昏独坐海风秋"。人在孤寂时,对外界的感知会变得格外的敏锐,那掠过耳郭的风,仿佛卷着青海湖的水汽,还带有一丝秋天的凉意。

　　天地无言,耳边却传来了羌笛声,像是倾诉,像是叹息,像是追忆,像是哭泣,他横起笛子,轻轻应和,曲子没有什么新奇,已是被演绎千百回的关山月,千回百转,无济于事。"更吹羌笛关山月,无那金闺万里愁。"沙丘的那边还是沙丘,太阳不知会落在何处,关山的月亮还未升起,万里之遥的故乡,此时,鸡栖于埘,日之夕矣,羊牛下来。鸡鸭牛羊,都已各归其所,村庄的炊烟袅袅升起,而有一个人,在家门前如同他一样,百无聊赖,托腮坐着,却无法从门前的山坡前,等到一个逆着落日归家的身影。君子于役,如之何勿思!

从军行·其二

王昌龄

琵琶起舞换新声①,**总是关山**②**旧别**③**情**。
撩乱④**边愁**⑤**听不尽**⑥,高高秋月照长城。

[注　释]

　　① 新声:新制的乐曲,与"旧别情"相对照,突出边愁之重,无法通过女乐而消除。
　　② 关山:边塞。

③旧别：一作"离别"。
④撩乱：曲中纷乱的边愁，让人心里烦乱。
⑤边愁：久住边疆的愁苦。
⑥听不尽：一作"弹不尽"。

[赏　析]

　　黄昏独坐，高楼望断。结束值守后，月上西楼。他回到营地中，将军帐中又传来了歌舞声，他驻足听了一会儿。西域的女子肆意地唱着歌，旋转着身子。无言的乐师换了一首又一首曲子，却无非是《关山》的离别情，边愁缭乱，他刚刚已在戍楼上听了一遍又一遍。弹的人，弹不尽；听的人，也听不尽。然而不管弹什么曲子，最终都会回到这个永恒的主题当中。

　　"大弦嘈嘈如急雨，小弦切切如私语。嘈嘈切切错杂弹，大珠小珠落玉盘。"琵琶声越发嘈杂急切，如同大珠小珠落在心上，西域舞女满身的珠玉铃铛，也叮咚作响，更增加烦乱。帐内，银烛高烧照绮筵，那些人笑着、唱着，想要忘记一些什么；帐外，只有一轮明月，皎洁如初。在这里，不管是喧嚣还是孤寂，都带着思念的底色，他处于两个世界之间，短暂地驻足，而后又离开了。他想起什么了呢，已经如同被演奏了千遍的乐曲一样，他向人们说过太多次，现在已经不愿再说了，他只说，秋天了，月亮也越发明亮，你看那高高的月亮照耀着长城。无数个难眠的夜晚，月升月落，照耀着亘古的长城，也照耀着相隔万里难诉相思的人们。

从军行·其三

王昌龄

关城榆叶早疏黄①，日暮云沙②古战场。
表请回军掩尘骨③，莫教兵士哭龙荒④。

[注　释]

① 关城：指边关的守城；榆叶：榆树叶；疏黄：指叶子稀疏枯黄。
② 云沙：风卷起像云一样的尘沙。
③ 表：上表，上书；掩尘骨：指尸骨安葬；掩：埋。
④ 龙荒：荒原。

[赏　析]

边关城外，一片荒凉，只有一棵苍老的榆树，风一吹，卷起早已疏黄的叶子，飘落到远处沙漠中。远处残阳如血，浸透黄沙万里，风扬起沙尘，如同云雾，扑面而来的还有血锈味。残破的旌旗斜插进沙子中，乌鸦的叫声在这寂寂无人的荒漠中显得尤为凄切。一阵风吹过，带走一层沙子，露出了一角战甲，一截白骨。

此时，有一个人提着一坛酒缓缓走来，他来到这古战场，看着曾经激战过的地方，那些沙尘中埋葬着当年一起出征的兄弟，他答应过他们，打完这一场仗，就带他们回家，如今他们都已经长眠在这里了，只剩下自己，举目四望，只有自己一人，不能同死，无法同归。

倒尽坛中最后一滴酒，残阳渐渐隐退了最后一丝光辉，他也要回去了，回去就要给当今的天子上表，请求埋葬战死的兄弟们。身后，夜晚的风声如同呜咽，烈烈不息。当年出征时他们曾说过"只解沙场为国死，何须马革裹尸还"，活着他们没有回去，又怎忍心让这些英雄死后亦不能回到故乡，"莫教兵士哭龙荒"。

从军行·其四

王昌龄

青海长云暗雪山①**，孤城**②**遥望玉门关。**

黄沙百战穿金甲，不破楼兰③终不还。

[注　释]

①青海：指青海湖，在今青海省。唐朝大将哥舒翰筑城于此，置神威军戍守。长云：层层浓云。雪山：即祁连山，山巅终年积雪，故云。

②孤城：即玉门关。

③破：一作"斩"。楼兰：汉时西域国名，在今新疆维吾尔自治区鄯善县东南一带。西汉时楼兰国王与匈奴勾通，屡次杀害汉朝通西域的使臣。此处泛指唐西北地区常常侵扰边境的少数民族政权。

[赏　析]

时光辗转数千年已经过去了，西域仍旧是黄沙无垠，青海湖边绵延数里的长云，仿佛重重地压在祁连山上，让明净的雪山都为之暗沉。远望当中，玉门关只是苍茫天地中的一座孤城，千百年来，见证了多少战争成败。

西汉时期，西域的龟兹、楼兰两国为匈奴附庸，杀汉使官，劫掠财物。一元凤四年（77），一位名叫傅子介的西汉官员，以赏赐为名，携带黄金锦绣至楼兰，在于宴席中斩杀楼兰王，安全归返。这次斩首行动没有惊动两国一兵一卒，却立下举世奇功。

"黄沙百战穿金甲，不破楼兰终不还。"多年来，无数的将士在这片浩瀚无垠的沙漠中，身经大小百十余战，徘徊于生死之际，当年从军时穿上的盔甲都已经破洞，却仍旧不忘那时立下的铮铮誓言——愿将腰下剑，直为斩楼兰。

从军行·其五

王昌龄

大漠风尘日色昏，红旗半卷出辕门①。

前军^②夜战洮河^③北，已报生擒吐谷浑^④。

[注　释]

① 辕门：古时军营的门。

② 前军：指唐军的先头部队。

③ 洮河：河名，源自甘肃临洮西北的西倾山，最后流入黄河。

④ 吐谷浑：中国古代少数民族名称，晋时鲜卑慕容氏的后裔。据《新唐书·西域传》记载："吐谷浑居甘松山之阳，洮水之西，南抵白兰，地数千里。"唐高宗时吐谷浑曾经被唐朝与吐蕃的联军所击败。

[赏　析]

　　沙漠中一阵风吹过尘土飞扬，朗日高照的晴天，转瞬日色为之暗沉。烈烈的风卷着红旗，一批人马十万火急地从阵地出发。寥寥数笔勾勒出一幅苍茫雄浑的画面，让人不由得想知道，到底发生了什么事。

　　原来是接到前方的战报，先头部队昨天晚上在洮河北岸和敌人展开了激战，情况十分危急，我军火速赶去支援。只是人还没有到达战场，中途却传来捷报，敌人首领已被生擒。

　　这是边塞诗中少有的明亮时刻，很少能够见到这么酣畅快意的胜利。诗中太多的孤独、思念、艰苦、雄心、不甘，这正是一个普通人面对边塞生活最正常不过的情感，而诗人原原本本把它们写下来，不回避那些被称为负面消极的情绪，同时，正是因为这些情绪的存在，战士们面对战争的英勇、对于国土的坚守才显得更为可贵。对于一名战士而言，最为重要的，还是祖国和人民交付的任务，他们终究还是出色地完成了。正是有王昌龄那样一代的边塞诗人，我们今天才能看到那些有血有肉的士卒们，哪怕历史没有写下他们的名字。

陇西行

王 维

十里一走马①，五里一扬鞭。

都护②军书至，匈奴围酒泉。

关山正飞雪，烽戍③断无烟。

[写作背景]

开元二十五年（737），王维以监察御史身份，出任河西节度使崔希逸幕府，奉使出塞陇西，陇西地区大致位于甘肃兰州、天水地区，在唐代属于边疆区域。此诗大致作于此。

[注 释]

①走马：骑马疾走驰逐。

②都护：官名。汉宣帝时建立西域都护府，总监西域诸国，并护南北道，为西域地区最高长官。唐王朝效仿汉代都护府的建制，分别设立了安西、安北、安东、安南、单于、北庭六大都护府。

③烽戍：设置烽火，驻兵防守之处。古代在边境建造的烽火台，通常在台上放置干柴，遇有敌情时则燃火以作警报信号。

[赏 析]

王维的边塞诗慷慨激昂，气势不凡，选题独特，深邃凝练，而且画面感十足，再次体现了其"诗中有画，画中有诗"之精妙。

"十里一走马，五里一扬鞭"。这两句是说，十里的距离，驰逐而过；五里的路程，不过挥鞭的瞬间。这是写"传书之迅疾"。快马加鞭，打马飞驰，以夸张的语言渲染出十万火急的紧张气氛。这么着急的赶路是什么原因呢？

一个"围"字，显见形势严峻，一个"至"字，交代了"走马""扬鞭"

的结果,点明军书已及时送达,也道出了骑者告急的原因:原来是匈奴进犯,围困了酒泉。然而,众所周知,古代边疆是靠烽火传递军情,此时敌军压境,为何不点燃烽火台的烽火呢?应该是先点烽火,再送军书。

"关山正飞雪,烽戍断无烟",因为关山正在下雪,雪太大故而点不着烽火,或者说即便点着了,那狼烟在皑皑大雪的雾蒙蒙中,也是一片混沌,根本无法看见。烽火联系中断,则更加凸显飞马传书的急迫与艰巨。

"关山正飞雪",寥寥五字,就描绘出了边疆苦寒的生存环境,也将信使冒着大雪送信的形象刻画得更加高大,展示了边关战士使命必达的爱国精神。"烽戍断无烟"与"大漠孤烟直",皆为边塞之奇景,一紧急一悠然,一荒凉一壮美,一苍茫一诗意,心境截然不同。

然而,至此,全诗戛然而止,至于救兵如何施救,最终是否解围,此诗一概不提,就像绘画技法中的"留白"一样,给读者留下巨大的想象空间,这就是王维的功力。

以往的边塞诗,要么写边地的风情,战士的无畏勇敢;要么写塞外的苦寒,征人的思乡情切,而王维的这首《陇西行》却另辟蹊径,他没有正面描写边塞战争,而是截取了"飞马送军书"的一个片段,侧面传递出边关的紧急状况和紧张气氛,同时也为我们描绘出一幅壮阔、迷茫的边塞远戍图。

纵览《陇西行》全诗,构思精巧,节奏急促,内涵丰富,诗人仅仅通过飞马传递军书一个小切口,就将波澜壮阔,苍茫辽远,苦寒寂寥,战斗激烈,精神昂扬的整个战争画面勾勒出来,实在是高妙至极。其气势、意境丝毫不逊王昌龄及高适、岑参的边塞诗作,宋张戎赞曰:"信不减太白",实乃边塞诗中的名篇佳作。

观 猎

王 维

风劲①角弓②鸣,将军猎渭城③。
草枯鹰④眼疾⑤,雪尽马蹄轻。
忽过新丰市⑥,还归细柳营⑦。
回看射雕处⑧,千里暮云平⑨。

[写作背景]

王维早年凭借高超的琴艺诗才,成为长安豪门贵族的座上宾,豪气干云。他时任监察御史,虽品秩不高,但掌分察百僚,巡按州县,狱讼、军戎、祭祀、营作、太府出纳等事宜,时常往来于长安及洛阳等地,也曾在渭城的屯兵军营任职,检查军容军纪及军营搜狩的情况,其年轻的热情、开阔的视野、远大的志向融入诗歌,自然会迸发出一股浩然正气。《观猎》诗题一作《猎骑》。宋人郭茂倩摘前四句编入《乐府诗集·近代曲辞》,题作《戎浑》。按:唐人姚合《玄极集》及韦庄《又玄集》均以此诗为王维作。

[注 释]

① 劲:强劲。
② 角弓:用兽角装饰的硬弓,使用动物的角、筋等材料制作的传统复合弓。
③ 渭(wèi)城:秦时咸阳城,汉改称渭城,在今西安市西北,渭水北岸。
④ 鹰:指猎鹰。
⑤ 眼疾:目光敏锐。
⑥ 新丰市:故址在今陕西省临潼区东北,是古代盛产美酒的地方。
⑦ 细柳营:在今陕西省长安区,是汉代名将周亚夫屯军之地。据《史记·绛侯周勃世家》记载:"亚夫为将军,军细柳以备胡。"借此指打猎将军所居军营。
⑧ 射雕处:借射雕处表达对将军的赞美。雕:猛禽,飞得快,难以射中;射雕:北齐斛律光精通武艺,曾射中一雕,人称"射雕都督",此引用其事以

赞美将军。出自《北史·斛律光传》,据记载,北齐斛律光校猎时,于云表见一大鸟,射中其颈,形如车轮,旋转而下,乃是一雕,因此被人称为"射雕手"。

⑨暮云平:傍晚的云层与大地连成一片。

[赏　析]

　　从周朝至清朝,历代朝廷都沿用搜狩(狩猎)之礼法,春猎为搜,冬猎为狩。据《春秋谷梁传·昭公八年》记载:"因搜狩以惯用武事,礼之大者也。"狩猎的目的不是为了打到多少猎物,而是借此机会检验带兵将军的武艺及振奋军威。据《旧唐书·志第一》记载:"搜狩之礼立,则军旅振;享宴之礼立,则君臣笃。"

　　"风劲角弓鸣,将军猎渭城",不同于"诗佛"王维一贯"行到水穷处,坐看云起时"的潇洒无为,他笔下的英雄也有侠骨风流、英姿飒爽的一面。狂风怒吼,号角嘶鸣,在狂风呼啸之时,突然传出强劲的角弓响声,直疑高山坠石,不知其来。可见这角弓的声音真如晴天霹雳一般,令人惊绝,胆小的人可能要吓出一身冷汗:到底是在打仗呢?还是在打猎?原来是将军在渭城郊外打猎呢。

　　渭城为秦时咸阳故城,在长安西北,渭水北岸,其时平原草枯,积雪已消,冬末的萧条中略带一丝春意。在一派草枯雪尽的画面中,猎鹰和战马已经就位。古之狩猎必纵鹰雕,(唐)和凝的《题鹰猎兔画》中:"虽是丹青物,沉吟亦可伤。君夸鹰眼疾,我悯兔心忙。"可以想象在枯草衰败之处,鹰之目光锐利,在冰雪融化殆尽之处,战马驰骋沙场速度之迅疾,堪称绝美"流水对",猎鹰在天上引路,猎骑追踪而至,将军倏忽而至,志在必得。

　　新丰,在今西安市临潼区西北。当年汉高祖刘邦定都长安,其父刘太公(太上皇)居长安宫中,思乡心切,郁郁不乐。汉高祖出于孝心,敕令改建骊邑,依照故乡丰邑街(今江苏省丰县)的格局一模一样地重新建造。并把故乡丰邑的居民全部迁来此地,更名为"新丰"。据说汉高祖的乡亲们迁来新丰时,士女老幼各知其室,从迁的犬羊鸡鸭亦竞识其家。太上皇居新丰,日与故人饮酒高会,心情愉快。

第三篇章　隋唐五代 | 105

细柳营，即汉朝周亚夫将军屯军处。据《汉书·周亚夫传》记载，汉文帝时，匈奴入侵。帝令刘礼屯兵霸上，徐厉屯兵棘门，周亚夫屯兵细柳，以备胡。文帝亲自劳军，到霸上、棘门军营时，皆直驰而入；至细柳营，因无军令而不得入。于是令使者持节诏将军，周亚夫将军传令开营门。既入，帝按辔徐行。至营，周亚夫以军礼见，成礼而去。文帝感慨地称赞周亚夫："此真将军矣！曩者（之前）霸上、棘门军，若儿戏耳！"后人便以"棘门军"形容军纪涣散的军队；而军营纪律严明者称为"细柳营"。

虚虚实实，相互结合。其实，新丰与细柳营两地相距八十余里，不可能刚刚还在新丰，没多久就到了细柳营去打猎，此乃虚写，但写出了大唐严明的军威军纪。

"回看射雕处，千里暮云平。"射雕，原意是比喻善射的人或弓马娴熟的人，因为能够把雕射下来的人一定是善射者。出自《史记·李将军列传》："三人还射，伤中贵人，杀其骑且尽。中贵人走广。广曰：'是必射雕者也。'"射雕者，也有言语出《北史·斛律光传》，其载：北齐斛律光精通武艺，曾射中一雕，人称"射雕都督"。此言"射雕处"，借以赞美将军的臂力强、箭法高。起初风起云涌，此时风定云平，回首眺望千里之外原来打猎之处，早已晚霞满天，暮色降临。

虽为日常狩猎，但骁勇善战、渴望效命沙场，期盼建功立业的将军形象，早已定格诗中，读罢摇曳生姿，饶有余味。古有"飞将军"，大唐亦有善骑射的良将，国有良将，方可守这盛世繁华。

后人对王维的边塞诗评价甚高，那"大漠孤烟直，长河落日圆"，广为后世推崇，至今仍是描绘大漠风景最动人的唐诗；那"劝君更尽一杯酒，西出阳关无故人"，成为边塞送别友人的款款深情；而那"草枯鹰眼疾，雪尽马蹄轻"的豪迈刚劲，更被赞为"雄悍之气"，可敌《秦风·驷铁》。

使至塞上

王　维

单车欲问边①，属国过居延②。
征蓬③出汉塞，归雁入胡天④。
大漠孤烟直⑤，长河落日圆。
萧关逢候骑⑥，都护在燕然⑦。

[写作背景]

　　王维现存边塞诗四十首，这一数量在唐代边塞诗人中是非常可观的。不同于其他通过想象写边塞诗的诗人，王维是一位真正拥有边塞经历的诗人。唐玄宗开元二十四年（736），吐蕃发兵攻打唐属国小勃律（在今克什米尔北）。开元二十五年（737）春，河西节度副大使崔希逸在青涤西大破吐蕃军。唐玄宗命王维以监察御史的身份奉使凉州，出塞宣慰，察访军情，并任河西节度使判官。这首诗即作于此次出塞途中。

[注　释]

　　① 问边：到边疆去察看。
　　② 属国：秦汉时官名典属国的简称。汉代称负责外交事物的官员为典属国，唐时遂以"属国"指使臣。居延：汉县名，古址在今甘肃张掖西北。此二句一作"衔命辞天阙，单车欲问边"。
　　③ 征蓬：被风卷起远飞的蓬草，此处为诗人自喻。
　　④ 归雁：雁是候鸟，春天北飞，秋天南行，这里是指大雁北飞。胡天：少数民族地区。
　　⑤ 孤烟：赵殿成注有二解：一云古代边防报警时所用，烽烟乃用狼粪燃烧，据陆佃《埤雅》云："烟直而聚，虽风吹之不斜。"二云塞外多旋风，"袅烟沙而直上"。据后人有到甘肃、新疆实地考察者证实，确有旋风如"孤烟直上"。又，孤烟也可能是唐代边防使用的平安火。《通典》卷二百一十八云："及暮，平安

火不至。"胡三省注:"《六典》:唐镇戍烽候所至,大率相去三十里,每日初夜,放烟一炬,谓之平安火。"

⑥萧关:故关址在今宁夏固原东南。候骑(jì):担任侦察、通讯的骑兵。

⑦都护:唐时边疆重镇设都护府,如北庭都护府、安西都护府,长官称都护。燕然:山名,指今蒙古人民共和国杭爱山。据《后汉书·窦宪传》记载:宪率军大破单于军,"遂登燕然山,去塞三千余里,刻石勒功,纪汉威德,令班固作铭"。公元89年,东汉窦宪大破匈奴于此,刻石纪功而还。

[赏　析]

枯草随风飘扬,天暖鸿雁北归,这是一个初春的时节。诗人一行人轻车简从,去慰问边疆立功的将士们,本该豪迈慷慨,但此行是远去西北,进入荒凉的边地,诗人不免有一种"西出阳关无故人"的孤独凄清之感;同时因为上一年张九龄被罢知政事,而此年四月又被贬为荆州长史,被排挤出京,在朝中失去了倚傍,此次被派去劳军,无异于被赶出朝廷,因而不免心情黯淡,产生一种飘然无依的感受。这种用蓬草表达身世飘零,古已有之,如曹植的《杂诗》(其二)所谓"转蓬离本根,飘飘随长风",就是此意。

然而,诗人的心境并没有被时下的艰难所羁绊。塞北风光,大抵多是"北风卷地白草折,胡天八月即飞雪"(岑参《白雪歌送武判官归京》)的干净简洁、粗犷有力。但王维只以"大漠孤烟直,长河落日圆"一联就勾勒出塞北边地苍茫壮阔之景。

昂首远望,不见草木,断绝行旅,但见长天尽头有一缕孤烟在升腾,为这边塞荒漠骤然增添了一点生气。时值傍晚,诗人俯瞰蜿蜒的黄河故道,落日低垂河面,河水闪着粼粼的波光。大河落日的奇观,使人仿佛置身于其中,领略"日月之行,若出其中"的境界,这就平添了河水吞吐日月的宏阔气势,从而整个画面更显得雄奇瑰丽。《红楼梦》第四十八回香菱便说:"想来烟如何直?日自然是圆的。这'直'字似无理,'圆'字太俗。合上书一想,倒像是见了这景的。若说再找两个字换这两个,竟再也找不出两个字来。"诗中"孤烟之直""落日之圆"的境界宏大、气象浑厚,无不令万千读者心向往之。

终到军中，彼时询知都护所在，从"候骑"口中得知"在燕然"。一似化用虞世南《拟饮马长城窟》"前逢锦车使，都护在楼兰"，另开新意，惹人遐想。二似借用东汉窦宪之典故，窦宪曾大破匈奴，登离边塞三千余里的燕然山刻石纪功。此时将崔希逸比作窦宪，说他正在胜利的最前线巡视，字里行间充满了豪迈昂扬的情调，与前面奇伟壮丽的边塞风光相互应和，雄劲壮阔，堪称一首真正的边塞诗。

少年行（其二）

王 维

出身仕汉羽林郎①，初随骠骑②战渔阳③。
孰知不向边庭苦④，纵死犹闻侠骨香。

[写作背景]

"少年行"是乐府旧体，也是唐人特别钟爱的一个诗题，初唐的卢照邻，盛唐的李白、杜甫、崔颢、高适，晚唐的杜牧等，都写过《少年行》，其中，以王维的组诗最为有名，也最能体现盛唐气象，王维真正到过边塞。

《乐府诗集》卷六十六录此四首于《结客少年场行》之后。根据陈铁民《王维年谱》及组诗所反映的少年游戏精神面貌来看，这四首诗是王维早期的作品，当作于安史之乱发生之前。《少年行四首》是唐代诗人王维的组诗作品。这四首诗从不同的侧面描写了一群急人之难、豪侠任气的少年英雄，对游侠意气进行了热烈的礼赞，显示了盛唐社会游侠少年踔厉风发的精神面貌、生活道路和成长过程，表现出年轻诗人的政治抱负和理想。组诗每一首都各自独立，各尽其妙，又可以合而观之，构成一组结构完整而严密的诗章。诗人用笔或实或虚，或显或隐，舒卷自如，不拘一格，表现了王维早年诗歌创作的雄浑劲健的风格和浪漫气息，显示出强烈的英雄主义色彩。

[注　释]

①羽林郎：汉代禁卫军官名，无定员，掌宿卫侍从，常以六郡世家大族子弟充任。后来一直沿用到隋唐时期。

②骠骑：指霍去病，曾任骠骑将军。

③渔阳：古幽州，今天津市蓟州区一带，汉时与匈奴经常接战的地方。

④苦：一作"死"。

[赏　析]

少年委身事君，入仕之初便担任了羽林郎的职务。由于羽林郎宿仗卫内、亲近帷幄，地位十分重要，故非等闲之辈可以入选。《汉书·地理志》有云："汉兴，六郡良家子选给羽林。"由此即可见一斑。骠骑指武帝时的名将霍去病，曾多次统率大军反击匈奴侵扰，战功显赫。少年报国心切，一心想效功当世，一旦国家有事，便毫不犹豫地随军出征。边关是遥远荒寒的，沙场的搏杀更是出生入死，而主人公"明知山有虎，偏向虎山行"，这种为国献身的精神，和曹植的《白马篇》里"捐躯赴国难，视死忽如归"的少年英雄是一脉相承的。

（明）唐汝询的《唐诗解》中有云："此羽林少年羡布衣任侠而为愤激之词：安知不向边庭之苦者，乃能垂身后名。此盖指郭解之流，虽或捐躯，而侠烈之声不减。"

其实侠乃先秦之士中的一类，喜仗剑游天下，排难解纷乱，轻生死，尚气节。司马迁在《史记》中专辟《游侠列传》，认为"其言必信，其行必果，已诺必诚，不爱其躯，赴士之厄困，既已存亡死生矣，而不矜其能，羞伐其德，盖亦有足多者焉"，不仅是一种社会的重要力量，还有值得赞美的特殊精神。于是从汉魏六朝，到隋唐时期，游侠之风和任侠之气不绝如缕。

唐朝那么多诗人热衷于写"少年行"的从军诗，正是一代书生尚武任侠，渴望到边关开疆拓土、建功立业的英雄气概的体现。从卢照邻《结客少年场行》中"长安重游侠，洛阳富才雄。玉剑浮云骑，金鞍明月弓"的舍身报国，到杨炯《从军行》中"宁为百夫长,胜作一书生"的崇尚军功,再到王维"孰知不向边庭苦,纵死犹闻侠骨香"中的豪荡使气。

可以说,如果没有这种为国征战的任侠精神,没有这种视死如归的英雄精神,也许就不可能有所谓的盛唐精神。

古游侠①呈军中诸将

崔　颢

少年负②胆气,好勇复知机③。
仗④剑出门去,孤城逢合围⑤。
杀人辽水⑥上,走马渔阳⑦归。
错落金锁甲,蒙茸貂鼠衣⑧。
还家且行猎⑨,弓矢速如飞。
地迥⑩鹰犬疾,草深狐兔肥。
腰间带两绶⑪,转眄⑫生光辉。
顾⑬谓今日战,何如随建威⑭?

[写作背景]

崔颢的诗以《黄鹤楼》最为著名,历代广为传颂,据说李白为之搁笔,曾有"眼前有景道不得,崔颢题诗在上头"的赞叹。其实,崔颢还是盛唐边塞诗派的成员,他和高适、岑参的年龄相近,都活跃在开元、天宝年间的诗坛上,对边塞诗派的形成起积极的推动作用。"游侠"是乐府古题,内容大多是描写壮勇轻生的侠士。诗人通过这种塑造,为军中诸将树立了一个楷模,激励将士们英勇作战,以期成就一番功业,扬名于世。

[注　释]

① 游侠：指好交游，轻生重信，能救人危难的人。诗题一作"游侠篇"。

② 负：凭借。一作"有"。

③ 知机：指认识时势，趋向得宜，如下文所叙及时从军就是知机。

④ 仗：执。

⑤ 合围：包围。

⑥ 辽水：辽河。

⑦ 渔阳：郡名，治所在今河北省蓟县。这两句说在辽水作战杀敌，功成走马回乡。

⑧ "错落"二句：这两句以金甲貂裘表明其人官级之高，足以见得他积功之多。错落：错杂。金锁甲：黄金锁子甲（用黄金作环，连锁成网状）。蒙茸：乱貌。"错落"说明甲上环锁已损坏不齐，"蒙茸"说明貂裘已敝（貂皮是毛短滑溜的，不同于狐裘的蓬松蒙茸。招裘显得蒙茸时，就是穿旧了），足以见得他苦战日久。

⑨ 且行猎：《乐府诗集》作"行且猎"。猎：一作"射"。

⑩ 迥：此指宽广。

⑪ 腰间带两绶：一作"腰带垂两鞬"。绶：丝带，古人用来系印纽，佩在腰上。据《汉书·金日磾传》记载，金日磾的儿子金赏继承金日磾为侯，佩两绶。

⑫ 转眄：左右斜视，形容目光灵动。这两句形容其人豪贵，气概威严。

⑬ 顾：回头。

⑭ 建威：将军的称号，东汉耿弇曾拜建威将军。这里借指此侠士往年在辽水作战时的主将。这两句说今日如再作战，比当年何如？表示豪气不减，壮志仍在。

[赏　析]

《批点唐诗正声》云："游侠自是一体，须本色乃佳。六朝及唐诸公时时有作，辄杂如他调，惟崔颢为绝纯。"

他是一位有勇有谋、英俊潇洒的游侠少年，从小就胆识过人、武艺超群、聪明机敏、勇猛善战，他手持一柄长剑，仗剑走天涯，孤身奔赴前线，参军入伍。这次入军边塞，遇到自己的国土被敌人围剿，他毫不犹豫地上阵杀敌，冲锋陷阵，不幸被敌人重重包围，在外无援军、军力悬殊的窘境中，毫不畏惧，迎敌而上，冲锋陷阵，杀死敌人无数，凭一己之力瓦解了被困的局面。少侠因此立下赫赫战功，受封归乡，凯旋回到渔阳老家。

返乡后的生活虽然多姿多彩，但侠客仍然耐不住寂寞，常常带领随众去打猎。他在猎场上纵马驰骋，鹰飞狗随。虽草木繁茂，但箭法如神，百步穿杨，狩猎收获颇丰。"还家且行猎，弓矢速如飞。地迥鹰犬疾，草深狐兔肥"，写得尤其富有生气，与王维的名句"草枯鹰眼疾，雪尽马蹄轻"有异曲同工之妙。

侠客英勇威武、意气风发，身穿用金线点缀的威武铠甲，着华贵的貂皮外套，腰间系着带有印章的丝带，仿佛让我们看到了当年那位忠肝义胆、上马杀敌的少年游侠形象。《唐贤三昧集笺注》中赞其"英姿飒爽，有风云之气"。

他不单单是沉迷于外出狩猎，而是因为狩猎与当年随军打仗的日子相似，无论是否还在疆场，他的威武雄姿都让人难以遗忘。据说当年此诗作于河西军幕，写毕后，交给了军中诸将领，这种英勇善战的游侠，会对边关的将士们进行一种正向的激励，更能激起他们对家国山河的护佑，对建功立业的向往。

赠王威古[①]

崔　颢

三十[②]羽林将，出身常事边。
春风吹浅草，猎骑何翩翩[③]。

插羽两相顾,鸣弓新上弦④。

射麋⑤入深谷,饮马投荒泉。

马上共倾酒,野中聊割鲜⑥。

相看未及饮,杂胡⑦寇幽燕。

烽火去不息,胡尘高际⑧天。

长驱救东北,战解⑨城亦全⑩。

报国行赴⑪难,古来皆共然。

[写作背景]

  崔颢如同所有的唐朝诗人游历天下,北走边疆塞外,南至推楚吴越。他从军塞北也只是一时之计,目的还是想建功立业、封侯拜相、一施抱负,因此他的边塞诗中依然渗透着豪爽任性的脾性。二十年的风尘之苦使得他诗风大变,气势磅礴、风骨凛然、感情昂扬,下笔雄浑奔放,潇洒自如。这首他于开元后期北上入河东军幕时创作的边塞诗,是最具凛然风骨的作品。

[注 释]

  ① 王威古:又作王威吉,生平事迹不详。

  ② 三十:指三十岁。

  ③ 翩翩:轻快的样子。

  ④ 新上弦:一作"亲上弦"。

  ⑤ 麋:麋鹿,也称"四不像"。

  ⑥ 鲜:鲜肉。此指猎获的野兽之肉。

  ⑦ 杂胡:一作"杂虏",指非正规的少数民族军队。

  ⑧ 际:至,接近。

  ⑨ 解:结束。

  ⑩ 全:保全。

  ⑪ 行赴:前往。

[赏　析]

　　春风乍起，草发浅绿之时，将军王威古驻守在代州，他身携羽翎箭矢、骑马出猎，追入深谷，饮马荒泉。豪情激荡中，他马上斟酒、野中割鲜，显得从容闲暇，富有生气。边地狩猎时春暖草青的景色、策马觅猎的豪放、把酒临风的自得，把将军身上的非凡身手和翩翩风度描写得宛若眼前。

　　就在酒未及饮的当口，敌寇竟然再犯幽燕，烽火遍地，狼烟四起，胡尘冲天，敌寇气焰嚣张。将军停止狩猎，驰援幽燕。他率兵长驱，战斗非常激烈，形势十分危急，王威古所率王师作战骁勇，最终战果辉煌，保全了边城。代州、幽燕，两地相邻，代州在西南，幽燕边关位于东北，故称前往幽燕是"长驱救东北"。

　　一句"报国行赴难，古来皆共然"，将士们觉得抵御外侮，慷慨赴国难，英勇上战场是自己的本分，赞扬了将军却敌解围、勇敢拼杀的可贵品质，更是歌颂了历代边关将士以天下为己任的崇高境界。整首诗清刚劲健、大开大阖、颇具气势，是不可多得的边塞戎马之作。其中洋溢的爱国热情和英雄主义的精神，可谓"义薄云天""风骨凛然"。

　　因为崔颢亲身经历了北方边塞生活的艰辛与雄浑，边境风情描写得雄奇劲健，军人本色描写得阳刚意气，戎马生涯描写得蓬勃朝气，字里行间流露出了盛唐人特有的积极进取的精神风貌。崔颢这首边塞诗透过这位三十多岁的羽林将军，亲上战场、为国戍边、赤胆忠心的故事，让读者感受充实的内容、饱满的感情，绝非以辞采取胜，可谓"多胸臆语，兼有气骨"。

辽西作[①]

崔　颢

燕郊[②]芳岁[③]晚，残雪[④]冻边城。

第三篇章　隋唐五代 | 115

四月青草合⑤，辽阳⑥春水生⑦。

胡人⑧正牧马，汉将日⑨征兵。

露重宝刀湿，沙虚⑩金鼓⑪鸣。

寒衣著已尽，春服⑫与谁成。

寄语洛阳使⑬，为传边塞⑭情。

[写作背景]

据《唐诗纪事》记载，这首诗约作于唐玄宗天宝(742—756)初年。崔颢是唐开元年间进士，官至太仆寺丞，天宝中为司勋员外郎。最为人们津津乐道的是他那首《黄鹤楼》，据说李白为之搁笔，曾有"眼前有景道不得，崔颢题诗在上头"的赞叹。《全唐诗》存其诗四十二首。

[注 释]

① 辽西作：《河岳英灵集》《唐诗纪事》均作于辽西。辽西，古郡名，战国燕置，隋唐已废，这里指辽河流域西部地区，唐代在此设置平卢节度使。

② 燕郊：指辽西。辽西地区为战国时期燕国边区，故称。

③ 芳岁：即百花盛开的季节，指春季。

④ 残雪：残存的积雪。

⑤ 合：即长满，遍布。

⑥ 辽阳：指辽水北岸地区。

⑦ 春水生：指四月份辽水上游地区积雪融化，形成辽河的春汛。

⑧ 胡人：指奚、契丹、靺鞨等少数民族。

⑨ 日：即天天。

⑩ 沙虚：指沙土不结实。

⑪ 金鼓：即四金和六鼓，四金指錞、镯、铙、铎。六鼓指雷鼓、灵鼓、路鼓、鼖鼓、鼛鼓、晋鼓。一作"金甲"。

⑫ 春服：春日穿的衣服。谁为成：意即谁来做，一作"与谁成"，又一作"谁与成"。

⑬ 洛阳使：指前往洛阳的使者。

⑭ 边塞：一作"边戍"。

[赏 析]

  燕郊大地，芳草鲜美的季节快要过去；边城之中，仍然残存着点点积雪。阳春四月，青青的野草遍布四野；辽水的北岸，积雪融化，涨起了春汛。这几句描写辽西春天的景象。起句点明时节地点。辽西地处北国，虽然已是晚春，却残雪犹存，让人感到阵阵寒意。既称"芳岁"，复称"残雪"，再一个"冻"字，写出了这里荒寒而独特的景象。"四月"照应"芳岁晚"；"春水"暗应"残雪"。这两句在荒寒的背景上涂抹了清亮的生命的绿色，意境宁静优美。

  关外胡人正在放养战马，关内汉家将日日征兵。露水凝重，把将士的宝刀打湿了；沙土松虚，军队的金鼓呜呜作鸣。这四句由前面描绘辽西春景转为写人。四月春草合，故胡人正牧马。胡人入侵通常是在秋高马肥之时，此春天牧马，看似安宁祥和，实则暗伏杀机，因而汉将日日征兵，严加防范，不敢懈怠。"露重"两句，用兵器与铠甲在自然条件下的反应突出士兵作战的艰苦，引出下文的感叹。

  戍卒们冬天的寒衣已经穿烂，可是春天的服装还没有人给他们做成。转告前往洛阳的使者，请你传达一下这边塞的艰苦情况。这四句即景抒情。"寒衣"二字，呼应开头次句"残雪冻边城"。寒衣已尽，春服无着，戍边生活倍加艰辛，却无人知晓、可怜。"春服与谁成"，采用疑问语气，意即没有做成，自然引出结句寄语洛阳使，亦即寄语朝廷，要体恤边关将士的辛苦。字里行间，饱含着诗人的深切同情。

  这首反映边塞生活的诗作，语言平实，层次清晰，格调刚健，境界沉雄，饱含深情，意在言外，可谓"风骨凛然，一窥塞垣，说尽戎旅"。

燕歌行

高 适

　　开元二十六年，客有从元戎出塞而还者，作《燕歌行》以示，适感征戍之事，因而和焉。

　　　　汉家①烟尘②在东北，汉将辞家破残贼。
　　　　男儿本自重横行，天子非常赐颜色③。
　　　　摐④金⑤伐⑥鼓下榆关⑦，旌旆⑧逶迤⑨碣石⑩间。
　　　　校尉⑪羽书⑫飞瀚海⑬，单于猎火⑭照狼山⑮。
　　　　山川萧条极边土，胡骑凭陵⑯杂风雨⑰。
　　　　战士军前半死生，美人帐下犹歌舞！
　　　　大漠穷秋塞草腓⑱，孤城落日斗兵稀⑲。
　　　　身当恩遇常轻敌，力尽关山未解围。
　　　　铁衣远戍辛勤久，玉箸⑳应啼别离后。
　　　　少妇城南欲断肠，征人蓟北㉑空回首。
　　　　边庭飘飖㉒那可度㉓，绝域㉔苍茫无所㉕有！
　　　　杀气三时㉖作阵云㉗，寒声一夜㉘传刁斗㉙。
　　　　相看白刃血纷纷，死节㉚从来岂顾勋㉛？
　　　　君不见沙场征战苦，至今犹忆李将军㉜！

[写作背景]

　　《燕歌行》是一个乐府旧题，据说是曹丕首创。曹丕的《燕歌行》有两首，均为描写妇女愁思的闺怨诗。而高适的《燕歌行》跳出历史窠臼，用之纪实，并抒写边塞将士生活，实属创新之举。自唐开元十八年（730）至二十二年十二月，契丹多次侵犯唐边境。开元二十一年后，幽州节度使张守珪经略边事，初有战功。但随后骄奢淫逸，开元二十四年后两次战败，大败后被救援得以逃脱，但部属犹力战不已，虏以英杰首示之，竟不降，尽为虏所杀。高适有感于幽州节度使张守珪与奚族作战打了败仗却谎报军情，作诗加以讽刺。

[注　释]

　　① 汉家：汉朝，唐人诗中经常借汉说唐。

　　② 烟尘：代指战争。

　　③ 非常赐颜色：超过平常的厚赐礼遇。

　　④ 摐：撞击。

　　⑤ 金：指钲一类的铜制打击乐器。

　　⑥ 伐：敲击。

　　⑦ 榆关：山海关，通往东北的要隘。

　　⑧ 旌旆：旌是竿头饰羽的旗。旆是末端状如燕尾的旗。这里指各种旗帜。

　　⑨ 逶迤：蜿蜒不绝的样子。

　　⑩ 碣石：山名。

　　⑪ 校尉：次于将军的武官。

　　⑫ 羽书：(插有鸟羽的，军用的)紧急文书。

　　⑬ 瀚海：沙漠。这里指内蒙古自治区东北西拉木伦河上游一带的沙漠。

　　⑭ 猎火：打猎时点燃的火光。古代游牧民族出征前，常举行大规模校猎，作为军事性的演习。

　　⑮ 狼山：又称狼居胥山，在今内蒙古自治区克什克腾旗西北。一说狼山又名郎山，在今河北易县境内。此处"瀚海""狼山"等地名，未必是实指。

　　⑯ 凭陵：仗势侵凌。

　　⑰ 杂风雨：形容敌人来势凶猛，如风雨交加。一说，敌人乘风雨交加时冲过来。

　　⑱ 腓（一作衰）：指枯萎。出自隋虞世基《陇头吟》："穷求塞草腓，塞外胡尘飞。"

　　⑲ 斗兵稀：作战的士兵越打越少了。

⑳ 玉箸：白色的筷子（玉筷），比喻思妇的泪水如注。

㉑ 蓟北：唐蓟州在今天津市以北一带，此处指唐朝东北边地。

㉒ 边庭飘飖：形容边塞战场动荡不安。庭，一作"风"。飘飖，一作"飘摇"，随风飘荡的样子。

㉓ 度：越过相隔的路程，回归。

㉔ 绝域：更遥远的边陲。

㉕ 无所：一作"更何"。更何有，更加荒凉不毛。

㉖ 三时：指晨、午、晚，即从早到夜（历时很久。三，不表确数）。

㉗ 阵云：战场上象征杀气的云，即战云。

㉘ 刁斗：军中夜里巡更敲击报时用的、煮饭时用的，两用铜器。

㉙ 一夜：即整夜，彻夜。

㉚ 死节：指为国捐躯。节，气节。

㉛ 岂顾勋：难道还顾及自己的功勋。

㉜ 李将军：指汉朝李广，他能捍御强敌，爱抚士卒，匈奴称他为汉之飞将军。

[赏　析]

　　开元二十年春天，唐朝东北的边境上烽烟四起，所有将士辞家去抵御胡贼。男儿本就看中横刀骑马天下行，天子也是非常赏识这种英雄本色，国难当头，将士们士气高昂，集结完毕，奔赴战场。"校尉羽书飞瀚海，单于猎火照狼山。"校尉穿过大漠深处紧急传来了羽书，单于也高居猎火已然照到狼山腹地，战争一触即发，剑拔弩张，战果如何呢？"大漠穷秋塞草腓，孤城落日斗兵稀"，在那种大漠穷秋的萧瑟背景下，暮色降临这座孤城，这里能战能守的士兵越来越少了，因为大多数人已经牺牲了。

　　然而被围困在这座孤城里的将士们，在最后一次冲锋前的那个夜晚在干些什么？"铁衣远戍辛勤久，玉箸应啼别离后。少妇城南欲断肠，征人蓟北空回首。"有位身着铁衣盔甲的战士，听着远处传来的幽咽的羌笛声，情不自禁地遥望家乡的方向，想起了妻子，万般柔情涌上心头。此时他仿佛看到妻子一个人在城南的小院内，流着泪水仰望星空。思念已经如穿肠的毒药，让她肝肠寸断了。而战士也已经习惯了这苍茫无尽的大漠，习惯了无尽大漠下跨越千山万水的思念。天一亮，他们就要最后一次面对敌人，发起最后一次冲锋了。这些思念都将化作战士心中无穷的力量和他手中杀敌的利器，当然也化作了他胸前最后的那一抹红色。

在那个想家的夜晚过后，他们是怎么做的呢？白天所见，只是"杀气三时作阵云"；晚上所闻，唯有"寒声一夜传刁斗"。最后"相看白刃雪纷纷，死节从来岂顾勋？"战士们相互看着战刀上血迹斑斑，看着刀刃插进自己的胸膛，但绝不投降。一反问句，振聋发聩，自古尽忠而死难道仅仅是为了功勋受赏吗？不是，当然不是，看看战士们与敌人短兵相接，浴血奋战的画面，听听战士们肉搏厮杀，震天动地的吼声，这根本不是为了取得个人的功勋呀！明明知道重重包围、已经无路可逃，却没有一个将士投降；明明知道投降尚可活命，但是他们依然奋勇杀敌，战至最后一刻，最后一个人。

飞将军李广，处处爱护士卒，使士卒"咸乐为之死"，这与那些骄横将军的对比是如此鲜明。由汉到唐，千载悠悠，战争的残酷在延续，而爱兵如子的李将军令人追忆至今。

军人既有热血，又有柔情；唐代边塞诗，既有风骨，又有情怀；可以这么说，这样的文明才可以长久，这样的边塞才真正有价值，这样的边塞诗才更有魅力。

送李侍御①赴安西②

高 适

行子对飞蓬③，金鞭指铁骢④。

功名万里外，心事一杯中。

虏障⑤燕支⑥北，秦城太白东⑦。

离魂⑧莫惆怅⑨，看取宝刀雄⑩！

[写作背景]

此诗作于天宝十一年(752)秋天，四十九岁的高适辞封丘尉，正客游长安。彼时的高适，内心期待到军中建功立业，一展抱负。而此时恰逢好朋友李侍御，提前踏入这条布满荆棘但前途光明的道路，他有着难以言说的羡慕之情，但是高适以古之大将军自诩，胸中豪情万千，他纵酒驰猎，狂狷之处不亚李白，其所赋名篇《别董大》足以见其风采："千里黄云白日曛，北风吹雁雪纷纷。莫愁前路无知己，天下谁人不识君。"所以，他面对朋友的离别，挥毫泼墨写出了对友人那浓浓的不舍之情。无独有偶，不久之后的秋冬之际，高适担任凉州河西节度使哥舒翰幕府任掌书记，进驻边塞。

[注 释]

① 李侍御，名不详。"侍御"，专管纠察非法，有时也出使州郡执行任务。

② 安西：安西都护府，在今新疆维吾尔自治区库车县。

③ 飞蓬：被风吹荡的蓬草，古时常以此比喻游子。

④ 骢(cōng)：指黑色的骏马。

⑤ 虏(lǔ)障：指防御工事。

⑥ 燕支：山名，这里代指安西。

⑦ 太白东：指秦岭太白峰以东的长安。

⑧ 离魂：指离别时的心情。

⑨ 惆怅：失意、难过。

⑩ 宝刀雄：指在边地作战建立军功的雄心壮志。

[赏　析]

　　天宝十一载（752），秋高气爽，万里无云，好友李侍御即将跨马远征，为国尽忠，持政一方，剑指万里，飒飒生风。王维曾说过："征蓬出汉塞，归雁入胡天。"此诗的飞蓬和征蓬类似，一种植物，一语双关，也指游子离开的矫健如飞。因为"铁骢"本为青黑色相杂的马，矫健迅疾，再加上主人"金鞭"频挥，自然更是凌厉如飞了，一个手执金鞭的英雄形象跃然纸上。

　　唐朝的有识之士普遍认可："宁为百夫长，胜作一书生。"故而友人远征"万里"，是为求取"功名"，应该庆贺才是。"劝君更尽一杯酒，西出阳关无故人"，临别之际，丝丝"心事"，一言难尽，全寄托在"一杯"别酒之中。面对友人那意气昂扬的气势与飒爽不拘的英姿，高适用盛满的酒，表达出了复杂的情感，这其中就有"万里"征途的默默担心，有前程似锦的美好祈愿，也有"功成名就"的无限期望，等等，这浊酒一杯真是深沉厚重。毕竟，虏障远在燕支山之北，家在太白峰东的长安，"虏障"与"秦城"之间，万里之遥，临别之际，回望秦城，不免伤感，但"功名万里外"又让征人热血沸腾，挥鞭直指漫漫前路。

　　"离魂莫惆怅"充满了高适殷殷的劝慰，最后一句"看取宝刀雄"更是显出了诗人立功塞外的雄心壮志，正可谓他"写边塞，苍茫而不凄凉，赋送别，荒渺而不凄切，皆脱前人窠臼，开一代诗风"。

塞上①听吹笛

高　适

雪净②胡天③牧马还④，月明羌笛⑤戍楼⑥间。
借问梅花何处落⑦，风吹一夜满关山⑧。

[写作背景]

　　高适两次出塞,去过辽阳,到过河西,曾一度驻守边关,可以说边关的凄风苦雨铸就了他安边定远的梦想,也锤炼了他那悲壮豪迈的诗风。然而,在他那些雄浑的乐曲中,《塞上听吹笛》一曲却似冰清玉洁般轻盈,如杨柳般春风拂面。此诗是高适在西北边塞从军时所写,时任哥舒翰幕府掌书记,他用诗、画、乐三者,给我们描摹了一幅清新自然的塞外春光图,颇有几分田园风光的韵味。

[注　释]

　　① 塞上:指凉州(今甘肃武威)一带边塞。此诗题一作《塞上闻笛》,又作《和王七玉门关听吹笛》。

　　② 雪净:冰雪消融。

　　③ 胡天:指西北边塞地区。胡是古代对西北部民族的称呼。牧马:放马。西北部民族以放牧为生。

　　④ 牧马还:牧马归来。一说指敌人被击退。

　　⑤ 羌(qiāng)笛:羌族管乐器。

　　⑥ 戍楼:报警的烽火楼。

　　⑦ 梅花何处落:此句一语双关,既指想象中的梅花,又指笛曲《梅花落》。《梅花落》属于汉乐府横吹曲,善述离情,这里将曲调《梅花落》拆用,嵌入"何处"两字,从而构思成一种虚景。

　　⑧ 关山:这里泛指关隘山岭。

[赏　析]

　　胡天北地,冰雪消融,漫漫边关,绿草茵茵,绵延至天际,又到了牧马的时节了。暮色开始缓缓地走了出来,战士吹起嘹亮的口哨,赶着马群归来,马儿慢慢隐没在了灰色的背景中。此时天空洒下了清澈如水的月光,这是唐代边塞诗中鲜见的和平宁谧。这不禁让人联想起《过秦论》中:"蒙恬北筑长城而守藩篱,却匈奴七百余里,胡人不敢南下而牧马"这段文字,胡马北还,狼烟暂息,边关危解,于是"雪净"也就多了几分象征危解的意味。

在如此苍茫而又澄澈的夜晚，羌笛不知从哪座戍楼间悄然响起，细细一听，竟然是熟悉的曲调《梅花落》，这如泣如诉的羌笛声，不知牵拽出了多少戍边将士们对千里之外家乡的悠悠情思。一句"梅花何处落"是"梅花落何处"，亦是"何处落梅花"，风传羌笛，音满关山。它与李白的"谁家玉笛暗飞扬，散入春风满洛城"的意境，可谓异曲同工。于是，那关山静寂的夜空里，让人感到飘落的不仅是羌笛声，还飘落着片片的落梅，那幽幽的暗香，也顿时溢满了整个天地。边关的战士们更是由听笛音而想到了故乡的梅花，嗅到了故乡的暗香，思乡之情涌上心头。

不过，这种思乡并不低沉，反而清新明朗，正如他在哥舒翰幕府所作的《登陇诗》云："浅才登一命，孤剑通万里。岂不思故乡，从来感知己。"这都让我们感而不伤，豪情满怀，这是盛唐气象在高适身上的深深印记。

雪净月明，梅花纷飞，言辞婉转，情思含蓄，意境深远，令人回味无穷，堪称边塞诗之上品。

塞下曲[①]

高　适

结束浮云骏，翩翩出从戎[②]。
且凭天子怒[③]，复倚将军雄。
万鼓雷殷[④]地，千旗火生风。
日轮驻霜戈[⑤]，月魄悬雕弓[⑥]。
青海阵云匝[⑦]，黑山[⑧]兵气冲。
战酣太白[⑨]高，战罢旄头[⑩]空。
万里不惜死，一朝得成功。

画图麒麟阁⑪，入朝明光宫⑫。

大笑向文士，一经何足穷⑬。

古人昧⑭此道，往往成老翁。

[写作背景]

  天宝十二年（753），高适投笔从戎，到河西节度使哥舒翰幕府掌书记。哥舒翰是朔方四镇节度使王忠嗣麾下与李光弼齐名的骁勇名将。同年，哥舒翰收复西河九曲，又立下赫赫战功。诗人以这次战争为背景，创作了这首从军报国、建功立业的英雄赞歌，既是歌颂像哥舒翰这样能征善战、建功立业的唐军将领，同时也借歌唱他人之功而咏自己实现报复之志。

[注　释]

  ① 塞下曲：汉乐府《横吹曲》有《出塞》《入塞》，多写边塞的战斗生活。唐代新乐府之《塞上曲》《塞下曲》均来源于此。

  ② "结束"二句：化用曹植《白马篇》："白马饰金羁，连翩西北驰。"结束：装束完毕。浮云：良马名。相传汉文帝有良马九匹，其一名为浮云。骏：好马。翩翩：形容驰马形态迅疾生动。

  ③ 天子怒：引自《战国策·魏策》："天子之怒，伏尸百万，流血千里。"

  ④ 殷（yǐn）：震动，震动声。引自司马相如《上林赋》："殷天动地。"

  ⑤ 日轮：日形如轮，指太阳。引自南北朝庾信《镜赋》："天河渐没，日轮将起。"霜戈：指闪闪发光的戈、矛等兵器。

  ⑥ 月魄：初生之月。也泛指月亮。引自梁简文帝《相宫寺碑铭》："珠生月魄，钟应秋霜。"雕弓：雕刻着图案的弓。

  ⑦ 青海：青海湖，在今青海省境内。这里泛指边远荒漠之地。阵云：言云叠起如兵阵。匝：环绕。

  ⑧ 黑山：山名。在今陕西榆林西南。唐调露初年（679），裴行俭大破突厥各部于此。这里泛指边塞要地。

  ⑨ 太白：即金星，又名启明星、长庚星。出自《史记·天官书》："察日行

以处位太白。"古人认为太白星主战伐，常用以比喻战事。

⑩ 旄(máo)头：星宿名，即昴(mǎo)宿。出自《史记·天官书》："昴曰髦头。"髦头星象征敌必败。

⑪ 麒麟阁：汉代阁名。汉宣帝时，曾在未央宫中画霍光等十一位功臣像于该阁，以表彰他们的功勋。

⑫ 明光宫：汉代宫名。代指皇帝临朝的宫殿。

⑬ 经：指《诗》《书》《礼》《易》《春秋》等儒家经典。何足：哪里值得。穷：探究到底。

⑭ 昧(mèi)：愚昧，不懂。

[赏　析]

茫茫塞外，一场边塞战争缓缓拉开帷幕。

一位身着嵌铜镶铁战袍，乘坐浮云骏马，英俊潇洒的将军率军出征，身后是一群身跨战马，装备精良，奔腾如飞的英雄，这与"白马饰金羁，连翩西北驰"的出场有异曲同工之妙。他们整装待发，裹挟着黄沙海雨，气势不凡。据《诗经·大雅·皇矣》记载："王赫斯怒，爰整其旅。"文王赫然与其群臣尽怒，于是整其军旅而出。这说明了此次战争是上有皇命，下有檄文，正气凛然，再加上雄武的"将领"，结果只能是"天子之怒，伏尸百万，流血千里"，气势如虹，痛快淋漓。

千里疆场，战云密布，战鼓隆隆，犹如惊雷震天撼地；王旗猎猎，上下翻飞犹如烈火。"日轮驻霜戈"借用《淮南子·冥览训》的典故，"鲁阳公与韩构难，战酣，日暮，援戈而挥之，日为之反三舍"。鲁阳公与韩国交战，战斗难分难解，太阳西沉，鲁阳公挥戈大喝，太阳竟为之退避三舍。"月魄悬雕弓"，唐军将士手中的雕花劲弓被拉得圆如月，这些都显示战斗正酣，王军将士们那冲锋陷阵，无畏生死的气势。从青海到黑山，阵云和山峰无不为之颤动，如此骁勇善战的军队，怎么可能战胜不了敌人呢？

"战酣太白高，战罢旄头空"，一语双关，一来说明战争持续时间之久，从天亮到深夜，二来说明了此次战斗的结果，"太白高"将星高悬，"旄头空"

胡星降落，不言自明，唐军胜，敌军败。激烈鏖战之余，王军将士们饥不暇食，渴不暇饮，不盼归期，无畏生死，最终所向披靡，战胜敌军，捷报频传。高适用汉宣帝画霍光等十二名功臣于麒麟阁上，以表其军功赫赫，也显示自己因此次战斗凯旋受赏，从而实现了建功立业的报复，也为自己曾金戈铁马沙场的那份无怨无悔。

于沙场建立卓越功勋，于朝廷获得最高荣誉，高适想用自己的亲身经历告诉那些文人学士，伏案孜孜，皓首穷经，老于牖下，不如去做个"百夫长"，更能报效国家。高适这样安边定远的壮志，豪情满怀的气势，豪放不羁的精神，无疑增加了唐代边塞诗喷薄而出的豪放之气！

营州① 歌
高 适

营州少年厌②原野，狐裘③蒙茸④猎城下⑤。
虏酒⑥千钟⑦不醉人，胡儿⑧十岁能骑马。

[写作背景]

唐代东北边塞营州，原野丛林，水草丰盛，各族杂居，牧猎为生，习尚崇武，风俗犷放。高适于天宝中出塞燕赵从军，路经边塞时所见所感写成此诗。

[注　释]

① 营州：唐代东北边塞，在今辽宁朝阳。

② 厌：同"餍"，饱。这里作饱经、习惯于之意。

③ 狐裘（qiú）：用狐狸皮毛做的比较珍贵的大衣，毛向外。

④ 蒙茸（róng）：裘毛纷乱的样子。语出《诗经·邶风·旄丘》："狐裘蒙

戎。"茸"通"戎"。

⑤ 城下:郊野。

⑥ 虏(lǔ)酒:指营州当地产出的酒。

⑦ 千钟(zhōng):极言其多;钟,酒器。

⑧ 胡儿:指居住在营州一带的奚、契丹少年。

[赏　析]

隋唐时的营州,为东北边塞重镇,树木丛生,百草丰茂,是汉族与契丹族的杂居地,他们性格豪放、善于骑射,胡地的人民过着放牧狩猎的天然生活。

一群少年长年在漫无边际的原野上驰骋牧猎,虽用了一个"厌"字,但表达出的却是少年们世世代代的血脉联系,他们适应也热爱着这片草原和脚下的土地。他们"十岁能骑马",自幼便练习骑射本领,骏马奔驰,草原狩猎,一直到青年,壮年,甚至老年,都要在马背上驰骋不息,故而善骑射。

高适把镜头拉近,让我们看到了少年们身披狐裘,在城外的原野,在冬日的寒风中追逐狩猎。蒙茸本是纷乱之意,仿佛让我们看到营州少年在原野上骑马射猎,仰射横冲,俯身放矢,左右开弓,动作迅捷,因此狐裘上的毛也被风吹得纷乱不堪,这种狩猎在高适看来是潇洒的。

猎罢而归,野外大宴,少年们兴致勃勃,开怀畅饮。"虏酒千钟不醉人",正如李白"会须一饮三百杯"一样,以豪饮来表现饮酒少年的豪放性格,此处运用了夸张的修辞手法,而非有人认为的"东北少数民族的酒薄,虽饮千杯也不醉人"。

唐朝诗人能毫不隐晦地夸赞胡儿的尚武精神,其心胸之阔达,风格之豪迈,实乃稀少。

白雪歌送武判官①归京

岑 参

北风卷地白草②折,胡天八月即飞雪。

忽如一夜春风来,千树万树梨花开。

散入珠帘湿罗幕③,狐裘不暖锦衾薄④。

将军角弓不得控⑤,都护铁衣冷难着⑥。

瀚海阑干百丈冰⑦,愁云惨淡万里凝。

中军置酒饮归客⑧,胡琴琵琶与羌笛。

纷纷暮雪下辕门⑨,风掣⑩红旗冻不翻。

轮台⑪东门送君去,去时雪满天山路。

山回路转不见君,雪上空留马行处。

[写作背景]

　　唐玄宗时期,战事频仍,尤其是西北一带,狼烟不断。岑参心怀壮志,试图上马击狂胡,两度出塞,久佐戎幕,共居军中之职六年之久,故而深谙鞍马风尘的军营之苦和大漠孤烟的塞外奇景。接到诏命,于唐玄宗天宝十三年(754)夏秋之交奔赴北庭,于唐肃宗至德二载(757)春夏之交东归。这次是他的第二次边塞之行,接替武判官,任安西北庭节度使封常清的判官(节度使的僚属)。这次在冰天雪地中为武判官送行,故作此诗。

[注 释]

　　① 武判官:唐代官职名,此处代指岑参所要接替之友。唐代节度使等朝廷派出的持节大使,可委任幕僚协助判处公事,称判官,是节度使、观察使一类的僚属。

　　② 白草:据《汉书·西域传》颜师古注,乃西北一种草名,王先谦补注谓其性至坚韧,秋冬变白,枯而不萎。"白草折"又显出风来势猛。

③珠帘：用珍珠串成或饰有珍珠的帘子，形容帘子的华美。罗幕：用丝织品做成的帐幕。形容帐幕的华美。这句说雪花飞进珠帘，沾湿罗幕。"珠帘""罗幕"都属于美化的说法。

④狐裘：狐皮袍子。锦衾：锦缎做的被子。锦衾薄（bó）：丝绸的被子（因为寒冷）都显得单薄了。这些反衬天气奇寒。

⑤角弓：两端用兽角装饰的硬弓，一作"雕弓"。不得控：（天太冷而冻得）拉不开（弓）。控：拉开。

⑥都（dū）护：镇守边镇的长官，此为泛指，与上文的"将军"是互文。铁衣：铠甲。难着（zhuó）：一作"犹着"，又作"犹著"，特指寒冷的难以穿着。着：亦写作"著"。

⑦瀚海：沙漠。阑干：纵横交错。百丈：一作"百尺"，又作"千尺"，极言冰雪之厚。

⑧中军：古时分兵为中、左、右三军，中军为主帅的营帐。饮归客：宴饮归京的人，指武判官。饮：动词，宴饮。

⑨辕门：军营的正门。

⑩风掣：红旗因下雪而冻结，风都吹不动了。掣：拉，扯。

⑪轮台：唐代西北的边关，在今新疆维吾尔自治区乌鲁木齐西南。

[赏 析]

一句"忽如一夜春风来，千树万树梨花开"成就了盛世大唐边塞诗压卷之作的美誉。

天宝十三年（754）的六月，岑参再次踏上了奔赴边塞的漫漫征途，前不久大将封常清进京朝见，被摄御史大夫，权知北庭都护，持节充伊西节度等使。由于深得封常清赏识，岑参被任命判官。"走马西来欲到天，辞家见月两回圆。今夜未知何处宿，平沙莽莽绝人烟"。他从长安出发，经过一个多月的艰辛跋涉，赶到了久违的北庭军营，虽然放眼四望，黄沙万里，但"西北望，射天狼"的画面在他的心中徐徐展开。

八月的长安，桂子飘香，中秋月圆，月华满地。而此时边关的八月，

第三篇章 隋唐五代 | 131

却已是千里冰封,万里雪飘。那一夜,北风呼啸,白草漫天,那一夜,军营大帐,寒意阵阵。边地的苦寒,岑参是领略过的,但此次重入军营,建功边塞的梦想再次照进现实,他胸中有丘壑,腹内有乾坤,自信满满。于是,走出营帐,面对冰天雪地,他并未把这里想象成寒冷的胡地,而是想象成"梨花一支春带雨"的江南,仿佛一夜之间,梨花盛开,花团锦簇,压枝欲低,芬芳无比。春风,梨花,江南,在他心中蓦地温暖绽放,这才是盛唐塞外应有的模样。

其实边地奇寒无比,飞雪漫天,纷纷穿帘入户,打湿军帐帷幔。平时很保暖、很昂贵的"狐裘""锦衾",也顿觉薄而不暖,难以御寒。"一身能擘五雕弧"的将军,手被冻得竟然拉不开弓,平素"金甲夜不脱"的都护,竟觉铁衣"冷难着"。寒与暖相对,悲与喜相生,冬日的况味,恰蕴含于这种相生相对之中。时隔千年,我们仍然能感受到戍边将士们周身的彻骨寒意。

"总是关山旧别情",该送别了,他把目光投向广远的沙漠和辽阔的天空,浩瀚沙海,冰雪遍地,有百丈之厚;黑云凝结,浓重稠密,有万里之远。"春风不度玉门关""不见杨柳春,徒见桂枝白",这种离别难免伤感满怀。在主帅的中军大营摆开筵席,"琵琶起舞换新声",且歌且舞,开怀畅饮,直至暮色降临。

"曲终人散皆是梦",到了该握手言别的时候,只见他们缓步走出军帐,缓慢地走向辕门,依依不舍地走到了轮台。"送君千里,终须一别",旌旗猎猎,只见友人转身飞跨马背,扬鞭而去。而他站在原地只能目送友人消失在茫茫天际。"千里黄云白日曛,北风吹雁雪纷纷"。大雪还在下,抬头望见那被狂风肆虐的雪山,和空留下的那一串串马蹄印,独自一人久久不忍离去……

逢入京使[①]

岑 参

故园[②]**东望路漫漫**[③]**，双袖龙钟**[④]**泪不干。**
马上相逢无纸笔，凭[⑤]**君传语**[⑥]**报平安。**

[写作背景]

根据刘开扬《岑参诗集编年笺注·岑参年谱》记载，此诗作于天宝八年（749）诗人赴安西（今新疆维吾尔自治区库车县）上任途中。这是岑参第一次远赴西域，充安西节度使高仙芝幕府书记。此时诗人34岁，前半生功名不如意，无奈之下，出塞任职，希冀此行能建功立业。他告别了在长安的妻子，跃马踏上漫漫征途，西出阳关，奔赴安西。

[注 释]

① 入京使：进京的使者。
② 故园：指长安和自己在长安的家。
③ 漫漫：形容路途十分遥远。
④ 龙钟：涕泪淋漓的样子。出自卞和《退怨之歌》："空山歔欷泪龙钟。"这里是沾湿的意思。
⑤ 凭：托，烦，请。
⑥ 传语：捎口信。

[赏 析]

这是岑参第一次从军西征，他是信心满满且昂扬积极的，因为他曾说："功名只应马上取，真正英雄一丈夫。"同时，他认为从军塞外只要是国家的需要，他便义无反顾，"万里奉王事，一身无所求，也知塞垣苦，岂为妻子谋"。

岑参也不知走了多少天，就在通西域的大路上，他忽地迎面碰见一个老相识。

第三篇章 隋唐五代 | 133

当时的安西都护府治所在龟兹，在唐代无疑是跨越万水千山那么远，况且对一个久居内地的读书人来说，要离家千里万里，穿越茫茫沙漠，想家是最自然、最普通的情感。

岑参遇到故友，立马而谈，互叙寒温，更多的却是久久不语，只是默默凝视着东方，因为那是故乡的方向，每西行一步，就离家更远一步，忽然有种"离恨恰如春草，更行更远还生"的伤感。泪水再也抑制不住地倾泻而出，用衣袖去擦拭眼泪，不知不觉双袖已经湿透，可是脸上的泪水仍然不止。这句诗没有矫揉造作的夸张之感，反而觉得人之常情，它之所以受到推崇，主要是写得如此自然本色、入情入理。

言谈之间岑参得知故友要归京述职，不免有些感伤。彼此戎马倥偬，擦肩而过，一个继续西行，一个东归长安。于是想到请他捎封家书，回长安给家人报个平安。可天意弄人，急匆匆之际，偏偏又无纸笔，只好托故人带个口信，"凭君传语报平安"吧。一句口信，寄寓着诗人思念的深情，用这样简单的语句结尾，有种寄至味于淡薄。这样简单的收束，也显示了诗人波澜不惊的内心，既有着建功边塞的豪情，也有着思家念亲的柔情，这种丰富交织的情感显得岑参的此次西行更加豪迈无畏。

此诗好似信手拈来，随口而出，既有生活味，又有人情味，不同于一般的边塞诗，但是他却道出了边塞诗"人人心中有，人人笔下无"的自然情感。这首颇具军旅生活特色的小诗，于是乎能深入人心，历久不忘。

走马川行奉送封大夫出师西征[①]

岑 参

君不见走马川行雪海边[②]**，平沙莽莽黄入天。**
轮台[③]**九月风夜吼，一川碎石大如斗，随风满地石乱走。**

匈奴草黄马正肥，金山④西见烟尘飞，汉家⑤大将西出师。

将军金甲夜不脱，半夜军行戈相拨⑥，风头如刀面如割。

马毛带雪汗气蒸，五花连钱⑦旋作冰，幕中草檄⑧砚水凝。

虏骑闻之应胆慑，料知短兵⑨不敢接，车师西门伫献捷⑩。

[写作背景]

据史书记载，封大夫封常清，原为蒲州人（山西人），后在西域长大，虽长在胡地，但身材瘦小，患有眼疾，跛脚。原本在行伍中名不见经传，先于安西四镇都知兵马使高仙芝手下任参谋，后来靠着超前的谋略，用一份告捷文书取得了高仙芝的信任，脱颖而出。后任至安西四镇节度使兼北庭都护。而岑参原本出身官宦，是唐初宰相岑文本的曾孙，只是家道中落。虽号称神童，但年近而立之年方中进士，后仕途蹭蹬。毫无疑问，封常清的人生传奇给予岑参以建功立业的拳拳热情，于天宝十三年，他入封常清幕府，作判官，踌躇满志。听闻封常清要出师西征，岑参挥毫泼墨，写就此篇。

[注 释]

① 行：诗歌的一种体裁，歌行体，这是从汉魏六朝乐府的基础上衍变而来，格律自由流畅，给人以行云流水之感。封大夫：即封常清，唐朝将领，蒲州猗氏人，以军功擢安西副大都护、安西四镇节度副大使、知节度事，后又升任北庭都护，持节安西节度使。西征：一般认为是出征播仙。

② 走马川行雪海边：一作"走马沧海边"。走马川：即车尔成河，又名左未河，在今新疆维吾尔自治区境内。雪海：在天山主峰与伊塞克湖之间。

③ 轮台：地名，在今新疆维吾尔自治区米泉境内。

④ 金山：指今新疆维吾尔自治区乌鲁木齐东面的博格多山。

⑤ 汉家：唐代诗人多以汉代唐。

⑥ 戈相拨：兵器互相撞击。

⑦ 五花连钱：五花与连钱都指马斑驳的毛色。

⑧ 草檄（xí）：起草讨伐敌军的文书。

⑨ 短兵：指刀剑一类的武器。

⑩ 车师：为唐北庭都护府治所庭州，今新疆乌鲁木齐东北。蘅塘退士本作"军师"。伫：久立，此处作等待解释。献捷：献上贺捷诗章。

[赏　析]

　　岑参曾两次远赴西北边陲，追随大军行至中亚，他见过太多别人没有见过的景物，所以他的边塞是真的边塞，是活的边塞。再加上岑参满腔的抱负，他看到沙漠也好，看到狂风也罢，内心没有丝毫恐惧，更多的是大唐青年的兴奋与进取。故而他的边塞诗就颇为奇丽豪迈。

　　边塞的黄沙与白雪、骏马和狂风，对于边塞人本就是生于斯、长于斯的人生一部分，司空见惯。而对于中原人，却是令他们瞠目结舌、望而生畏，而后写进诗篇代代传诵的，其中就有岑参的这一篇。

　　还记得李白的"君不见黄河之水天上来，奔流到海不复回"，同样的句式，同样的气势，只是李白写的是黄河滚滚，而岑参呈现的却是黄沙漫漫。君不见走马川行雪海边，平沙莽莽黄入天。我们仿佛看到了唐朝军队纵横驰骋的千里疆场，从天山以北的雪海一直到天山以南的走马川，他们犹如西域沙漠绝壁上的一个个明亮的坐标。此时在一望无际的塔克拉玛干沙漠中，在万里的沙海上，狂风呼啸，犹如黄龙，遮天蔽日。

　　深秋的夜晚，行军还在继续，从白天走到黑夜，岑参的笔也从风色写到风声，从天上写到地上，轮台九月风夜吼，一个"吼"字，写出了风的狂暴，让人听之心惊胆战，我们看到大如斗的石头竟然被这风吹得满地乱滚，一个"乱"字，让人看之狰狞不堪。诗人笔下的大漠再也不是王维的"大漠孤烟直，长河落日圆"的温馨静谧了，这是一个狂躁的沙漠。

　　唐军最凶猛的敌人出现了，因为秋天正是游牧民族南下入侵的好时机。毕竟吃了一夏天草儿的战马，膘肥体壮，此时策马扬鞭，兵强马壮，胜算倍增。于是金山（今新疆地区）边境线上升腾起了滚滚狼烟，强敌大军压境，我们岂能任人宰割，唐军将士必须拿起武器抵御胡贼。于是封将军顶着西域的猎猎长风，率军出征了。一句"汉家大将西出师"，以汉比唐，气势壮阔，唐军的英勇无畏，跃然纸上。

我军严阵以对，将军身穿铠甲，不曾懈怠，束马衔枚，悄悄进军，只听得见兵器相互碰撞发出的声响。那么唐军是在一种怎样的条件下进军的呢？风如刀子般剐在身上，割在脸上，如此彻骨的寒冷在内地是看不到的。战士看到并肩战斗的战马，由于奔袭驰骋，汗水蒸腾，但奇寒的天气，让汗马上凝结成冰。战马在寒风中奔驰，那蒸腾的汗水，立刻在马毛上凝结成冰，我们仿佛看到了马身上那凝而又化、化而又凝的汗水。"幕中草檄砚水凝"，在军幕中起草檄文时，发现连砚水也冻结了。我们看到，将军、战士、战马，都在寒风中奋力前行。在如此艰苦的环境中行军，更能反衬出这支军队的昂扬向上，英雄无畏。

英雄出征，敌人必闻风丧胆，落荒而逃。诗人站在车师遥望伫立，等待大军班师回朝。此诗只写了出征，而后戛然而止，干净利落，余味悠长。谁都不会怀疑，胜利一定属于这支铁军！

轮台歌奉送封大夫出师西征[①]

岑 参

轮台城头夜吹角[②]，轮台城北旄头落[③]。
羽书昨夜过渠黎[④]，单于已在金山西[⑤]。
戍楼西望烟尘黑，汉军屯在轮台北。
上将拥旄西出征[⑥]，平明吹笛大军行。
四边伐鼓雪海涌[⑦]，三军大呼阴山动。
虏塞兵气连云屯[⑧]，战场白骨缠草根。
剑河[⑨]风急云片阔，沙口石冻马蹄脱。

亚相勤王甘苦辛⑩，誓将报主静边尘⑪。

古来青史谁不见，今见功名胜古人。

[写作背景]

此诗作于唐玄宗天宝十三年（754）或十四年（755），当时岑参担任安西北庭节度使判官，是为封常清出兵西征而创作的送行诗。此诗与《走马川行奉送封大夫出师西征》系同一时期、为同一事件、馈赠同一对象之作。李锳的《诗法易简录》赞其："此诗前十四句，句句用韵，两韵一换，节拍甚紧，后一韵衍作四句，以舒其气，声调悠扬有余音矣。"

[注 释]

① 封大夫：即封常清，唐朝将领，蒲州猗氏人，以军功擢安西副大都护、安西四镇节度副大使、知节度使判官，后又升任北庭都护，持节安西节度使。西征：此次西征事迹未见史书记载。

② 角：军中乐器，吹奏以报时，类似今日的军号。

③ 旄（máo）头：星宿名，二十八宿中的昴星。古人认为它主载胡人兴衰。旄头落：为胡人失败之兆。

④ 羽书：即羽檄，军中的紧急文书，上插羽毛，以表示加急。渠黎：汉代西域国名，在今新疆轮台东南。

⑤ 单（chán）于：汉代匈奴君长的称号，此指西域游牧民族首领。金山：指乌鲁木齐东面的博格多山，一说指阿尔泰山。

⑥ 上将：即大将，指封常清。旄：节旄，军权之象征。古代出征的大将或出使的使臣，都以节旄用作表明身份的信物，为君王所赐。节旄由金属或竹子做成，而以牦牛尾装饰在端部，称旄。

⑦ 伐鼓：一作"戍鼓"。雪海：西域湖泊名，在天山主峰与伊塞克湖之间。

⑧ 虏塞：敌国的军事要塞。兵气：战斗的气氛。

⑨ 剑河：地名，在今新疆维吾尔自治区境内。一说即今俄罗斯境内的叶尼赛河上游。

⑩ 亚相：指御史大夫封常清。在汉代，御史大夫官位仅次于宰相，故称

亚相。勤王：勤劳王事，为国效力。

⑪静边尘：犹言平定边患。

[赏　析]

又送王军出征，又写边地战争。这一次岑参没有采用侧面描写，而是直面军情战事与凶险的战局，呈现高昂的气势和豪迈的气概。

塞外驻地的城头，角声划破苍穹，漆黑的夜异常安静，此时，夜观天象，发现敌军的星宿正在降落，据《史记·天官书》记载："髦头（旄头），胡星也。"旄头这个星座预示胡兵的成败，而"旄头落"则预言胡兵必将覆灭，我军必胜。插着羽毛的紧急军书连夜被送到军中，单于率领敌军已然到了金山（阿尔泰山）西，战争的情势一触即发，由于胡兵的肆意入侵，唐军必须做好应对准备。

站在哨楼向西望去，烟尘滚滚，我们仿佛看到了两军对垒之势，敌我双方距离如此之近，战争爆发如弓在弦上，这是一种入侵的气息。唐军的将军接到命令，于黎明时分，手持符节率大军西征。大军开拔之际，吹笛伐鼓，列出堂堂之阵，举着正义之旗，吼出赫赫声威。徐嘉瑞《岑参》中写到这首诗："其所表现的人物事实都是最伟大、最雄壮、最愉快的，好像一百二十面鼓，七十面金钲合奏的鼓吹曲一样，十分震动人的耳鼓。和那丝竹一般细碎而悲哀的诗人正相反对。"唐军的王者之师，面对胡人入侵，显示出从容淡定，信心满满。

其实，战争是残酷的，边地流血成海水是常态，再加上此次战役敌军集结之多，斗争异常艰苦，一场战斗下来，"战场白骨缠草根"，伤亡惨重。再加上边地气候奇寒无比，尤其是"石冻马蹄脱"一句，石头本硬，"石冻"则更硬，竟能使马蹄脱落，映衬之下，战争之艰苦就不言而喻了。岑参这么写，不是抱怨战争的艰辛，而是他越是写艰苦与牺牲，越是为了歌颂将士们义无反顾、不惜生命、奋不顾身的精神。

这样的王者之师，只会捷报频传。亚相勤于王政，甘冒辛苦，立誓报效国家，平定边境。"古来青史谁不见，今见功名胜古人"，古来青垂名史，屡见不鲜,古人之功名,书在简策,万口流传。岑参用浪漫主义激情表现了三军将士建功报国的英勇气概,正可谓,数风流人物,还看今朝。

凉州词[①](其一)

王　翰

**葡萄美酒夜光杯[②],欲饮琵琶马上催[③]。
醉卧沙场[④]君莫笑,古来征战几人回。**

[写作背景]

《新唐书·乐志》说:"天宝间乐调,皆以边地为名,若凉州、伊州、甘州之类。"遍观全诗,"葡萄美酒""夜光杯""琵琶",乃西北边塞之物,故《凉州词》多为边塞之作。相传唐玄宗酷爱音乐,陇右节度使投其所好,收集了一批西域曲谱进献宫廷,按照这些曲谱填写的歌词也就此流行开来,其中《凉州词》就是其典型的代表词作。

[注　释]

①凉州词:唐乐府名,属《近代曲辞》,是《凉州曲》的唱词,盛唐时流行的一种曲调名。凉州词:王翰写有《凉州词》两首,慷慨悲壮,广为流传。而这首《凉州词》被明代王世贞推为唐代七绝的压卷之作。

②夜光杯:玉石制成的酒杯,当把美酒置于杯中,放在月光下,杯中就会闪闪发亮,夜光杯由此而得名。

③催:催人出征;也有人解作鸣奏助兴。

④沙场:平坦空旷的沙地,古时多指战场。

[赏　析]

一直觉得王瀚这首诗很特别,特别在哪儿呢?

一句"葡萄美酒夜光杯"开启了一场盛大无比的边塞宴会，从视觉上打破了边塞苦寒的固有印象。我们仿佛看到了李白的"兰陵美酒郁金香"，李贺的"琉璃钟，琥珀浓，小槽酒滴真珠红"，五光十色，颇具盛唐气韵。我们知道，葡萄、葡萄酒、夜光杯都是西域的特色，汉东方朔《海内十洲记》云："周穆王时，西胡献昆吾割玉刀及夜光常满杯，……杯是白玉之精，光明夜照。""夜光杯"是西胡献给周穆王的礼品，是由西域所产的玉石琢成，夜里会发出夺目的光华，更有传言，夜晚杯口朝天放置，翌日甘甜泉水外溢。作者不写边城落日圆，不写白骨风沙漫，却是从天而降了一个豪华的盛宴，让人热血沸腾。

大漠浩瀚，所有军士席地而坐，骏马奔驰，酒宴开启，此时琵琶奏响。史载汉武帝以公主和亲于乌孙，念其行道思慕，故使工人载筝筑，为马上之乐，名曰琵琶，可见"马上琵琶"本是征行之乐。酒宴开始不久，就催促战士们赶快上马，准备战斗。这一句"马上催"渲染战争气氛，是将士们在奔赴战场之前摆酒送行的场面。这句"醉卧沙场君莫笑"不是害怕战争，不是厌恶战争，更不是哀叹生命不保，而是一种置生死于度外的豪言壮语。

这是在战争间隙的一个欢乐场景，将军用葡萄酒犒赏战士们，用琵琶胡乐演奏，那这是催什么？上战场！我们擂鼓出军，鸣金收兵，哪有上战场来弹段琵琶的？没有。催，在这里一语双关。这是在劝酒，喝了这碗酒，我们就要上战场了。醉卧，一语双关。既然我们已经踏上战场，就已经做好了赴死的准备，那还怕什么？喝酒不怕，上战场不怕，牺牲更不怕；喝酒是快乐的，上战场是快乐的，慨然赴死同样是快乐的。这就是唐代边塞诗那种昂扬向上的自信，"醉卧沙场"，表现出来的不仅是豪放、开朗、激动的感情，而且还张扬着一种视死如归的勇气，这与"天为幕、地为席"的豪华筵席所显示的热烈氛围是一致的。

一句"古来征战几人回"作结，让我们想到了曹植《白马篇》的"名编壮士籍，不得中顾私；捐躯赴国难，视死忽如归"，也想到了《史记·刺客列传》荆轲之《易水歌》，"风萧萧兮易水寒，壮士一去兮不复还"，豪放悲壮意味油然而生。

凉州词（其二）

王 翰

秦中①花鸟已应阑②，塞外风沙犹自寒。
夜听胡笳③折杨柳④，教人意气⑤忆长安⑥。

[写作背景]

　　这首组诗写作时间不详，王翰（687—726），字子羽，晋阳（今山西太原）人。唐睿宗景云元年（710）进士，唐玄宗时做过官，后贬为道州司马，死于贬所。王翰性格豪放，喜游乐饮酒，能写歌词，并自歌自舞。其诗题材大多吟咏沙场少年、玲珑女子以及欢歌饮宴等，表达对人生短暂的感叹和旷达的情怀。词语似云铺绮丽，霞叠瑰秀；诗音如仙笙瑶瑟，妙不可言。《全唐诗》存其诗一卷，共有十四首。

[注　释]

　　①秦中：指今陕西中部平原地区。
　　②阑：尽。
　　③胡笳：古代流行于塞北和西域的一种类似笛子的乐器，其声悲凉。
　　④折杨柳：乐府曲辞，属《横吹曲》，多描写伤春和别离之意。
　　⑤意气：情意。一作"气尽"。
　　⑥长安：这里代指故乡。

[赏　析]

　　战士望着眼前的塞外边关，大风凛冽，风沙满天，严寒无比。殊不知，此时的内地，在战士的故乡，春风已吹过故乡，姹紫嫣红的春景已经接近尾声，暮春时节，繁花落尽，鸟儿筑巢，一片温暖。而在关外，春风不度玉门关，诗人用视觉和感觉来对比关内外的环境，渲染了塞外的苦寒与孤寂。

　　最终打破边关将士心理防线的不是漫漫长夜，而是深夜的那一声声胡笳,寒冷的夜晚万籁俱寂,胡笳声的响起更是让将士们辗转反侧难以入眠,而且悲凉的胡笳吹奏的又是让人伤感的《折杨柳》。

折杨柳的风俗起于汉,而盛于唐。在唐朝,《折杨柳》这首离别的曲子广为传唱,不是因为这首曲子好听,而是古时候车马很慢,分别很多,曲终人散,情谊绵长。李白在《春夜洛城闻笛》中写道:"谁家玉笛暗飞声?散入春风满洛城。此夜曲中闻折柳,何人不起故园情!"天下无不散之筵席,缘来则聚,缘去则散。还有张九龄的《折杨柳》:"纤纤折杨柳,持此寄情人。一枝何足贵,怜是故园春。迟景那能久,芳菲不及新。更愁征戍客,容鬓老边尘。"友人离开,送他一枝杨柳枝,虽普普通通、不值千金,却情义深沉。杨柳枝为的是让友人心中永存故园之情。

然而,那些戍守边关的人,故园东望路漫漫,双袖龙钟泪不干。马上相逢无纸笔,凭君传语报平安。他们的故园情只能在心中回味当年的杨柳枝,一年又一年。幽幽咽咽的胡笳声在关外的风沙中飘荡,如何不叫人思家念亲,如何不叫人泪流满面,七尺的男儿亦如是。

驻守边关,忍受苦寒,万里别家,常年不归,无论见景还是听声,春风不度,胡笳悠悠,都特别容易勾起将士们心底的那份乡愁。但是此诗写出了战士们虽在边关怨恨春风不度,但并没有气馁、厌战,"夜听胡笳折杨柳,教人意气忆长安",而是用自己的少年意气思念起故乡的春光、思念起故乡明媚灿烂的春色来。诗风苍凉悲壮,并不低沉,壮士之声中夹杂着侠骨柔情,这仍是盛唐气象的回响。

出塞曲

刘 湾

将军在重围,音信绝①不通。

羽书如流星，飞入甘泉宫[2]。

倚[3]是并州儿[4]，少年心胆雄。

一朝随召募[5]，百战争王公[6]。

去年桑干北，今年桑干[7]东。

死是征人死，功是将军功。

汗马[8]牧秋月，疲兵卧霜风。

仍闻左贤王[9]，更欲[10]图云中[11]。

［写作背景］

　　刘湾（生卒年均不详，约公元747年前后在世），字灵源，西蜀（今四川成都）人，一作彭城（今江苏徐州）人，天宝进士。安史之乱时，以侍御史居衡阳，与元结相友善。诗名不显的他，创作的六首诗作（三首为边塞诗），陈于名作之林，毫不逊色。

　　《出塞曲》为汉乐府横吹曲名，属军中之乐，歌辞内容多写将士边塞生活。其中有的抒发渴望建功立业、报效国家的豪情；有的状写戍边将士的乡愁、家中思妇的离恨；有的表现塞外戍边生活的单调艰辛、连年征战的残酷；但整体都给人一种积极向上的生命力量。

［注　释］

　　①绝：断绝，不通。

　　②甘泉宫：指汉代行宫。在今陕西淳化西北甘泉山。这句的意思，将军被重重包围的消息，上插羽毛，作为紧急文书，飞快报至朝廷。

　　③倚：依仗，凭借。

　　④并州儿：北方边地的豪侠少年。并州、幽州为我国古代北方重镇，民风崇尚游侠，多勇义之士，故有此称。唐代并州大致在今山西阳曲以南、文水以北的汾水中游地区。

　　⑤召募：招募、募集，在此为召至将军麾下。

　　⑥争王公：字面意思是争夺王、公爵位，深意喻指争取建功立业。

⑦ 桑干：河名。今永定河之上游。相传每年桑葚成熟时河水干涸，故为此名。

⑧ 汗马：又名汗血马，古代西域骏马名，流汗如血，后被引进汉朝。后多指骏马。

⑨ 左贤王：匈奴贵族封号，在匈奴官制中，是单于之下的最高官职。在此处意为敌人。

⑩ 欲：将要。

⑪ 云中：即云中郡，取代云州短暂的存在，治所在今山西省大同市。

[赏　析]

　　狼烟四起，边境告急，大汉铁骑被匈奴大军重重包围于城中，将军的求救信一次次被截了回来。在如此处境艰难，局势危险的情形下，与之相邻的藩镇，"羽书如流星，飞入甘泉宫"为之告急，边塞战局，千钧一发。

　　镜头一转，看到了一个普通的士兵。他曾生活于北方重镇并州，从小崇尚游侠的少年，热血澎湃，理想远大，被召募之后，他开启了自己的军旅生涯。他曾立下了"百战争王公"的青春誓言，要到边塞去建功立业，以期立下赫赫战功，日后能封侯拜将。这番梦想支撑着这位热血男儿征战四方，转战南北，"去年桑干北，今年桑干东"，字里行间一个心胆气雄的英武形象跃然纸上。

　　他无所畏惧，就是为了建立功勋。然而事与愿违，"死是征人死，功是将军功"，成了他最为心痛的现实。并州少年的话语振聋发聩，他想告诉我们，唐军内部存在不平等、将军与兵士相对立的情形，并且控诉了将军的功勋均是由无数普通兵士流血牺牲换来的残酷事实。百余年后的晚唐，曹松也说出了"凭君莫话封侯事，一将功成万骨枯"的回响。

　　接到战报，出兵救援。那一夜大漠的风沙更急了，天气更寒了，虽然给将军解了围，但情况依然紧急，秋夜牧马，僵卧沙场，因为军中传来消息称匈奴左贤王发动攻击，马上要来包围云中地区。无论如何，作为军人，什么也不必说，那就枕戈待旦，重整行装，准备迎敌吧。

从军行

李 白

百战沙场①碎铁衣②,城南③已合数重围。
突营④射杀⑤呼延将⑥,独领残兵千骑归。

[写作背景]

《乐府解题》曰:"《从军行》,皆军旅苦辛之辞。"此诗反映的就是军旅之事,歌颂像哥舒翰这样能征善战、建功立业的唐军将领,同时也借歌唱他人之功而咏自己实现报复之志。盛唐时期,国力强盛,自上而下,重武轻文,锐意进取,将士们开疆拓土,大家都渴望能有所作为,封妻荫子。武将们把一腔热血洒向沙场,诗人们则用他们手中的笔为这个盛唐气象写下一首首豪情万丈的诗篇。

[注 释]

① 沙场:据胡三省《通鉴注》记载:"唐人谓沙漠之地为沙场。"此处指边塞的战场。铁衣,古代兵士所穿用铁片缀成的铠甲。
② 碎铁衣:指身穿的盔甲都支离破碎。
③ 城南:此句指所驻守的边城以南。
④ 突营:突破敌人的营垒,这里指突出重围。
⑤ 射杀:用箭射死。
⑥ 呼延:也叫呼衍,是古代匈奴四姓贵族之一,亦指北方少数民族之人。呼延将,这里指敌军的一员悍将。

[赏 析]

那一年,一场失败而豪情满怀的战斗打响了。

将军怔住了,他发现伴随着他东征西战的铁衣早已破碎不堪,胸前只留下了累累的刀瘢箭痕,真可谓"将军百战死,壮士十年归"。此刻,虽然眼前的边防前线已被敌人攻破,虽然唐军最终的后方退路——城南也已经被敌人设下了埋伏,并重重包围,全军已陷入可能彻底覆没的绝境。千钧一发之际，将军没有时间一筹莫展，更不会为此悬心吊胆，因为这位将军铮铮铁骨的胸中又一次燃起了不灭的斗志，又有了周密的计划。他连夜召集部下紧急部署，最后立下誓言，决定破釜沉舟、背水一战，以示全军士卒必死，无甚畏惧之心。

"挽弓当挽强，用箭当用长；射人先射马，擒贼先擒王。"在这位身经百战、所向披靡将军的率领下，在突营闯阵之时，先射杀敌军的一员悍将，也是匈奴颇有威望的贵族呼延。将军百步穿杨，一发即中，将呼延射杀后，敌军果然顷刻间群龙无首，大军陷于慌乱之中，我军乘机杀开重围。但是此次战斗我军损失亦然惨重，将军独领残兵，夺路而出。"独领残兵千骑归"，"独"字几乎有千斤之力，压倒了敌方的千军万马，给人以顶天立地之感。

"胜败兵家事不期，包羞忍耻是男儿。"这位勇武过人的英雄，虽败犹荣，志气不堕，他通过紧张的突围战，带领战士活着回来，显得威武壮烈。他穿着血迹斑斑的战袍，掷地有声地说："胜败乃兵家常事，只要士气不倒，未来可期。弟兄们，你们不是残兵败将，而是从血泊中拼杀出来的英雄，我们来日方长，以图后战。"秋风中，他们泪光隐隐，铁骨铮铮。

大唐是允许荣光，也允许失败的王朝。敢于写败仗，那是因为经常取胜，才有足够的底气和豪气。无论是在诗里还是在战场上，传递出来的正是盛唐的气象。这一点依然让我们感到凛然可敬。

军　行

李　白

骝马[①]新[②]跨[③]白玉鞍[④]，战罢[⑤]沙场[⑥]月色寒。
城头铁鼓[⑦]声犹震[⑧]，匣[⑨]里金刀[⑩]血未干。

[写作背景]

此诗在《全唐诗》中一作李白诗，题为"军行"；一作王昌龄诗，题为

第三篇章　隋唐五代 | 147

"出塞二首"（其二）。历代学者对此诗的作者存有不同意见，难考，聊备一说。诗题《军行》的"行"字是"歌"的意思，这是一曲充满胜利豪情的军歌。此诗作于盛唐时期。那时的唐代在对外战争中屡次制胜，整个民族的自信心很强，在作家的作品中，大多能反映一种铿锵有力的盛唐气象与积极防御的强大自信。李白这首诗恰好描写了一次胜战，体现出了大唐将士所向披靡、血战疆场的精神。

[注　释]

① 骝（liú）马：黑鬃黑尾的红马，骏马的一种，旧注"赤马黑髦曰骝"。
② 新：刚刚。
③ 跨：装上，安上。
④ 白玉鞍：指用白玉装饰的马鞍。
⑤ 战罢：战斗结束以后。
⑥ 沙场：战场。
⑦ 铁鼓：犹战鼓。古时作战，鼓声是前进的号令，为了在行军战斗中防止损坏，大鼓的周围用铁皮包裹，所以叫"铁鼓"。
⑧ 震：一作"振"，响。
⑨ 匣：装刀剑的套子。
⑩ 金刀：武器，指金属制的刀剑。古时对五金可通称为"金"。金刀，亦喻指宝刀。

[赏　析]

这是一曲充满胜利豪情的军歌，就在那一场血战刚刚结束时，从千万个喉咙里吼出来的声音，响彻天际，振聋发聩。

赤马黑髦曰骝，白玉装饰为鞍，红色的战马映着白玉装饰的马鞍，将军一出场就色彩明丽，光彩照人。他，正是一位刚刚立过战功擢升起来的将军，骏马雕鞍也正是他最近得到的赏赐。我们透过时光的剪影，仿佛看到跨上骏马的英雄不仅英姿飒爽，而且屡战屡胜、踌躇满志、杀伐决断、意气风发。唐军驻守的边关多为沙漠边庭，那里是戍边战争一触即发的战场。在一个月明之夜，又有一场惊心动魄的战斗刚刚结束。此刻将军看着眼前月光下的死寂，脑中一遍遍地回想刚刚经历的场景，在冷兵器时代，刀枪迸鸣、杀声震天、血肉横飞并不可怕。可怕的是经过一场惨烈的战斗后，凄迷的月色照着惨白的沙场，横尸枕藉，累累在目，北地的夜风如锋刃一般吹着、割着那些存活下来的兵士。此情此景，任凭多么叱咤风云、身经百战的猛将，都会感到凄冷心寒吧。

既然战已罢，沙月寒，为什么城头的鼓声依然"响震天"呢？此时，他耳畔响起的依然是刚刚结束的那场战斗中的鼓声、杀声，因为结束得迅雷不及掩耳，那通通鼓声仿佛仍在耳畔，那惨烈的战斗也似乎仍在进行。静心凝神，他发现刀已入匣，厮杀已过，但刀上留下那鲜红的血滴，却是在告诉将军，急促的厮杀刚刚结束，虽惨烈，但是我们胜利了，战斗结束了。

粗识这首诗，往往只见沙场、战马、金刀、铁鼓，似乎很难窥见将军风貌，但是细品之后，不难发现英武威猛的将军仿佛隐藏在大漠深处，指挥若定，骁勇善战，虽没有直写，却处处皆有，句句皆有。

这首军歌通过剪影的形式记录了速战速决那一瞬的胜利，虽无详尽描写，却有声有色，令人印象深刻，历历在目。这首军歌通过唐军将士的胸腔，产生共鸣。千载之下，我们依然能读到那一往无前的英雄主义气概，感受到那份"醉卧沙场君莫笑，古来征战几人回"的悲壮神勇和激动喜悦。

塞下曲（其一）

李 白

五月天山雪[①]**，无花只有寒。**
笛中闻折柳[②]**，春色未曾看。**

晓战随金鼓③，宵眠④抱玉鞍⑤。

愿将腰下剑，直为斩楼兰⑥。

[写作背景]

　　《塞下曲》，唐人以此为题的诗很多，歌辞多写边塞军旅生活，属于《横吹曲辞》。这组诗作于唐玄宗天宝二年(公元743)，此前一年李白初入长安，此时供奉翰林，胸中正怀有建功立业的政治抱负。李白曾以此为题写了一组边塞诗，共六首。这组诗或写边塞战士艰辛的生活、战斗的勇敢和他们的功绩，或写妇女对远在边塞丈夫的思念。本首诗即是组诗的第一首。

[注　释]

　　① 天山：唐时称伊州(今新疆维吾尔自治区哈密)，西周(今吐鲁番盆地一带)以北一带山脉为天山。也称白山、折罗漫山，也有祁连山一说。

　　② 折柳：即《折杨柳枝》，《诗经·采薇》中"昔我往矣，杨柳依依"的"杨柳"即是一种离人之思的寄托。后来有离别赠杨柳枝的习俗，"柳"即"留"谐音。据《乐府诗集·卷二十二横吹曲辞二》记载：《唐书·乐志》曰："梁乐府有胡吹歌云：'上马不捉鞭，反拗杨柳枝。下马吹横笛，愁杀行客儿。'此歌辞元出北国，即鼓角横吹曲《折杨柳枝》是也。"发展为古人的离别赠曲。

　　③ 金鼓：古时作战壮声势的器具。击鼓则表示进军，鸣金则示意收兵。语出《左传·僖公二十二年》："三军以利用也，金鼓以声气也。"金鼓是军队行进齐划一、壮声势的重要手段。

　　④ 宵眠：夜晚睡觉。

　　⑤ 玉鞍：装饰华贵的马鞍。晚上抱着马鞍睡觉，随时待命出发。

　　⑥ 楼兰：这里泛指侵扰西北的敌人。

[赏　析]

　　此时，五月的天山上，凄厉的北风呼啸，寒冷刺骨，不见春花烂漫，只见漫天白雪。大漠边关的五月，没有"五月榴花妖艳烘，绿杨带雨垂垂重"的美艳，也没有"夜来南风起，小麦覆陇黄"的金黄，"无花只有寒"，只见雪、不曾春。

"天山"指的是今甘肃省西北部的祁连山。它绵延1000多公里,平均海拔在4500米以上,而4000米以上处的积雪终年不化,此外,还有大小冰川3000多条。唐朝恐差别不大,意指塞外边地的苦寒。

北风中幽咽的《折杨柳枝》穿过大漠深处飘然而来,曲调凄凉,让征戍已久的征人们听罢后只觉愁思难忍,思念越深,身处苦寒边地,仿佛春天从未到过此处。在凄凉笛曲的铺垫下,诗仙笔锋一转,气势突变。在如此边塞之地,军情紧急,战士们斗志昂扬。白天在钲、鼓声中行军作战,夜晚就抱着马鞍子打个盹儿,一个"随"字,描写了将士们军令如山的紧张心态,一个"抱"字,又描摹了兵士们枕戈待旦的使命与担当。

一句"愿将腰下剑,直为斩楼兰",把我们的目光拉回到了大汉王朝。《汉书》曾有记载:"楼兰、姑师当道,苦之,攻劫汉使王恢等,又数为匈奴耳目,令其兵遮汉使。"楼兰国,地处战略要地,位于新疆维吾尔自治区巴音郭楞蒙古自治州若羌县北境,是汉朝出河西走廊,通向丝绸之路的必经之地。但是楼兰国首鼠两端,在大汉与匈奴之间举棋不定,对汉王朝态度反反复复,多次违反盟约,为匈奴鹰爪,杀害大汉使者和汉朝商队,图财害命,为非作歹。据《汉书·傅介子传》记载,中郎傅介子向大将军霍光自荐"愿往刺之,以威示诸国",并且只带了数十名勇悍的随从,从汉朝都城出发,向着漫漫黄沙前进。最终他利用楼兰王的贪财心理,将其诱入帐中刺死,并将楼兰王头颅带回汉朝悬之"北阙"(北面门楼),大壮汉王朝声威。自此,"斩楼兰"就成为世世代代建立功勋的最高目标,孤身入敌境,万里取首级的傅介子也成为英雄的典型代表。东汉时期的班超就曾说:"大丈夫无它志略,犹当效傅介子、张骞立功异域,以取封侯,安能久事笔砚间乎?"言罢,遂弃笔投戎,立功西域,封为定远侯。

古有诗云:"自破楼兰穿甲还,凉秋八月古萧关。瑾涂穹室无三世,渠率羁縻似百蛮。"太白笔下的苦寒,就是为了说出那句响彻寰宇的"直为斩楼兰",他为国自荐,甘愿奔赴沙场、为国效命,那种英雄主义的气概,那种豪迈不羁的壮志，至今令人热血沸腾。

　　诗人通过傅介子为国复仇、勇于杀敌"斩楼兰"的典故，表达了自己誓立奇功的雄心壮志。一个"愿"字将作者为国自荐的豪迈英雄主义气概展现无遗，读来令人慷慨奋起、热血沸腾。

关山月

李　白

明月出天山①，苍茫云海间。

长风几万里，吹度玉门关②。

汉下③白登④道，胡⑤窥⑥青海湾⑦。

由来⑧征战地，不见有人还。

戍客⑨望边色⑩，思归多苦颜。

高楼⑪当此夜，叹息未应闲。

[写作背景]

　　《关山月》是乐府旧题。《乐府古题要解》中记载："'关山月'，伤离别也。"李白的这首诗，在内容上继承了古乐府，但又有提高。大唐帝国建立以后，周边政权侵扰之事经常发生，这令唐朝统治者寝食难安，不断派出将士前去靖边。在李白看来，戍边战争是正义的、必胜的，然而战斗也是艰苦的、紧张的、激烈的。长年累月无休止的杀伐征战，会给黎民百姓，尤其是军人军属带来巨大的痛苦和无尽的灾难。所以，在李白军旅诗作中还有大量征夫思妇和怨女思夫的诗，这也是诗人体察感悟社会现实所创作的艺术作品。

[注　释]

　　①天山：即祁连山。在今甘肃、新疆之间，连绵数千里。因汉时匈奴称"天"

为"祁连"，所以祁连山也叫作天山。

②玉门关：故址在今甘肃敦煌西北，是古代通向西域的交通要道。此二句谓秋风自西方吹来，吹过玉门关。

③下：指出兵。

④白登：今山西大同东有白登山。汉高祖刘邦领兵征匈奴，曾被匈奴在白登山围困了七天。《汉书·匈奴传》："（匈奴）围高帝于白登七日。"颜师古注："白登山在平城东南，去平城十余里。"

⑤胡：此指吐蕃。

⑥窥：有所企图，窥伺，侵扰。

⑦青海湾：即今青海省青海湖，湖因青色而得名。

⑧由来：自始以来；历来。

⑨戍客：征人也。驻守边疆的战士。

⑩边色：一作"边邑"。

⑪高楼：古中多以高楼指闺阁，这里指戍边兵士的妻子。出自曹植《七哀诗》："明月照高楼，流光正徘徊。思妇高楼上，悲叹有余哀。"此二句当本此。

[赏　析]

唐诗中描写"月"的不计其数，如"嫦娥奔月""月上柳梢头""池月渐东上"等，多凄婉哀怨。而李白是月亮的使者，也是写月亮的高手，这首诗中的"月"，出于天山云雾间，一派云海苍茫、气势磅礴、雄伟壮阔的景象。一缕月光，两地愁人，相距万里，相见无期……关山的月，犹如一条生命纽带，犹如一个上帝的视角，贯通远近，触处生神，思家念亲的情感随着月光的苍茫而波澜起伏。

月，此时正伴着大漠边关的阵阵朔风，犹如虎啸狼嗥，猛烈地吹遍玉门关内关外。千百年来，明月依旧、关隘依旧、朔风依旧，而历代的远征戍边的征人却都一去不复还。旷日持久的战争，何时才能止戈？

无独有偶，梦回大汉，白登之围就是惨痛的教训。汉高祖七年（200）冬，刘邦亲自率领三十万大军前往抗击匈奴。汉军进入太原后，一路势如破竹，连连取胜，不但迅速击败了韩王信的部队，而且将企图挡住汉军北进的匈奴大军，一一击溃。刘邦没有冷静分析，而是被眼前的胜利冲昏了头脑，不假思索地继续率军北上。殊不知，这"示人以弱"的假象正是单于冒顿精心设下的圈套。刘邦看到"不堪一击"的匈奴大军，便指挥大军乘胜追击，毋庸置疑，陷进了匈奴大军的包围圈，被冒顿单于亲自率领四十万匈奴大军围困在了平城以东的白登山上，"七天七夜"的突围造成了巨大的伤亡。惨痛的历史告诫我们，"去时里正与裹头，归来头白还戍边"，历朝历代这种穷兵黩武只能使得出征将士几乎难以生归故里。

眼前的征人遥望着大漠风沙中的边城，胸中激荡着那幅万里边塞图和征战不休的景象，广阔而渺远。他们在翘首期盼中慢慢编织着"思乡"的情结，因想念亲人而愁眉不展，在这种胸中升腾故而显得无比忧郁深沉。他们料想自家高楼上的妻子，当此出于天山的月，叹息之声定会不绝于耳。如此痛苦的妻子，只是用不断的叹息来表达，点到即止，余韵悠长。正是这一轮关山的月，正是这一片苍茫的天，引发出了边塞征人、家乡亲人、诗人的无尽思念，引发了"思归多苦颜""叹息未应闲"的痛彻心扉。但边患未除，国防未稳，唐代将士们，还得以国家为重，还是要扛起戍边的责任……牺牲是惨烈的，但是别无选择。李白的《关山月》，哀而不伤，尽显盛唐气象，洋溢着悲壮豪迈的气韵。

子夜吴歌（秋）

李　白

长安一片月，万户捣衣[①]声。
秋风吹不尽，总是玉关[②]情。
何日平胡虏[③]，良人[④]罢[⑤]远征。

[写作背景]

《子夜吴歌》为六朝乐府吴声歌曲。《唐书·乐志》云："《子夜吴歌》者，晋曲也。晋有女子名子夜，造此声，声过哀苦。"《乐府解题》曰："后人更为四时行乐之词，谓之《子夜四时歌》。"可见，此曲多为女子思念良人之作，多写离愁别绪，多抒哀怨情思，不免凄苦。诗仙李白，赓续春夏秋冬四时之曲，唱和征戍思念之情，旧曲新词，情景阔达，实乃另辟蹊径。此诗多传唱于长安坊间，后世唱和"秋""冬"主题较多。

[注　释]

① 捣衣：把衣料放在石砧上用棒槌捶击，使衣料绵软以便裁缝。

② 玉关：玉门关，故址在今甘肃省敦煌市西北，此处代指良人戍边之地。

③ 胡虏：特指侵扰边境的敌人。

④ 良人：古时妇女对丈夫的称呼。出自《诗·唐风·绸缪》："今夕何夕，见此良人。"故为此意。

⑤ 罢：结束。

[赏　析]

这是一首属于思妇的，属于良人的，属于战争的边塞诗。

月色清冷的长安城，本来一片宁静，突然被千家万户的捣衣声打破，起首两句如开篇之春雷，擂响了只属于长安女性的战鼓。一片月，映照了千家万户的捣衣声，揉碎了千家万户的思夫情，更鼓舞了千千万万思妇助边之斗志。这其中蕴含着长安思妇万般的无奈，也透露出她们果敢的坚韧。此一开篇，被王夫之誉为"天壤间生成好句"（《唐诗评选》）。

寒凉之夜，月华如水，秋风习习，砧声阵阵，让人不免心生疑窦，为何深夜捣衣？本来秋月、秋风、秋声就最惹思念之情思和愁绪。它们好似从视觉、听觉、触觉，层层包裹，又像是诗人有意而为之，只为引出女主人公心灵深处之"秋思"。思何人呢？原来，古之捣衣意指用槌子把布帛捣平敲软，便于冬衣制作，是古时裁衣前必备之步骤。一句"总是玉关情"，一语千钧，直击人心，这说明千家万户的捣衣声就是长安思妇们正在为戍边亲人赶制征衣,秋天马上就要过去了,寒冷的冬天就要来了,思妇们眼里望的是玉关情,手里捣的是玉关情,心里想的也是玉关情,所以任凭寒风怎么吹都吹不散,也吹不尽。隔千里兮忘怀月,想到驻守边关的良人,她们唯一能做的也就是做寒衣、送寒衣。一想到整个长安城都响彻那令人心碎的"万户"捣衣之声,又怎能不让人唏嘘心疼呢?

秋风不息,情系玉关,亦觉此情绵长;遥远的边塞,关隘巍峨,苦寒难耐,戍边将士们用坚毅的目光和担当筑起了大唐的无限荣光。诗人大笔一挥:"何日平胡虏,良人罢远征。"瑟瑟秋风中,思妇的内心平衡了国和家的位置,她们深深地懂得,胡虏是要平定的,边关是需要驻守的,只不过什么时候才能平定,平定之后我的良人、我的丈夫才能回来呀!征夫之妻对家国、对丈夫都倾注了满满的情谊,这就是公不费私,私不忘公,这就是女性的温柔敦厚,这就是女性的坚韧果敢,更是大唐的边塞情怀。

此诗虽只字未提爱情,却字字情真意切;虽没有高谈担当,却又胸怀大局。此曲此意,均未脱离唐代边塞诗之风骨。

子夜吴歌(冬)

李 白

明朝驿使①发,一夜絮②征袍。

素手③抽针冷,那堪把剪刀。

裁缝④寄远道,几日到临洮⑤?

[写作背景]

《子夜吴歌》为六朝乐府吴声歌曲,又名《子夜四时歌》,有春夏秋冬四季之歌,秋冬歌尤胜。如果说《秋歌》是以间接方式塑造了长安女子的群像，《冬歌》则通过个体形象表现出思妇这一类人的形象。

[注 释]

① 驿使：古时官府传送书信和物件的使者。驿：驿馆。
② 絮：做棉衣时向衣服里絮丝绵。
③ 素手：白净的手，形容女子的皮肤白皙。
④ 裁缝：指裁制好的征衣。
⑤ 临洮：在今甘肃省临潭县西南，古为西羌之地。唐为临洮镇，属边关地带。

[赏 析]

昔时人已没，千载有余情。盛唐的夜是忙碌而充实的，因为这位妻子接到为官府传送书信、公文和其他物件驿使的通知，冬天即将到来，远在边疆的士兵需要过冬御寒的征袍棉衣，家人需要连夜铺絮缝制，明天一早就要发往边陲，使人猝不及防。

那一夜是如此寒冷而短暂，家中妻子辛勤缝制棉衣，一夜未眠。"素手"指洁白的手，如《古诗十九首》之二："娥娥红粉妆，纤纤出素手。"曹植《美女篇》："攘袖见素手，皓腕约金环。"李白《黄葛篇》："闺人费素手，采缉作絺绤。"古人多用之来形容女性的年轻貌美。此诗中这位年轻的妻子捏针缝线已感到手指发冷，当用剪刀裁剪时，就更感到冷不可堪了。一种从深秋到初冬的寒冷扑面而来。更甚者，女子"絮征袍"缝的是衣服，絮的是女子内心的悲酸哀怨。缝衣、寄衣，不正意味着丈夫远在边关不能回，他们天各一方的分离仍不能结束，这是一种无比残酷的现实！

那一夜，女子边缝边思，内心凄苦。在这样孤独的心境下，怎会不感到手中的针和剪刀是如此冰冷？无独有偶，如李清照《声声慢》中的："寻寻觅觅，冷冷清清，凄凄惨惨戚戚。乍暖还寒时候，最难将息。"陆机《苦寒行》中的："离思固已久，寤寐莫与言。剧哉行役人，慊慊恒苦寒。"在寒风的吹拂下，人的孤独与残缺被无限放大，表面在写冬天的寒冷，实则在写孤独的心境。

第三篇章　隋唐五代 | 157

时间紧迫，征衣尚未完成，她内心的焦急可想而知。但别无他法，只有连夜赶制，她多么希望驿车能迟点出发，好让自己能把对亲人的深情厚意，一针针、一线线，密密地缝进征衣里。经过一夜的缝制，征衣总算赶制出来了。可是，妻子一想到离临洮的路程是那么遥远，因为临洮在今甘肃临潭县西南，远在边地，千里迢迢。她因不知多少时日才能把赶制的征衣送到良人的手里又矛盾焦虑起来了，她开始担心驿车行进缓慢，多停留几日，棉衣就晚到几日，丈夫就会挨冻几日，想到这里，开始盼望驿车加紧赶路，飞驰边关了。

古代战争给女人带来的痛苦和眼泪，远比男子更甚。男子被迫戍边，女子不仅要赡养年迈的公婆、抚养幼小的子女、从事沉重的农事，还要承受两地相思的痛苦折磨。征夫怀归、思妇闺怨，就成为中国古典词歌中一个传统的题材。自《诗经》以来，作者代不乏人，名篇脍炙人口。如李白的《思边》："去年何时君别妾，南园绿草飞蝴蝶。今岁何时妾忆君，西山白雪暗秦云。玉关去此三千里，欲寄音书那可闻。"情境相通，此诗虽无高谈时局，却又不离家国情怀；虽未直写爱情，却字字透着浓情蜜意；写出了这一类征夫之妻的怀远思人和美好期盼。

悲壮如此，温柔如斯，既令人潸然泪下，又不免感奋不已。

北风行

李 白

烛龙[①]栖寒门，光耀犹旦开。
日月照之何不及此[②]？惟有北风号怒天上来。
燕山[③]雪花大如席，片片吹落轩辕台。

幽州思妇十二月,停歌罢笑双蛾摧④。

倚门望行人,念君长城⑤苦寒良⑥可哀。

别时提剑救边去,遗此虎文金鞞靫⑦。

中有一双白羽箭,蜘蛛结网生尘埃。

箭空在,人今战死不复回。

不忍见此物,焚之已成灰⑧。

黄河捧土尚可塞⑨,北风雨雪恨难裁⑩。

[写作背景]

此乃拟作乐府诗,约作于天宝十一年(752)冬游幽州时。清代王琦注:"鲍照有《北风行》,伤北风雨雪,行人不归。李白拟之而作。"(《李太白全集》)李白的乐府诗,不满足因袭模仿,而能大胆创造,别出新意,被誉为"擅奇古今"(明胡应麟《诗薮》)。它从"伤北风雨雪,行人不归"这一般题材中,出神入化,点石成金,抓住焚毁白羽箭的行动来刻画思妇睹物思人的矛盾心理状态,开掘出控诉战争罪恶,同情人民痛苦的新主题,从而赋予比原作深刻得多的思想意义。

[注 释]

① 烛龙:我国古代神话传说中的龙。人面龙身而无足,居住在不见太阳的极北的寒门,睁眼为昼,闭眼为夜。

② 此:指幽州,治所在今北京大兴区。

③ 燕山:山名,在河北平原的北侧。轩辕台,纪念黄帝的建筑物,故址在今河北怀来县乔山上。这两句用夸张的语气描写北方大雪纷飞、气候严寒的景象。

④ 双蛾:女子的双眉。双蛾摧,双眉紧锁,形容悲伤、愁闷的样子。

⑤ 长城:常借以泛指北方前线。

⑥ 良:实在。

⑦ 鞞(bǐng)靫(chá):又作鞴靫。虎文鞞靫,绘有虎纹图案的箭袋。

⑧ 焚之已成灰：语出古乐府《有所思》："摧烧之，当风扬其灰。"已成：一作"以为"。

⑨ 黄河捧土尚可塞：语出《后汉书·朱冯虞郑周列传》："此犹河滨之人，捧土以塞孟津，多见其不知量也。"此反其意而用之，谓黄河之水不足道，可用捧土加以阻塞。

⑩ 北风雨雪：这是化用《诗经·邶风·北风》中的"北风其凉，雨雪其雱"句意，原意是指国家的危机将至而气象愁惨，这里借以衬托思妇悲惨的遭遇和凄凉的心情。裁：消除。一作"哉"。

[赏 析]

很久很久以前，《淮南子·墬形训》中讲了这样一个故事："烛龙在雁门北，蔽于委羽之山，不见日，其神人面龙身而无足。"高诱注："龙衔烛以照太阴，盖长千里，视为昼，瞑为夜，吹为冬，呼为夏。"意思就是，有一种人面龙身的神灵烛龙，栖息在极北的太阴之地，那里终年不见阳光，烛龙睁开眼睛就是白天，闭上眼睛就是黑夜。微光只能是由烛龙衔烛发出的光。这里荒诞不经的开头运用了传统文化中的"比兴"手法，先言他物以引起所咏之辞。李白在此处运用的是一种让步的手法，烛龙生活在如此寒冷之地尚且有光亮，那幽州之地为何竟没有一丝光亮。此处无论是太阳还是月亮都难及，唯有呼啸的北风从天际吹来，这简直比烛龙生活的寒门还要恐怖阴森。

"燕山雪花大如席，片片吹落轩辕台"，历来被人们称为诗歌中夸张的典范、比喻的佳句。鲁迅在《漫谈"漫画"》一文中说："'燕山雪花大如席'，是夸张，但燕山究竟有雪花，就含着一点诚实在里面，使我们立刻知道燕山原来有这么冷。"燕山山脉，在河北平原的北侧，轩辕台则是当年黄帝和蚩尤大战的地方，在今天的河北怀来。此地是幽州啊，燕山的雪花和席子一样大，一片片飘落在轩辕台上，这就是李白笔下的雪花，不及"瑶台雪花数千点，片片吹落春风香"（《酬殷明佐见赠五云裘歌》）的春意暖暖，更不似旁人笔下"忽如一夜春风来，千树万树梨花开"的花枝烂漫，这里的雪就像席子一样，大得一片一片的在风里翻腾着、翻卷着，最后落下来，落在了轩辕台上。虽是夸张，更是传神，让我们感同身受，置身其中，这两句诗既壮阔，又恐怖。

就在这寒冷阴森的十二月，在这黑白双色的背景、铺天盖地的风声、席子一般的大雪、冷峻的燕山、古老的轩辕台的背景下，幽州的一位思妇停歌罢笑，紧紧皱起了一双蛾眉，她不顾风雪倚在门边，看着一个个过往的行人。她为何愁苦？她为何凝望？"念君长城苦寒良可哀"，她的丈夫到更北方的长城去当兵了，幽州城尚且如此寒冷，丈夫那里又该是如何苦寒呢！这让人不禁想起了北宋欧阳修写的"平芜尽处是春山，行人更在春山外"。"平芜"已需要极目远眺了，"平芜尽处"还有"春山"，可是"行人"却还在"春山"以外。幽州苦寒已被作者写到极致，长城的寒冷、征人的困境便不言自明，这才使得思妇如此忧虑不安。

少妇倚门望夫而夫不归，解不开的愁肠，万般无奈之下，少妇只好拿出丈夫遗留的物件寄托相思。当年边疆告急，丈夫提起宝剑慷慨奔赴战场，只留下一个绣着虎纹金线的箭袋。"提剑救边去"，让我们看到了一个慷慨从戎、威风凛凛的英雄背影。已然记不得何时收到了丈夫战死的消息，或许有许许多多的春夏已经过去了吧，可是她的心里却没有留下过痕迹，仿佛对她而言，丈夫战死后，人生的四季只剩下冬天了吧。

借物喻人的传统古已有之，《孔雀东南飞》里贤惠的刘兰芝定要"足下蹑丝履，头上玳瑁光"，曹植《白马篇》中的英雄少年也定要"白马饰金羁，连翩西北驰"。那么，此诗中箭袋的华美、箭羽的洁白，都代表着丈夫为国捐躯的高大形象，这也是她唯一的念想。但是，回忆会让人痛苦，她想一把火烧了这金羁、这白羽，断了这无穷无尽的念想。箭羽成灰、心事成灰，这是何等痛苦，何等绝望啊！可是事与愿违，每每刮起风、下起雪，她还是会想起丈夫，一把火可以烧掉白羽箭，却烧不尽少妇的思念，正是这无尽的痛苦，才让少妇觉得幽州城是如此暗无天日，阴森可怖。

"黄河捧土尚可塞，北风雨雪恨难裁！""黄河捧土"是用典，见于《后汉书·朱浮传》："此犹河滨之人，捧土以塞孟津，多见其不知量也。"此是说黄河边孟津渡口不可塞，塞之者，乃螳臂当车也。李白反其道而用之，振聋发聩，"黄河捧土尚可塞"，连滚滚东流的黄河都能用一捧捧的土填满。可是少妇这种"此恨绵绵无绝期"的生离死别怎么塞住呢？

它如同这漫漫风雪一样无边无际，才下眉头却上心头，她的心中仿佛又一次升腾起了："问世间情为何物，直教人生死相许……"

古风（其卅四）

李 白

西上莲花山，迢迢见明星[①]。
素手把芙蓉，虚步蹑太清[②]。
霓裳曳广带[③]，飘拂升天行。
邀我登云台，高揖卫叔卿[④]。
恍恍与之去，驾鸿凌紫冥[⑤]。
俯视洛阳川，茫茫走胡兵。
流血涂野草，豺狼尽冠缨[⑥]。

[写作背景]

此诗一般都认为写于天宝十五年（756），此时洛阳已陷于安史叛军之手，安禄山在洛阳自称大燕皇帝，李白目睹了叛军的残暴和战争给人民带来的苦难。正当叛军建号称帝、扬扬自得的时候，写下此诗。萧士赟注认为："此诗似乎记实之作，岂禄山入洛阳之时，太白适在云台观乎？"郁贤浩《李白选集》云："疑安史乱起时，李白正在梁苑（今河南商丘）至洛阳一带，目睹洛阳沦陷，乃西奔入函谷关，上华山。此诗为天宝十五载春初在华山作。"在中原陷入叛军之手的背景下，将仙境与现实相结合，让人不禁感慨万千，世事无常，写出了安史之乱给百姓带来的悲惨情景。

[注　释]

① 迢迢：遥远貌。莲花山：西岳华山的最高峰莲花峰。明星：华山仙女名。据《太平广记》记载："明星玉女者，居华山，服玉浆，白日升天。"

② 素手：洁白的手。虚步：凌空而行。蹑(niè)：登。太清：天空。虚步、太清，都是道教术语。

③ 霓裳：虹霓似的衣裳。曳：拖。《楚辞·九歌·东君》有"青云衣兮白霓裳"句。

④ 云台：华山东北部有云台峰。卫叔卿：神仙名。《神仙传》载：卫叔卿是汉代中山人，服云母成仙。汉武帝曾见他乘云车驾白鹿降至殿前，未受礼待而去。后武帝派人访求，远远见他在华山绝岩上与人博戏。

⑤ 紫冥：高空。

⑥ 冠缨：即衣冠，代做官。

[赏　析]

这是一幅优雅缥缈的神女飞天图。

李白选择在华山看飞仙，颇有深意。在古代，五岳一直被看作天那般崇高，"天以高明崇显，而岳配焉"。（晋·傅玄《华岳铭序》）四岳又是四方镇山，藩卫着中央。华山为西方镇山，周汉唐均建都长安，华山更为国家之象征。另外，华山又是最早以华（花）命名的山，是山和华树的合一，具有审美特点。

山为华山，国为中华，人为华人，中华民族自古以来就有崇高而爱美的自豪感。李白对此传统理解最深，因此这里的"西上莲花山"实有"中华""中原"之意。他高瞻远瞩，去观察这场叛乱，他坚信中华民族真、善、美的文明是完全可以战胜强胡的野、恶、丑的，表达了诗人的爱憎和必胜的信念。

此处的仙女很美，肌肤白净，素手拿着可以使人成仙的千叶莲花。体态轻盈、风度闲雅，不同于信步逍遥，只见鹅鼓翅高飞，仙女飘飘荡荡、驾鸿而行，诗人半醒半梦、如梦似幻。据《神仙传》记载，有一次汉武帝在宫殿中,忽见一仙人乘云车,驾白鹿,从天而降。武帝问他是谁,他回答说:"我乃中山卫叔卿也。"汉武帝又说:"子若是中山人,乃朕臣也。可前。共语。"卫叔卿默然不应,忽然不知所在。后来有人看到他在华山绝岩上与人下棋。在众多的神仙中,诗人独愿去见卫叔卿,正表现了他鄙弃荣利、"天子不得而臣"的性格。

李白在此情景下,"俯视洛阳川",他看到了安史叛军攻破洛阳后的情形,刻画了他心中眷念祖国和人民,而不忍飞升离去的形象。这一深情俯视,情难自已:胡兵茫茫一片,肆意横行,暴虐猖獗;老百姓生灵涂炭,血流成河;阿谀得意之态,如豺狼虎豹,不堪入目。李白绾联前后,把仙、凡两种境界完美结合在一起,若云若雾,似虚似实,充分体现了"想落天外"(沈德潜《说诗语》)的艺术境界。

陆时雍《唐诗镜》评价此诗:"有情可观,无迹可履,此古人落笔佳处。李白是一个不失赤子之心的诗人。"

他的这首边塞诗,有着游仙的纯真,侠士的豪逸,其中表现出的家国情怀,比起后人同样写民族矛盾的诗篇来,似乎少一份沉郁深邃的体验。但是,正是这种纯真、豪爽、果敢的赤子之心,活现出了盛唐文化下国家与个人共同的、蓬勃的生命力!

兵车行

杜 甫

车辚辚①,马萧萧②,行人③弓箭各在腰。
耶④娘妻子走⑤相送,尘埃不见咸阳桥⑥。
牵衣顿足拦道哭,哭声直上干⑦云霄。
道傍过者问行人,行人但云⑧点行频⑨。

或从十五北防河，便至四十西营田⑩。

去时里正⑪与裹头⑫，归来头白还戍边。

边庭流血成海水，武皇⑬开边⑭意未已。

君不闻，汉家山东⑮二百州，千村万落生荆杞⑯。

纵有健妇把锄犁，禾生陇⑰亩无东西⑱。

况复秦兵耐苦战，被驱不异犬与鸡⑲。

长者虽有问，役夫敢申恨？

且如今年冬，未休关西⑳卒。

县官急索租，租税从何出？

信知生男恶，反是生女好。

生女犹得嫁比邻，生男埋没随百草。

君不见，青海头㉑，古来白骨无人收。

新鬼烦冤旧鬼哭，天阴雨湿声啾啾㉒！

[写作背景]

"行"是乐府歌曲的一种体裁。杜甫的《兵车行》没有沿用古题，而是缘事而发。据《资治通鉴》卷二百一十六记载："天宝十载四月，剑南节度使鲜于仲通讨南诏蛮，大败于泸南。时仲通将兵八万，……军大败，士卒死者六万人，仲通仅以身免。杨国忠掩其败状，仍叙其战功。……制大募两京及河南北兵以击南诏。人闻云南多瘴疠，未战，士卒死者什八九，莫肯应募。杨国忠遣御史分道捕人，连枷送诣军所。……于是行者愁怨，父母妻子送之，所在哭声振野。"天宝以后，唐王朝对外战争越来越频繁，旷日持久，这不仅耗损国力，而且加重了普通百姓的兵役。

[注　释]

① 辚(lín)辚：车轮声。出自《诗经·秦风·车辚》："有车辚辚。"

② 萧萧：马嘶叫声。出自《诗经·小雅·车攻》："萧萧马鸣。"

③ 行(xíng)人：指被征出发的士兵。

第三篇章　隋唐五代 | 165

④耶：通假字，通"爷"，父亲。

⑤走：奔跑。

⑥咸阳桥：指便桥，汉武帝所建，故址在今陕西咸阳市西南，唐代称咸阳桥，唐时为长安通往西北的必经之路。

⑦干（gān）：冲。

⑧但云：只说。

⑨点行（háng）频：此句中"行"的读音颇存争议，也有的读作"xíng"。点行，按户籍名册强征服役。可见"点行"中的"行"的意义应与"军队"有关。在《辞海》（上海辞书出版社）第796页对"行"的注音解释中，读"xíng"音的14种义项里没有与"军队"相关的解释。而当"行"读"háng"音时，其八种解释中的第二项这样注解的："古代军制，二十五人为行。古以'行伍'，泛指军队。"

⑩西营田：古时实行屯田制，军队无战事即种田，有战事即作战。"西营田"也是防备吐蕃的。

⑪里正：唐制，每百户设一里正，负责管理户口。检查民事、催促赋役等。

⑫裹头：男子成丁，就裹头巾，犹古之加冠。古时以皂罗（黑绸）三尺裹头，曰头巾。新兵因为年纪小，所以需要里正给他裹头。

⑬武皇：汉武帝刘彻。唐诗中常有以汉指唐的委婉避讳方式。这里借武皇代指唐玄宗。唐人诗歌中好以"汉"代"唐"，下文"汉家"也是指唐王朝。

⑭开边：用武力开拓边疆。

⑮山东：崤山或华山以东。古代秦居西方，秦地以外，统称山东。

⑯荆杞（qǐ）：荆棘与杞柳，都是野生灌木。

⑰陇，同"垄"，在耕地上培成一行的土埂、田埂，中间种植农作物。

⑱无东西：不分东西，意思是行列不整齐。

⑲"况复"二句：况复，更何况。秦兵，指关中一带的士兵。耐苦战，能顽强苦战。这句是说关中的士兵能顽强苦战，像鸡狗一样被赶上战场卖命。

⑳关西：当时指函谷关以西的地方。这两句是说，因为对吐蕃的战争还未结束，所以关西的士兵都未能罢遣还家。

㉑青海头：即青海边。这里是自汉代以来，汉族经常与西北少数民族发生战争的地方。唐初也曾在这一带与突厥、吐蕃发生大规模的战争。

㉒啾啾：象声词，形容凄厉的哭叫声。

[赏　析]

兵车隆隆，战马嘶鸣，一队队被抓来的穷苦百姓，换上了唐军的戎装，佩上了弓箭，在官吏的押送下，正开往前线。他们的爷娘妻子在料峭春风中、在闹嚷嚷的队伍里，焦急地寻找着熟悉的身影、沙哑地呼喊着亲人的名字、紧紧地拽着他们的衣衫，捶胸顿足，有的反复叮嘱，有的哭声阵阵。一家的顶梁柱——青壮年劳动力被抓走了，家中尽剩老弱妇孺，亲人们怎么会不追奔呼号？毕竟这一上战场等同于生离死别，亲人们又怎会不"牵衣顿足拦道哭"？

灰尘弥漫，车马人流，令人目眩，哭声遍野，直冲云天，震耳欲聋，千万人的哭声汇成震天的巨响在云际回荡。眼前，车马扬起的灰尘，遮天蔽日，连咸阳西北横跨渭水的大桥都被遮没了。我们从亲人脸上的泪水中，能感受到送行者那种眷恋、悲怆、愤恨与绝望！

诗人看到这一幕，不自觉地去问询，人们都说征兵太频繁了，已然苦不堪言。他说一个还不会系头巾的十五岁少年，年纪轻轻就出征上战场，二三十年之后，四十多岁的他已经满鬓斑白，还在漫漫风沙中戍守边关。以至于百姓妻离子散，万民无辜牺牲，全国田地荒芜殆尽。试看，华山以东的原田沃野千村万落，变得人烟萧条，田园荒废，荆棘横生，满目凋残。此时此刻，诗人也遏制不住自己的愤怒，把矛头直接指向了最高统治者的穷兵黩武，"武皇开边意未已"，唐玄宗开边的想法一刻不停，老百姓的兵役赋税就不会好转，诗人是由内而外迸发出了如此激烈的抗议。

思绪万千，虽敢怒不敢言，但还是发出了千百年来的惊人慨叹，如今是生男不如生女好，女孩子还能嫁给近邻，男孩子只能丧命沙场，这真是发自肺腑的血泪控诉。本来传统社会中重男轻女，但由于连年争战，男子的大量死亡，却使人们一反常态，认为生个女孩要比男孩好啊！"君不见"

青海边的古战场上，平沙茫茫，男子的白骨露于野，阴风惨惨，鬼哭凄凄。

这首七言歌行，累累如贯珠。《唐宋诗醇》云："此体创自老杜，讽刺时事而托为征夫问答之词。言之者无罪，闻之者足以为戒，《小雅》遗音也。篇首写得行色匆匆，笔势汹涌，如风潮骤至，不可逼视。以下出点行之频，出开边之非，然后正说时事，末以惨语结之。词意沉郁，音节悲壮，此天地商声，不可强为也。"

读罢此诗，不仅能看到一代人的深重苦难，而且能触摸到诗人那颗同情人民火热的心。

前出塞（其六）

杜 甫

挽弓当挽强，用箭当用长。
射人先射马，擒贼先擒王。
杀人亦有限①，列国自有疆②。
苟能③制侵陵④，岂在多杀伤。

[写作背景]

天宝十一年（752），40岁的杜甫创作《前出塞》一系列军旅诗歌。此时属于唐朝向阳生长的关键时期，唐帝国冉冉升起，自上而下重武抑文，军事实力不断巩固扩充，唐人自信乐观。但是杜甫却看到了普通百姓在战争中死亡惨重，血流成河的事实，百姓深受其苦的无奈。杜甫虽然没有去过边塞，却写过许多有名的边塞诗。先写《出塞》九首，后又写《出塞》五首，故加"前""后"以示区分。而《前出塞》是写天宝末年哥舒翰征伐吐蕃的时事，意在讽刺唐玄宗的穷兵黩武，开边不断。本篇属于第六首，亦是其中较有名的一篇。

[注　释]

　　①亦有限：是说也有个限度，有个主从。正承上句意。沈德潜在《杜诗偶评》中评论此诗："诸本杀人亦有限，惟文待诏（文徵明）作杀人亦无限，以开合语出之，较有味。"

　　②列国：各国。自有疆，是说总归有个疆界，饶你再开边。和前出塞诗第一首中的"开边一何多"照应。

　　③苟能：如果能。

　　④侵陵：侵犯。如果能抵制外来侵略的话。

[赏　析]

　　《前出塞》九首组诗，通过一个普通兵士的视角述说自己被迫从军边塞、辞别父母；在路途上背井离乡、被欺压和被驱逼的经历；初见军队黑暗后满心失落，苦闷彷徨的心境；总结了他"从军十余载"的经历，真实反映了战争给将士和百姓带来的苦难，尖锐讽刺了穷兵黩武的不义之举。

　　那是冉冉升起的大唐帝国，国人奋进豪迈。虽然杜甫从未到过边关，但是却提出了军事作战步骤的关键所在，强调军队要强悍，士气要高昂，对敌有方略，智勇须并用。他以歌谣体开篇，强调拉弓当拉弓中之强，用箭当用箭中之长，表现了唐朝士兵的骁勇善战和高昂士气。紧接着一语惊人，在战场上，"射人先射马"，就使对方丧失了机动的战斗能力；"擒贼先擒王"，干掉敌方的首脑，敌军必然群龙无首，军心瓦解。对此四句，清代学者黄生评价道："似谣似谚，最是乐府妙境。"（《杜诗说》）

　　接着杜甫的话语振聋发聩，"苟能制侵陵，岂在多杀伤"，配合前句挽强弓，搭长箭，为的是什么？制敌是也。唐军修整武备，提高军事威慑力，以预防战争。战争来了，就有能力使敌方丧失战斗力或一举击毙敌方首领。如此这般就可把杀人控制在最小的范围之内，而保持各国的疆界。只有有能力制止侵略，才能避免过多地杀伤人命。因此不能穷兵黩武，但也绝不能畏战或者避战。

　　能战，方能止战！只有保持强大的军事威慑力和攻击能力，才能保全更多的人命。已有孙子之谋略。

当然,"诗圣"杜甫能说出如此精辟的战争经验,主要是为了表达他关爱百姓的仁者情怀,衬托他的感慨之意。战争中杀人也应该有个限度,列国分土也该有个边界。只要能够制止敌人的侵略,那就不一定要进行无休无止的战争,造成大量士兵的伤亡。无论是为制敌而"射马"还是"擒王",都要以"制侵陵"为限。如果自恃强大引起战火,给百姓带来无妄之灾,就偏离了为护佑苍生而战的根本,偏离了赴边作战的终极目的。

清代浦起龙评价此诗:"上四(句)如此飞腾,下四(句)忽然掠转,兔起鹘落,如是!如是!"(《读杜心解》)这里说的"飞腾"和"掠转",指作品中的奔腾气势和波澜;这里说的"兔起鹘落"指在奔腾的气势中自然地透露出"拥强兵而反黩武"的仁者情怀。

闻官军收河南河北

杜 甫

剑外①忽传收蓟北②,初闻涕泪满衣裳。
却看妻子③愁何在,漫卷诗书喜欲狂。
白日放歌须纵酒,青春④作伴好还乡。
即从巴峡穿巫峡⑤,便下襄阳向洛阳。

[写作背景]

这首《闻官军收河南河北》堪称杜甫人生的第一首快诗,甚是难得。"诗圣"杜甫,以苍生为念,忧国忧民。"感时花溅泪,恨别鸟惊心"的伤心,"纨绔不饿死,儒冠多误身"的怨言,诗中大多感时伤世、愁肠百结,进而沉郁顿挫。天宝十四年（755），安史之乱爆发，整个北方遭受战火涂炭。唐朝的东西两京相继失守，老百姓流离失所，杜甫一家也辗转流落到四川。宝应二年（763），安史叛军的首领，史思明的儿子史朝义自杀，手下将领纷纷投降，安史叛军的老巢河北地区归附中央。至此，安史之乱宣告结束。唐军收复了黄河的南北两岸，此诗就是在这场浩劫过后的惊喜中写就。

[注 释]

① 剑外：剑门关以南，这里指四川。

② 蓟北：泛指唐代幽州、蓟州一带，今河北北部地区，是安史叛军的根据地。

③ 妻子：妻子和孩子。

④ 青春：指明丽的春天的景色。

⑤ 巫峡：长江三峡之一，因穿过巫山得名。

[赏 析]

那一天，一场从755年到763年，历经整整八年的安史之乱终于结束了，这一年杜甫52岁，已然进入知天命之年。

八个年头，唐朝终于挺过了这场劫难，社会疮痍终于有望平复，漂泊的百姓终于可以回家，听到这个消息，杜甫会怎么做呢？

安史之乱中，杜甫一家辗转流落到梓州，也就是今天四川三台，正在剑门关的西南方向。杜甫在此听说了官军收复的消息，惊喜非常。毕竟安史之乱的结束，并不是唐军积小胜为大胜、直捣黄龙的结果，而是叛军内乱，带有一定的偶然性，故而显得突然。这种好消息犹如春雷炸响，让人狂喜不已，他想起八年的颠沛流离，不免悲从中来，又马上泪如雨下，涕下沾襟。

可是，再难再苦的日子，终于要过去了，新的生活要开始了。

这种百转千回、悲喜交加的心情，让诗人回过神来，他想要把这好消息告诉几年来同甘共苦的妻子儿女，可是，回头一看，妻子和儿女的脸上早已挂满笑容。毕竟感情也是人所共有的，他既然狂喜，妻子和儿女又怎么可能忧愁呢？几年来压在全家心头的愁云惨雾一扫而光，大家一起笑逐颜开。

他拿起珍重非常的诗书，胡乱地卷成一卷儿。正在收拾行囊，因为胜利了，第一个想到的事情不是别的，而是回到魂牵梦萦的故乡去。他要唱着歌回，他要喝着酒回，他要在铺天盖地的春色里、自由自在地回。这正是"白日放歌须纵酒，青春作伴好还乡"的精妙之处。"老夫聊发少年狂"，他要痛饮狂歌，他要不顾一切，他要让满目的春光作伴，快快地回到家乡去。

于是他在头脑里勾画起了回乡的路线图。诗人身在何处？在梓州。诗人心在何处？在洛阳。连用四个地名：巴峡与巫峡，是两个峡；襄阳与洛阳，是两个阳，真是说不尽的风流潇洒。这四个地名，从四川到湖北，再从湖北到河南，彼此都有漫长的距离，但是，杜甫竟用蒙太奇的手法，有如大江放舟、平原走马、气势奔腾、音韵铿锵，真可谓一首回乡狂想曲。

他笔下呈现的，既是国之喜事，又是家之喜事。这是中国人对故乡的情义，亦是对故土的情结。

可以说，这不是一个人的回乡之旅，是安史之乱后多少中原流民的回乡梦与回乡路，也是千百年来游子们的回乡梦与回乡路，漫长曲折又奔腾喜悦！

悲陈陶[①]

杜 甫

孟冬十郡良家子[②]，血作陈陶泽中水。
野旷天清无战声[③]，四万义军[④]同日死。
群胡[⑤]归来血[⑥]洗箭，仍唱[⑦]胡歌饮都市[⑧]。
都人[⑨]回面[⑩]向北啼[⑪]，日夜更望官军至[⑫]。

[写作背景]

史书记载，唐至德元年（756）十月，肃宗命宰相房琯收复京城。唐军分兵三路，以杨希文率南军，自宜寿（今陕西周至县）北进；以刘贵哲率中军，从武功东进；以李光进率北军，自奉天（今陕西乾县）南进。房琯以中军、北军为前锋，进至陈陶斜（又名陈涛斜，位于今咸阳市区东北郊），与安守忠叛军相遇。房琯以古代车战法作战，组织牛车2000乘为中路主力，以马、步兵两翼夹护，欲建奇功。安守忠顺风纵火焚烧牛车，大肆鼓噪，牛皆惊恐乱奔，人畜车马东冲西踏，唐军大败，死伤4万余人。

[注　释]

① 陈陶：地名，即陈陶斜，又名陈陶泽，在长安西北。

② 孟冬：农历十月。十郡：指秦中各郡。良家子：从百姓中征召的士兵。

③ 旷：一作"广"。清：一作"晴"。无战声：战事已结束，旷野一片死寂。

④ 义军：官军，因其为国牺牲，故称义军。

⑤ 群胡：指安史叛军。安禄山是奚族人，史思明是突厥人。他们的部下也多为北方少数民族人。

⑥ 血：一作"雪"。

⑦ 仍唱：一作"捻箭"。

⑧ 都市：指长安街市。

⑨ 都人：长安的人民。

⑩ 回面：转过脸。

⑪ 向北啼：这时唐肃宗驻守灵武，在长安之北，故都人向北而啼。

⑫ "日夜"句：一作"前后官军苦如此"。官军：旧称政府的军队。

[赏　析]

至德元年（756）的冬天，冰天雪地，长安西北的陈陶，唐军和安史叛军之间又爆发了一场特殊的战争。这场战争的惨烈程度几乎令人难以想象，来自西北十郡的四五万唐军将士倒在了血泊中，夕阳西下，仿佛他们用鲜血染红了陈陶的每一寸土地。而杜甫此时正被困守于长安城，听闻了这次毛骨悚然的战争，用他"诗史般"的笔触给我们记录了这段不堪回首的历史。

这是一场损失惨重的战役。

凛冽寒风中，我们仿佛看到诗人拿着摄像机在一一介绍这场战争发生的时间——孟冬、将士的家乡——十郡、战死者的身份和地位——良家子、战争的结局——血作陈陶泽中水。短短十四字,已勾勒出了此次战争的主要经过和结果,让人痛心疾首、不忍直视。这种写实的陈述,没有丝毫夸张的成分,反而把唐军将士的牺牲写得"重于泰山""无比肃穆"。战事过后,原野空旷肃穆得令人窒息!天与地似乎也在哀悼逝者的魂灵。"四万义军同日死",诗人再次强调了一个个鲜活的生命已不复存在,有谁再经过陈陶战场,听到的恐怕是"新鬼烦冤旧鬼哭,天阴雨湿声啾啾"的魂灵在低声啜泣吧!

万籁静寂,此时的天与地都在为亡灵默哀,可是这场战争所谓的"罪魁祸首"呢?"群胡归来血洗箭,仍唱胡歌饮都市。"胡兵骄横残暴,想靠血与火,把一切的获得都置于其铁蹄之下,一切的暴虐都表现得风轻云淡。他们箭镞上滴着良家子的鲜血,他们肆意的胡歌响彻在长安街市上,他们似乎迅速抹去了陈陶战事的记忆,似乎从未去过陈陶战场,似乎从未意识到四万亡灵正因他们而悲号!他们饮酒作乐,他们心安理得!

此时,长安的百姓在紧握的拳头中开始发怒了,虽然他们不敢放声悲啼,虽然他们不敢公然祭奠亡灵,但愤怒的火山还是在心底蓄势爆发。他们北望而泣,因为那是陈陶战场的方向,亦是肃宗行在的方向。

长安百姓们日日夜夜、分分秒秒都在翘首以盼,盼望唐军早日挥戈前来、早日驱除蛮夷、早日收复长安!

诗圣杜甫蘸泪写下此作,他的心也和长安百姓一起,在哭泣、在发怒、在等待!

从军行

刘长卿

目极雁门道[①]**,青青边草春。**

一身事征战^②，匹马^③同苦辛。

末路^④成白首，功归天下人。

[写作背景]

刘长卿为与杜甫同时期的诗人，与李白交好，他的创作活动主要集中在中唐前期。他的诗内容较丰富，各体都有佳作，尤长于五言，权德舆说他自诩"五言长城"。皇甫湜说："诗未有刘长卿一句，已呼宋玉为老兵。"可见其诗名之高。这组诗是《从军行》六首之一，因为《全唐诗》中所载顺序不太一致，暂不排序，只是其中一首。

[注　释]

① 目极：用尽目力远望。雁门：雁门关。在山西省代县北部。长城重要关口之一。向为山西南北交通要冲。

② 事：从事。征战，指戍守边防。

③ 匹马：一匹战马。后常指单身一人。

④ 末路：路途的终点，比喻人的晚年。

[赏　析]

远远地望着雁门关外的宽阔大道，青草碧绿地连着天际，本来是一个美好的时节，该回家看看了，毕竟驻守边关很久了。

但是孤零零的边塞古城，雁门雄关，与故乡远隔千里，遥遥相望。想自己一生征战，黄沙万里，频繁的战斗磨穿了守边将士身上的铠甲，连最亲密的战友——战马，也跟着风餐露宿，冲锋陷阵从未停歇，"一生事征战，匹马同苦辛"。而他们壮志不灭，不打败进犯之敌，誓不返回家乡。虽然夕阳下想家愈加浓烈，虽然春风不染白髭须，但是一头白发定格了那些年的时光，那些奋斗过的青春，那些保卫过的故土。

边防将士之功最后归于"天下人"，虽有一种立功以报国的思想，但我们仿佛透过边塞雁门道边白首将士的背影，掩饰不住地想要表达他对战士的同情和对朝廷的不满。这句话和杜甫的那句"去时里正与裹头，归来头白还戍边"一样振聋发聩，令人思绪万千。

　　白发与青春仿佛是一对矛盾体，仿佛有一种说不出的哀怨，但是国家需要"一生事征战""功归天下人"，至白首也无怨无悔的边防将士。唐朝的百姓也需要这样默默戍守的边防将士，只有他们的坚守，国家才能和平安定，人民才能安居乐业。这样的角度，我们仿佛又感受到了乐观、自豪的思想情感。

　　这是只有大唐王朝边防将士们才有的印记。

军城早秋

严　武

昨夜秋风入汉关①，朔云边月满西山②。
更催飞将追骄虏③，莫遣沙场匹马还④。

[写作背景]

　　安史之乱以后，唐王朝国力削弱，吐蕃乘虚而入，曾一度攻入长安，后来又向西南地区进犯。严武，生于唐玄宗开元十四年，卒于代宗永泰元年，享年四十岁，他两次任剑南节度使。唐代宗广德二年（764）秋天，严武镇守剑南，率兵西征，击破吐蕃军七万多，收复失地，安定了蜀地。对此战《资治通鉴》记载："（严）武以崔旰为汉州刺史，使将兵击吐蕃于西山，连拔其城，攘地数百里。"这首诗作于同吐蕃交战之时。

[注　释]

　　①汉关：汉朝的关塞，这里指唐朝军队驻守的关塞。引自唐民谣："将士长歌入汉关。"
　　②朔云边月：指边境上的云和月。月：一作"雪"。朔：北方。边：边境。西山：指今四川省西部的岷山，是当时控制吐蕃内侵的要地。

③更催：再次催促。飞将：西汉名将李广被匈奴称为"飞将军"，这里泛指严武部下作战勇猛的将领。骄虏：指唐朝时入侵的吐蕃军队。沈佺期诗："薄命由骄虏。"

④莫遣：不要让。沙场：战场。

[赏　析]

广德二年春天，严武接替高适出任剑南节度使。他狠抓军队的训练，当年秋天，就一鼓作气击破吐蕃七万余人的精锐部队，先后收复失地。

昨夜秋风起，严武登上城楼密切关注周围的变化，对敌人的动向明察秋毫。因为对于古代地处中国边塞的游牧民族来说，秋高马肥，秋风一起，就是他们入侵内地的有利季节。严将军深夜难眠，他乘着月光登上城楼，放眼远眺，"朔云""边月""岷山"，尽收眼底。边关的初秋之夜，阴云冷月，山野惨白，弥漫着一股沉重的肃杀之气。这将阴沉肃穆、硝烟密布的战前气氛烘托得更加浓重。

众所周知，一个闭目塞听、对敌情一无所知的主将，是断然不会打胜仗的。战争的胜负往往取决于战前主将对敌情的敏感和了解的程度。如果主将能准确掌握时机和敌情，就意味着在战场上取得了主动权，取得了克敌制胜的先决条件。

严将军占尽先机，而后气势如虹地发布了战斗命令："将士们，我们一定要再接再厉，乘胜追击敌人，彻底歼灭他们，不要让敌人一人一马逃回敌营去！"将领的话有雷霆之力，必定取得势如破竹的胜利，毋庸置疑。

严将军果断刚毅的气魄，胜券在握的信念，激起了边防将士们保疆卫国的热情和豪迈。

塞上曲

戴叔伦

汉家①旌帜②满阴山③,不遣④胡儿⑤匹马还⑥。
愿得此身长报国,何须生入玉门关⑦。

[写作背景]

这组诗可能是唐代宗大历五年(770)春后戴叔伦居长安时所作。戴叔伦虽出生于隐士家庭,论诗主张"诗家之景,如蓝田日暖,良玉生烟,可望而不可置于眉睫之前"。但面对安史之乱、民不聊生、国力衰减、边患频仍时,他还是把目光投向普通百姓的深切感受,于是他立下鸿鹄之志,主张痛击侵略者,誓死报国。

[注 释]

① 汉家:借指唐朝。

② 旌帜:旗帜,借指军队。旌,古代的一种旗子,旗杆顶上用五色羽毛做装饰。

③ 阴山:西起河套,东抵小兴安岭,横跨今内蒙古,在汉代是北方的天然屏障。

④ 不遣:不使,不让。

⑤ 胡儿:中国古代对北方边地及西域各民族的通称,汉以后也泛指外国人。这里指吐蕃、回纥士兵。

⑥ 匹马还:春秋时,晋全歼秦军于崤山,"匹马只轮无反者"(《春秋公羊传》)。这里借用此典。

⑦ "何须"句:据《后汉书·班超传》记载,班超投笔从戎,在西域三十一年,立下了大功。年老思归,上疏曰:"臣不敢望到酒泉郡,但愿生入玉门关。"这里反其意而用之,表示决不贪生而还。生入,活着归来。玉门关,古关名,汉武帝置,因西域输入玉石取道于此而得名,故址在今甘肃敦煌西北小方盘城。这里泛指边塞。

[赏　析]

"臣不敢望到九泉郡,但愿生入玉门关",这里饱含着一个人三十年的边关情怀,三十年的默默坚守,他是谁呢?

建武八年(32),东汉名将班超出生于儒学世家。其父班彪,是著名历史学家和文学家,博学多才,为《史记》从事著述工作,成书六十余篇为后世所称道;其兄长班固,子承父业,奉诏修成的《汉书》影响深远,位列二十四史;其妹班昭,在班固死后奉旨入宫续修《汉书》,直至鸿著完成。

班超出身书香门第,亦是博览群书,文采了得。因此如若按照家族的传承,不出意外的话,班超可能就要在文墨之间继承衣钵。但班超有勇有谋,志不在翰墨,而在报国。年纪轻轻就有着初生牛犊不怕虎的闯劲儿,也为后世创造了一段"投笔从戎"的佳话。

一天,他在抄写公文的时候将笔一掷,激昂陈词:"大丈夫无他志略,犹当效傅介子、张骞,立功异域,以取封侯,安能久事笔砚间乎?"说罢,就在众人的讥笑声中扬长而去,随即踏入军营,走近边塞。

这一年,班超40岁。

当汉明帝集结部队出击北匈奴的诏令一出,他便随将军窦固出征,展现了卓越的军事才能。他不仅通过外交手段分化瓦解匈奴势力,而且先后降服西域五十多个国家,牢牢掌控西域数十年,为我大汉守住了辽阔的疆土。班超用三十年时间在西域创立了不朽的功勋,被封为"定远侯"。"人生适意在家山,万里封侯老未还。燕颔虎头成底事,但求生入玉门关。"

人生七十古来稀,年老的班超犹为思念故土,期冀落叶归根。于是,他上书和帝,哥哥班固、妹妹班昭也为其上书请命。多方努力,最后才得以还乡。正可谓,英雄迟暮,魂归故里。

班超,像一座英雄的丰碑,30年驻使西域,为国家民族鞠躬尽瘁。但是,在此诗中,戴叔伦更进了一步,像在宣誓,更像是一场战役之后的总结。他看着眼前巍巍大唐的猎猎旌旗在阴山飘扬,西域胡人胆敢来犯,定叫他有来无还。作为普通士兵,愿以此身终生报效国家即可,大丈夫建功立业何须活着返回家园,无须生入玉门关呀!

当年的班超,戍边的大唐将士们,他们与千千万万伟大的英雄们一样,成为中华民族一座座精神丰碑,引领我们开拓进取,保家卫国。

塞下曲(其二)

卢 纶

林暗草惊风①,将军夜引弓②。

平明③寻白羽④,没⑤在石棱⑥中。

[写作背景]

被冠以"唐代大历十大才子"的卢纶,虽诗名远播,却屡试不第,人生极不顺利。兴元元年(784),人至中年,卢纶成为大将军浑瑊军中的一名判官,自此也开启了一段精忠报国的军旅生涯。在此期间,他写下了一组流传甚广的《塞下曲》,又名《和张仆射塞下曲》。这组诗歌描写了军中发令、习武、射猎、破敌、奏凯、庆功等情况,展现了真实生动的军营生活、边关将士的英勇无畏以及豪情满怀的磅礴气势。胡震亨《唐音癸签》卷七谓:"大历十才子,并工五言诗。卢郎中(纶)辞情捷丽,所作尤工。"

[注 释]

①惊风:突然被风吹动。

②引弓:拉弓,开弓。这里包含下一步的射箭。

③平明:天刚亮的时候。

④白羽:箭杆后部的白色羽毛,这里指箭。

⑤没:陷入,这里是钻进的意思。

⑥石棱:石头的棱角。也指多棱的山石。

[赏　析]

月黑、林深、草盛，这一夜异常静谧。可陡然间，狂风骤起，乱草纷披。

俗语云："风从虎，云从龙。"将军所在之地是多虎地区，密林乃百兽之王猛虎的藏身之处，而虎又多在黄昏时分出动，无形中就给我们营造了一个猛虎腾跃欲出的紧张氛围。强风惊动深林乱草，似有伏虎奔出。

彼时的寂静，此时的风动，牵动了这位身经百战将军的防备意识，他突然本能地随手搭箭开弓。这不经意间的"引"，敏捷有力的"射"，勾勒了将军那种屏息静声、全神贯注以及勇武之姿，宛然在目。

翌日清晨的平明时分，将军带队搜寻猎物。因为昨晚分明是白羽疾出，飞镝中的。但此时发现，中箭者并非猛虎，而是卧于草中的一块巨石！更令人不可思议的是，那支装着白色羽毛的箭镞竟深深地没于石棱中，可谓"入石三分"。令人读之，始而惊异，既而嗟叹，慨叹那位将军的射箭技艺是何等的高超？其臂力是何等的过人？昨夜盘马弯弓的将军又是何等的神武？

这首描写将军猎虎的边塞小诗，神奇浪漫，取材于西汉史学家司马迁笔下，根据《史记·李将军列传》中名将李广的事迹所改写。据载，汉代名将李广猿臂善射，在任右北平太守时狩猎，"广出猎，见草中石，以为虎而射之。中石没镞，视之石也。因复更射之，终不能复入石矣"。对此，清代李锳在《诗法易简录》评价道："暗用李广事，言外有边防严肃、军威远振之意。"俞陛云《诗境浅说续编》也说道："此借用李广事，见边师之勇健。李广射虎事，仅言射石没羽，记载未详。夫弓力虽劲，没镞已属难能，而况没羽。作者特以'石棱'二字表出之，盖发矢适射两石棱缝之中，遂能没羽，于情事始合。卢允言乃读书得间也。"

有这样英武善射的将军守土卫疆，守卫大唐，何愁边境不宁？

塞下曲（其三）

卢　纶

月黑①雁飞高，单于②夜遁③逃。

欲将轻骑④逐⑤，大雪满弓刀⑥。

[写作背景]

　　安史之乱的八年烽火业已平息，大唐帝国从战争的废墟中慢慢苏醒，开始试图恢复曾经的繁盛和辉煌。作为还算称职的中兴之主，唐代宗的文治武功开创了一个相对稳定的时期。在此期间，卢纶曾任幕府中的元帅判官，对行伍生活深有体悟，军旅事宜真实细腻、风格雄劲。胡震亨《唐音癸签》："卢诗开朗，不作举止，陡发惊采，焕尔触目。"诗中将军雪夜准备率兵追敌的壮举，气概豪迈，军营之生活，守边之艰苦，胜利之欢腾，无不历历在目，令人感奋。

[注　释]

① 月黑：没有月光。

② 单于（chán yú）：匈奴的首领。这里指入侵者的最高统帅。

③ 遁：逃走。

④ 轻骑（jì）：轻装快速的骑兵。

⑤ 逐：追赶。

⑥ 弓刀：像弓一样弯曲的军刀。

[赏　析]

　　月黑，无光也，则茫无所见；雁飞高，无声也，则无迹可寻。无光，无声，可见非眼中之景，而是意中之景。

　　雪夜月黑，夜幕沉沉，忽有宿雁惊飞，这是敌人的首领要乘夜色逃匿的警报。这场大战结束在即，单于夜间行动，并非率兵来袭，而是凭借夜色仓皇逃遁。可见我军胜局已定，却丝毫不失警惕，因为这种秘密行动也难逃我军掌控。其间充满着对敌人的蔑视和我军必胜的信念，足以令我们为之振奋。

敌酋遁去，纵兵追擒，不用大军，仅派"轻骑"。显然不仅因为快，更显示出一种高度的自信，自信敌人已是瓮中之鳖，只需少量"轻骑"追剿，便可结束战斗。当我军快速反应，追兵将发而未发之际，大雪纷纷而落，突降的大雪使得暗夜倏地变白。将士们弓刀在手，锋芒与雪光相映。在茫茫的夜色中，在洁白的雪地上，这支轻骑兵像离弦的箭，雄姿英发。

未言结局，胜利已是必然。这不禁让人想起盛唐时的《哥舒歌》："北斗七星高，哥舒夜带刀。至今窥胡马，不敢过临洮。"这位威震一方的民族英雄形象跃然纸上。从组诗的角度，卢纶《塞下曲》的第四首也揭示了战事的结果："野幕蔽琼筵，羌戎贺劳旋。醉和金甲舞，雷鼓动山川。"在喧闹欢腾、幕天席地的军营盛宴中，参加的不仅是我方士卒，还有同盟的其他部族来祝贺凯旋。穿着甲胄的将领们在欢快的鼓声中，击节而舞，相信在"醉和金甲舞"的这群人中间，一定有"大雪满弓刀"的那些将士们吧，他们的凯旋显得如此酣畅淋漓。

卢纶的这首《塞下曲》，延续了盛唐边塞诗歌的雄浑、自信和骄傲。明代评论家李攀龙评论道："中唐音律柔弱，此独高健，得意之作。……独此绝雄健，堪入盛唐乐府。"（《唐诗训解》）

夜上受降城[①]闻笛

李　益

**回乐烽[②]前沙似雪，受降城下月如霜。
不知何处吹芦管[③]，一夜征人尽望乡。**

第三篇章　隋唐五代 | 183

[写作背景]

代宗大历四年，中唐诗人李益进士及第。但官场的失意让他始终郁郁不得志，于是他弃官，在各幕府中任职。长达二十多年的军旅生活，使得他的边塞诗内容丰富，雄浑高奇。这首写戍边将士思念故乡之情的七绝，曾有人推崇为中唐边塞诗绝唱。明人胡应麟在《诗薮》中评价："中唐绝，'回雁峰前'为冠。"据传刚一完成，就被谱入管弦，广为流传。

[注　释]

①受降城：说法不一。一说贞观二十年（646），唐太宗亲临灵州接受突厥一部的投降，时人称之受降城，在唐代是防御、吐蕃的要塞，在今宁夏灵武。一说唐中宗景龙二年（708），朔方大总管张仁愿为抵御突厥入侵而筑，故址在今内蒙古杭锦后旗乌加河北岸。

②回乐烽：一说指回乐县的烽火台，在今宁夏灵武西南。一说在三受降城的西城或中城附近。

③芦管：芦笛，古代西北的一种乐器。

[赏　析]

一个深秋的夜晚，征人驻守孤城，举目远眺，蜿蜒数十里的丘陵上耸立着座座高大的烽火台。烽火台下是一片无垠的沙漠，在月光的映照下如同积雪，亦如同深秋的寒霜。这样的似雪之沙、似霜之月，这样的宁静，如果不被打破，也许诗人可以沉浸其中，体味大漠那亘古不变的苍茫。

然而明亮的月光映照着的，是与战争息息相关的烽火台、沙场以及受降城的深沟高垒。于是这月色与月光下的沙场就不能不带给人一种霜雪般扎心的寒意，胸中升腾起一种置身边地、怀念故乡的淡淡哀愁。"明明如月，何时可掇？忧从中来，不可断绝"。（曹操《短歌行》）这大概是诗人此时此刻的心情吧？

夜风又偏偏送来了惹人乡情的芦笛声，凄凉幽怨、呜咽不禁。芦笛奏出的到底是什么曲子，能让人同时陷入深思呢？虽没明说，但总归是容易勾起乡思的《行路难》《关山月》这般曲子吧。《乐府解题》说："《行路难》，备言世路艰险及离别悲伤之意。"又说:"《关山月》,伤离别也。"无论"横笛偏吹《行路难》"(李益《从军北征》),还是"更吹羌笛《关山月》"(王昌龄《从军行》七首之一),无不加重征人久戍思乡的情绪,徒增征人置身荒冷的边地对故乡的怀恋,故"不知何处吹芦管"抒写的正是"听不尽"的"撩乱边愁"(王昌龄《从军行》七首之二:"撩乱边愁听不尽"),只是不曾明白说出罢了。

  初听笛曲,他便开始寻觅,是哪座烽火台上的戍卒在借芦笛声倾诉那无尽的边愁?那幽怨的笛声又触动了多少征人的思乡愁?在这漫长的边塞之夜,他们一个个披衣而起,忧郁的目光掠过似雪的沙漠,如霜的月地,久久凝视着远方……顿时,一切崇高和悲壮都化作了绵绵不绝的乡愁,这与《从军北征》中的"碛里征人三十万,一时回首月中看"的意境十分近似。

  他唱出了具有普遍意义的将士心曲,古诗中笛声在扩散,愁思在蔓延,如怨如慕,如泣如诉,欲说还休,吞吐不尽。在这样一个凄清的夜晚,将士们集体失眠也无可厚非。

  作为读者,我们沉浸其中,就能触摸到诗中的那明月、那白沙、那笛声,更能深深体会到那份苍凉与旷远。

塞下曲(其二)

李 益

伏波[①]**惟愿裹尸还,定远**[②]**何须生入关。
莫遣只轮**[③]**归海窟**[④]**,仍留一箭定天山。**

[写作背景]

  李益,作为中唐边塞诗的代表人物,其七绝音律和美,慷慨悲壮。尤其这首代边将立言的诗,抒写了报国的壮志,杀敌的决心,许身的豪情。

此诗情调激昂、音节嘹亮、激昂慷慨、视死如归，表达了诗人对边防的拳拳之心，通首意气飞扬。

[注　释]

① 伏波：指伏波将军马援。

② 定远：指定远侯班超。

③ 只轮：一只车轮。

④ 海窟，这里指敌人所居住的瀚海（沙漠）。

[赏　析]

这首诗可谓一句一典，微言大义。

一是东汉初期的名将马援的典故，他英勇善战，为东汉王朝立下了汗马功劳。后来，他又率兵平定了边境的动乱，威震南方，建武十七年（41）被刘秀封为伏波将军。他曾说过："方今匈奴、乌桓尚扰北边，欲自请击之。男儿要当死于边野，以马革裹尸还葬耳，何能卧床上在儿女子手中邪？"（南朝·宋·范晔《后汉书·马援传》）其老当益壮、马革裹尸的气概，备受崇敬。

二是东汉定远侯班超的典故，"不动中国，不烦戎士，得远夷之和，同异俗之心，而致天诛，蠲宿耻，以报将士之雠"。他在不惊动国内，不由国内派遣军队的情况下，创造了挽狂澜于既倒，平定西域的不世奇功，一生为汉帝国乃至后世，将西域牢牢划入版图立下了赫赫功劳。班超已为汉帝国征战西域30年，因年老思乡，于永元十二年向汉和帝刘肇上疏乞归："臣不敢望到酒泉郡，但愿生入玉门关。"最终如愿归乡。此处李益说的是宁愿战死疆场，无须活着回到玉门关，表达了灭敌及长期戍边的决心。

三是战国时代，晋国大败秦国的典故。据《春秋公羊传》记载"僖公三十三年，夏四月辛巳，晋人及姜戎败秦于殽……然而晋人与姜戎要之而击之，匹马只轮无反者"。后用"只轮无返"比喻全军覆没。在此处是指要像战国时晋和姜戎联合起来击败秦军一样，不让敌人逃走一个，表达了一种全部、干净、彻底地消灭敌人的决心和勇气。

四是唐初薛仁贵"将军三箭定天山"的典故。据《旧唐书·薛仁贵传》

记载:"寻又领兵击九姓突厥于天山,时九姓有众十余万,令骁健数十人逆来挑战,仁贵发三矢,射杀三人,自余一时下马请降……军中歌曰:'将军三箭定天山,战士长歌入汉关。'"在消灭敌人之后,我们还须留下一支克敌制胜的军队,继续保卫边防,绝不能疏忽半分。

句句用典,四句皆对,而且一气呵成,传达出一种戍边的决心和英勇杀敌的气概,十分豪壮,此乃一首激励人们舍身报国的豪迈诗篇。

边 思

李 益

腰悬锦带佩吴钩①,走马曾防玉塞②秋。
莫笑关西③将家子,祇④将诗思入凉州⑤。

[写作背景]

唐自安史之乱以后,藩镇割据,唐王朝越来越失去控制地方的力量,对于日益严重的边患也越来越束手无策。《边思》是一首自题小像赠友人诗,通过在边地的思考,对其自身人生经历、梦想抱负等做了深刻反省。

[注 释]

① 吴钩:古代吴地所造的一种弯形的刀,宝刀,为春秋时吴王阖闾所制造(见《吴越春秋》)。

② 玉塞:指玉门关。

③ 关西:指函谷关以西,指位于今河南省灵宝县南的函谷关以西之地。

④ 祇:仅仅,读只。

⑤ 凉州:指《凉州曲》,此处指诗词。

[赏 析]

"我"是一个什么样的人呢?

古代有"关西出将，关东出相"的说法，李益是姑臧（今甘肃武威，亦即凉州）人，位于函谷关以西，所以自称"关西将家子"。

"我"作为关西将家子，腰垂锦带，出身高贵，佩带吴钩，英勇神武。寥寥数语，道出了一个关西英武少年的风流自赏与飒爽风姿。杜甫有诗云："少年别有赠，含笑看吴钩"，可见当时的有志少年郎，这种装束颇为流行。

作为关西将家子，必有着建功立业的本愿。他在《塞下曲》说："伏波惟愿裹尸还，定远何须生入关。莫遣只轮归海窟，仍留一箭定天山。"决意要像班超等人那样，立功边塞，这才是他平生的夙愿和人生的理想。在抄录自己的从军诗送给友人卢景亮时也写道："从事十八载，五在兵间，故为文多军旅之思，或因军中酒酣，或时塞上兵寝，投剑秉笔，散怀于斯文，率皆出乎慷慨意气。"《唐才子传》也说他从军十年，"往往鞍马间为文，横槊赋诗，故多抑扬激厉悲离之作"，与高适、岑参相近。

每当秋高马肥之际，北方少数民族常常入塞侵扰。秋季就需格外加强防范，故称其为"防秋"。"我"也曾经在边疆"防秋"战事中纵马驰骋，是一个纵横沙场的军人。请你们不要嘲笑"我"这个关西将门后代，仅仅是将诗情带到了边塞，把梦想写进了诗里。

这首赠友人的自题小像告诉我们，当立功献捷的宏愿化为苍凉悲慨的诗思，诗人心中翻动着的恐怕只是壮志未遂的悲哀吧。

"莫笑"不仅是自我解嘲，更是一种"辜负胸中十万兵，百无聊赖以诗鸣"式的深沉感慨。

塞下曲[①]

张　籍

边州八月修城堡，候骑[②]先烧碛中[③]草。

胡风吹沙度陇飞，陇头④林木无北枝⑤。

将军阅兵青塞⑥下，鸣鼓逢逢⑦促猎围。

天寒山路石断裂，白日不销帐上雪。

乌孙国⑧乱多降胡，诏使名王⑨持汉节。

[写作背景]

张籍（约766—约830），字文昌，唐中后期诗人。"新乐府运动"的积极参与者，其乐府诗与王建齐名，并称"张王乐府"。代表作有《秋思》等。现存《张籍诗集》8卷，共收诗480多首。

[注　释]

① 塞下：边塞附近，亦泛指北方边境地区。塞下曲是唐代边塞诗的常见题目，为乐府诗歌，以盛唐王昌龄《塞下曲》最为著名。

② 候骑：担任侦察巡逻任务的骑兵。

③ 碛（qì）：沙石地，沙漠；碛中，即大沙漠中，如岑参有《碛中作》。

④ 陇头：陇山，借指边塞。

⑤ 北枝：朝向北方的枝头。乐府用南枝象征南方，北枝象征北方。如《汉乐府·古诗十九首》，越鸟来自南方，故巢宿于南枝。

⑥ 青塞：原指今甘肃省东北环县青山一带。古为北地郡，地近长城。东汉建武六年，大将冯异曾进军义渠，并领北地太守，青山胡率众归降。后因以"青塞"泛指边塞、边地。

⑦ 逢逢：象声词，常形容鼓声。

⑧ 乌孙国：是西汉时由游牧民族乌孙在西域建立的行国，位于巴尔喀什湖东南、伊犁河流域。魏晋南北朝以后，乌孙逐渐融入葱岭及以南的铁勒、突厥诸部中，乌孙国遂成为历史名词。

⑨ 名王：指古代少数民族声名显赫的王，泛指皇族有封号的王。

[赏　析]

张籍并无边塞经历，也没有任职军队的经历。但身处唐代，整个社会都弥漫着一种通过军功而建功立业的尚武风气，文人们多与军政府有密切接触，由此军旅、边塞题材的诗歌也为诗人所熟悉。可以说，无论有无边塞、行伍经历的诗人，都可以写作该类诗歌，张籍便是如此。

初唐之后，与"边塞"相关的诗歌变得十分流行，"出塞""入塞""塞上""塞下"等为题的诗歌数量很多。张籍这首《塞下曲》沿用初唐乐府旧题而写出新意，反映边地士兵之苦，从而反对穷兵黩武。

全诗十句，分三部分。第一部分，前四句围绕在边塞建城池，写的边塞底层士兵的艰苦生活，以候骑为代表。第二部分，中间四句写将军位列，写的是边塞将士的苦寒生活。一二两部分有所对照，也有所关联，关联的是都在极端寒冷和风沙漫天艰苦的环境中，都远离家乡和亲人。对照是下层士兵在建城吃苦、将军们却围猎取乐，体现了新乐府诗歌批判现实的特色。第三部分，末尾两句，以汉代乌孙国的故事来讽喻唐朝的政治。西汉张骞出使西域，凿空河西走廊，大大拓展了疆域，促成了西汉与乌孙国联合，这些都为汉武帝解除匈奴人对中原百年威胁奠定了基础。只是乌孙国在唐朝已经消失无踪，而少数民族的"名王"——各路藩镇正大行其道，格局天下，战乱不已。

这里，诗人尖锐地指出了唐朝边塞出现的种种问题，但并未深究原因。孰是孰非？这其中的原因和教训就留给后世的读者吧！

赠李愬仆射

王 建

和雪^①翻营^②一夜行，神旗冻定^③马无声。

遥看火号^④连营赤，知是先锋已上城。

[写作背景]

　　王建,唐代诗人,生卒年未详。他是张籍的挚友,身世也与张籍有相似之处。出身寒微,虽曾进士及第,却只做过几任小官,以乐府诗著称于世,写下了许多从不同侧面反映社会矛盾和民间疾苦的作品。《赠李愬仆射》是王建创作的一首七绝。全诗以二十八字包举唐朝的平蔡战役,写得有声有色,生动地记录了"李愬雪夜入蔡州"的奇袭过程。

[注　释]

① 和(huò)雪:大雪纷飞,人与雪混在一起。
② 翻营:倾营出动。
③ 冻定:指战旗冻得发硬,不能招展飘动。
④ 火号:举火为信号。

[赏　析]

　　晚唐时期,节度使割据不断,战火绵延不绝。

　　唐宪宗元和九年(814),彰义节度使吴少阳死,其子吴元济割据淮西(今河南汝南一带)。吴元济势力与朝廷对抗,刀兵相向,威胁着唐王朝的稳定。

　　元和十二年(817),隆冬十月的一个风雪之夜,著名将领李愬发兵对敌,急行军六十里,袭击了吴元济方的军事要地张柴村。之后,取险路,冒风雪,行军七十里,以迅雷不及掩耳之势,攻击敌老巢蔡州城,生擒了吴元济。一夜之间,奇袭胜利。《新唐书》称其为"功名之奇,近世所未有"。

　　王建的这首诗,描写的就是这次战役。

　　天气恶劣,隆冬大雪,暗夜行军。但极端的恶劣天气,却越发彰显了李愬部队的纪律严明。风雪搅动天地,但将士们却"和雪翻营一夜行",人和雪融合在一起,但这支部队却能"翻营"全员出动。在暗夜中,在寒风里,他们训练有素,疾步前行,要发动一场奇袭。这是怎样的奇寒?行军途中,军旗被冰雪冻得僵硬,不能飘扬。

　　但战士们的脚步没有停歇,被冻得翻不动的红旗依然高高举起。人是这样,战马又何尝不是?如此寒夜,百里行军,就连战马都整肃前行,不发出任何声响。他们积攒着力量,眼神坚定,奔向那个可以一举制敌的地方。

战斗打响!

"遥看火号连营赤,知是先锋已上城。"诗歌没有描写具体的战斗细节和过程,只是那冲天的火光,火号在一片连营中燃起,我们就能想见这是一场怎样的战斗了。被火光照亮夜空的蔡州城,见证了这个壮烈、豪情的夜晚。战争的结果到底如何?我们看,开路先锋已攻下蔡州,那面被冻得不能飞扬的红旗,正在竞天的火光中,随风绽放。

整首诗歌节奏有力,情节变化快捷,前后描写虚实相生。行军的艰难消解在满天的风雪里,战争的胜利镌刻在冲天的火光中。这火光,这红旗,是对胜利的礼赞,是对千年前那支纪律严明、作战神勇军队的剪影。

平蔡州三首(其一)

刘禹锡

蔡州①城中众心死,妖星夜落照壕水②。
汉家飞将下天来,马箠③一挥门洞开。
贼徒崩腾望旗拜,有若群蛰惊春雷。
狂童面缚登槛车,太白夭矫垂捷书④。
相公从容来镇抚,常侍郊迎负文弩。
四人归业闾里⑤间,小儿跳浪健儿舞。

[写作背景]

刘禹锡(772—842),字梦得。唐朝时期大臣、文学家、哲学家,有"诗豪"之称。贞元(785—805)年间擢进士第,登博学宏辞科,授监察御史。

曾参加王叔文集团，反对宦官和藩镇割据势力，被贬为朗州司马、迁连州刺史。后以裴度力荐，任太子宾客，加检校礼部尚书。其诗通俗清新，善用比兴手法寄托政治内容。

唐宪宗元和十二年（817），唐王朝在宰相裴度的主持下，由李愬率军雪夜袭破蔡州，生擒了割据抗命的淮西藩帅吴元济。刘禹锡满怀激情地写下这三首诗，热烈赞颂这一重大胜利。《平蔡州三首》第一首写攻打蔡州城的过程，第二首以百姓口吻追溯战胜的欣悦，第三首则是描写了押解战俘归京，平叛的巨大影响。

[注　释]

① 蔡州：唐天宝时为汝南郡。今河南省汝南县。
② 壕水：一作"河水"。
③ 马箠：马杖；马鞭。
④ 捷书：军事捷报。
⑤ 闾里：里巷；平民聚居之处。

[赏　析]

这首叙事诗，完整叙述了裴度、李愬攻下蔡州城的全过程。

前六句，先写敌我双方对比，再写破城当下的情状。彼时，蔡州城中叛军已斗志全衰，晚上妖星跌落，流光照白护城河；城外唐军将领李愬从天而降，挥鞭间城门顿开。叛军或崩溃逃散，或纷纷向朝廷的军旗跪拜投降，那场景就像蛰伏的动物，被春雷惊醒一样。

这场胜利来得太不容易，来得太及时了，天地同庆，万民同贺。诗人以上帝视角，洞察、描写敌我，宇宙星象、人间诸事，溃散之叛军、神勇之唐兵，摧枯拉朽的胜战场面，万贼朝拜的澎湃情绪，都被写入诗中。其中有多年评判一朝得胜的巨大欢欣，有对主将李愬久承其压终毕其功于一役的赞颂，还有对叛军的蔑视，对王朝兴盛的企望。诗人和所有将帅们的豪情逸兴终于在一场胜仗之后，满屏绽放。

后六句，诗歌写道：吴元济这小子被反绑双手押上囚车，太白旗上悬挂着捷报,正在随风飘扬。宰相裴度从容地前来安抚百姓,李愬背负着文弩出郊外欢迎。平叛后,四民各安其业,城乡安闲宁静,小孩子嬉笑跳跃,士兵们起舞欢庆。

整首诗中,诗人的欣慰之情充溢字里行间。诗人从大处落笔,层层铺展,舒缓大气,平实朴素而又形象生动。

既有气度,也有力度。

南园(其五)

李 贺

男儿何不带吴钩①,收取关山五十州②。
请君暂上凌烟阁③,若个书生万户侯④?

[写作背景]

李贺(790—816),字长吉。河南府福昌县昌谷乡(今河南省宜阳县)人,祖籍陇西郡。李贺出身唐朝宗室,蒙荫入仕,授奉礼郎。仕途不顺,热心于诗歌创作。诗作想象极为丰富,引用神话传说,托古寓今,后人誉其为"诗鬼"。《南园十三首》是组诗作品,或写景,或抒情,刻画田园生活的安逸,抒发韶华易逝、抱负难酬的感叹,语言清新,诗情隽永,耐人寻味。

[注 释]

①吴钩:吴地出产的弯形的刀,此处指宝刀。一作"横刀"。

②关山五十州:关山五十州指的是当时为藩镇割据,不在唐中央政府掌握的州的数目。据《通鉴·唐纪》记载:"今法令所不能制者,河南北五十余州。"这些藩镇不纳赋税不报户口,不时反叛,是国家安全的巨大隐患。

③凌烟阁:唐太宗为表彰功臣而建的殿阁,上有秦琼等二十四人的像。

④万户侯：食邑，中国古代君主封赐卿、大夫作为世禄的田邑（包括土地上的劳动者在内）。侯封建制度五等爵位的第二等：侯爵。食邑万户以上，号称"万户侯"，是汉代侯爵最高的一层，其中卫青与霍去病是典型代表，后来泛指高官贵爵。

[赏　析]

唐代的重武轻文由来已久，承后周开国的皇帝都是武将出身，虽然没有分封制，但在政治生活中贵族门第特权极为普遍，承隋制科举制度发挥了拔擢人才的作用，但录取人数、录取方式都远远不能与宋代相比。种种现实导致一般读书人改变命运之路非常坎坷艰难。杜甫旅食京华十余载，只得到了一个小官，发出"儒冠多误身"的感慨。

体弱多病的李贺，在唐朝尚武之风的影响下，内心十分向往军旅生活。十三首《南园》写尽他的辛酸、期待，这第五首最为有名。这首诗，喊出了唐代年轻人的壮怀愿景：带吴钩、收关山，直取万户侯。

李贺生活的唐朝全国约七十州，到了晚唐，五十州左右都落入藩镇之手。这五十州不交赋税、不出兵，还不时反抗中央朝廷，给朝廷和百姓生活带来了巨大损害。此时的唐朝，外部少数民族压力巨大，政府逐渐腐败，统一日趋无望。这些都引发了血气少年李贺情绪上极大的激荡，他想带长刀、跨战马，驰骋战场为王朝收复五十州，归来画像高高挂在凌烟阁上，供万人、百代人瞻仰。

这样的生活，是李贺的梦想，是唐朝年轻人向往的人生。

雁门太守行①

李　贺

黑云②**压城城欲摧，甲光向日金鳞开**③。

角④声满天秋色里,塞上燕脂凝夜紫⑤。
半卷红旗临易水⑥,霜重鼓寒声不起⑦。
报君黄金台上意⑧,提携玉龙为君死⑨!

[写作背景]

《雁门太守行》是李贺运用乐府古题创作的诗歌。全诗意境苍凉,格调悲壮,具有强烈的震撼力和艺术魅力。此诗写作年代有两种说法,一种认为作于李贺25岁时(819),当年唐宪宗以张煦为节度使,领兵前往征讨雁门郡之乱,李贺即兴赋诗鼓舞士气作成此诗。另一种认为出自传说,18岁的李贺把诗卷送给韩愈看,此诗放在卷首,韩愈看后颇为欣赏。

[注 释]

①雁门太守行:古乐府曲调名。雁门,郡名,古雁门郡大约在今山西省西北部,是唐王朝与北方突厥部族的边境地带。行,歌行,一种诗歌体裁。

②黑云:形容战争烟尘铺天盖地,弥漫在边城附近,气氛十分紧张。

③甲光:铠甲迎着太阳闪出的光。金鳞:铠甲闪光如金色鱼鳞。

④角:古代军中一种吹奏乐器,多用兽角制成,是古代军中的号角。

⑤"塞上"句:长城附近多紫色泥土,所以叫作"紫塞"。燕脂,即胭脂,深红色。凝夜紫,暮色中呈现出暗紫色。

⑥临:逼近。易水:河名,大清河上源支流,源自今河北省易县,向东南流入大清河。

⑦"霜重"句:霜重鼓寒,天寒霜降,战鼓声沉闷而不响亮。声不起:形容鼓声低沉。

⑧报:报答。黄金台:故址在今河北省易县东南。据《战国策·燕策》记载,燕昭王求士,筑高台,置黄金于其上,广招天下人才。

⑨玉龙:宝剑的代称。传说晋雷焕曾得玉匣藏二剑,后入水化为龙。君:君王。

[赏 析]

雁门关,历来是中原地区和少数民族战争的边塞要地。晚唐除了藩镇之乱，少数民族入侵的压力也一直存在，且愈演愈烈。秋天是农业王国收获的季节，也是游牧民族南下掠夺的季节，这个金秋，胡人又来侵犯，王朝派兵迎战。

首句写景又写事，渲染兵临城下的紧张气氛和危急形势，并借日光显示守军威武雄壮。塞外的黑云如同波涛翻滚，低垂在边城之上，大军兵临城下，大风吹重云，铁幕裂开一道缝，阳光洒下来，战士们的铁甲金灿灿一片如同鱼鳞密布。第二、第三句，从听觉和视觉两方面渲染战场的悲壮气氛和战斗的残酷，描写部队夜袭和浴血奋战的场面突然。冲锋的号角响彻原野，一日苦战之后，塞外的红土上，勇士们以战斗的姿态倒下，血染红了土地，月光落下，战士们的热血已经凝结为黑紫色。收起引领队伍的旗帜，敲起收兵集合的战鼓，夜寒逼人，鼓声都没有了传播的力量，在古战场上迟缓、永久地飘荡。最后一句引用燕王千金买马骨、玉龙剑出保国家的典故，一方面写出希望君臣和谐，另一方面也写出将士誓死报效国家的决心。

李贺的诗歌，本身具有意象诡谲，色彩对比强烈，思绪较为激越等特点，同时他年少时便才思敏捷，又年轻早逝，故被称为"诗鬼"。年轻的生命一直在呐喊，渴望在沙场建功立业，这里他便用纸笔构建了一个属于自己的沙场，为功业大戏布置好舞台，涂抹上色彩，搭配上声音，让灵魂和将士们在秋天塞外的边关，酣畅淋漓地大战一场，然后安然睡去。

李贺是诗人，也有对现实的清醒认识，从最后两句诗歌可以看出，他明白战争不光是战场的激情厮杀，还要有政治关系、君君臣臣、将帅官兵的和谐相处。

一介书生，心向边塞，却又能顾及现实，难能可贵。

马诗（其五）

李 贺

大漠①**沙如雪，燕山月似钩**②**。**
何当金络脑③**，快走踏清秋**④**。**

[写作背景]

《马诗》二十三首是一组颇有特色的咏物诗，具有寓意精警、寄托遥深、构思奇巧、用典灵活等艺术特色。名为咏马，实际上是借物抒怀，抒发诗人怀才不遇的感叹和愤慨，以及建功立业的抱负和愿望。

[注 释]

① 大漠：广大的沙漠。

② 燕山：在河北省。一说为燕然山，即今之杭爱山，在蒙古人民共和国西部。钩：古代兵器。

③ 何当：什么时候。金络脑：即金络头，用黄金装饰的马笼头。

④ 踏：走，跑。此处有"奔驰"之意。清秋：清朗的秋天。

[赏 析]

有学者经研究认为李贺是属马的，而且对马有特别的情感，其二十三首写马的诗大概是最好的证明，而这一首最广为人知。

诗歌描写了一个少年的梦境。梦境中是燕赵大地，大漠沙如雪，是李贺喜欢的地方。抬头远眺，无影苍穹上悬挂着如钩的一弯月亮。诗人心潮澎湃，什么时候我有一匹马，带着叮当作响的黄金笼头，驰骋于边关？秋天多金鼓，边关战事多，少年这一去，不光是追风，更是去沙场实现自己建功立业的人生梦想吧？

"少年感"是当下很流行的词汇。如若从古人诗歌中寻找少年感的话，李贺最为恰当。他的诗歌中，有充满了强烈冲击力的对比，有空旷广阔的大地舞台，还有充满烂漫想象的未来和风一样的行动，以及藐视社会和人生现实的快意。

这种情感和体验，是未经风雨的赤子才有的欢乐和疼痛，是站在瑰丽人生门口的狂喜和跃动！

赤 壁

杜 牧

折戟①沉沙铁未销②，自将③磨洗认前朝④。
东风⑤不与周郎⑥便，铜雀⑦春深锁二乔⑧。

[写作背景]

《赤壁》是唐代诗人杜牧创作的一首七言绝句，诗人即物感兴，托物咏史，点明赤壁之战关系到国家存亡，社稷安危；同时暗指自己胸怀大志不被重用，以小见大。杜牧（803—852），唐京兆万年（今陕西西安）人，字牧之。历任淮南节度使掌书记、监察御史等职。晚年长居樊川别业，世称"杜樊川"。性刚直，不拘小节，不屑逢迎。自负经略之才，诗、文均有盛名。

[注 释]

① 折戟：折断的戟。戟，古代兵器。

② 销：销蚀。

③ 将：拿起。

④ 认前朝：认为戟是东吴破曹时的遗物。

⑤ 东风：指火烧赤壁事。

⑥ 周郎：指周瑜。

⑦ 铜雀：即铜雀台，曹操在今河北省临漳县建造的一座楼台，楼顶里有大铜雀，台上住姬妾歌妓，是曹操暮年行乐处。

⑧ 二乔：东吴乔公的两个女儿，一嫁前国主孙策（孙权兄），称大乔；一嫁军事统帅周瑜，称小乔，合称"二乔"。

[赏　析]

　　杜牧是贞观时期宰相、诗人杜佑之孙，家世显赫。在重视门第出身的唐代，他个人的仕途较为顺利。杜牧本人也自视甚高，以建功立业为己任。杜牧似并未到过边关，也没有担任过军事职务，但对军事、战争表现出了极大的兴趣，曾经给《孙子兵法》做过注释，并留下了很多边塞、军事相关诗歌。

　　从内容来看，诗的前两句写实——行为；后两句写虚——思绪、观点。全诗虚实相生，跌宕丰富。从诗歌修辞平仄和对仗来说，短短28个字，意象密集，极具节奏感和音乐性。前两句四平三仄对三仄四平，有平仄转换带来的摇曳生姿的起伏感。这既体现在戟虽折又沉入沙中却并未销蚀殆尽，仄声的"自将磨洗"在朗读中可觉察诗人心情的铿锵、动作的起伏、心态的迫切，平声"认前朝"则转化为舒缓，思绪万千；又有一种连续平声带来的沉重、稳定、肃杀之感。这既来自于"折戟"当时的沙场，也来自于戟"沉沙"的岁月，还来自"自将磨洗认前朝"的当下，时间在14字之间流荡，在人和物的互动之间流荡，无情的大道，激越的战场，时代中的诗人一一进入了读者的视野。

　　后两句写所想，大体以"平平仄仄平平仄，仄仄平平仄仄平"在音韵上大幅度、快节奏的起伏抒写诗人的历史观点。杜牧注过《孙子兵法》，自然应该知道赤壁之战中东风并非战争决胜因素。但此处偏写若东风不来，东吴便会输了战争，名满天下的美女二乔也会收入魏国，这就是诗人驰骋的想象了。这想象既有辽阔天地之间的浩荡东风，也有千里之外的铜雀高台，还有茫茫天地之间的周郎、二乔，以及铜雀台下的建安三曹、七子。

　　世界是个舞台，英雄风流人物尽展风采，诗人也是一腔热血，上下求索，却总盼不来东风，这也许就是诗人潜意识中，郁郁不得志的思绪在诗中些许的表露吧。

渔阳将军

张 为

霜髭拥颔对穷秋[①]**，著白貂裘独上楼。**
向北望星提剑立，一生长为国家忧。

[写作背景]

张为，晚唐诗人。《渔阳将军》是张为所作的诗词之一，此诗描画了一位昼夜操劳军务的老年将军形象，诗境开阔，感情真挚。

[注　释]

① 髭（zī）：嘴唇上的胡须。颔（hàn）：下巴。穷秋：深秋。

[赏　析]

渔阳，汉唐时期军事重镇。

坐镇在此的是一位老将——渔阳将军！

诗歌里，并未交代将军的相关背景，他姓甚名谁，有过怎样的戎马生涯，立过怎样的赫赫战功，一概不知。

此诗单刀直入，如同一幅木刻画，笔墨不多、质地粗硬、线条鲜明：

深秋时节，星垂平野，白发将军，貂裘披身，高楼独立，提剑北望。

简单几笔，形神兼具，将军站成了星夜下的一座雕塑。风沙似剑，凭借想象我们就可以感受这位将军曾指挥的军阵、经历的拼杀。这万里穷秋，蕴藏老将军"沙场秋点兵"的豪情；这霜髭拥颔，镌写了"平生塞北江南"的辽阔人生；这独立高楼，有"念天地之悠悠"的苍凉豪迈；这提剑北望，更是一名老将时刻不忘"射天狼"的忧患与警醒。

此诗最后一句"一生长为国家忧"是整首诗的灵魂。这句话如同抛洒的热酒和贲张的血脉，白发苍苍、秋风刺骨、高楼独立、剑闪寒光，所有"冷"的意象，都可以被这句话中的"滚烫"一扫而光。

在中国古典诗词中，白发将军已经成为一个独特意象：范仲淹的"将军白发征夫泪"（《渔家傲·塞下秋来风景异》），辛弃疾的"平生塞北江南，归来华发苍颜"（《清平乐·独宿博山王氏庵》），陆游的"白发将军亦壮哉，西京昨夜捷书来"（《闻均州报已复西京》）……他们诠释着"烈士暮年，壮心不已"的忠勇与豪迈，回答了"廉颇老矣，尚能饭否"的千古之问，他们守护国土、为国参战，将家国的忧患放在心头，把自己站立的地方变成一道城墙、一处界碑。

晚唐之际，国势衰微，但是这首《渔阳将军》依然昂扬响亮。它与盛唐时代的边塞诗遥相呼应，记录了护国将士那从未改变的忧国之心与报国之忱。

塞 下

秦韬玉

到处人皆著战袍，麾旗风紧马蹄劳。
黑山①霜重弓添硬，青冢②沙平月更高。
大野几重开雪岭，长河无限旧云涛。
凤林关外皆唐土，何日陈兵成不毛。

[写作背景]

秦韬玉，晚唐诗人，生卒年不详，出生于尚武世家。代表诗作有《贫女》《长安书怀》等。《塞下》为秦韬玉为数不多的边塞诗中的一首，诗歌描绘了北方塞下戎马倥偬、山河变色的景象，壮美凄凉。

[注　释]

①黑山：黑山的具体位置，历来有很多考证。最常见的说法是，指内蒙

古自治区境内呼和浩特市东南的杀虎山。

②青冢：指昭君墓，在内蒙古自治区呼和浩特市。唐诗中，对"青冢"有多处书写，主要是借古咏怀，表达对社会、人生的不满与慨叹。

[赏　析]

秦韬玉的军旅边塞诗不多，只这一首，亦能撑起一面旗帜了。诗歌境界阔达、想象丰富，有瞬间把读者带入边塞沙场的力量。

"到处人皆著战袍，麾旗风紧马蹄劳"，这是一个开门见山的开场。风正劲、旌旗飘，放眼望去，人人身着战袍、全副武装，日夜奔腾的战马停下脚步，暂作休息。诗人在平实的叙述与描写中，仅仅通过几个关键场景，就恰切写出了战事的紧迫与频繁。

"黑山霜重弓添硬，青冢沙平月更高"，是整首诗中最具边塞风格的一句，也把诗歌的镜头更往前推了一步。"黑山"与"青冢"，点出了具体的战争环境。"黑山"一词多次出现，它具体在哪里？我们采用著名学者余冠英在其《故事精选》中的说法，"黑山即杀虎山，蒙古语为阿巴汉喀喇山，在今呼和浩特市东南百里"。这就是《木兰辞》中"旦辞黄河去,暮至黑山头"的黑山了！

这里是连天大漠、日落长河的边塞，天气严寒、霜凝露重，将士们的手指被冻僵，以致平日可以轻易拉开的弯弓都变得重了。从鲍照《代出自蓟北门行》中的"马毛缩如猬，角弓不可张"，到岑参的《白雪歌送武判官归京》里的"将军角弓不得控，都护铁衣冷难着"，翻不动的红旗、拉不开的角弓，这些独特的景象，已成为边塞的标志和符号。

"青冢"，指昭君墓，在呼和浩特市南郊大黑河南岸的冲积平原上。星垂平野，天地广阔，在这样的场景中，连月亮看起来都是格外高远的。但这里的"青冢"不仅是一个边塞的地标，还有作者情感的寄托。昭君为国远嫁，后人感念追怀，更借此表达对现实的慨叹。"汉家此去三千里，青冢常无草木烟"（常建《塞下曲四首·其四》）"明妃若遇英雄世，青冢何由怨陆沉"（刘威《尉迟将军》）……此中的苍凉、遗憾，与秦韬玉的《塞下》异曲同工。

"大野几重开雪岭,长河无限旧云涛"一句,紧接"青冢沙平月更高"的无奈与遗憾,既荡开了境界,也让整首诗的情绪激昂了起来。苍茫无垠的旷野,奔腾不息的长河,有皑皑雪岭、滚滚波涛。但是那茫茫大地,那不息长河,还复当年的声势与浩荡吗?大唐,曾经以有力的双臂和开阔的胸襟,拥抱和拥有着广袤无垠的国土、万国的文化。只是,那皑皑雪岭的光芒何时才能再现照耀大地,那不息长河的咆哮何时才能再振聋发聩?这份无奈中,更有晚唐诗人对重振大唐国威的深沉期盼!

"凤林关外皆唐土,何日陈兵戍不毛"是全诗的主旨。诗中的凤林关,在今甘肃临夏西北。安史之乱前,唐同吐蕃交界处在凤林关以西。安史之乱后,边关四镇失守,凤林关亦沦陷。多年过去后,凤林关内土地荒芜、百草丛生。作者呼唤那些胸怀"男儿何不带吴钩,收取关山五十州"壮志的大唐男儿,陈兵列阵、重整山河。这句喷薄而出的呐喊,如寒光宝剑,一扫胸中块垒。

整首诗语言简朴,诗意酣畅,凄凉中有悲壮、低沉中有力量,虽是晚唐,亦不失唐代边塞诗的气度与风骨。

咏马(其二)
唐彦谦

崚嶒[①]**高耸骨如山,远放春郊苜蓿**[②]**间。**
百战沙场汗流血,梦魂犹在玉门关。

[写作背景]

唐彦谦(?—893),并州晋阳(今山西省太原市)人,博学多艺。曾任兴元(今陕西省汉中市)节度副使、阆州(今四川省阆中市)、壁州(今四川省通江县)刺史。晚年隐居鹿门山,专事著述。代表诗作为《采桑女》《宿田家》《咏马二首》等。

[注　释]

① 崚嶒(léng céng):高耸突兀。

② 苜蓿:苜蓿属植物的通称,种类繁多,最著名的是作为牧草的紫花苜蓿。在西汉从西域引进。

[赏　析]

边塞诗中,那万里冲决、疆场拼杀的,是大将、是士兵。但是,谁又能否认,战马不是边塞诗里的主人公呢?

西北广袤的草原沙漠,是唐人对外军事交锋的地带。无边草原,茫茫沙漠,没有马,何谈战争与胜利!因此,唐人爱马。这从唐太宗的《咏饮马》中就可见一斑。天子之下,李白、杜甫、王维、高适纷纷高举如椽之笔,写下咏马的诗篇。在盛唐诗人的笔下,马是积极进取、开拓跃腾,是英雄的象征。中晚唐时期,风格转变。李贺写下《马诗二十三首》,是咏马的鸿篇巨制,更是借物抒怀,抒发怀才不遇的感慨。

唐彦谦的这首诗,与之前有所不同。首先,区别在马的形态。不是"翻似天池里,滕波龙种生"(李世民《咏饮马》)的轩昂,不是"满堂风飘飒然度"的俊逸,而是"崚嶒高耸骨如山"的沧桑与遒劲。其次,区别在马的神韵。这匹马,远在春郊,吃苜蓿草。一个"远"字,又增加了冷静凄清的味道。这是一匹已过中年的战马,也是晚唐时期的战马啊。

但在赵彦谦的笔下,这匹马虽不神采奕奕,却风骨依然。"百战沙场汗流血,梦魂犹在玉门关",身经百战,战马骨血已和战争融为一体,即便嘶鸣,都是沙场的号角。

梦中,闪过刀光剑影,响起羌笛声声,那玉门关,就是战马的宿命。

从军行

陈 羽

海①畔风吹冻泥裂,枯桐叶落枝梢折。
横笛闻声不见人,红旗直上天山雪。

[写作背景]

陈羽,生卒年均不详,中唐诗人。《从军行》是其代表诗作。陈羽生活的时期,唐代边患不断,描写战士生活的诗歌层出不穷,这首诗即是作者早年宦游任职幕府时所作。

[注　释]

① 海:古代西域的沙漠、大湖泊都叫"海"。这里指天山脚下的湖泊。

[赏　析]

陈羽的这首诗,在中唐边塞诗中很出彩。

这首诗中有力量,有自然界寒风的力量;"海畔风吹冻泥裂,枯桐叶落枝梢折",寒风呼啸,直扑大地,如斧头一般,封冻的泥土都被吹裂了。枯桐矗立,残留的树叶被一扫而光,就连树枝,都在寒风的吹打中折断跌落。泥土、树木都是如此,何况人呢?这是自然赋予边塞独有的伟力。除了寒风,还有那面直上苍穹的红旗。寒风搅动天地,白雪茫茫无边,即便如此,还有一面红旗迎风而上、登顶天山。一个"直上",穿破风雪、无畏登攀,让战旗成了刀剑,使画面生机盎然。

这首诗中还有声音,横笛的声音。唐诗中的边关,是横笛声响的边关。在高适的诗中,有"雪净胡天牧马还,月明羌笛戍楼间"的月下吹笛;在王之涣的诗中,有"羌笛何须怨杨柳,春风不度玉门关"的哀怨羌笛;在王维的诗中,有"陇上明月迥临关,陇上行人夜吹笛"的陇上笛声;在李益的笔下,有"天山雪后海风寒,横笛偏吹行路难"的行路笛声。陈羽这首《从军行》中的笛声,应该是清越嘹亮的,因为它伴随的是直上雪山的红旗，是举旗登攀的将士。

这首诗还是有色彩的。有雪的白，有旗的红，白雪、红旗交相辉映，镶嵌和点缀在莽莽大山之间怎能不让人精神为之一振！"纷纷暮雪下辕门，风掣红旗冻不翻"（岑参《白雪歌送武判官归京》），"红旗烧密雪，白马踏长风"（姚合《送郑尚书赴兴元》），这白雪、红旗，是唐代边塞诗中最鲜亮的色彩，它点燃着诗情、激荡着豪情。

整首诗融力量、声音、色彩于一体，斑驳多姿，令人神往。天上的大雪、青海湖的风、行军途中的横笛、直上天山的红旗错落交融，分明就是塞外冬天一幅壮美的风雪行军图。

这幅风雪行军图中，唯一没有点出的是将士，但将士们的形象却呼之欲出。为什么红旗高举？为什么江山如画？恰恰是行军途中那些舍生忘死的战士。正如郑州大学的孟向荣教授的评价，这首诗"反映边防将士为保卫疆土，不畏严酷自然环境的英勇气概。'横笛'两句意境，颇似电影远景。此一境界，在岑参《醉里送裴子赴镇西》'看君走马去，直上天山云'中已经开拓，但本诗写远处天山雪线上一杆红旗不断向上攀登，白雪、红旗相衬，更为鲜明生动，令人精神振奋"。

陇西行[①]

陈　陶

誓扫匈奴不顾身，五千貂锦[②]**丧胡尘。**
可怜无定河[③]**边骨，犹是春闺**[④]**梦里人。**

[写作背景]

陈陶（约812—888），晚唐诗人，《全唐诗》录其诗二卷。《陇西行》其二是陈陶代表性的一首七言绝句，描述了一个慷慨悲壮的激战场面。

[注　释]

①陇西行：乐府《相和歌·瑟调曲》旧题，内容写边塞战争。

②貂锦：这里指战士，指装备精良的精锐之师。

③无定河：在陕西北部。

④春闺：指代战死者妻子。

[赏　析]

《陇西行》是乐府旧题，内容写边塞战争。陈陶的《陇西行》描写的就是唐代长期的边塞战争给人民带来的苦难。这场苦难，既有战争惨烈的整体性描写，又有聚焦细节的具象化叙述，让人如临其境。

这是一场惨烈的战争。"五千貂锦丧胡尘"，在这里，五千只是一个概数，代表的是战士的全体。"锦衣貂裘"，指装备精良的精锐部队。装备如此精良的部队，在一场战役中陨落沙场。难道是他们临阵脱逃、不够勇敢吗？"誓扫匈奴不顾身"，让我们看到了这群战士奋不顾身、视死如归的英勇。如此拼尽全力，却依然不敌强敌。我们能否想象，他们血肉之躯的痛楚、心灵深处的不甘、最后望向世界那一眼的遗憾？黄沙掩埋忠骨，千年故事尘封。在西北腹地曾经无畏作战的那些战士们，后世还能记得起他们吗？

这首诗歌，并没有在"五千貂锦丧胡尘"宏大悲壮的场面中结束。而是笔锋一转，将读者带入了一种悠远、细腻的情绪，这种情绪如同嗓子带着伤口的呼吸，一呼一吸中，一方一寸间，都能让人体味到切肤的疼痛。

战争结束，硝烟褪去，但生活还会继续。远在家乡的妻子，不知征人战死，仍然在梦中梦到自己的丈夫，期待与丈夫的重逢。人生最大的悲剧，是身在苦难而不自知。知道亲人死去，固然会引起悲伤。而这里，长年音讯杳然，征人早已变成无定河边的枯骨，妻子却还在梦境之中盼他早日归来。诗到此处，读者的心是痛的。我们宁愿这位妻子，不知情、被隐瞒，孤孤单单地抱着这一丝微弱的希望，去温暖她接下来那凄苦、寒凉的人生；我们可以想象这位妻子，不去过问，自欺欺人，痴痴傻傻中恍惚。但痛苦会减少分毫吗？夜深人静时，她会怎样长哭，怎样等来第二天的黎明？

战士战死，死者已矣，但是思念不会停止，痛楚不会消失。战士身后，不仅有闺中独看的那个"她"的思念，还有高堂父母的牵挂，更有黄口小儿的期盼。他们曾经是一家老小生计的所有指望，他们有血肉之躯、有铁血忠魂，他们是一个个珍贵、鲜活、勇敢的生命，他们不应该被忘记。一个"可怜"，让人惊心于无定河边的那无人掩埋、无人祭奠的累累白骨；一个"犹是"，又让人黯然于少妇的梦中那镜花水月的相逢。

战争无情，那些战场上为国杀敌的血肉之躯，不该被遗忘；那些守望征人归来的闺妇，她们隐藏在战争的背后，承受着无尽的相思和苦痛，应该被历史看到。

己亥①岁（其一）

曹 松

泽国②江山入战图，生民何计乐樵苏③。
凭君莫话封侯事，一将功成万骨枯。

[写作背景]

曹松（828—903），早年曾避乱栖居洪都西山，后依附建州刺史李频。李频死后，流落江湖。70余岁中进士，后授校书郎一职。晚唐诗人，《全唐诗》收其诗作140首。《己亥岁》(二首)是曹松代表组诗，诗歌以干支作为主题，以示纪实，鲜明表达了对现实的批判。《己亥岁》（其一）描写了战争对人民造成的深重灾难，折射了憎恶战争的情绪。

[注　释]

① 己亥：僖宗广明元年，按"己亥"为广明前一年即乾符六年的干支。
② 泽国：泛指江南各地，因胡泽星罗棋布，故称"泽国"。
③ 樵苏：一作"樵渔"。

[赏　析]

安史之乱是大唐的一场噩梦，一场劫难。

劫后余生，心有余悸。但雪上加霜的是，安史之乱的战火并未止息。硝烟在河北点燃，后又在中原蔓延。接之而起的大规模农民起义，更是让唐王朝陷入了万劫不复的境地。

起义长达六年之久，王仙芝和黄巢带领军队，攻破唐朝的都城长安，建立一个叫作"大齐"的政权。天下分崩离析，政权风雨飘摇。《旧唐书》中这样记载了唐王朝的境况——"西至关内，东极青齐，南出江淮，北至卫滑，鱼烂鸟散，人烟断绝"。战争的范围遍及了整个唐朝的版图，都市和乡野，平原与峻岭，沙漠与水地，所有人都卷入这场战争。"泽国"二字，唤起的不是水乡的温润，而是淹没生灵的死地；"战图"二字，不是点燃战斗激情的号角，而是摧毁家园的魔爪。

生灵遭涂炭，小民何所依？伴随战火而来的就是百姓蘸着血泪的生活。樵苏，是个风吹雨打、无乐可言的生计，但是乱世之中，在挣扎于生死线上的"生民"心中，能平平安安打柴割草以度日，也算是很快乐了。可即便这种"乐"，也是不可能的奢望了。

是谁见证并记录这些籍籍无名"生民"的苦难？

漫长的起义战争暂时结束了。两年后的一天，一位在中国诗歌史上同样"无名"的曹松，用他的诗歌记录下了这一切。

曹松，一位落魄的秀才，多次科考，屡屡不中。他流落江湖，久居底层，风霜满面，前路迷蒙。透过历史烟云，我们仿佛能看到一位骑驴独行、眼神落寞、且走且停的穷秀才，他走过被战火灼伤的大地，他听到草屋传来的哭泣，他看到了衣不蔽体、饥荒逃难的人群。郊野荒草萋萋，巷陌炊烟寥落，只有无人照拂的幼儿，无望无盼的老人……他握住双拳、眉头紧蹙，心也随着震颤起来。这些，是战争的真相，是百姓生活的真实图景，是历史没有书写过的斑斑血泪。

没有袖手旁观，没有高高在上，曹松本身深受战争的影响，亲历战争种种，所以他才能用老百姓的视角，去洞穿战争的本质，发出来自大地、来自普通百姓的呼声。

历来，驰骋疆场，封侯拜相，是为赢得生前身后名。但为了封侯拜相而冲杀战场，就为历史所不齿了。诗歌中，有"可怜白骨攒孤冢，尽为将军觅战功"（张蠙《吊万人冢》）的悲怆、有"将军夸宝剑，功在杀人多"（刘商《行营即事》）的冷酷，有"士卒涂草莽，将军空尔为"（李白《战城南》）的苍凉。曹松的这句"凭君莫话封侯事，一将功成万骨枯"，是慨叹，更是谴责。用士卒牺牲换来将军封侯，这样的追求，多么可笑、可悲！

曹松体察生民之痛，运起诗人之笔。同样是将军与战士的对比，曹松着情炼字，"荣"与"枯"的参照，"一将"与"万骨"的对比，字如千钧宝剑，刺入历史的天空，也印在了后世读者的心里。

水调歌[1]

佚名

平沙落日大荒西，陇上明星高复低。
孤山几处看烽火，壮士连营候鼓鼙[2]。

[写作背景]

"水调歌"为古乐曲名。此诗被《乐府诗集》收入卷五十八，《全唐诗》将其收入卷二十七作，两处均未著作者姓名。诗歌描写的是驻守西域边境的将士军士闻警候令待征的情景。

[注　释]

① 水调歌：乐府《相和歌·瑟调曲》旧题，内容写边塞战争。《全唐诗》题下注："水调，商调曲也。唐曲凡十一叠，前五叠为歌，后六叠为入破。"此篇

即歌的第一叠。它是按照"水调歌"的曲谱填写的歌词,因此在声韵上不大符合一般七言绝句的平仄格律。

② 鼙(pí):古代军队中用的小鼓。

[赏 析]

　　和其他边塞诗不同的是,这首诗中不见作者主观感情的投入,纯以客观的笔调写景叙事。可能正是这份客观冷静,让这首诗歌在层叠有序的叙写中,营造了一种跌宕起伏却又张弛有度的氛围。读来,既让人有身临其境的沉浸,又能保持情感上的冷静警醒。

　　唐诗中,描写边塞落日的诗句有很多。开篇一句"平沙落日大荒西",大气、舒缓,落日西沉,大漠无边,眼前是一幅徐徐展开的壮阔画卷。紧接着的"陇上明星高复低"又描写了夜间的图景,时间往前推移,画面也有了起伏。那闪烁在陇山之上的星星,明暗起伏,仿佛是贴着山脊的流动。和前一句落日西沉的平铺画面遥相呼应,让诗歌的画面也有了动感。

　　伴着高高低低的星星,夜渐深沉,大地聚拢了浓浓的睡意。星星闪烁,大漠无声,万籁俱寂。

　　但这个夜晚真的安静了吗?

　　诗人笔锋一转,给读者呈现了另外一处图景:远处孤山,烽火正点燃!古代边防地带,隔一段距离就于高处设一座烽火台,一旦发现敌情,就燃火示警。这燃烧的烽火划破沉寂的夜空,烽火在幽深的静夜,怎能不令人触目惊心?烽火连起几处孤山,警报由远及近向军营飞速传来,军情告急。

　　这晚注定无眠了!

　　荒野上驻扎着军阵,营帐相连,连绵纵横。警报传来,那匆忙的身影,掀开了暗夜的帘幕:他们闻令而动,整理行装、装备武器,一切准备工作都在极短的时间内从容就绪。远处烽火燃烧,营帐火光闪动,那远处高高低低的星都暗淡了。战士们的脸庞被火光照亮,他们整装待发,目光坚定。他们只待将军一声令下,鼙鼓擂响,出战迎敌。不曾动一卒、击一鼓,我们却分明可以感受到战士们飒爽的英姿,听到了铺天盖地的呐喊。孟子曰："引而不发，跃如也。"把弓拉满，却不发出去，这种状态最能扣人心弦。

烽烟起，战事急，但将士的从容不迫，让刀光剑影、剑拔弩张、两军对垒的紧张氛围成了诗歌的背景。整首诗歌，"大静"与"大动"融为一体，舒缓与迅疾错落交替，大开大合中，给读者留下了艺术的享受、心灵的撞击。

第四篇章 宋金元

塞 上①

柳 开

鸣髇②直上一千尺，天静无风声更干③。

碧眼胡儿三百骑④，尽提金勒⑤向云看。

[写作背景]

柳开（974—1000），原名肩愈，字绍元，以继承韩愈、柳宗元古文传统为己任，是宋代诗文革新运动的先驱者，著有《河东先生集》。他是宋初由文改武、主动从军的典型代表，亲历宋辽战争，曾上疏宋太宗"今契丹未灭，愿陛下赐臣步骑数千，任以河北用兵之地，必能出生入死，为陛下复幽、蓟，虽身没战场，臣之愿也"（《宋史》卷一百九十九）。这首《塞上》正是柳开实至边地，与边塞和战争零距离接触的真实体验和亲身感受。

[注 释]

① 塞上：一作《塞上曲》。

② 鸣髇（xiāo）：一种响箭。

③ 声更干：声音更加响彻远空。朱骏声在《说文通训定声》中称："达于上者谓干。"

④ 骑：一人一马。

⑤ 金勒：装饰华美的金色马笼头。

[赏 析]

这是一篇彰显力之美的佳作，也被称为北宋边塞诗的压箱之作。

荒凉大漠，浩瀚无垠，万里蓝天，纤云不染。四周连一丝风都没有，北国边陲显现出亘古洪荒般的静穆。这时，一个尖厉的声音骤然响起，打破了静寂。仔细观察，原来是一支劲箭冲天射出，钻入千尺高空，不见踪迹。利箭迅疾运动、擦破长空而产生的响声，震动了人的鼓膜，也掠过人的心畔，不禁使人陡然一惊。一个"干"字，似与声音风马牛不相及，但细细想来，如果空气湿润，声音只会滞沉；只有空气干燥，声音才更显清脆尖厉。

清脆尖厉的声音果然惊动了人！一支三百人的轻骑由远及近，奔驰而来。他们碧眼胡服，马上配有金色的马络头。这是外族一支装备精良的人马，很可能是来刺探边境的。但那一声尖鸣来得突然，使这队悄悄行进的骑兵也不由得吓了一跳，本能地勒住战马，引发胡马嘶鸣。胡儿齐刷刷抬头，目不转睛地注视着云间，似乎在努力寻找那箭的去向。

这不是箭的独奏，而是由箭的呼啸、胡骑的嘶鸣组成的一支情感激越、节奏急促的交响曲。一支箭划破的不仅是凝固的空气，更划破了三百胡儿内心的平静，震慑了他们的心神。一支箭与三百骑，空荡与鸣髇，急促的发射与警觉的反应——既似对比又存在因果联系的几组意象被诗人敏锐地捕捉到，就仿如用摄像机拍下当时的场景，却冲洗出一张能引发无限遐想的照片。这支箭是谁发出的？从哪儿发出的？这次发箭的指令是什么？柳开皆未明说。但内心"但使龙城飞将在,不教胡马度阴山"的强烈渴望，视觉、听觉的联袂冲击，却不禁让人在脑海里描绘出有如飞将军李广般可以射石搏虎的神射手，令人想揭开云幕去探知这位神射手的真面目。

所以最擅写武侠小说的金庸在《雪山飞狐》中也借用了这一描写："嗖的一声，一支羽箭从东边山坳后射了出来，呜呜声响，划过长空，穿入一头飞雁颈中。大雁带着羽箭在空中打了几个筋斗，落在雪地。西首数十丈外，四骑马踏着皑皑白雪，奔驰正急。马上乘客听得箭声，不约而同地一齐勒马。"这是否与柳开的一支箭和三百骑有异曲同工之妙？

柳开将塞上这动人心魄的一幕，定格为一幅富有张力的画卷，留在世人心中，更留给后人思考——在赵宋王朝统治的三百年间，统治者对少数游牧民族大多采取的是屈辱求和政策。可在开国之初，在这首《塞上》中，我们却仿佛看到了一位令胡儿惊赫的英雄，一场风雨欲来的较量——所以宋国真的弱吗？弱的究竟是武器，是政策，还是人心？

渔家傲·秋思
范仲淹

塞下秋来风景异，衡阳雁去①无留意。

四面边声②连角起，千嶂③里，长烟落日孤城闭。

浊酒一杯家万里，燕然未勒④归无计。

羌管悠悠霜满地。人不寐，将军白发征夫泪。

[写作背景]

范仲淹（989—1052），字希文，北宋著名政治家、思想家、文学家和军事家，世称"范文正公"。有治世之才，是庆历新政的主持者，改革派的代表人物；亦有守边之能，任陕西经略使（1040—1043）兼延州知州，镇守边关四年有余。在这四年中，他号令严明，爱抚士兵，并招徕诸羌推心接纳，深为西夏所惮服，称他"小范老子胸有十万甲兵"。但因朝廷腐败，总体对夏还是败多胜少，只能坚守以稳定大局。这首词即作于北宋与西夏战争对峙时期。

[注　释]

①衡阳雁去：即"雁去衡阳"，湖南衡阳县南有回雁峰，相传雁至此不再南飞。

②边声：边塞特有的声音，如大风、号角、羌笛、马啸等声音。

③嶂：像屏障一样并列的山峰。

④燕然未勒：指边患未平、功业未成。东汉窦宪追击北匈奴，出塞三千

多里，至燕然山刻石记功而还。

[赏　析]

　　黄昏，不久前刚刚打了一场败仗的将军，纵马来到军营之外，排遣内心无边的愁苦。将军从来都在帐中忙碌，可今天来到营外，才发现塞下的秋天，天地辽阔，风景果然与中原殊异。抬眼望天，将军看到厌倦了塞北寒风的大雁，无一丝留念地结伴南去，不禁思考，这究竟是雁子绝情，还是边塞苦寒？想来是后者吧。如果真的绝情，就不会一年又一年地来到北地，却一年又一年地被刺骨的风、看不到生机的环境所驱赶。

　　太阳愈加西沉，这个时候，四面八方响起边塞特有的声音，将军仔细分辨，这里面好像有呼啸的风声，有嘶叫的马鸣，还有呜呜响起的号角之声。各种声音交织在一起，恰如连绵的山峰，将人笼罩其中、无处可逃。在重重的山峰中建起的城池固然坚不可摧，但将军看着落日下仅一缕长烟升腾而起的孤城，突然感到无边的萧条与无比的闭锁。泱泱大宋，此时却有强敌环伺，连之前俯首称臣的西夏，如今也掩不住东进的狼子野心，屡屡侵犯北宋边境。现在看似固若金汤的城池，还能阻挡外敌几日？难道我们这些武将就只能靠龟缩在城池里保家卫国吗？这岂不是太过窝囊。

　　当落日带走最后一丝光辉，将军看着这寂静的秋景，想起了之前惨败的好水川之战，又生出无限的怅惘与伤情——当时，西夏李元昊挥兵10万从折姜南下，设伏围歼于好水川口。宋军阵列未成，即遭夏骑冲击。激战多时，宋军几乎全军覆灭，众多好友皆殉国，这已让将军愁苦满怀。可皇帝的震怒，朝臣的冷眼，一战不及一战的苦楚，燕然山上未勒的功名，却也层层叠叠，积压在将军的心头，让他再也无法独自相处。纵马回营，将军邀几位将士共饮，斟一壶浊酒，遥敬天上的亡魂。看着倒映在酒水中"尘满面，鬓如霜"的自己，突感时光飞逝的将军也不禁慨叹：年纪逝迈的自己还能等到与家中妻子儿女相聚的那一天吗？还能等到击退西夏侵略者、重振北宋声威的那一天吗？悠悠的羌管声响起，从来有泪不轻弹的将军也不禁流下滚滚热泪。

"自古逢秋悲寂寥",但在将军的秋思中,除景色的凄清和边塞的苦寒外,却还有悲壮的英雄气概在久久回荡。此时的将军或许就是来到边塞镇守边关的范仲淹。范仲淹的祖籍虽为邠州,却常年在江南生活,早已无法适应北地苦寒的他,日复一日坚守在这里,不过是靠着"不破楼兰终不还"的信念在支撑,所以他不想在孤锁的城池中一天天的空度日,他亟须一场大胜仗来洗刷过往的耻辱,点燃战士的斗志!此时的将军或许是范仲淹眼中无数戍边将士的缩影?他们久未还家,可最担心的却是这场抗击外来侵略者的战争何时能取得最后的胜利,最担心的是有生之年,还能不能看到北宋驱逐鞑虏、重振山河!所以,"燕然未勒归无计",阻止他们返家的何止是功名,更是以范仲淹为代表的将士想将爱国情怀镌刻在祖国山河之上的赤子之心,是"先天下之忧而忧,后天下之乐而乐"的忧国忧民情怀的实际践行。

江城子·密州出猎

苏 轼

老夫聊①**发少年狂,左牵黄,右擎苍**②**,锦帽貂裘,千骑卷平冈。为报倾城随太守,亲射虎,看孙郎**③**。**
酒酣胸胆尚④**开张。鬓微霜,又何妨!持节云中,何日遣冯唐**⑤**?会挽雕弓如满月,西北望,射天狼**⑥**。**

[写作背景]

宋神宗熙宁八年(1075),39岁的苏轼知密州正遇大旱,就率吏民群众登常山祈雨救灾,果然得雨。这一日,苏轼在密州祭常山回,与同官会猎于铁沟附近,痛快淋漓,有感而发,就写下了《江城子·密州出猎》。这首词即公认的苏轼第一首豪放词。苏轼自己也颇为自得，在给友人的信中曾写道："近却颇作小词，虽无柳七郎风味，亦自是一家。呵呵，数日前，猎于郊外，所获颇多，作得一阕，令东州壮士抵掌顿足而歌之，吹笛击鼓以为节，颇壮观也。"

[注 释]

① 聊：姑且。

② 左牵黄，右擎苍：黄，黄犬。苍，苍鹰。

③ 亲射虎，看孙郎：出自《三国志》卷四十七《吴孙权传》："二十三年十月，权将如吴，亲乘马射虎于凌亭，马为虎伤。权投以双戟，虎却废。常从张世，击以戈，获之。"这里以孙权喻太守。

④ 尚：更。

⑤ 持节云中，何日遣冯唐：节，兵符，指使节用以取信的凭证。朝廷何时才能派遣冯唐来赦免魏尚的罪呢？典故出自《史记·冯唐列传》。汉文帝时，魏尚为云中太守，抵抗匈奴有功，却因报功时多报6个被削职。冯唐认为判得过重，文帝就派他为使者，前往云中赦免魏尚。

⑥ 天狼：星名，一种犬星，旧说主侵略。词中指侵犯的辽国与西夏。

[赏 析]

林语堂笔下"万里归来年愈少"的苏轼，原来也有40岁不到却自称"老夫"的时候。又说姑且抒发一下少年的雄心壮志，这略带自嘲的话语不难看出苏轼对此时自身的遭遇也心有郁结。现实确然，美其名曰是对王安石变法持不同意见而"自请外任"，但"自请"中又有多少是因为迫不得已？可郁结又如何，苏东坡最大的魅力就在于"竹杖芒鞋轻胜马，一蓑烟雨任平生"，不管是何种境遇，苏轼都能与自己和解，与生活和解。

这不，要抒发少年壮志的苏轼带着人马，浩浩荡荡来到山上狩猎。那策马奔腾的快意，让喝过酒、胸胆更开的苏轼豪情又起，仿佛这不是狩猎，而是保家卫国、建功立业的对垒，苏轼自己就是领着千骑席卷平冈破敌降虏的战将。左手牵着的不是猎狗，而是像猎狗的牙齿一样锋利的剑刃；右边擎着的不是雄鹰,而是雄鹰一般展翅飘扬的战旗;身着的锦帽貂裘,也不再是锦衣华服,而是钢盔铁甲,一身戎装;搭弓引箭,将弯弓拉得如圆月一样满,箭锋所向是猎物,更是野狼一般凶残敌人的心脏。

苏轼虽是文臣,但他也有"驱逐鞑虏"的梦想,这是所有热血男儿共有的信念。但他从来不是武将,"射天狼"的最终目的也是为了守卫人民,使人民免受侵略者欺凌。

苏轼不快意吗?他当然不快意,魏尚都能等来赦免的冯唐,而他的"冯唐"还不知身在何处。一句"老夫",何尝不是他在感慨自己两鬓微霜,时间飞逝,而他何时才有为国效力的机会?

那苏轼快意吗?他更快意,久旱的密州终于迎来甘霖,这喜讯让他忘记了自己的遭遇。谁说为国效力只能上阵杀敌,让当地百姓获得福祉才是苏轼最大的心愿。所以在密州,他亲力亲为灭蝗灾,登山祈雨解大旱,惩治盗贼保平安,救活弃婴施善举,做了很多对百姓有价值、有意义的事。连下场大雪,他想到的都是"今年好风雪,会见麦千堆",他的快乐与否,早与人民息息相关。

所以不管遭遇何种挫折、被贬谪到何地,他都没有一蹶不振,这是因为他的幸福不是统治者给的,不是官位给的,而是人民给的。人民幸福,他也幸福;人民有所得,他也有所得。我们总说,苏轼乐观豁达,不可否认,但如果只说乐观,就把苏轼看小了。

念奴娇·赤壁怀古

苏 轼

大江东去,浪淘尽,千古风流人物。故垒①西边,人道是,三国周郎赤壁。乱石穿空,惊涛拍岸,卷起千堆雪。江山如画,一时多少豪杰。

遥想公瑾当年，小乔初嫁了②，雄姿英发。羽扇纶巾③，谈笑间，樯橹④灰飞烟灭。

故国神游，多情应笑我，早生华发。人生如梦，一尊还酹⑤江月。

[写作背景]

  此词写于神宗元丰五年（1082）年七月，是苏轼因"乌台诗案"贬居黄州二余载，游黄风城外的赤壁（也叫赤鼻矶）时所作。题中的"赤壁"并非三国时孙刘联军破曹时的赤壁，苏轼不过是借此怀古，怀念三国英雄。这首词被誉为"千古绝唱"，是宋词中流传最广、影响最大的作品，也是豪放词最杰出的代表，对于一度盛行缠绵悱恻之风的北宋词坛，具有振聋发聩的作用。

[注　释]

  ①故垒：以前遗留下来的营垒。

  ②遥想公瑾当年，小乔初嫁了：周瑜，字公瑾。赤壁之战时，小乔已嫁给周瑜十年，此处称初嫁，是强调周瑜年少得意、风流倜傥。

  ③羽扇纶巾：三国时儒将常有的打扮，是从衣着仪态上描绘周瑜的儒雅、风度。纶巾，是指青丝制成的头巾。

  ④樯橹：樯，挂帆的桅杆；橹，摇船的桨。两者代指曹操的水军战船。

  ⑤一尊还（huán）酹（lèi）江月：古人把酒浇在地上，表示祭奠。这里指洒酒酬月，寄托自己的感情。

[赏　析]

  仰看，陡峭的山崖散乱地高插云霄；俯视，汹涌的骇浪猛烈地拍击着江岸；远眺，滔滔的江流卷起千万堆澎湃的雪浪。在这壮丽如画的江山中，在这孕育了无数英雄的人杰地灵之地，苏轼兀立江岸，看到江水汹涌奔腾，突生几分凭吊怀古之意。

  "大江东去，浪淘尽，千古风流人物"，长江水源源不断地东流，携带着泥沙滚滚向前。世人皆说大浪淘沙，但江浪真的能像淘沙一样淘洗英雄人物，将他们淘净洗尽吗？显然不能。虽然长江水奔腾不息，如同石沙一样一层一层地淹没人们的记忆，可总有人能经得起"逝者如斯夫，不舍昼夜"的考验，在历史的长河中留下浓墨重彩的一笔。谁呢？"故垒西边，人道是，三国周郎赤壁"，周瑜便是其中之一。

在三国人物中，苏轼最向往的就是智破强敌的周瑜。24岁时，周瑜就被孙策授予"建威中郎将"一职，同他一起攻取皖城。才取得皖城大捷，又迎娶绝世美女小乔。仕途顺利、娇妻相伴的周瑜，"雄姿英发，羽扇纶巾，谈笑间樯橹灰飞烟灭"，指挥了可以载入史册的赤壁之战。据《三国志》记载，当时周瑜指挥吴军用轻便战舰，装满燥荻枯柴，浸以鱼油，诈称请降，驶向曹军，一时间"火烈风猛，往船如箭，飞埃绝烂，烧尽北船"。"谈笑间"和"灰飞烟灭"，正是苏轼想象中周瑜的神态和赤壁之战的场景。在他的眼中，周瑜就是站在这滚滚奔流的大江之上，谈笑自若地指挥水军，抗御横江而来不可一世的强敌。他高超的指挥能力，使对方的万艘舳舻瞬间化为灰烬，这是何等的智谋，又是何等的胆魄！一个意气风发、年轻有为、足以令一众男儿艳羡的周瑜就因苏轼的描写而跃然纸上。

苏轼虽为文臣，但饱有满腔报国热情，时刻关心边庭战事。他如此濡慕周瑜，正是因为觉察到北宋国力的软弱和辽夏军事政权的严重威胁。面对边疆危机的加深，目睹宋廷的萎靡懦弱，他非常渴望有如三国周瑜那样叱咤风云、称雄一时的英雄人物，来扭转这很不景气的现状。这正是苏轼要缅怀赤壁之战，高度赞扬周瑜的根本原因。

然而，眼前仕路蹭蹬、报国无门的苟且，与他建功立业、振兴国家的壮怀相悖，当他从怀古凭吊中跌入现实，就难免生出"多情应笑我，早生华发"的嘲弄，空感时光飞逝却无可奈何。

但苏轼绝不会就此陷入愁闷的囹圄，这首词抒发的情感也犹如在高原阔野中奔涌的江水，虽偶遇坎谷、略作回旋，但马上就会继续流向旷远的前方。所以"人生如梦，一樽还酹江月"，苏轼感叹人生短暂，不必让"闲愁"萦回于心，还不如放眼大江、举酒赏月。

苏轼洒洒酬月的做法，又回到我们最熟知、最襟怀超旷的苏东坡，他再一次和自己和解，和人生和解。这也留给我们一个思考，当理想与现实发生冲突，当内心的壮怀不容于眼前的苟且，我们是如苏轼这般放下现实与月亮做伴，给心灵一丝喘息，还是在苟且中继续穿行，向着理想不撞南墙不死心呢？

人生从无标准答案，只随你我心意。

早　发

宗　泽

繖幄①垂垂②马踏沙，水长山远路多花。
眼中形势③胸中策，缓步徐行静不哗④。

[写作背景]

宗泽为宋哲宗元祐年间进士，靖康元年（1126）知磁州兼义军都总管，大败金兵。宋高宗赵构即位后，宗泽任东京（今河南开封）留守，整顿军纪，加强战备，任用岳飞为将，召集各路义军，屡败金兵。曾多次上书高宗，力主还都，北伐抗金，收复失地，但都被投降派所阻，因而忧愤成疾，临终前还连呼三声"过河"。宗泽的诗所存不过二十来首，可相当一部分都是从一个抗金将领的角度反映宋朝的抗金战争，《早发》就是其中较为有名的一首。

[注　释]

①繖幄（sǎn wò）：指伞盖。繖，同"伞"，从晋代起，官员出门，仪仗队里都有伞。

②垂垂：向下飘动的样子。

③形势:山川地势。

④哗:嘈杂的声音。

[赏　析]

　　一个清晨,远处走来一支纪律严明的行军队伍。主帅的仪仗走在队伍的前端,那张开的巨大伞衣,有秩序而无声地向前移动。如此庞大的队伍,却可以听到战马踩着沙地所发出整齐的沙沙声,行军的肃穆和主帅宗泽的治军严明就通过这细碎的声音展现了出来。

　　悠长的流水、绵亘的远山、点缀于路旁的野花,这是最美好的大自然画卷。可行军队伍的出现非但没有打破这份美好,还为这清晨时分的静谧增加了一些动感,使自然的宁静与行军时的肃穆相映成趣。"水长山远"既是说景,又暗示了行军路线之长。但是队伍却丝毫不见人困马乏之状,反倒个个精神抖擞。就连主将宗泽也颇具闲情逸致,在大战在即时还能对着山川花草感叹一句"路边的花真多",这既体现了他对即将来临的军事行动早已成竹在胸,更展现了他不忍任何侵略者摧残这壮丽山河的信念决心。

　　如果之前两句宗泽的自信还不那么明显,那之后他的心理行动就更显胸有成竹。"眼中形势",是指当时的抗金形势;"胸中策",是指他将要采用的战略战术。在山长路远中,宗泽骑在马上,反复分析着当前的形势,考虑着自己行兵的对策,觉得一切都已了然于胸中。正因为这样,所以"缓步徐行静不哗",能让部从放慢速度,坚定而又稳重地向前行进,才更有一种暴风雨前的不急不躁和自信从容。

　　看似平实的四句话,虽到最后才点出"静",可静之氛围早已笼罩全诗。这"静"既是早晨的大自然所特有的宁静,又是纪律严明的宗泽部队行军时的肃静,更是一场激战即将来临之前的寂静。如果不是亲身经历、深有感触,是写不出如此朴实无华、未经雕饰却宛若眼前语句的。也难怪现代蒋孟豪在《中国历代古典诗歌精品选译》中点评道:"读罢此诗,行军途中一支纪律严明的军队和一个运筹指挥若定的大将形象,便浮现眼帘。"

这首诗里这个意气风发的宗泽是所有南宋名将最初的样子，一腔热血、满腔赤诚，他们都曾迈着坚定沉稳的步伐、满怀必胜的希望。可故事的结局总不会完满——即使如宗泽这般运筹帷幄、自信沉稳的大将，也只能在临终前连喊三声"过河"、带着未收复河山的遗憾和不甘，溘然长逝！所以南宋真的缺乏名将吗？名将的凋零又是谁的过错？

水调歌头·九月望日

叶梦得

九月望日①，与客习射西园，余偶病不能射，客较胜相先。将领岳德，弓强二石五斗，连发三中的，观者尽惊。因作此词示坐客。前一夕大风，是日始寒。

霜降碧天静，秋事②促西风，寒声隐地初听，中夜入梧桐。起瞰高城回望，寥落关河千里，一醉与君同。叠鼓闹清晓，飞骑引雕弓。

岁将晚，客争笑，问衰翁③：平生豪气安在？走马为谁雄？何似当筵虎士④，挥手弦声响处，双雁落遥空。老矣真堪愧，回首望云中⑤！

[写作背景]

叶梦得（1077—1148），字少蕴，是北宋末年到南宋前半期起先导和枢纽作用的重要词人。南渡之后，他两任建康知府，总四路漕计，因筹措粮饷得力、军用不乏，为抗击金兵南下作出巨大贡献。绍兴八年（1138）九月十五日这天，即叶梦得第二次任建康知府期间，他与幕下诸将操练弓箭，因病而未能上场习射，就为自己年老力衰、无力报国而伤心伤怀，因而以此为主题写下此词。

[注 释]

①望日：农历每月十五日。

② 秋事：指秋收，制寒衣等事。

③ 衰翁：作者自称。

④ 虎士：勇士，指岳德。

⑤ 云中：指云中郎，为汉代北方边防重镇，以此代指边防。

[赏　析]

　　西风凄紧，冬之将至，一位六七十岁的老人半夜惊醒。他是建康的知府叶梦得，兼总四路漕计补给馈饷，全力支持抗战。当听到隐隐清寒的风声，摇撼着潇潇落叶的梧桐，叶梦得马上想起前方受寒的将士，要为他们准备过冬的粮饷、赶制御寒棉衣了——吃饱穿暖，才能好好打仗。想起打仗，老人更睡不着了，他拖着病体，在凄风中登上城楼巡视。回望中原那一大片被金人夺去的土地不能收复，他的内心更加沉痛不已。懦夫才坐看山河沦陷，可年纪逝迈、人微言轻的他能力挽狂澜、恢复山河吗？一想到此，叶梦得更加伤感，只能借酒浇愁，一醉方休。

　　但人生不能总沉溺于痛苦，当不能改变环境，不如"与客习射"，做一个志在千里的伏枥老骥。所以当清晨密集的鼓声响起来时，叶梦得来到演武场看飞骑奔驰、张弓竞射，想要从中寻到过往的记忆，激起往昔的豪情。在年轻人中，将领岳德尤其厉害，他用着二石五斗重的弓，还能连发三中，让观者大为惊叹。叶梦得也连连赞叹岳德的本领，可又马上想到自己多病的身体，遗憾不能像这些年轻人一样报效祖国于疆场。

　　天色渐晚，一位客人看他迟迟没有下场演练，就略带调侃地想激一激他："老叶，你平生的豪迈气概跑到哪里去了？你往昔奔马骑射，不就是为了国家和民族的利益？而今你哪能比得酒筵上的武士，他们一箭射出，便有双雁从远空坠落，你难道不想和他比一比？"叶梦得很是羞惭，深沉地悲叹："我年纪大了，真是惭愧！"他婉拒了客人，回首望着云中郡的方向，眼里流露出向往。那里曾是魏尚、李广抗击匈奴之地，他既想成为他们一样的英雄，又渴盼国家能多出现他们这样的将领，帮助祖国收复河山。

　　叶梦得的一个"愧"字，不知为何，一直如石头一般，压在他因病将垮的身体上。可明明不是他的错呀——在年富力强时竭力抗金,年老将逝还心念复国,叶梦得已经做到了他所能做到的极致,为何还要惭愧?该惭愧的难道不应是醉生梦死的南宋小朝廷吗?该忏悔的难道不应是残害忠良的投降派吗?

一时间突然不知该为谁而悲,为谁而叹!

水调歌头·致道水调歌头
李 光

过桐江,经严濑①,慨然有感。予方乞宫祠,有终焉之志,因和致道水调歌头,呈子我、行简。

兵气暗吴楚,江汉久凄凉。当年俊杰安在,酹酒酹②严光。
南顾豺狼吞噬,北望中原板荡③,矫首讯穹苍。归去谢宾友,客路饱风霜。
闭柴扉,窥千载,考三皇。兰亭④胜处,依旧流水绕修篁。
傍有湖光千顷,时泛扁舟一叶,啸傲水云乡。寄语骑鲸客⑤,何事返南荒。

[写作背景]

李光(1078—1159),南宋四名臣之一,徽宗崇宁五年(1106)进士,调知开化县,移知常熟县。累官至参知政事,因与秦桧不合,出知绍兴府,改提举洞霄宫。绍兴十一年(1141),贬藤州安置,后更贬至昌化军。秦桧死,内迁郴州。写这词的时候,李光已经作出世之想,要摆脱这充满矛盾斗争的现实,而超然物外。

[注 释]

①严濑:指严陵濑。严指严光,又名遵,字子陵,少时和汉光武帝刘秀为同学,后来刘秀做了皇帝,他便隐居富春山耕钓,后人把他钓鱼的地方叫

作"严陵濑"（浅水流沙石上叫作濑）。

②酹：古代把酒浇在地上，表示祭祀。

③板荡："板"与"荡"本来是《诗经·大雅》里的两篇诗名，都是描述周厉王时动乱的情况的，后来合成一个词汇作为乱世的代称。

④兰亭：晋永和九年（353）三月三日王羲之和朋友们雅集的地方。王羲之作《兰亭集序》云："此地有崇山峻岭，茂林修竹；又有清流急湍，映带左右。"

⑤骑鲸客：唐代李白曾自称"海上骑鲸客"，杜甫有诗"若逢李白骑鲸鱼，道甫问讯今何如"。

[赏　析]

如果你有精忠报国之志，想要北上抗击侵略者、恢复故土，却偏偏遇上一个奸佞秦桧，百般阻挠，你会怎么办？是斗争到底，矢死不渝，还是避免斗争，远离尘世？这首《水调歌头》就是南宋名臣李光的答案。

由于金兵的南犯，吴楚一带笼罩着战争的气氛，在这种情势之下，亟须英雄名将来驱赶敌寇，为百姓扫除战祸。可朝廷偏偏是投降派当权，曾经"壮士饥餐胡虏肉，笑谈渴饮匈奴血"的名将都被打压或杀害了。所以李光问：当年的名将怎么都不见了呢？这一问道出了他的无限悲愤。当战争不是为了守卫人民，而是给更多的百姓带来凄凉和痛苦，那一切便是黑暗的。一个"暗"字，不只是人民的黑暗，更是李光人生道路的黑暗，那种无力、无可奈何、无法改变的痛苦层层叠叠积压在他的心上，他突然不知要怎么面对他曾经热爱的山河和忧心的人民。

恰恰这时，李光经过了严陵濑，想到了汉光武帝时急流勇退的严光，就把思绪转到严光身上，"酹酒酹严光"，一方面已含有"有恨无人省"的苦衷，另一方面也借严光表达自己的隐退之意。是什么让他产生了这种想法呢？李光做了进一步的解释："南顾豺狼吞噬，北望中原板荡。"杜甫曾说"群凶嗜欲肥"，讽刺统治者贪得无厌的嘴脸。可李光更恨，他将当权派比作"豺狼"，用形容野兽牲畜才会用的"吞噬"一词来讽刺秦桧等人的任意杀戮和剥削压榨，这份恨已经无以复加。可北望呢？他面对的又是山河破碎的惨状，是将锦绣河山拱手相让的屈辱。这种屈辱是男儿都不能忍受，更何况李光还做过谏官，最是刚正不阿、眼里揉不得沙子，所以他要"矫首讯穹苍"，对着苍天申诉这世界的黑暗；所以他要"归去谢宾友"，既然他看不惯这浑浊的人世，不如保有本心地归去，来个眼不见心不烦。

隐居的生活有多美好呢？李光想，他一定要在风景秀美的地方安居，周边种满修竹，风吹竹叶，竹叶沙沙作响；流水绕篁，绿意盈满宅院。远离官场，远离尘世，他终于有时间紧闭门扉，浏览历代的典籍，研究历代的事迹；也终于可以在闲暇的时候，在空阔无边的湖水荡漾中，撑一只小舟，旁若无人地在那儿吟啸自得。除了水云相伴，谁也不过问，这是多么畅快的生活！

唐代的李白曾自称"海上骑鲸客"，而如今李光也想成为远离尘俗、遁迹沧海的人。"何事返南荒"这问的是李光自己，也是在询问子我、行简这些人，什么时候才能真正过上自由自在的生活，即使是去不堪驻足的南荒之地，也比在朝堂之上忍受侮辱、遭奸臣小人迫害要强得多。

李光在面对不堪入目的现实、无力改变时，选择了逃避。我们或许觉得他懦弱，但《杀死一只知更鸟》告诉我们："除非你穿上一个人的鞋子，像他一样走来走去，否则你永远无法真正了解一个人。"当你经历了李光的痛苦，重走一遍他走过的路，或许也会突然明白，到底是一种什么样的黑暗，会使一个最刚直的谏臣绝望到要远离朝堂？——比起谴责他的避世，这或许才是我们应该去思考的。

相见欢

朱敦儒

金陵城上西楼，倚清秋①。万里夕阳垂地大江流。

中原乱，簪缨^②散，几时收？试倩^③悲风吹泪过扬州。

[写作背景]

朱敦儒（1081—1159），字希真，洛阳人。历兵部郎中、临安府通判、秘书郎、都官员外郎、两浙东路提点刑狱，致仕，居嘉禾。靖康之难，汴京沦陷，二帝被俘。朱敦儒仓皇南逃金陵，总算暂时获得了喘息机会。这首词就是他客居金陵，登上金陵城西门城楼所写的。

[注 释]

① 倚清秋：倚楼观看清秋时节的景色。

② 簪缨：当时贵族官僚的服饰。

③ 倩：请。

[赏 析]

靖康之难是颠覆宋朝的一场灾难，无数皇室贵族被金人囚禁羞辱，无数朝臣国民被迫渡江南下。生灵涂炭，山河破碎，面对国破家亡的仓皇变故，在仓促间逃到金陵的朱敦儒，虽然免于一劫，但听到前方一直传来的不利消息，他心中的愁苦无处宣泄，内心的屈辱无从诉说，等不下去的他终于在一个清秋时节的傍晚登上西门城楼，想通过眺望远方了解前线最新的消息。这首词就是他登上西楼后的所思所想。

独自登楼、背井离乡的朱敦儒纵目远眺，看见的是一片荒凉萧瑟，想到的是国破家亡的事实，他心里的苦绝不比"万里悲秋常作客，百年多病独登台"的杜甫少。而此时又正值日薄西山，余晖暗淡，大地很快就要被淹没在苍茫的暮色中了，所有的一切都将要被黑暗笼罩。王国维说："以我观物，故物皆着我之色彩。"朱敦儒之所以看这些景物都这么悲伤，就是因为他是带着浓厚的国破家亡的伤感情绪来看眼前景色的，这将沉于地的落日又何尝不像宋朝，它也将无可挽回地走向没落、衰亡。

"中原乱，簪缨散，几时收？"靖难之乱发生后，中原沦陷，北宋的世家贵族纷纷逃离北方，他们头戴的簪帽也在逃跑的过程中散乱，这是继西晋之后又一次被迫的"衣冠南渡",让朱敦儒心寒,更让他迷茫,此乱何时才能休止?可南宋朝堂上的主战派官员始终处于劣势,皇帝根本没有心思北伐,而他只是一个小小的官员,没有任何能力改变现在的局面、历史的走向。所以他将希望寄托在风上,寄托在泪上,"试倩悲风吹泪过扬州",他想让这悲伤的风带着伤心的泪去扬州看看——扬州是抗金的前线重镇,国防要地——这是他对前线的殷殷牵挂,更隐含了他希望早日收复中原的强烈渴盼。

陈廷焯曾说:"希真词最清淡。惟此章笔力雄大,气韵苍凉,悲歌慷慨,情见乎词。"朱敦儒向来有"词俊"之名,笔墨清淡,可这首《相见欢》却饱有万千气象,虽慷慨悲壮,但又壮怀激烈,字里行间所渗透的亡国之恨力透纸背,让国人伤怀,更让懦夫立志——如果不想忍受这份屈辱,就到前线去战斗,去收复中原、一统江山!

苏武令

李 纲

**塞上风高,渔阳①秋早。惆怅翠华音杳②。驿使空驰,
征鸿归尽,不寄双龙消耗③。念白衣、金殿除恩,归黄阁④、未成图报。
谁信我、致主丹衷⑤,伤时多故,未作救民方召⑥。调鼎⑦为霖,
登坛作将,燕然即须平扫。拥精兵十万,横行沙漠,奉迎天表⑧。**

[写作背景]

李纲(1083—1140),字伯纪。靖康元年(1126)金兵入侵汴京时,任京城四壁守御使,团结军民,击退金兵。但不久即被投降派所排斥。宋高宗即位初,一度起用为相,曾力图革新内政,仅七十七天就遭罢免。此词

即作于建炎末、绍兴初（1130—1131），李纲被罢免丞相后。

[注　释]

①渔阳：古郡名，在今北京东郡，这里泛指北方。

②翠华杳香：翠华，指皇帝仪仗队中用翠鸟羽毛做装饰的旗子。杳，昏暗貌，无声无形。谓不见旧主，天子音讯杳然。

③双龙消耗：双龙，指宋徽宗、宋钦宗。消耗，音信。

④念白衣、金殿除恩，归黄阁：白衣或称白身，旧指无功名、无官职的人。除恩，授官。归黄阁，汉代丞相听事阁涂以黄色，故称黄阁，汉以后三公官署皆可称黄阁，归黄阁即指南渡后宋高宗任李纲为宰相。

⑤丹衷：赤诚衷心。

⑥方召：方叔、召虎，为辅佐周宣王中兴的大臣。

⑦调鼎：谓宰相治国有方，惠泽万民。取自《韩诗外传》卷七："伊尹，故有莘氏僮也，负鼎操俎调五味，而立为相，其遇汤也。"

⑧天表：天子的仪表，这里是指宋徽宗和宋钦宗。

[赏　析]

南宋开创者赵构是北宋徽宗的儿子，虽然衣冠南渡之后迫于军民对金军的仇恨，不得不重用主战派，如岳飞、李纲等人，但实际上赵构内心对金军有着恐惧，不愿意得罪金国。他也清楚地知道，如果金国将父兄放回，自己的皇位必然受到威胁。而李纲于宋徽宗政和二年进士及第，在徽宗、钦宗两朝任职，他对两位皇帝和北宋都是有感情的，也是真的希望通过抗金来报效国家，所以在他表现出明显的抗击金国、迎回两位皇帝的意愿后，自然会被罢相，排挤出统治中心之外。这首词就抒发了李纲被罢相后的愤懑——不是为了个人的遭遇得失，而是因为收复山河的事业未竟。

瑟瑟秋风中，李纲忽然感到一丝凉意，他想到被金人掳掠而去的宋徽宗、宋钦宗二帝，不知道他们现在是不是正饱受塞北朔风的侵袭，饱尝金人蛮夷的蹂躏。驿站的使者来来往往、空自奔驰，可以凭递书信的大雁从北而来、已经归尽，却都没有带来徽、钦二帝的半点消息。他看着这萧瑟的秋天，想到的是自己的身世和国家的命运：想当年，他李纲不过是乡野的一介布衣，心怀壮志考中进士，蒙圣上赏识在金殿授官，于国家危难之时被任命为宰相，肩负重任。他多么希望能"外御强敌，内销盗贼，修军政，变士风，裕邦财，宽民力，改弊法，省冗官"，多么希望可以"问罪金人""使朝廷永无北顾之忧"。可就在他成为丞相，要施展抱负、报效国家之时，宋高宗却外受金兵强大压力，内受投降派怂恿，决定罢免李纲。这如同满腔热血被一盆冷水当头浇下，他又怎会不遗憾，怎会不悲愤？所以他说："有谁相信我对君主的一片丹心和衷情！"

朝政多变，情况复杂，和战不定，忠奸不辨，这些现实令他感伤；没能成为救人民于水火的方叔、召虎，建立中兴之业，遗憾也终究烙在了他的心上。他坚信以他的文韬武略，必可以安邦定国，横扫燕然，在金军手中收复失地，可如今皆成泡影。

但在国家大义面前，悲愤都可以放在一边，如果朝廷能再给他一次机会，能让他继续为相、为将，他必将带领十万精兵，横行沙漠，迎回徽、钦二帝。从这里就可以看到，他忠君报国的志向是多么强烈，所以即使被罢免、被驱离，他依然还在向统治者陈词——请您给我一个机会抗击金人，我必将驱尽敌虏，打得他们毫无还击之力。

作为一个从底层一路向上、长期浸泡在政坛中的官员，难道李纲不知道宋高宗其实并不想迎回徽、钦二帝？可是在封建社会，皇帝是国家元首，代表国家。如果他们被敌人俘虏、羞辱、肆意虐待，那将是泱泱中华的奇耻大辱。迎归二帝，不是为了让他们重新君临天下，而是要报国仇、雪国耻，这也是包括李纲在内的南宋许多爱国志士的奋斗目标。所以，李纲的可贵之处在于他爱国，虽屡遭挫折却从未灰心，依然雄心勃勃挽狂澜于既倒；但更在于他的不屈，明知是因为什么遭到宋高宗的驱逐，可为了那颗爱国忠君之心，也依然要把"逢迎天表"写进自己的志向。

夏日绝句

李清照

生当作人杰①，死亦为鬼雄②。
至今思项羽，不肯过江东③。

[写作背景]

北宋靖康二年（1127），腐败的宋王朝在金兵的沉重打击下瓦解，徽、钦二帝及赵氏亲属和大批臣民被掳北去。赵构带着臣僚仓皇南逃，先逃到扬州，后渡江而至临安（今浙江杭州），在金兵的追袭下，又先后逃往越州（州治在今浙江绍兴）和明州（州治在今浙江宁波）。靖康之变后，李清照之夫赵明诚出任建康知府。一天夜里，城中爆发叛乱，赵明诚不思平叛，反而临阵脱逃。南宋建炎三年（1129）三月，赵明诚罢守建康，与李清照"具舟上芜湖，入姑孰，将卜居赣水上"（《金石录后序》）。四五月间舟过乌江时，李清照有感于项羽的悲壮，创作此诗。

[注　释]

① 人杰：人中的豪杰。汉高祖曾称赞开国功臣张良、萧何、韩信是"人杰"。

② 鬼雄：鬼中的英雄。取自屈原的《国殇》："身既死兮神以灵，魂魄毅兮为鬼雄。"

③ 江东：项羽当初随叔父项梁起兵的地方。

[赏　析]

李清照和赵明诚是多少人心中的完美佳偶——门当户对，郎才女貌，可以一起看星星、看月亮，也可以一起从诗词歌赋聊到人生哲学。更难为可贵的是，两人志趣相投，同样醉心金石，每获一册书，夫妇俩就共同勘校，得到书画彝鼎，也少不了把玩一番。正因为非同寻常的恩爱，爱情雨露的滋润，所以"怕郎猜到，奴面不如花面好。云鬓斜簪，徒要教郎比并看"，在《减字木兰花》中才能让我们看到一个婚后依然可以保持少女般天真明丽的李清照。

但美好并没有持续到白头，仅仅过了两年，二人的感情就因种种原因而日益消磨。先是赵明诚几次外任，两人聚少离多，感情有了裂痕；再是小事上的冲突，不能随意进出书库、书籍偶有破损都要被丈夫责骂，李清照突然觉得自己还不如丈夫眼中的金石重要；还有一生一世一双人的誓言，在赵、李二人的婚姻中也没有兑现，很多史料表明，赵明诚外任时大多是带着小妾，而李清照却只能"一种相思，两处闲愁"，在家照管巨大体量的收藏珍物。

可这些在李清照看来都没有什么，至少赵明诚在她心中的形象还是伟岸的。可1129年，赵明诚在江宁任上时，城中发生兵变，赵明诚的属下奋起反抗，他自己却趁暮色翻出城墙，逃之夭夭。在一个重视气节的文人心中，她可以容忍一个不那么爱她的丈夫，却忍受不了狼狈逃窜的懦夫。所以在他们夫妻途经乌江时，看着滚滚逝去的乌江水，李清照再也掩不住内心的悲愤，当着丈夫的面，吟诵出这首《夏日绝句》。

"生当作人杰，死亦为鬼雄"，明诚你知道吗，我向来崇拜项羽，因为他生为人杰，死亦刚烈，宁可自刎乌江，也绝不苟且偷生。我最爱他"力拔山兮气盖世，时不利兮骓不逝。骓不逝兮可奈何，虞兮虞兮奈若何"的绝笔之唱，最羡他宁愿带着爱人虞姬共赴黄泉、也绝不做逃兵的壮烈精神。可你呢，我多么想做你的虞姬，可你却不愿做我的项羽。

"至今思项羽，不肯过江东"，明诚你知道吗，南宋朝廷面对金人的贪生怕死、懦弱无能、偏安一隅、荒淫腐朽多么让我痛恨！项羽当年只因无颜面对江东父老，就不肯过乌江南下，宁愿回身苦战，以死维护尊严。可南宋朝廷呢，却苟安江左，过着歌舞升平、醉生梦死的生活，丝毫不以光复为念！我真的想问，咱们华夏民族的英雄气概哪去了？生而为人的自尊心又去了哪里？你本是我的希望、我的依靠，可你如今的行径又和南宋朝廷有什么两样？

李清照在《夏日绝句》中诉说了对南宋朝廷苟且偷安的无耻行径的气愤与嘲讽，更表达了对丈夫赵明诚的失望与控诉。"汝为误国贼，我作破家人",在接连经历了靖康之耻、屈辱南渡后,李清照对赵明诚的爱情终于消磨殆尽。

那个笑问丈夫究竟是我美还是花美的姑娘再也不见,可一个爱国、刚烈的奇女子却在这首诗中愈加明亮起来。

贺新郎·寄李伯纪①丞相

张元干

曳杖危楼去。斗垂天、沧波万顷,月流烟渚。

扫尽浮云风不定,未放扁舟夜渡。宿雁落、寒芦深处。

怅望关河空吊影,正人间、鼻息鸣鼍鼓②。谁伴我,醉中舞?

十年一梦扬州路③。倚高寒、愁生故国,气吞骄虏。

要斩楼兰④三尺剑,遗恨琵琶旧语⑤。谩暗涩、铜华尘土⑥。

唤取谪仙平章⑦看,过苕溪、尚许垂纶否?风浩荡,欲飞举⑧。

[写作背景]

张元干(1067—1143),字仲宗,南宋著名爱国词人,曾任李纲的行营属官。绍兴八年(1138)冬,奸臣秦桧、孙近等筹划与金议和、向金营纳贡,李纲坚决反对,张元干闻之怒不可遏,作《再次前韵即事》痛斥秦桧、孙近等主和卖国之权奸为"群羊"。李纲在福州上书反对朝廷议和卖国时,张元干得知李纲上书事,又作这首《贺新郎·寄李伯纪丞相》。

[注 释]

① 李伯纪:即南宋名臣李纲。

② 鼻息鸣鼍鼓:指人们熟睡,鼾声有如击着用鼍皮做成的鼓,形容鼾声如雷。鼍:水中动物,俗称猪婆龙。

③十年一梦扬州路：化用杜牧诗"十年一觉扬州梦"，借指十年前，即建炎元年，金兵分道南侵。宋高宗避难至扬州，后至杭州，而扬州则被金兵焚烧。十年后，宋金和议已成，主战派遭迫害，收复失地已成梦想。

④要斩楼兰：据《汉书·傅介子传》记载，楼兰王曾杀汉使者，傅介子奉命至楼兰，先后斩杀匈奴使者和楼兰王，以功封侯。这里表达抗金的志向。

⑤琵琶旧语：汉代王昭君善弹琵琶，曾作乐曲《昭君怨》。这里借用汉代王昭君和亲匈奴之事，来隐喻朝廷屈辱求和。

⑥谩暗涩、铜华尘土：叹息当时和议已成定局，虽有宝剑也不能用来杀敌，只是使它生铜花，放弃于尘土之中。暗涩：形容宝剑上布满铜锈，逐渐失去光彩。铜华：指铜花，即生了铜锈。

⑦平章：评论。

⑧飞举：乘风高飞。

[赏　析]

绍兴八年，宋向金屈辱求和已成定局，李纲上书驳斥却又遭贬谪。闻听此讯，已休官还家的张元干怀着满腔的爱国激情，鸿雁传书，将支持和同情付于诗词，寄给友人。

伯纪，见字如晤。当我得知你上书反对求和时，我就思绪良多，无法成眠，于是拄着手杖登上高楼观景，借此排遣内心的苦闷心酸。我看到星河如海，北斗星辰低低地垂挂在天幕之上，看到风过留痕，沧江之水掀起了万顷波浪，还看到月华如水，静悄悄地流泻在烟雾弥漫的烟渚之上——这一切是那么美好，又那么令我孤寂。在近处，有因大风不停地吹刮而只能休憩岸边的船只，使我不能一夜飞渡到你身边；在远处，有南来的飞雁栖宿在芦苇深处，好像在以逸待劳，等着明天将我的心事说与你听。祖逖和刘琨志同道合，闻鸡起舞，相约一起努力，干出一番事业，就如同你我，当年也为了抗金大业共同奔走操劳。而在这个众人都鼾声如雷、安稳入睡的夜晚，可能也只有你愿意陪伴我共同清醒地看着这人世，还愿意为这黑暗的世间重迎光明而不懈努力。

我独倚高楼，仰望明月，想到中原失地至今未能收复，"气吞骄虏"的梦想至今不能实现，就生出满腔悲愁。伯纪呀，你我曾经相约，要像傅介子一样提起三尺宝剑，"直斩楼兰"，建立功勋，将金兵驱逐出境；也曾共同探讨，怯懦投降、一味议和是行不通的，历史上的昭君出塞都让汉家公主幽恨含怨，南宋朝廷在未来岂不是更加遗恨千古？可是，众人皆醉，只你我独醒。朝堂上，主降派小人得势，议和之事已成定局。我们一身本领，满怀壮志，却如被丢弃在墙角的宝剑一般，只能暗生铜花，渐失光泽，完全没有用武之地。你的愤恨想必同我的愤恨一样，恨着他们的荒淫腐朽，恨着他们的苟且偷安，更恨着他们将我们泱泱华夏的大好山河拱手相送！

但是伯纪，即使山河沦陷、议和已不可更改，我也不希望你就此退缩。你曾说"余既居梁溪，有田园可乐，又生平爱钱塘湖山之胜，常欲治书室湖上"，这样的生活虽然美好，可垂钓溪上、退隐山林不应是你的归途。这世间还愿意与投降派抗争的人越来越少，而你一直是我的精神支柱，如果连你都放弃，那我必将更加孤单。夜更深了，风更大了，但这风应是托举展翅大鹏之风，是让我们继续不畏前行之阻、勇敢搏击长空之风。

"再造邦基固，中兴大运隆。保民跻寿域，千载简宸衷"，这是你我毕生的心愿，即使肝脑涂地也决不能放弃，愿同你共勉。

石州慢·己酉秋吴兴舟中作

张元干

雨急云飞，惊散暮鸦，微弄凉月。谁家疏柳低迷[①]，几点流萤明灭。
夜帆风驶，满湖烟水苍茫，菰蒲零乱秋声咽。梦断酒醒时，倚危樯清绝。
心折[②]。长庚[③]光怒，群盗[④]纵横，逆胡猖獗。欲挽天河，一洗中原膏血。
两宫何处，塞垣祗隔长江，唾壶[⑤]空击悲歌缺。万里想龙沙[⑥]，泣孤臣吴越。

[写作背景]

宋高宗建炎三年（1129）春天，金兵大举南下，直逼扬州。高宗从扬州狼狈弃城，渡江南下。这时，长江以北地区全部被金兵占领，词人也不得不为了避难而南行。是年秋天，他乘舟夜渡吴兴，感慨时事，心生悲哀，写下这首悲壮的词作。

[注　释]

① 低迷：模糊的样子。

② 心折（shé）：心中摧折，伤心之极。取自江淹《别赋》："使人意夺神骇，心折骨惊。"

③ 长庚：金星。据《史记·天官书》记载，金星主兵戈之事。

④ 群盗：指叛国者众多。宋高宗建炎二年（1128）十二月，济南知府刘豫叛宋降金。三年，苗傅、刘正彦作乱，逼迫高宗传位太子，兵败被杀。

⑤ 唾壶：借喻词人自己不能亲自杀敌雪耻的悲愤心情。取自刘义庆《世说新语·豪爽》："王处仲每酒后，辄咏'老骥伏枥，志在千里。烈士暮年，壮心不已'。以如意打唾壶，壶口尽缺。"

⑥ 龙沙：沙漠边远之地，指徽、钦二帝幽囚之所。

[赏　析]

张元干的一生是抗争的一生，为国事的不幸，为友人的不平，为奸臣的当道，为贤良的不得重用。而抗击金国更是他永恒不变的目标，即使被贬官、被削职为民也绝不动摇。所以当他的上司兼志同道合的知己李纲在太湖以西组织抗金时，已被罢免的张元干并没有即刻返回家乡福建，而是寓居太湖待命。一场骤雨后，张元干看着雨过之后的天气豁然开朗，就泛舟太湖，遣悲情于山水之上。

"雨急云飞，惊散暮鸦，微弄凉月"，秋风急雨惊散了傍晚的乌鸦，明月随着时间的推移渐渐高悬夜空，散发出清凉的月光。就如同暗黑的局势在此刻迎来片刻光明，连日来担忧前线的张元干突然有了赏景的兴致。"谁家疏柳低迷，几点流萤明灭"，秋柳枝条稀疏，在暮色中模糊不清，几只萤火虫在空中飞舞，发出忽明忽灭的亮光。可这稀薄的光亮终不能长久，为了寻找更光明之处，张元干乘舟扬帆，纵舟前行。"夜帆风驶，满湖烟水苍茫，菰蒲零乱秋声咽"，满湖水气上升，在月色下朦胧苍茫看不分明，水中杂乱的菰蒲被秋风吹得摇曳零乱，发出瑟瑟悲鸣的凄切声响。景能生情，情能说景，这满湖秋景又何尝不是黑暗的人世，无论如何挣扎都穿不透黑暗的笼罩；无力抵抗强风摧残的菰蒲又何尝不是乱世中无力抵抗金兵入侵的国人，终究会被吹得四处零落。所以酒醒梦断时，本就心有戚戚然的张元干倚着桅杆，心中更加悲伤凄切。

凄切到什么程度呢，凄切到"心折"——这短短二字道出无尽悲愤。所以在下半阙，悲的情绪一扫而空，愤的情绪甚嚣尘上。作为一个有血性的男儿，他怎能眼睁睁看着群盗四起、趁危作乱，金人猖獗、嚣张入侵，在中原的国土上兴风作浪！所以张元干发出了怒吼，"欲挽天河，一洗中原膏血"，他要将天河之水引到这里，洗掉中原被敌人屠杀的同胞血肉，洗掉敌人带给我们的无限耻辱。那现在最大的耻辱是什么呢？就是徽、钦二帝还在金人的手上，所以抗击金人迫在眉睫。更何况，目前南宋和金的边境只有一江之隔，侵略的金人却一路南下，东南半壁眼见不保。但这样的屈辱、这样的危亡，南宋朝廷却依然无动于衷、不思反抗，只知道一退再退、一味南逃，所以张元干恨呀！"唾壶空击悲歌缺"，他再有壮志也不过与南朝时的王处仲一样，白白击碎唾壶，空有决心而无所可为，甚至还不如王处仲，连悲歌也是欲唱不能。这样的悲愤，让向来宁折不弯的张元干也不免自怜："万里想龙沙，泣孤臣吴越。"自己在万里之外的吴兴漂泊避乱，还时刻不忘被金兵掳走的二主，时时为国事多艰、君主多难而痛哭流涕。言下之意就是，那南宋朝廷呢？这样一个曾经辉煌的国度又为何只知屈辱投和、忘记耻辱！那高宗赵构呢？所谓的真龙天子为何如此软弱可欺！愤恨之意喷薄而出。

张元干写这首《石洲慢》时，只知金兵已破江北，并不知金兵已渡长江，两年前二帝被俘的悲剧大有重演可能。但他也做好了充足的准备，"孤臣"

二字不仅是因为他不愿和投降派同流合污而自甘孤立，更是源于他早已立下"宁为玉碎，不为瓦全"的志向——一旦宋朝真的灭亡，他势必会与恨之入骨的金贼杠到底，做一个铁骨铮铮的不降孤臣，与心爱的祖国共存亡！

满江红·怒发冲冠

岳　飞

怒发冲冠，凭栏处、潇潇雨歇。抬望眼，仰天长啸，壮怀激烈。三十功名尘与土①，八千里路云和月②。莫等闲，白了少年头，空悲切！靖康耻，犹未雪。臣子恨，何时灭！驾长车，踏破贺兰山缺。壮志饥餐胡虏肉，笑谈渴饮匈奴血。待从头，收拾旧山河，朝天阙③。

[写作背景]

　　绍兴六年（1136）岳飞第二次率军从襄阳出发北上，陆续收复了洛阳附近的一些州县，前锋逼近北宋故都汴京，大有一举收复中原、直捣黄龙之势。但此时的宋高宗一心议和，岳飞不得已率军回到鄂州。他痛感坐失良机，收复中原、洗雪靖康之耻的志向难以实现，便在百感交集中写下这首气壮山河之词。

[注　释]

　　① 三十功名尘与土：年已三十，建立了一些功名，不过很微不足道。
　　② 八千里路云和月：形容南征北战、路途遥远、披星戴月。
　　③ 朝天阙：朝天：朝见皇帝。天阙：本指宫殿前的楼观，此处指的是皇帝生活的地方。

[赏　析]

　　少年时代，岳飞的家乡被金兵占领，在目睹敌人对家乡百姓的掠夺蹂躏后，对敌人的深恨、对雪耻的渴望，早已深深地扎根在岳飞的心里，化成了刺在背上"精忠报国"的理想抱负。

可就在岳飞的名声传遍金国，让敌人闻风丧胆之时；就在他乘胜追击，大有一举收复河山之际，朝廷却一日连下十二道金牌，派出十二个夜叉，将岳飞召回。这正是"十年之力，废于一旦"，无数人的努力、无数个日夜的拼搏，都在那天灰飞烟灭。

"怒发冲冠"，虽不能目睹，但一个横眉倒竖、赤目圆睁、发丝直立、直冲头冠的岳将军已经呼之欲出。曾经荆轲也高唱《易水歌》，"发尽上指冠"。但同是英雄、同是怒发冲冠，荆轲的怒是对敌人的怒，他还能通过刺秦来发泄自己的愤怒。可岳飞呢？岳飞是多么可悲，他的怒是对自己君王的怒，是对以秦桧为首的投降派的怒，所以他无从排遣，只能在骤雨急歇后登上高楼，倚着栏杆遥望远方。眼见大好河山尽丧敌手，中原百姓在金兵铁蹄的蹂躏下辗转哀号，便仰天放声长啸，怒吼自己的壮志豪情。这"仰天长啸"是无路请缨、报国无门的忠愤之啸；这"壮怀激烈"又是杀敌为国、洗雪国耻的豪壮襟怀。

是男儿，就应精忠报国。一身武艺与本领的岳飞，自20岁从军起，就守国城、捉耶乌、击兀术、收建康，一路将敌军从长江赶到黄河沿岸。可"三十功名尘与土，八千里路云和月"，如今已过而立之年的岳飞，虽取得无数功名，经历无数辉煌，但都因为这十二道金牌而一一摧毁——那些披星戴月转战千里的日子，那些驰骋沙场痛快杀敌的日子，仿如过眼烟云、轻纱细土，随风湮灭——毕竟金贼未灭、二帝（钦帝、徽帝）未还，大业都还没有完成。

可正因这样伤心、这样悲愤，所以更要抓紧时间建立功业，"莫等闲，白了少年头，空悲切"，这是岳飞积极进取的自勉之语，也是他劝诫青年人勿忘国耻、奋发图强、早日收复中原的警示之语。从不逞个人英雄主义的他，之所以能将敌人击溃得毫无还手之力，就是因为他召集了一批和他同有报国之志的好儿郎。岳飞带领儿郎们争分夺秒、日夜操练、增强本领，终锻造出一支训练有素、作风优良、能打胜仗的部队,成就了一支"撼山易,撼岳家军难"的"岳家军"。

练精兵还是为了打仗。"靖康耻,犹未雪。臣子恨,何时灭!"曾经的靖康之耻就如同一根针、一根刺一样插在岳飞的心里,何时雪耻,何时才能泯灭滔天的恨意。如何雪耻呢?岳飞虽身在高楼,但他的心已经奔赴边疆。他要"驾长车,踏破贺兰山缺",带着千军万马、驾着长车踏破敌人的巢穴;他要"壮志饥餐胡虏肉,笑谈渴饮匈奴血",肚子饿了就吃敌人的肉,口渴了就痛饮敌人的血。"笑谈"二字,仿佛让我们看到那个在战场上痛快杀敌的岳飞,也能窥见他抗击金国侵略者的淡定从容、仇恨蔑视。

"待从头,收拾旧山河,朝天阙",虽然这一次没有成功,但敌寇一日未灭,他抗金之心便不死。这句话是岳飞的宣誓,更是他对未来美好的憧憬——等到收复河山的那一天到来时,等到岳家军的军旗高高飞扬在中原上空时,他一定要为跟随他南征北战的将士们请功,一定要为实现自己精忠报国的理想庆贺。

遗憾的是,岳飞终生没有实现"收拾旧山河"的梦想,但这首《满江红》却成为民族危亡之秋中华儿女气吞山河的豪言壮语,成为其奔赴战场、保家卫国的战斗号角。所以,什么是气节,什么是"民族魂"?在潇潇雨歇之后,万籁俱寂之时,岳飞用这首词给了我们答案。

关山月

陆 游

和戎诏[①]下十五年,将军不战空临边。朱门沉沉按歌舞[②],厩[③]马肥死弓断弦。戍楼刁斗[④]催落月,三十从军今白发。笛里[⑤]谁知壮士心,沙头[⑥]空照征人骨。中原干戈古亦闻,岂有逆胡传子孙⑦！遗民⑧忍死望恢复，几处今宵垂泪痕。

[写作背景]

《乐府古题要解》云："《关山月》，伤离别也。"文人以此题作歌辞，大多写士兵久戍不归和家人互伤别离的情景。徐陵"思妇高楼上，当窗应未眠"的伤情虽渺渺，李白"由来征战地，不见有人还"的哀音尚盈耳，眼见北宋山河沦陷、复国希望将成泡影的陆游，却不再"伤离别"，而是伤"和戎诏下"朝廷的不图恢复和苟安一隅。陆游用无限的悲愤为《关山月》灌注了新的时代内容，使它超出了征人思乡、家人怨望的旧格局，具备了更深刻的思想内蕴和更广阔的艺术表现力。

[注 释]

① 和戎诏：与金人议和的诏书。陆游此诗作于宋孝宗淳熙四年（1177），距隆兴元年（1163）孝宗派使与金议和恰好十五年。

② 朱门：红漆大门，借指豪门贵族。沉沉：屋宇深广掩映的样子。按歌舞：按节拍表演歌舞。

③ 厩：马棚。

④ 戍楼：边疆警戒守望的岗楼。刁斗：古代军中夜间巡更的铜器。

⑤ 笛里：指《关山月》曲调。

⑥ 沙头：边塞沙漠之地。

⑦ 岂有逆胡传子孙：哪里有过作乱的胡人在中原传子传孙的事呢？

⑧ 遗民：指北方金人统治下的汉族人民。

[赏 析]

这是一曲沉痛的哀歌，哀在文武官员莺歌燕舞、不思复国，哀在戍边战士百无聊赖、壮志难酬，更哀在中原遗民无望等待、泪眼模糊。

同是一轮明月，映照的却是三种截然不同的场景。神州大地，东南一隅，月光为苟且偷安的南宋王朝笼上一层虚假的和平氛围，月光照着朱门的歌舞，照着肥死的厩马，照着霉断的弓弦，更照着那一张张忘却亡国之恨、垂死贪欢的文武百官的丑陋嘴脸。

秦岭淮河一线，宋金对峙的边关，朦胧的月光映照的是戍楼中凄凉征人的苍苍白发和沙场上暴露于野的森森白骨。生与死的强烈对比，和着扣人心弦的刁斗声与哀怨幽咽的横笛声，吐诉的不只是离愁，而是对杀敌立功、早日返乡愿望落空的愤懑，是对献出的青春与生命毫无价值的幽怨。"笛里谁知壮士心"，这个壮士又何尝不是陆游，这句诗所表达的悲愤又何尝不是陆游自己倾音无路、壮志未酬的悲愤？此时此刻，陆游的思绪是与抗金战士们息息相通的。

而在北方沦陷区，月光映照的却是胡人子孙成群、其乐融融的场景和年年盼望王师、年年希望落空的遗民脸上流淌的清泪。"遗民忍死望恢复"，这个"死"不是生命之死，而是尊严之死，饱受异族蹂躏的他们，苟延残喘着最后一口气，不过是为了宋军能够挥戈北上、收复中原，一扫往昔的耻辱！可他们还能等来吗？"几处今宵垂泪痕"，无望的等待不知在今晚又增添了几道泪痕。

朱门月下享乐、战士对月长叹、遗民望月垂泪，就像历史时空交错下的重叠，映衬出的一幅沉郁悲壮的关山月夜全景图。月下的千姿百态，恰是隆兴和议以来南宋朝廷偏安一隅、不图恢复的现实情况，也是南宋社会的一个缩影。这样和戎诏下的十五年足以让陆游捶胸顿足，也让千百年后的我们唏嘘不已。"厩马肥死弓断弦"就如同南宋时期辛弃疾的"雕弓挂壁无用"与清末北洋水师空有最先进的舰艇一样，再优秀的将领、再好的武器也架不住朝廷的屈辱求和与偏安一隅！

由此，陆游更痛、遗民更悲，那种面对时局无可奈何、无力改变的心情，压抑到极致，却也只能变成行行清泪，潸然而下。

书愤①（其一）

陆　游

早岁那知世事艰，中原北望气如山。

楼船夜雪瓜洲渡，铁马秋风大散关。

塞上长城②空自许，镜中衰鬓已先斑。

出师一表③真名世，千载谁堪伯仲间！

[写作背景]

此诗为宋孝宗淳熙十三年（1186）春陆游闲居家乡山阴农村时所作。陆游时年六十有一，这已是时不待我的年龄，然而陆游却被黜罢官已有六年，挂着一个空衔在故乡蛰居。想到山河破碎，中原未收而"报国欲死无战场"，感于世事多艰、小人误国而"书生无地效孤忠"，于是郁愤之情喷薄而出，便作此诗。

[注　释]

①书愤：书写自己的愤恨之情。

②塞上长城：比喻能守边的将领。据《南史·檀道济传》记载，宋文帝要杀大将檀道济，檀道济临刑前怒叱道："乃坏汝万里长城。"

③出师一表：蜀汉后主建兴五年（227）三月，诸葛亮出兵伐魏前曾写了一篇《出师表》，表达了自己"奖率三军，北定中原""兴复汉室，还于旧都"的坚强决心。

[赏　析]

生逢北宋灭亡之际的陆游，出生第二年就遇上两宋历史上最耻辱的一页——靖康之难。为了避难，尚在襁褓中的陆游不得不过上四处辗转的漂泊生活。他幼时常看到父辈们"相与言及国事，或裂眦嚼齿，或流涕痛哭，人人自期以杀身翊戴王室"，便很早就立下"上马击狂胡，下马草军书"的宏愿，以期救国雪耻。

但"早岁那知世事艰"，隆兴二年春，陆游积极支持爱国将领张浚北伐，可符离之役失利，朝中主和势力日炽，张浚被罢免，陆游也受牵连而免了官职；乾道八年，陆游抵达南郑，在四川宣抚使王炎幕下任干办公事兼检法官，八个多月的从军生涯是他一生中身临前线最宝贵的时光，可南宋朝廷无法容忍他策划北伐的活动，召回王炎，陆游的北伐主张再次受挫。渐渐认识到世事艰辛、闲居在家的陆游向北望去，面对沦丧的山河和朝廷的苟且偷安，愤怒之情由此而起，不能抑制，一个"山"字，就将陆游的愤怒具象化，这愤怒是对朝廷昏庸无能的失望之怒。

"楼船夜雪瓜洲渡，铁马秋风大散关"，想当初，陆游自己也曾抱着建功立业、收复河山的雄心壮志，亲自在抗金一线英勇战斗：在镇江前线时，他曾在雪夜遥望瓜洲渡口宋军的高大战舰；在前线，他也乘秋风、跨铁马，奔驰在难以忘怀的大散关道上。一次是兵船作战，一次是马队交锋，这两次战役，宋军都难能可贵地战胜了金兵，每每想到这些，陆游都激动地不能自已，过往的他曾离梦想有多么近，如今只能空空回忆的他就离梦想就有多么远。这愤怒是对河山未收的忧愤之怒。

"塞上长城空自许，镜中衰鬓已先斑。"岁月蹉跎，壮岁已逝，志未酬而鬓先斑，这对于赤心为国的陆游来说是日夜为之痛心疾首的。曾经"上马击狂胡，下马草军书"的宏愿随着年纪的逝迈都成了泡影，一身本领皆无所用，这正是"塞上长城空自许"所表达的心情——陆游用刘宋名将檀道济"万里长城"的典故明志，以此自许，可见其少时志向的坚定宏大，有做钢铁长城、扬威边地、舍我其谁的英雄之气。

然而，在经历了早年世事的艰辛、理想信念一次次受挫后，壮志未酬的苦闷皆付于一个"空"字——大志落空，奋斗落空，一切落空。可更难过的是他揽镜自照，却是衰鬓先斑，垂垂老矣，这与"一身报国有万死，双鬓向人无再青"有异曲同工之妙。但这一结局，不是陆游不尽志、不尽力，而是小人误人、世事磨人，陆游有心而天不予，所以徒生愤懑。这愤怒是对怀才不遇的悲愤之怒。

"出师一表真名世,千载谁堪伯仲间!"陆游又想,曾经的诸葛亮和如今的他是多么相似,诸葛亮也被小人谗陷,受后主质疑,但他坚持北伐,终归名留千古。虽然千百年间已经无人可以和诸葛亮相提并论,但没有关系,他陆游愿意做曾经的诸葛亮,即使无人理解,即使遭君主斥离,被小人陷害,他恢复中原的志向也不会改变。他也坚信终有一天,世人也会铭记那个坚持抗金的陆游,因为这是民心所向、万众所期。结尾一句,其实是陆游自己的憧憬之语,他在现实里找不到安慰,只好将渴求慰藉的灵魂放到未来,将满腔愤懑化作对未来的期盼。

对金人侵略的愤恨、河山未收的忧愤、小人谗陷的气愤以及怀才不遇的悲愤——回看整首诗歌,没有一个愤字,可句句是愤,字字是愤。诚如方东树所说:"志在立功,而有才不遇,奄忽就衰,故思之有愤也。"书愤的背后,其实是一个强烈渴盼收复中原的陆游,也是一个无论遭遇多少艰辛都不改报国之志的陆游!

十一月四日风雨大作(其二)

陆 游

僵卧孤村不自哀,尚思为国戍轮台①。
夜阑②卧听风吹雨,铁马冰河入梦来。

[写作背景]

此诗作于南宋光宗绍熙三年(1192)十一月四日。陆游自南宋孝宗淳熙十六年(1189)罢官后,闲居家乡山阴农村。当时诗人已经68岁,虽然年迈,但收复国土的强烈愿望在现实中已不可能实现,于是,在一个"风雨大作"的夜里,触景生情,由情生思,在梦中实现了自己金戈铁马驰骋中原的愿望。

[注　释]

①轮台:轮台,在今新疆维吾尔自治区境内,是古代边防重地,此代指边关。据《唐书·地理志》记载:"北庭大都护府,有轮台县,大历十年置。"曹唐亦有诗云:"灞水桥边酒一杯,送君千里赴轮台。"

②夜阑:夜深。

[赏　析]

在十一月四日这天,"风卷江湖雨暗村,四山声作海涛翻",风特别的大,好似可以卷起江湖,形成阵阵波涛;雨也下得特别的急,在骤雨的冲刷下,好像村庄的颜色都暗淡了。就在这样的日子里,年近七十的陆游僵直着身体,躺卧在孤僻的山村中,却没有感到丝毫的悲哀。一个"僵"字,一个"孤"字,就写出了陆游年纪逝迈、孤苦伶仃的处境,可为什么他还能"不自哀"呢?"尚思为国戍轮台",是因为此时陆游的爱国热忱已经到达了忘我的地步,已经不把个人健康和居住环境放在心上,只记得要为国家戍守边关,这很有"老骥伏枥,志在千里;烈士暮年,壮心不已"的意味。

但是陆游何尝不知道世事的艰辛,何尝不知道自己的所念所求都只能停留在一个"思"上,所以在深夜听着风吹雨打声的陆游,沉入了梦想。"夜阑卧听风吹雨,铁马冰河入梦来"日有所思,夜有所梦,曾经他期盼的抗金杀敌、收复中原,都在梦乡中化作了现实,他也终于可以骑着身披铁甲的战马跨过冰封的河流出征北方疆场,在沙场上肆意驰骋;终于可以在曾经的故土抗击侵略的金人,一雪曾经的耻辱。

梦中有多么的痛快淋漓,现实就有多么的荒诞讽刺。那样一个爱国的将军,有满腔的爱国热忱,有满怀的报国之志,可却无处伸张,只能从梦中寻求些许慰藉。这是多么的可悲,又是多么的无奈。但这位将军却没有抱怨、没有"自哀",即使处境凄凉,即使有心报国却遭排斥,他也怀揣爱国之志。

所以这首诗,最感人的就是"尚思"二字,不管境遇如何改变,那颗爱国之心却依然"虽九死其犹未悔",依然矢志不渝!

秋夜将晓出篱门迎凉有感

陆 游

三万里河东入海,五千仞岳上摩①天。
遗民泪尽胡尘里,南望王师又一年。

[写作背景]

　　宋光宗绍熙三年(1192)的秋天,当时陆游68岁,罢归山阴故里已经四年。但平静的村居生活并不能使诗人的心平静下来,他依然向往着中原地区的大好河山,也惦念着中原地区的人民,盼望宋朝能够尽快收复中原,实现统一。此时正值初秋,暑威仍厉,天气的闷热与心头的煎沸,使他久久不能入睡。将晓之时,他感到一丝凉意,便步出篱门,迎凉纾热,写下这首诗。

[注　释]

　　① 摩:摩擦、接触或触摸。

[赏　析]

　　秋夜将晓,陆游夜不能寐,于是就披巾独起。走到院落篱笆门的时候,清晨凉爽的北风吹拂在他身上,这风纾解了他的燥热,也将他的思绪带到了风来的方向。"三万里河东入海,五千仞岳上摩天",陆游不愧是心怀天下之人,他身在家乡山阴,一开始想到的却是奔腾向东流入大海的万里黄河,却是耸入云霄上摩青天的千仞华山。这黄河、这华山,一悠长一巍峨,都是北方极其雄浑壮丽之景,正所谓"华山秀作英雄骨,黄河泻出纵横才",

它们代表了北方中原半个中国的形象。

可如今这么美好的山河，却都在金人铁骑的蹂躏之下，不知何时才能再复相见。在这里，山有五岳，为何独是华山？这实是后人猜测之语：一方面，黄河和华山都在金人占领区内；另一方面，华山也是陆游收复中原策略中的关键一步，《宋史·陆游传》中记载："王炎宣抚川、陕，辟为干办公事。游为炎陈进取之策，以为经略中原必自长安始，取长安必自陇右始。"从中可以看出陆游收复中原的策略，就是先从四川进入陇右，夺取长安，然后凭借关中的屏障也就是华山进攻退守。所以无论何时何地，陆游心心念念都是收复失地，所思所想都是回到北方。

在南方的人想要回到北方，那留在北方的遗民又何尝不期盼着南边的王师早日到来？在恢宏阔大的意境展开后，陆游笔锋一转，将诗歌从山河的刻画转向对北方遗民的描摹之上。"遗民泪尽胡尘里，南望王师又一年"，金人马队扬起的灰尘铺天盖地，却阻挡不了北方遗民苦盼王师的视线；即使六十年过去他们的泪水已经流尽，但那颗强烈企盼王师之心依旧坚定不改。这泪是遗民的泪，更是陆游的泪。陆游深知北方遗民深受金贼的欺压蹂躏，所以也强烈渴盼王师能尽早收复失地，救万民于水火之中。但他也深知，南宋朝廷贪图享乐、偏安一隅，正醉生梦死于西子湖畔，没有任何想要出兵的想法，所以一年又一年过去，遗民"南望王师"的愿望注定成空，而陆游的等待也注定没有结果。一个"又"字，写尽陆游对中原沦丧的无限愤慨，对广大民众命运的无限关切以及对南宋统治阶级昏庸误国的无限痛恨。

陆游失望了吗？失望了。他绝望了吗？并没有绝望。如果不是爱得深沉，他不会还惦念着北方，惦念着北方遗民，也不会在一次次失望之后，依然充满希望，想要借遗民之盼、遗民之泪，唤起南宋当国者的恢复之志。

陆游在垂暮之年，穷居山阴偏僻的山村里，在未眠的秋夜里，想到的不是个人的荣辱利害，不是个人的忧思情伤，而是沦丧的故土和故土上深受凌辱的遗民。可见，他的爱国情思已经渗入日常生活的点滴之中，这又怎不让人动容？

诉衷情·当年万里觅封侯

陆 游

当年万里觅封侯①,匹马戍梁州②。关河③梦断何处?尘暗旧貂裘④。胡未灭,鬓先秋,泪空流。此生谁料,心在天山,身老沧洲⑤。

[写作背景]

乾道八年(1172),陆游应四川宣抚使王炎之邀,从夔州前往当时西北前线重镇南郑军中任职,度过了八个多月的戎马生活。那是他一生中最值得怀念的一段岁月。陆游闲居山阴时,常常回首往事,梦游梁州,写下了一系列爱国诗词。这首《诉衷情》便是其中的一篇。

[注 释]

① 万里觅封侯:奔赴万里之外的疆场,寻求建功立业的机会。据《后汉书·班超传》记载:"大丈夫应当'立功异域,以取封侯,安能久事笔砚间乎'?"

② 梁州:据《宋史·地理志》记载:"兴元府,梁州汉中郡,山南西道节度。"梁州汉中郡,治所在南郑。陆游48岁时曾在汉中川陕宣抚使署任职,过了一段军旅生活,积极主张收复长安。

③ 关河:关塞、河流。一说指潼关黄河之所在,此处泛指汉中前线险要的地方。

④ 尘暗旧貂裘:貂皮裘上落满灰尘,颜色为之暗淡。这里借用苏秦典故,说自己不受重用,未能施展抱负。据《战国策·秦策》记载,苏秦游说秦王"书十上而不行,黑貂之裘敝,黄金百斤尽,资用乏绝,去秦而归"。

⑤ 沧洲:靠近水的地方,古时常用来泛指隐士居住之地。谢朓的《之宣城郡出新林浦向板桥》便有"既欢怀禄情,复协沧州趣"之句,这里代指作者位于镜湖之滨的家乡。

[赏 析]

陆游中年入蜀,远赴夔州出任通判,一年后又加入当时主战派王炎的幕府，从后方调至陕西南郑宋金前线。那段时间虽然不长，却是他一生中最快意、离梦想最近的岁月。在那里，他一人一骑，红缨、长枪在手，纵马奔驰各地巡视四方、了解民意；在那里，他有了能够"上马击狂胡，下马草军书"施展才华抱负、建功立业的机会，能够收集敌情、积极备战、以图恢复。

可人生太苦，美梦太短，"当年万里觅封侯"亦如镜中花、水中月，眨眼即逝。"关河梦断"，一个"断"字不仅断送陆游驰骋沙场、直接抗金的梦想，也将最美好的岁月永远断在关河、断在过去。"尘暗旧貂裘"，正所谓"五花马，千金裘"，裘衣价值千金，向来是古人眼中最好的御寒之物。而在"霜严衣带断，指直不得结"的西北，在"群冰从西下，极目高崒兀"的汉中，裘衣自然不可或缺。可如今呢，裘衣还用得上吗？不管是在浙江的家乡山阴，还是陆游居住多年的蜀中，每一处都不再需要那厚重温暖的貂裘，就如同一身的才华再无用武之地，暗淡的人生也如这尘积许久的貂裘失去光泽。所以貂裘之"暗"是衣服之陈旧，更是陆游人生之灰暗，这灰暗远远苦于边塞的凄冷、匹马的孤单、战乱的侵袭，所以他宁愿到前线去受这种苦，也不愿蜷缩在家中，看年华逝去，看双鬓渐霜。

"胡未灭，鬓先秋，泪空流"，放眼西北，神州陆沉，残寇未扫；回首往事，流年空度，两鬓已苍。每每想到这些，陆游都坐立难安、心情郁结，甚至一度泪流满面。对于他而言，可悲的是金人未灭的痛苦，更是那种命运作弄、有心无力的悲哀——是即使他怀揣"烈士暮年，壮心未已"的志向，即使他的心仍在遥远的"天山"、在宋金对峙的前线，可时代的黑暗、朝堂的昏庸，却使陆游只能"身老沧洲"，在家乡山阴空等岁月流逝，什么都做不了。"此生谁料"，这个"料"字饱含了对自我命运的嘲弄，对当前现实的无可奈何，对统治阶级的讽刺与不满。

所以总有人说，南宋从来不乏英雄，不乏抱着"当年万里觅封侯"、渴望抗击金敌、收复中原之人，但统治阶级缺少顽强的抗金意志，缺少他们身为华夏儿女的骨气与担当。

金错刀①行

陆 游

黄金错刀白玉装,夜穿窗扉出光芒。

丈夫五十功未立,提刀独立顾八荒。

京华结交尽奇士,意气相期共生死。

千年史册耻无名,一片丹心报天子。

尔来从军天汉滨,南山晓雪玉嶙峋②。

呜呼!楚虽三户能亡秦③,岂有堂堂中国空无人!

[写作背景]

孝宗乾道八年(1172)正月,陆游应四川宣抚使琰之邀请,从夔州(今四川奉节)赴南郑(今陕西汉中),担任宣抚使司干办公事兼检法官,以前敌指挥部负责人的身份,奔走于宋、金前线视察军情,投身于收复失地的准备工作。过了一年,即乾道九年,陆游奉调摄知嘉州(今四川乐山)。是年十月,他根据这段在汉中的经历和感受,写下了这首《金错刀行》。

[注　释]

① 金错刀:用黄金装饰的刀。出自张衡《四愁诗》:"美人赠我金错刀,何以报之英琼瑶。"

② 嶙峋:山石参差重叠的样子。

③ 楚虽三户能亡秦:战国时,秦攻楚,占领了楚国不少地方。楚人激愤,有楚南公云:"楚虽三户,亡秦必楚。"意思是说:楚国即使只剩下三户人家,最后也一定能报仇灭秦。三户,指屈、景、昭三家。

[赏　析]

陆游在南郑(陕西汉中)任干办公事兼检法官的时间虽不长,但可以"从戎驻南郑""射虎南山秋""卫戍大散关",这些都初步实现了他"上马击狂胡,下马草军书"的志向,更坚定了他驱逐鞑虏、收复失地的信念。所以在这首诗里,积郁之情少许,奋进之情昂然。

陆游以刀自喻,借刀抒怀。开篇"黄金错刀白玉装"就写出刀之华美,以黄金涂面、白玉饰柄,正如陆游此时这般也是卓尔不凡、器宇轩昂。"夜穿窗扉出光芒"则写出了刀之锋芒毕露:金错刀的光芒竟可穿透黑暗、穿过窗扉,直射而出。正如陆游此时抗金的意志,即使众人反对,他也初心不改,誓要冲破朝廷的黑暗、朝野的束缚,扫平逆胡。

在陆游心中,"丈夫出门无万里,风云之会立可乘",大丈夫理应建功立业,可是"丈夫五十功未立",时光飞逝,一转眼自己年近五十,却功业未成。"提刀独立顾八荒",在他看来,宝刀本应由敌人的鲜血擦拭,可因为种种阻碍,陆游有志难申、有才难抒,所以只能提着宝刀四顾八方,涌起无限的伤感与悲凉。

但能提刀,便有机会,令他感到安慰的是他并非一个人在战斗。"京华结交尽奇士,意气相期共生死",他在京城广结豪杰义士,意气相投的他们相约为国战斗,同生共死。"千年史册耻无名,一片丹心报天子",在他们看来此生最大的遗憾莫过于史册无名,所以都做好了征战沙场的准备,一片赤胆忠心也始终想着消灭胡虏、报效天子。当时的朝廷中已经形成一个爱国志士群体。特别是隆兴初年,朝中抗战派势力抬头,老将张浚重被起用,准备北伐,陆游也受到张浚的推许。这些爱国志士义结生死,同仇敌忾,是抗金复国的中流砥柱,陆游也从中看到了希望。

更让他感到欣喜的是,他有了真切的从军经历。"尔来从军天汉滨,南山晓雪玉嶙峋",在汉水边从军的日子,他每天早晨都对着参差耸立的终南山,远望布满晶莹似玉雪般的峰峦。南宋国势衰微,恢复大业屡屡受挫,抗金志士切齿扼腕。少年时便立下雄心壮志的陆游,在年将五十时突然获得供职抗金前线的机会,这大大激发了他心中蓄积已久的报国热忱。所以"一切景语皆情语",只有心怀希望,眼中才会玉雪晶莹,无限美好。

"楚虽三户能亡秦",楚国虽然被秦国蚕食,但即使剩下三户人家,也抱着一定能消灭秦国的信念,更何况如今有我们这样一群志同道合、力求灭金的志士仁人在,"岂有堂堂中国空无人",又怎会没有一个能人把金虏驱逐出境?陆游大声鞭鞑,发出震耳欲聋的宣言,这并非叫嚣之语,而是满怀充沛的自豪感和必胜的自信心。这底气来自朝廷态度的转变,来自志同道合之人的支撑,更来自北伐是民心所向的正义之举。

在这首诗里,陆游就如同携带金错刀、策马奔驰、意气风发的将领,一边回想近来的从军经历,一边抒发自己誓死抗金、"中国"必胜的壮烈情怀。唐人那种"男儿何不带吴钩,收取关山五十州"的豪情,在这首诗中有了复现。

州 桥[①]

范成大

南望朱雀门,北望宣德楼,皆旧御路也。
州桥南北是天街,父老年年等驾回[②]。
忍泪失声询使者,几时真有六军[③]来?

[写作背景]

宋孝宗乾道六年(1170),范成大奉命出使金国,渡过淮河,踏上中原土地,感慨颇深。他便将沿途所见所闻所感写成日记《揽辔录》一卷,又诗一卷,收其所作七十二首七言绝句,多以所见为题,以表达故国之思。此诗为过汴京时所作。

[注 释]

① 州桥:正名为天汉桥,在汴梁(今河南省开封市)宣德门和朱雀门之间,横跨汴河。

②等驾回：等候宋朝天子的车驾回来。驾，皇帝乘的车子。

③六军：古时规定，一军为一万两千五百人，天子设六军。此处借指王师，指南宋的军队。

[赏　析]

　　一幅《清明上河图》，曾生动记录了北宋时期汴京及汴河两岸的自然风光和繁荣景象。汴河之上商船云集，船只往来，首尾相接，或纤夫牵拉，或船夫摇橹，有的满载货物，逆流而上，有的靠岸停泊，装卸物资。周边两岸商铺林立，街市行人，摩肩接踵，或沿途叫卖，或携伴游览，有的锦衣华服，坐于轿中，有的粗布短衣，走街串巷。

　　可时光流转，当时间定格到南宋，当范成大在乾道六年来到汴京，汴河两岸的风光却发生了翻天覆地的变化。

　　为何是"州桥"？因为州桥南北的街道是天街，是北宋皇帝车架行经的御道，当范成大驻足在州桥之上，想到的应该是未还的二帝和破碎的山河，就如同杜甫重回长安看到旧时草木，想到的是"国破山河在，城春草木深"一般，他的内心升起的是亡国之痛。

　　为何是"父老"？因为父老是宋金两个时期的人，目睹过北宋街市的繁盛和没有外族入侵时的祥和，亲身经历过丧国的痛苦和异族蹂躏的悲惨，他们对故国的怀念远比生来已是金朝人的青年人要深、要重、要难以抑制。

　　为何是"年年"？因为遗民的所思所想皆是王师何时能到来——能帮他们赶走外敌、免受欺凌，能让他们挺起胸膛在自己的故土做一个有尊严的人。可他们没有想到的是，南宋朝廷早已将他们抛在脑后，早已苟且偷安在东南一隅、醉生梦死在西湖的歌舞中，根本没有想过收复中原。所以留给他们的仅剩年复一年的等待，日复一日的期盼。

　　在这首诗里，还有一句令使者心酸、令读者落泪的问话："忍泪失声询使者，几时真有六军来？"遗民早也盼、晚也盼，盼了几十年，即使几度垂泪，即使"泪尽胡尘"，可却依然没有放下期待。所以当他们终于看到远道而来的宋国使者,看到这个可能带给他们希望之人,那种激动的心情瞬时化作了盈满眼眶的泪水和哽咽的声音。哭泣才会"忍泪",激动才会失声,当他们终于将内心强烈的渴盼"什么时候我们朝廷的军队可以过来",问出口时,多么希望使者能给他们一个肯定的答复、一个具体的日期。可使者又能说什么呢?面对这样闪烁星光的泪眼,他又如何能说出湮灭他们期望的话呢?所以这注定是没有答案的问话,诗歌到这里也戛然而止。

感同身受,是因为他和遗民有同样的期盼;无言以对,是因为他深知会愧对遗民。范成大将自己的思融进遗民的盼,将自己的痛化作遗民的泪,所以才能写出如此动人的诗篇,"超大苏而配老杜矣"(《养一斋诗话》)。

水调歌头·和庞佑父

张孝祥

雪洗虏尘静,风约楚云留。何人为写悲壮,吹角古城楼。
湖海平生豪气,关塞如今风景①,剪烛看吴钩②。剩喜燃犀处③,骇浪与天浮。
忆当年,周与谢④,富春秋。小乔初嫁,香囊⑤未解,勋业故优游。
赤壁矶头落照,肥水桥边衰草,渺渺唤人愁。我欲乘风去,击楫誓中流。

[写作背景]

宋高宗绍兴三十一年(1161)十一月,虞允文大败金兵于采石江上。这是一次关系到南宋朝廷生死存亡的重要战役,朝野振奋,国人欢呼。张孝祥此时正担任抚州知州,闻讯后,怀着无比激动的心情,写下此词。

[注　释]

① 风景:主要指的是宋室南渡,取自《世说新语》中"风景不殊,举目有山河之异"的语意。

②吴钩：春秋时期流行的一种弯刀，后被历代文人写入诗篇，成为驰骋疆场、立志报国的精神象征。

③燃犀处：东晋时期，温峤来到采石矶，见水深不可测，传说水中有诸多水怪，便点燃犀牛角来照看，发现水怪奇形怪状。怪物指金兵。

④周与谢：三国吴国主将周瑜，三十四岁时在赤壁之战中击溃曹军；东晋主将谢玄，四十一岁时在淝水之战中击溃前秦苻坚。所以称"富春秋"。

⑤香囊：据《晋书·谢玄传》记载，谢玄年幼的时候由叔父谢安抚养，谢玄小时候喜欢佩戴紫罗香囊，谢安对此很是担心。但为了不让他伤心，于是在某次游戏时，将香囊作为博戏的筹码，把它烧掉，谢玄从此再也不去佩戴这一类物什。

[赏　析]

南宋皇帝高宗，畏惧金兵，泥马渡江，弃城逃亡海上。而臣子虞允文却挺身而出，"督建康诸军于舟师拒金主（完颜）亮于东采石"，以一万多士兵击退金兵二十万主力，挽南宋于危亡。所以，当张孝祥在听闻采石矶战役——这场决定南宋王朝生死存亡的战役胜利后，那种心情就如同杜甫听闻官军收复河南河北后"漫卷诗书喜欲狂"的心情一样，同样的欣喜若狂、同样的畅快淋漓、同样的激动雀跃。

所以"雪洗虏尘静"，在张孝祥看来，宋室南渡以来所遭受的种种耻辱，敌虏入侵以来所扬起的累累战尘，都被这样一场大捷、一场期待已久的胜利，一扫而空。他多么想带着这样喜悦的心情去往前线、支援前线，可是"风约楚云留"，此时他正在楚地抚州任职，被风云羁留在抚州，不能像杜甫一样"即从巴峡穿巫峡，便下襄阳向洛阳"，这让他万分遗憾。

张孝祥曾说："小儒不得参戎事，剩赋新诗续雅歌。"每一个男儿都有一个从军梦，特别是在目睹山河破碎、人民生活水深火热之后。但是有志不得伸、有情无从诉的痛苦，却让张孝祥在听闻了这样一个喜讯之后，依然生出"何人为写悲壮，吹角古城楼"的丝丝惆怅。杜甫曾说"少年别有赠，含笑看吴钩"，李贺曾说"男儿何不带吴钩，收取关山五十州"，可张孝祥呢，即使他有万丈豪情，即使当今关塞是如此光景，如此需要他挺身而出，他却只能"剪烛看吴钩"，在光影中看着宝剑的光泽逐渐黯沉，平生万千感慨。

但黯沉的只能是宝剑的光芒，不会是张孝祥的爱国情怀，更不会是他坚定无比的报国志向。想到虞允文曾在采石矶战胜金军，就如当年温峤燃烛照妖一样使金兵现出原形，他的脑海里突然呈现出有如"乱石穿空，惊涛拍岸，卷起千堆雪"的场景，想必采石矶之战也是如此"骇浪与天浮"。

想起赤壁之战，张孝祥就想起赤壁之战的主人公，想起不知多少英雄出自少年。三国时期的周瑜在与小乔新婚不久，便羽扇纶巾，谈笑间樯橹灰飞烟灭；东晋时期的谢玄，还未解下少年时佩戴的香囊，便在淝水之战立下足载史册的不世功勋。他们都曾年富力强，处在大有作为的青壮之年，都曾在风流潇洒之中，从容不迫地保家卫国、建功立业。但时至今日，赤壁矶头只剩落日残阳，淝水桥畔早已漫生荒草，如今的英雄事都成为历史陈迹，张孝祥的那股豪气突然又被现实的戚戚所阻断。

想当初他也是一个活跃的主战派，曾上书为岳飞鸣冤，也曾拒绝了秦桧党羽曹泳的提亲，却被投降派接连打击报复；想当初他也想弯弓射箭、横刀立马，像周瑜、谢玄那样建立伟大的功勋，却没有任何驰骋沙场的机会。点点滴滴的过往涌上心头，张孝祥的内心时而激昂、时而惆怅。但只要金贼一天不灭，疆土一日不全，张孝祥便依然充满希望。他希望未来自己也能奔赴战场，像宗悫一般乘风破浪，像祖逖一般中流击楫，最终实现自己的壮志，将满腔豪情倾于战场。

所以全词虽然百转千回，激情与惆怅兼有，忧心与喜悦同在，但起篇是激昂奋发，终止仍然壮怀激烈，不失为一首洋溢着胜利喜悦、抒发爱国豪情的壮词。

六州歌头·长淮①望断

张孝祥

长淮望断，关塞莽然②平。征尘暗，霜风劲，悄边声。黯销凝。追想当年事，殆③天数，非人力；洙泗上，弦歌地，亦膻腥④。隔水毡乡，落日牛羊下，区脱纵横⑤。看名王⑥宵猎，骑火一川明，笳鼓悲鸣，遣人惊。念腰间箭，匣中剑，空埃蠹⑦，竟何成！时易失，心徒壮，岁将零。渺神京。干羽方怀远⑧，静烽燧，且休兵。冠盖使，纷驰骛⑨，若为情！闻道中原遗老，常南望、翠葆霓旌⑩。使行人到此，忠愤气填膺，有泪如倾。

[写作背景]

这首词作于宋孝宗隆兴二年（1164）。隆兴元年（1163），张浚领导的南宋北伐军在符离（今安徽宿县北）溃败，主和派得势，将淮河前线边防撤尽，向金国遣使乞和。张浚召集抗金义士于建康（今南京）拟上书宋孝宗，反对议和。当时张孝祥任建康留守，既痛边备空虚，敌势猖獗，又恨南宋王朝投降媚敌，可耻求和，在一次宴会上，即席挥毫，写下了这首著名的词作。

[注　释]

①长淮：指淮河。宋高宗绍兴十一年（1141）与金和议，约定以淮河为宋金的分界线。

②莽然：草木茂盛貌，借指边备松弛。

③殆：似乎是。

④洙泗上，弦歌地，亦膻腥：意谓连孔子故乡的礼乐之邦亦陷于敌手。洙、泗：鲁国二水名，流经曲阜（春秋时鲁国国都），孔子曾在此讲学。弦歌地：指礼乐文化之邦。据《论语·阳货》记载："子之武城，闻弦歌之声。"邢昺疏："时子游为武城宰，意欲以礼乐化导于民，故弦歌。"膻（shān），腥臊气。

⑤区（ōu）脱纵横：土堡很多。区脱，匈奴语称边境屯戍或守望之处。

⑥ 名王：此指敌方将帅。

⑦ 埃蠹（dù）：尘掩虫蛀。

⑧ 干羽方怀远：用文德以怀柔远人，谓朝廷正在向敌人求和。干羽，干盾和翟羽，都是舞蹈乐具。

⑨ 驰骛（wù）：奔走忙碌，往来不绝。

⑩ 翠葆霓旌：指皇帝的仪仗。翠葆，以翠鸟羽毛为饰的车盖。霓旌，像虹霓似的彩色旌旗。

[赏　析]

宋高宗绍兴十一年（1141），南宋与金议和，双方"约以淮水中流画疆"（《宋史·高宗纪》），昔日"南北支川纲纪井然"的淮水陡然变成了南宋的边境。当看到大宋疆土残缺不全、仅余一半，张孝祥已心有戚戚，可极目远眺千里淮河，南岸一线的防御只有莽莽平野，担心挡不住金人铁蹄的张孝祥忧思更甚。可地理的劣势又怎抵得上人心的涣散，眼见北伐的征尘已然暗淡，秋风劲吹、霜露遍野的淮地一片沉寂，期待重整山河的张孝祥更加黯然神伤，不知苟安东南的南宋朝廷何时能吹响挥师北上、直射天狼的冲锋号角。

追想当年靖康之变，二帝被掳，宋室南渡，好像是天降厄运，而非人祸。可隔河相望，与我军的荒凉形成鲜明对比的却是对岸虎视眈眈的敌人。那密密麻麻、纵横交错的毡帐，那夜间打猎、带病呼啸而过的将帅，那星星点点、足以照亮荒野的手持火把，还有笳鼓阵阵、声声催人的军乐号子，无不彰显金人南下之心不死，无不令人心惊、令人胆寒。曾经的礼乐文化之地，如今却被腥膻沾染；曾经引以为傲的民族风骨，如今却耽于享乐、不思雪耻。

这究竟是天之祸，还是人之堕？

张孝祥曾在绍兴三十一年的秋冬，闻采石大捷，立下"我欲乘风去，击楫誓中流"（《水调歌头·和庞佑父》）的壮志。可朝廷当政者却苟安于和议现状，让他腰间的弓箭和匣中的宝剑只能空自遭受虫尘的侵蚀和污染，满怀的雄心壮志抑郁不能发。所以在"渺神京"一句,悲愤的张孝祥将满腔怒火化作剑锋直指偏安一隅的南宋小朝廷,质问他们:"如若一味屈辱求和,何时才能光复神州?"

自绍兴和议成后,即使遭受种种羞辱,南宋朝廷依然每年派遣贺正旦、贺金主生辰的使者、交割岁币银绢的交币使以及有事交涉的国信使出使金国,低人一等地屈意讨好。但可怜的中原遗民不知道呀,他们还苦苦等待着皇帝仪仗,等待着翠盖车队、彩旗蔽空。这又是"遗民泪尽胡尘里,南望王师又一年"的悲剧,又是"桥南北是天街,父老年年等驾回"的伤悲。所以可悲的何止是空怀报国志的张孝祥,那注定空自守候的遗民又何尝不可悲?此时此刻,张孝祥的心和这些中原遗民的心是相通的。所以张孝祥说,任何一位爱国者出使渡淮北去,就都要为中原大地的长期不能收复而激起满腔忠愤,为中原人民的年年伤心失望而倾泻出热泪呀。

综观全词,张孝祥身在建康,可心却早已跨越淮河,来到局势紧张的边境,来到魂牵梦萦的中原。

他有悲,这悲是国土不全之悲;他有苦,这苦是壮志难酬之苦;他有愁,这愁是为苦苦等候的中原遗民而愁;他亦有怨,这怨是对南宋朝廷屈辱求和、苟且偷安之怨。虽悲苦愁怨各不相同,可他的悲、他的苦、他的愁、他的怨却都源于对祖国、对人民的深切之爱。这种爱感人至深、催人泪下,这也难怪陈霆在《渚山堂词话》记载:"张安国在沿江帅幕。一日预宴,赋《六州歌头》云……歌罢,魏公流涕而起,掩袂而入。"

破阵子·为陈同甫[①]赋壮词以寄之

辛弃疾

醉里挑灯[②]看剑,梦回吹角连营。

八百里分麾下炙③,五十弦翻塞外声④。沙场秋点兵。

马作的卢⑤飞快,弓如霹雳⑥弦惊。

了却君王天下事,赢得生前身后名。可怜白发生!

[写作背景]

淳熙八年(1181)十一月,由于受弹劾,辛弃疾官职被罢,恰逢带湖新居落成,于是他回到上饶,开始了中年以后的闲居生活。宋孝宗淳熙十五年(1188)冬天,辛弃疾与陈亮在铅山瓢泉会见,即第二次"鹅湖之会"。此次陈亮来访,辛弃疾正在小病中,但二人"憩鹅湖之清阴,濯瓢泉而共饮,长歌相答,极论世事"(辛弃疾《祭陈同甫文》),无比快慰。陈亮住十天始回,别后辛弃疾写《贺新郎·把酒长亭说》寄于陈亮,陈亮和词一首;以后又用同一词牌反复唱和。这首《破阵子》大约也作于这一时期,乃送于主战派陈亮的壮词。

[注释]

① 陈同甫:陈亮(1143—1194),字同甫,南宋婺州永康(今浙江永康市)人。与辛弃疾志同道合,结为挚友,其词风格与辛词相似。

② 挑灯:把灯芯挑亮。

③ 八百里分麾下炙:八百里,牛名。据《世说新语·汰侈》记载,晋代王恺有一头珍贵的牛,叫八百里。分麾(huī)下炙(zhì),把烤牛肉分赏给部下。麾下,部下。炙,切碎的熟肉。

④ 五十弦翻塞外声:五十弦,原指瑟,此处泛指各种乐器。翻,演奏。塞外声,指悲壮粗犷的战歌。

⑤ 的卢:良马名,一种烈性快马。相传刘备在荆州遇险,前临檀溪,后有追兵,幸亏骑的是的卢马,一跃三丈,从而脱离险境。

⑥ 霹雳:本是疾雷声,此处比喻弓弦响声之大。

[赏析]

词的开篇,词里的主人公辛弃疾就以"醉里挑灯看剑"的形象乍然出现,也引出一系列的疑问。词人为何会喝酒，甚而喝醉？喝醉之后为何不去睡觉，偏偏要抽出宝剑，映着灯光看了又看？一切都未曾言说，但在静默中却又有穿梭千年的时光，带着我们来到这个独自醉酒、挑灯看剑的男人面前，也跟着他的思绪开始做梦。

南宋词人的梦总是充满金戈铁马，在现实中实现不了的总要到过往、到梦中去寻求慰藉。所以当词人终于悠悠沉睡，梦中的一切都是曾经的军旅生涯——那于千万人中活捉叛徒张安国的快意，那带领万千人马浩浩荡荡、渡江南下的果敢，那创建江南雄镇飞虎军时的酣畅，点点滴滴，皆成梦影。

此时，远处似有悠长的军号声传来，唤醒了沉寂在睡梦中的一个又一个的军营。在连成片的营帐中，一个又一个的好儿郎起身练武、斗志高昂，辛弃疾也一跃而起，披挂检阅。秋风瑟瑟中，看着战马如的卢马一般急速奔驰，弓箭像惊雷一样震耳离弦，辛弃疾满心快慰。他奏起慷慨粗犷的军乐鼓舞士气，将牛肉分割而食与将士们同享。他内心的豪情壮志激扬到极点，想要替君主完成收复国家失地的大业，赢得生前身后的美名。

可梦终归还是梦，梦惊醒后面对现实，面对满是白发、年纪逝迈的自己，那份凄凉更是无以复加。一句"可怜白发生"，便将一路的激昂陡然击落，也将美好的过往、美好的梦击得粉碎。回首回归南宋的27年，辛弃疾数次燃起希望，又数次失望。即使他一遍遍地努力，懦弱畏缩的南宋朝廷也再也没有给他一次上战场的机会，而辛弃疾也只能在梦中一次又一次地回忆那金戈铁马、刀光剑影的抗金经历。

面对这样一位壮志难酬的辛弃疾，面对这样百转千回的词句，我们惊的是他的英雄点兵，叹的是他的醉里看剑，喜的是他的功成名就、流芳百世，悲的是他的大梦初醒、一切成空。梁启超在《艺蘅馆词选》中评价此词："无限感慨，哀同甫亦自哀也。"辛弃疾是在哀陈同甫，哀自己，但又有多少报国无门、壮志难酬之人能从这句"可怜白发生"中感同身受、产生共鸣？或许是千千万万。这是一个时代有志之人的共同之苦，是无数人的悲伤与无数人的哀鸣。

永遇乐·京口北固亭怀古

辛弃疾

千古江山,英雄无觅孙仲谋处。舞榭歌台,风流总被雨打风吹去。斜阳草树,寻常巷陌,人道寄奴①曾住。想当年,金戈铁马,气吞万里如虎。元嘉草草②,封狼居胥③,赢得仓皇北顾④。四十三年⑤,望中犹记,烽火扬州路。

可堪回首,佛狸祠下,一片神鸦社鼓⑥。凭谁问,廉颇老矣,尚能饭否⑦?

[写作背景]

　　这首词写于宋宁宗开禧元年(1205),辛弃疾当时已有六十六岁。当时韩侂胄执政,正积极筹划北伐,闲置已久的辛弃疾于前一年被起用为浙东安抚使,这年春初,又受命担任镇江知府,戍守江防要地京口。从表面来看,朝廷对他似乎很重视,然而实际上只是利用他主战派元老的招牌作为号召而已。辛弃疾支持北伐抗金的决策,但是对独揽朝政的韩侂胄轻敌冒进的做法,又感到忧心忡忡,他认为应当做好充分准备,绝不能草率从事,否则难免重蹈覆辙,使北伐再次遭到失败。但此意见并没有引起南宋当权者的重视,一次他来到京口北固亭,登高眺望,怀古忆昔,心潮澎湃,感慨万千,于是写下此词。

[注　释]

　　① 寄奴:南朝宋武帝刘裕小名,曾两次领兵北伐,收复洛阳、长安等地。

　　② 元嘉草草:元嘉是刘裕之子刘义隆的年号。草草:轻率。南朝宋刘义隆好大喜功,仓促北伐,反而让北魏主拓跋焘抓住机会,以骑兵集团南下,兵抵长江北岸而返,遭到对手的重创。

　　③ 封狼居胥:狼居胥山,在内蒙古自治区西北部。汉武帝元狩四年,霍去病远征匈奴,歼敌七万余,于是"封狼居胥山,禅于姑衍"。积土为坛于山上,祭天曰封,祭地曰禅,古时用这个方法庆祝胜利。南朝宋文帝刘义隆命王玄

谟北伐,玄谟陈说北伐的策略,文帝说:"闻王玄谟陈说,使人有封狼居胥意。"词中用"元嘉北伐"失利事,以影射南宋"隆兴北伐"。

④赢得仓皇北顾:即赢得仓皇与北顾。宋文帝刘义隆命王玄谟率师北伐,为北魏太武帝拓跋焘击败,魏趁机大举南侵,直抵扬州,吓得宋文帝亲自登上建康幕府山向北观望形势。赢得,剩得、落得。

⑤四十三年:作者于宋高宗赵构绍兴三十二年(1162),从北方抗金南归,至宋宁宗赵扩开禧元年(1205),任镇江知府登北固亭写下此词时,前后共四十三年。

⑥佛狸祠下,一片神鸦社鼓:北魏太武帝拓跋焘,小名佛狸。和平元年(450),他曾反击刘宋,在两个月的时间里,兵锋南下,五路远征军分道并进,从黄河北岸一路穿插到长江北岸。在长江北岸瓜步山建立行宫,即后来的佛狸祠。到了南宋时期,当地老百姓只把佛狸祠当作供奉神祇的地方,而不知道它过去曾是一个皇帝的行宫。

⑦廉颇老矣,尚能饭否:据《史记·廉颇蔺相如列传》记载,廉颇被免职后,跑到魏国,赵王想再用他,派人去看他的身体情况,廉颇的仇人郭开贿赂使者。彼时,廉颇为之米饭一斗,肉十斤,被甲上马,以示尚可用。使者回来却报告赵王说:"廉颇将军虽老,尚善饭,然与臣坐,顷之三遗矢矣。"赵王以为廉颇已老,遂不用。

[赏 析]

在辛弃疾的词中,才子佳人非主角,英雄才是当之无愧的主人公。

在词的上半阕,就有两位英雄慨然登场,一为孙权,二为刘裕。"千古江山,英雄无觅孙仲谋处。"在三国故事中,孙权或许不如曹操和刘备耀眼,可他少时便骑马射虎,快意江东,后又迎战曹操,在赤壁之战后三分天下。辛弃疾一直视孙权为偶像,当他站在京口,站在孙权建都之处,自然就想到那位"年少万兜鍪,坐断东南战未休"的少年英豪,想到足以与"曹刘"匹敌的"孙仲谋"。可如今呢,千秋万代,江山依旧,哪里能找到如孙权这般的英雄?"舞榭歌台,风流总被雨打风吹去。"无论京口有多么繁华,像孙权这样的英雄人物都随着时代的变迁和历史的风风雨雨消歇了，这种悲壮之情与苏轼"大江东去浪淘尽，千古风流人物"有异曲同工之妙。

"斜阳草树，寻常巷陌，人道寄奴曾住"，在回顾完孙权的英雄事迹后，辛弃疾在北固亭中又想到一位与京口有关的英雄人物，也就是小名叫寄奴的刘宋开国皇帝刘裕。刘裕祖籍彭城，后迁京口。他曾为东晋北府兵将领，击败桓玄，任十六州都督，镇守京口，掌东晋大权。先后灭南燕、后燕、蜀、后秦诸国，光复洛阳、长安。这样南征北战、雄霸一时的刘裕，谁能想到他是从最荒凉冷落的江南小巷中走出来的？可如今，这样的街巷有千千万万，却再难找到一个可以"金戈铁马，气吞万里如虎"的刘裕。

即使英雄难觅、机遇难寻，可在怀古伤今中却依然有一个跃跃欲试的辛弃疾，站在京口北固亭上的他，依然向往能成为孙权、刘裕一般的英雄，依然渴望建功立业、报效家国。

可想要北伐并不意味着要鲁莽冒进，之后辛弃疾以刘裕之子刘义隆的故事忠告韩侂胄等人不可草率轻敌。"元嘉草草，封狼居胥，赢得仓皇北顾"，宋文帝刘义隆在元嘉二十七年，听信王玄谟等人的话，没有做好充分准备，仓促出兵与北魏开战，梦想着要同霍去病一样追击匈奴，结果却是大败南逃，"仓皇北顾"与"气吞万里如虎"恰恰形成了鲜明的对比。

那为什么刘裕的军队能"气吞万里如虎"，而刘义隆的部队则只能"仓皇北顾"？因为前者是"金戈铁马"，准备充分，而后者却只是"草草"，两种原因的揭示透露出辛弃疾的用兵思想：反对轻率用兵。这种思想在他早期的军事论文中就有论述："事不前定，不可以猝发；兵不予谋，不可以制胜。"(《议练民兵守淮疏》)

"四十三年，望中犹记，烽火扬州路。"京口对面便是扬州的瓜州渡口，登上北固亭可以遥遥望见扬州。想当年，辛弃疾曾在绍兴三十一年（1161）南下与宋廷联络，途中经过扬州，眼见金人渡淮侵宋，扬州城烽烟四起，百姓生灵涂炭，他便立志要雪耻于此。可如今呢，四十三年过去了，"大仇不复，大耻不雪，平生志愿百无一酬"（谢枋得《祭辛弃疾稼轩先生墓记》),又怎不令人心碎。

可更让人心碎的是,如今这仇恨仿佛只有一小部分人记得。刘义隆兵败后,鲜卑族的魏太武帝在此地建立了行宫,后被改为佛狸祠,如今香火旺盛,来往的人络绎不绝。可他们忘了,要祭祀的对象是少数民族的入侵者,这难道不是忘了民族灾难,敌我不分吗?而造成这一切的罪魁祸首,难道不是这南宋朝廷的投降政策,使民众丧失了民族自尊、忘记了家国耻辱吗?

如果说辛弃疾就此失望,丧失了收复山河的信念,那也情有可原。但最可贵的,偏偏是即使这般境遇,他也依然壮心不已。词的最后一句"凭谁问,廉颇老矣,尚能饭否?"是全篇的点睛之笔。曾经叱咤沙场、现如今垂垂老矣的大将军廉颇,在赵王派使者察看他是否还能领兵打仗时,为了显示自己还能上阵杀敌,就当着使者的面连吃了一斗米加五斤肉。而辛弃疾呢?此时已经66岁的他仿佛就是这个年老的廉颇。国家发生了战争,他是多么希望朝廷还能记起他这位老人,还能够派一个人来看看,来问问他,是不是还能够领军北伐?这种情怀,其实就是烈士暮年,壮心不已!

此词典故颇多,每一个典故都是一种情感,其中既有对孙权、刘裕功绩的向往,渴望建功立业,激励当朝;又有刘义隆故事的警戒,忠告韩侂胄等人不可草率轻敌;还有作者强烈的报国愿望和不为所用的悲愤心情。杨慎在《词品》中说:"辛词当以《永遇乐·京口北固亭怀古》为第一",这种第一可能在于其中复杂情绪的糅合贯通,在于辛弃疾于如此悲凉境况下那忠贞不渝的报国之情。

水龙吟·登建康赏心亭

辛弃疾

楚天千里清秋,水随天去秋无际。遥岑①远目,献愁供恨,玉簪螺髻②。落日楼头,断鸿声里,江南游子。把吴钩③看了,栏杆拍遍,无人会,登临意。

休说鲈鱼堪脍④,尽西风,季鹰归未?求田问舍,怕应羞见,刘郎才气⑤。可惜流年,忧愁风雨,树犹如此⑥!倩何人唤取,红巾翠袖,揾⑦英雄泪!

[写作背景]

宋孝宗淳熙元年(1174),辛弃疾将任东安抚司参议官。这时他回归南宋已八九年了,却投闲置散,任了一介小官。一次,他登上建康的赏心亭,极目远望祖国的山川风物,百感交集,痛惜自己满怀壮志,却老大无成,于是写下这首《水龙吟》。

[注 释]

① 岑:远山。

② 螺髻:像海螺形状的发髻,这里比喻高矮和形状各不相同的山岭。

③ 吴钩:出自唐·李贺《南园》:"男儿何不带吴钩,收取关山五十州。"吴钩,古代吴地制造的一种宝刀。这里是以吴钩自喻,空有一身才华,但是得不到重用。

④ 鲈鱼堪脍:引用西晋张翰典故。据《世说新语·识鉴篇》记载:张翰在洛阳做官,在秋季西风起时,想到家乡莼菜羹和鲈鱼脍的美味,便立即辞官回乡。后来的文人将思念家乡、弃官归隐称为莼鲈之思。

⑤ 求田问舍,怕应羞见,刘郎才气:求田问舍,乃置地买房。据《三国志·魏书·陈登传》记载,许汜(sì)曾向刘备抱怨陈登看不起他,"久不相与语,自上大床卧,使客卧下床"。刘备批评许汜在国家危难之际只知置地买房,"如小人(刘备自称)欲卧百尺楼上,卧君于地,何但上下床之间邪"。

⑥ 树犹如此:引用西晋桓温典故。据《世说新语·言语》记载:"桓公北征经金城,见前为琅邪时种柳,皆已十围,慨然曰:'木犹如此,人何以堪!'攀枝执条,泫然流泪。"此处借以抒发自己不能抗击敌人、收复失地,虚度时光的感慨。

⑦ 揾:擦干。

[赏 析]

秋天到了,在这无边无际的秋色里,辛弃疾登上了建康的赏心亭。登高是为了望远，辛弃疾遥望远方，他看到了什么？他看到了远山似姑娘的玉簪和发髻。但是，这样美好的江山，这样美如水墨画般的场景，为什么词人会"献愁供恨"，如此伤心伤怀呢？是因为此时的山河是破碎的，故土还没有收回。在那落日的高楼上，在孤独鸿雁的叫声里，辛弃疾深知他是山东人，只要一天不能回家，便只能是"江南游子"。想当年能在千军万马中活捉张安国，他是真的有本领。可有本领却不能去杀敌，而只能在这里把"吴钩"看了千次万次、把栏杆拍了千遍万遍，无人能体会他独自登楼的心情和意图。这正是独登楼，无人解，游子恨，家国泪。这种心境可能比陈子昂《登幽州台歌》中的"独怆然而涕下"更令人伤心伤怀。

  词的下半阕，辛弃疾一连用了三个典故，将词上半阕的心情展现得淋漓尽致："休说鲈鱼堪脍，尽西风，季鹰归未？"这是第一个典故，季鹰指的是西晋张翰，他本是南方人，在洛阳为官，有一年秋风起，他忽然很想念家乡的鲈鱼脍的美味，于是就辞官回乡。辛弃疾也想回家，可此时的他回得去吗？"求田问舍，怕应羞见，刘郎才气"是第二个典故。刘郎指的是三国时期的大英雄刘备，因为刘备胸怀天下事，所以买房子置地这种事，他压根是看不上的。辛弃疾向来崇拜刘备，所以他不会动不动就想回家。"可惜流年，忧愁风雨，树犹如此！"是第三个典故，指东晋大司马桓温。在第三次北伐中原的时候，桓温看到他做琅琊太守时种下的小树，已经长成参天大树，联想到自己第一次北伐时的意气风发和现在的垂垂老矣。"木犹如此，人何以堪"。树木都这样了，人又怎能经得起岁月的消磨？于是当场流下眼泪。此时，辛弃疾何尝不是桓温，他想建功立业，可时间流逝，岁月匆匆，他却什么都做不了。

  "倩何人唤取，红巾翠袖，揾英雄泪！"找一个什么样的人，能为我擦干脸上的英雄之泪？正所谓"男儿有泪不轻弹，只因未到伤心处"，何况辛弃疾还不是一般的男儿，他是英雄却至于泪下，可见伤心之甚！所以唐圭璋先生评价他，"豪气浓情，一时并集，如闻垓下之歌"，就如同项羽在垓下被围的时候，唱的那首"力拔山兮气盖世""虞兮虞兮奈若何"一样，令人拔剑欲起、又让人柔肠寸断。

水调歌头·送章德茂大卿使虏[①]

陈 亮

不见南师久，漫说北群空[②]。当场只手[③]，毕竟还我万夫雄。自笑堂堂汉使，得似洋洋河水，依旧只流东？且复穹庐拜，会向藁街逢[④]！尧之都，舜之壤，禹之封[⑤]。于中应有，一个半个耻臣戎[⑥]！万里腥膻[⑦]如许，千古英灵安在，磅礴几时通？胡运何须问，赫日自当中！

[写作背景]

　　苟且偷安的南宋朝廷，自与金签订了"隆兴和议"以后，常怕金以轻启边衅相责，借口又复南犯，不敢做北伐的准备。每年元旦和双方皇帝生辰，还按例互派使节祝贺，以示和好。虽貌似对等，金使到宋，敬若上宾；宋使在金，却多受歧视。故南宋有志之士对此极为恼火。淳熙十二年（1185）十二月，宋孝宗命章森以大理少卿试户部尚书衔为贺万春节（金世宗完颜雍生辰）正使，陈亮感慨此事，作这首《水调歌头》为章德茂送行。

[注　释]

　　① 送章德茂大卿使虏：陈亮的友人章森，字德茂，当时是大理少卿，试户部尚书，奉命使金，贺金主完颜雍生辰（万春节）。大卿：对章德茂官衔的尊称。使虏：指出使到金国去。

　　② 北群空：出自韩愈《送温处士赴河阳军序》"伯乐一过冀北之野，而马群遂空"，指没有良马，借喻没有良才。

　　③ 当场只手：当场大事，只手可了。

　　④ 且复穹庐拜，会向藁街逢：且去再拜你一拜，将来必将把你抓到我们的国家来。藁街：汉朝长安城南门内给少数民族居住的地方，汉将陈汤曾斩匈奴郅支单于首悬之藁街。

　　⑤ 尧之都，舜之壤，禹之封：那本就是我汉族所有的国土，尧、舜、禹

那些先祖都曾经生活在那片土地。

⑥于中应有，一个半个耻臣戎：那里总有几个有骨头，以向异族俯首称臣为耻的。耻臣戎：指以投降敌人为耻辱的爱国志士。

⑦腥膻：代指金人。因金人膻肉酪浆，以充饥渴。

[赏析]

陈亮，从青年一直狂到老年，即使多年科举不第、三次身陷囹圄，他依然口无遮拦、锋芒毕露，世人称为"狂怪"。他位卑未敢忘忧国，曾以太学生的身份，向孝宗皇帝上书《中兴五论》，陈述对时局的看法，尤其不同意与金国息兵谋和，而要北伐收复沦陷于金国的国土。也曾在《汉论》中借评汉景帝，骂北方蛮夷不是人，坚信与之和亲、和议都是万世的耻辱。

此词一开篇，陈亮极其愤怒，"不见南师久，漫说北群空"，在南宋朝廷长期屈辱求和的政策下，金人越发觉得南宋政府怯懦可欺、缺乏人才。所以在这种情况下，虽然陈亮深知章德茂出使金国的不易，但他还是充分鼓励章德茂要不卑不亢、有礼有节。"当场只手"之后，都是陈亮鼓励章德茂的话，期盼他可以只手擎天，独自撑起局面，期盼他能恢复我国使臣万夫之雄的形象，展示堂堂汉家使臣的正气。

在他的笔下，章德茂是有这个气魄的，"自笑"二字充分展示了这位宋使的乐观，其威武不能屈的崇高节操，就像那浩浩荡荡向东奔流的黄河，是任何力量也阻挡不了的。所以这次出使金国，虽为金国皇帝贺寿，但那不过是权宜之计，未来南宋一定能够把金国贵族统治者的脑袋挂在藁街示众，偿还今日的耻辱。

"尧之都，舜之壤，禹之封"，如今金人所占之地，自古以来都是我汉族固有的领土。而中华儿女向来有"犯我中华者，虽远必诛"的骨气，陈亮绝不相信在这个尧、舜、禹圣圣相传的国度里，会没有一个半个耻于向金人称臣的志士！

可在南宋朝廷的屈辱求和下，广大的中原国土如今已经沾满金人的腥膻，古代杰出人物的英魂何在？伟大祖先的英灵何在？正气、国运何时才能磅礴伸张？陈亮一连问了三个问题，将满腔的愤怒、满腔的屈辱一举倾诉。可即使这般，陈亮仍抱有期望，在词的最后一句，他用"赫日"形容南宋的国运，意指金朝的气运即将耗尽，而南宋朝廷在这些有志之士的扶持下，会像太阳升到中天般焕发夺目光芒。

陈亮虽愤怒，但难能可贵的是他积极乐观地看待这个国家，看待这个国家的人民，用乐观豪迈、慷慨激昂的气概一扫耻辱阴霾，提振士气、鼓舞斗志，展现了高亢雄壮的风格。

念奴娇·登多景楼

陈 亮

危楼还望，叹此意、今古几人曾会？鬼设神施，浑认作、天限南疆北界。一水横陈，连岗三面，做出争雄势。六朝何事，只成门户私计！因笑王谢①诸人，登高怀远，也学英雄涕。凭却长江，管不到，河洛腥膻无际。正好长驱，不须反顾，寻取中流誓②。小儿破贼③，势成宁问强对④！

[写作背景]

宋孝宗淳熙十五年（1188）春天，词人前往京口（今江苏镇江市）考察形势，准备向朝廷陈述北伐的策略。其间曾登多景楼，眺望长江对岸，慨叹此处形势正宜出兵北伐、一举收复失地，并非仅作为防御胡人南侵的天然屏障，感慨颇多，故写下此词。

[注 释]

① 王谢：此代指东晋上层人士，喻指今之掌权者。

② 中流誓：据《晋书·祖逖传》记载，祖逖北伐渡江时，"中流击楫而誓曰：'祖逖不能清中原而复济者，有如大江！'辞色壮烈，众皆慨叹"。

③小儿破贼：晋军在淝水之战中大败苻坚，捷报传来，谢安置书一旁，了无喜色。客问之，安徐答对奕者曰："小儿辈遂已破贼。"小儿辈指安弟石、侄玄。事见《晋书·谢安传》及《世说新语·稚量》。

④强对：《全宋词》作"疆场"，不如"强对"为好。此指强敌。出自《三国志·陆逊传》："逊按剑曰：'刘备天下知名，曹操所惮。今在境界，此疆对也。'"疆，通"强"。

[赏　析]

陈亮喜以政论入词，叶适在《书龙川集后》中说，陈亮填词"每一章就，辄自叹曰：'平生经济之怀，略已陈矣！'"在陈亮词中，一字一句都是"平生经济之怀"的自觉袒露，是他火一般政治热情的自然喷发。这首《念奴娇》也不例外。

当陈亮登上多景楼，极目四望，看着这山川形胜，万千想法便涌上心头。镇江一带的山势极其险要，简直是鬼斧神工，非人力所能致。而在镇江北面横贯着波涛汹涌的长江，东、西、南三面都连接着起伏的山岗。这样的地理形势，正是进可以攻，退可以守，是足以与北方强敌争雄的形胜之地，然而却被六朝看成了天设的南疆北界，而不是进取的凭借。

他们糊涂呀，只考虑自家大族的狭隘利益，全然不顾国家的强盛稳定，这所作所为不就如同当今的南宋朝廷吗！可即使陈亮有万千想法，却鲜有人知。他的胸中突然生出陈子昂一般"念天地之悠悠，独怆然而涕下"的感慨，深感危楼高寒、内心孤寂。

"旧时王谢堂前燕，飞入寻常百姓家"，为自家利益千算万算的王谢大族可能没有想到，他们为了一时安稳，苟且偷生的求和政策并没有庇佑他们几时。正是因为他们没有收复神州的实际行动，中原地区才长久为异族势力所盘踞，广大人民才呻吟辗转于铁蹄之下。由此，当年就应该凭借山川形势，长驱北伐，就应该如祖逖一般中流击水，收复中原。

南方并不乏运筹帷幄、决胜千里的统帅，也不乏披坚执锐、冲锋陷阵的猛将，完全应该如往日的谢安一样，对打败北方强敌充分自信，一旦有利之形势已成,便当疾驰千里,扫清河洛,收复国土,何须顾虑对方的强大?

　　陈亮看似在评述六朝得失,可字字句句却直指软弱不前的南宋朝廷,直指"南北有定势,吴楚之脆弱不足以争衡中原"的失败论者。他的词中依然有昂扬的意志和必胜的决心,鼓舞南宋朝廷吸取六朝教训,知耻后勇、奋起反抗,激励爱国志士如祖逖一般,闻鸡起舞、收复山河。

沁园春·张路分秋阅

刘　过

万马不嘶,一声寒角,令行柳营。见秋原如掌,枪刀突出,
星驰铁骑①,阵势纵横。人在油幢②,戎韬总制③,羽扇从容④裹带轻⑤。
君知否,是山西将种⑥,曾系诗盟。
龙蛇纸上飞腾。看落笔四筵风雨惊。便尘沙出塞,封侯万里,
印金如斗,未惬平生。拂拭腰间,吹毛剑⑦在,不斩楼兰心不平。
归来晚,听随军鼓吹,已带边声。

[写作背景]

　　刘过(1154—1206),南宋文学家,字改之,号龙洲道人。他一生为布衣居士,却关心北伐,热衷于祖国统一,因此他与许多爱国将领有过交往,词题中的"张路分"应为其中之一。"张路分",姓张,官居路分都监,生平不详。路分都监是宋代路级的军事长官。古代军队时常在秋天进行演习,并有长官进行检阅,所以叫"秋阅"。作者看到爱国将领张路分"秋阅"的情景,有感而发写下该词。

[注　释]

　　① 星驰铁骑:带甲的骑兵如流星般奔驰。

② 油幢：油布制的帐幕。

③ 戎韬总制：以兵法来部署约束指挥。戎韬指的是兵法。

④ 羽扇从容：三国时诸葛亮常手执羽扇，从容指挥战事。

⑤ 裘带轻：即轻裘缓带，引用羊祜故事。羊祜是西晋人，出镇襄阳十年间，他轻裘缓带，身不披甲，有儒将之风。

⑥ 山西将种：古人认为华山以西之地是出将才的地方。

⑦ 吹毛剑：指锋利的剑。

[赏　析]

刘过，字"改之"，似是金庸《神雕侠侣》杨过的原型人物，因为两人不仅表字相同，年岁相似，而且还有同样坚定的抗金意志。杨过从出道以来，屡次帮助郭靖镇守襄阳，甚至杀掉了蒙古大汗蒙哥，抗击入侵者的意志十分坚定。而刘过，虽然没有上过战场，但也是个顽强的"抗金派"。

刘过出生于绍兴二十四年，懂事时看到的就是山河破碎、当权者苟且偷生的现状。于是心中激愤，立志要北伐，并因此积极研读兵书，平时交游之人，也多为抗金名将。这首词就记录了张路分举行"秋阅"的壮观场景，描绘了刘过眼中能文善武的抗战派儒将形象，抒发了作者北伐抗金的强烈愿望和恢复统一的爱国激情。

全词上片先从听觉上写"秋阅"的肃穆场面。"万马"，说明演习规模之大。"万马"却"不嘶"，军容之整肃、军纪之严明可见一斑。但在如此寂静之中，突然响起了"一声寒角"，显得格外嘹亮清彻。而"寒角"只"一声"，就"令行柳营"，全军立即闻"声"而动，可见这支军队具有一种雷厉风行的战斗作风，也只有这样的军队才能战无不胜，攻无不克。声音如此肃穆，视觉中的"秋阅"场景极致恢宏。

秋日的平原如同手掌，而那枪林刀丛则像手指一样突出挺立其上；队队铁骑奔驰，速度快如流星；队形纵横，变化莫测。而检阅官张路分正端坐在油幢军帐之中，他按照兵法指挥着千军万马，然而其仪态却是"羽扇从容裘带轻"，表现出一派儒雅风度。这不禁让人想起苏轼《念奴娇》中"羽扇纶巾，谈笑间，樯橹灰飞烟灭"的周瑜形象，刹那间，这位指挥千军万马的将军又笼罩上儒士的文雅，那种泰山崩于前而不倒的潇洒从容也被展现得淋漓尽致。

之后的"君知否"，更是承上启下，先用"是山西将种"收束上文，意为此乃天生将种。并且这位善于治军用兵的统帅"曾系诗盟"，曾参加过诗人的集会，是一位能文能武之人。"龙蛇纸上飞腾"，写其诗情之饱满，文思之敏捷，草书之笔走龙蛇。"看落笔四筵风雨惊"，则写其诗意绝妙，风雨为惊，四座无不倾倒，大有李白"笔落惊风雨，诗成泣鬼神"的况味。

行文至此，一个文武双全的儒将形象已跃然纸上，栩栩如生，如在眼前。但这位将军也如辛弃疾一般，诗词写作从不是他的使命，只是他理想的寄托、苦闷的排遣，"封侯万里，印金如斗"也从不是他的终点、他的归途，所以他从未"惬平生"。那什么是他的理想、他的归途呢？腰间利剑，他经常拂拭，只有以此剑杀却那占据中原的金国统治者，才足以抚慰他内心的不平。

"不破楼兰终不还"的坚决又重现于此，将一个在"金瓯半缺""神州陆沉"时代下抗战派儒将的磊落胸襟、豪情壮志全然呈现了出来，令人肃然起敬。

若仅止于此，似乎不足以书写诗人内心的豪情，所以视线又从对张路分的描摹回归到他观看"秋阅"的感受上。"归来晚"，说明演习时间之长。"听随军鼓吹，已带边声"，军乐队演奏之声，似乎已带上边地战场上的那种冲杀之声。"随军鼓吹"之所以幻化为"边声"，正说明词人北伐抗金心情之迫切，希冀早日举兵。

此词以塑造一个抗战派儒将形象来表达作者的爱国之情，词人在塑造这一人物形象时，注入了自己的理想，具有鲜明的浪漫主义成分。其中"不斩楼兰心不平"，既是通篇之巨眼，又是主人公之灵魂，同时也正是词人之心声——一介布衣，能爱国如斯，又怎会不令人动容？

贺新郎·送陈真州子华

刘克庄

北望神州路。试平章①、这场公事②,怎生分付③?

记得太行山百万,曾入宗爷驾驭。今把作④、握蛇骑虎⑤。

君去京东豪杰喜,想投戈、下拜真吾父⑥。谈笑里,定齐鲁。

两河⑦萧瑟惟狐兔⑧。问当年、祖生⑨去后,有人来否?

多少新亭挥泪客⑩,谁梦中原块土⑪?算事业、须由人做。

应笑书生心胆怯,向车中、闭置如新妇。空目送,塞鸿去。

[写作背景]

刘克庄(1187—1269),字潜夫,号后村居士。南宋理宗宝庆三年(1227),刘克庄知建阳县(今属福建省)事,年三十六岁。他的朋友陈韡(字子华)本来任仓部员外郎,调知真州,兼淮南东路提点刑狱,路过建阳。真州(今江苏省仪征县),位于长江北岸,是靠近当时宋金对峙前线的要地。作者在送别陈子华之时,作此词。

[注 释]

①平章:议论,筹划。

②公事:指对金作战的国家大事。

③分付:安排,处理。

④把作:当作。

⑤握蛇骑虎:比喻危险。

⑥真吾父:引用郭子仪典故。郭子仪曾仅率数十骑深入回纥大营,回纥首领下马而拜,说:"真吾父也。"

⑦两河:指河北东路、西路,当时为金统治区。

⑧狐兔:指敌人。

⑨祖生:祖逖。这里指南宋初年的抗金名将宗泽、岳飞等。

⑩多少新亭挥泪客:士大夫只会痛哭流涕沽名钓誉而不去行动。新亭,用新亭对泣事。

⑪块土:犹言国土。

[赏 析]

当得知自己的好友子华要前往真州任职,一直心牵前线的刘克庄便将这首写满自己抗金心愿与计谋的小词,送予友人,渴盼他能借助任职优势,实现抱负。

从起句,刘克庄对友人的殷殷期盼、谆谆真情便展露无遗。"北望神州路。试平章、这场公事,怎生分付?"如果不是情谊真挚,他不会问得如此直白,不会如此开门见山地从朋友的角度给予陈子华知任真州的建议。正是因为足够了解朋友的性情、收复中原的志向,才能无所顾忌地敞开心扉。

"记得太行山百万,曾入宗爷驾驭。"刘克庄为了把自己的想法更加透彻地表述,他先讲了一个故事。北宋、南宋之交,当时的爱国将领宗泽受高宗任命出任开封府知府,为壮大抗金力量,他听从丞相李纲的建议,积极联络义军。当此之时,宗泽已凭借一己之力击退金军,素有威名,所以河北各地义军心甘情愿地接受他的招揽,听从他的指挥。

河东有位义军首领王善,聚集了70万人马,想袭击开封。宗泽得知这个消息,孤身骑马去见王善。他流着眼泪对王善说:"现在正是国家危急的时候,如果有像您这样的几位英雄,同心协力抗战,金人还敢侵犯我们吗?"王善被说服,并袒露心声道:"愿听宗公指挥。"

如此一来,其他义军如杨进、王再兴、李贵、王大郎,都有几万到几十万的人马。宗泽派人联络,一一说服他们,团结一致,共同抗金。由此开封城的外围防御巩固了,人心安定,存粮充足,物价稳定,恢复大局。所以,百姓人人敬畏宗泽,称他为"宗爷爷"。

可如今呢?虽宗泽逝世已久,但在北方金人统治地区,仍有义军起义。

其中红袄军力量最大,首领杨安儿被杀后,余众归附南宋,可惜朝廷不信任他们,把抗金民众武装看作是手上拿的蛇、跨下骑的虎,甩掉不是,用亦不是。

倘若也能如宗泽将军那样正确团结、运用义军的力量,抗金还是大有可为的。所以"君去京东豪杰喜,想投戈下拜真吾父。谈笑里,定齐鲁",刘克庄希望陈子华到真州要效法宗泽,积极招揽中原义军,使京东路(指今山东一带)的豪杰,欢欣鼓舞,做到谈笑之间,能够收复、安定齐鲁北方失地。这既是勉友,也是抒发自己延纳俊杰、收复河山的热切愿望,写得酣畅乐观,充满豪情壮志。

热切的情绪回归现实后,又急转直下。"两河萧瑟惟狐兔。问当年、祖生去后,有人来否?"曾经繁华的两淮一带国土沦丧,人烟稀少,如今只见狐兔出入;父老长久盼望的北归,却迟迟看不到祖逖那样的仁人志士。"多少新亭挥泪客,谁梦中原块土?"多少在建业新亭洒泪的士大夫,谁还能真正想到中原那一大块国土?"算事业、须由人做。"但无论多少悲愤、多少失望,都不应该成为颓丧的理由,如果这番事业一定要有人做,那必当有你陈子华。"应笑书生心胆怯,向车中、闭置如新妇。"这句依然在借典故嘲笑书生气短,同时继续勉励陈子华要振作豪气、勇于作为,最好能如鸿雁高飞,实现理想抱负。"空目送,塞鸿去。"

"水能载舟,亦能覆舟",历史上已无数次证明了百姓力量之伟大。所以刘克庄希望陈子华吸取前人的经验教训,正确对待义军,招抚义军,为壮大抗金力量作出自己的贡献。

送别只有最末两句,但这殷殷嘱托、谆谆期盼却无一不说明着刘克庄对陈子华的期盼与牵挂,是比"桃花潭水深千尺,不及汪伦送我情"更含蓄、更内敛、更深刻的送别之情。

过零丁洋

文天祥

辛苦遭逢起一经，干戈寥落四周星。
山河破碎风飘絮，身世浮沉雨打萍。
惶恐滩头说惶恐，零丁洋里叹零丁。
人生自古谁无死，留取丹心照汗青①。

[写作背景]

文天祥（1236—1283），初名云孙，字宋瑞，又字履善，南宋末年政治家、文学家，抗元名臣，民族英雄，与陆秀夫、张世杰并称为"宋末三杰"。这首诗当作于宋祥兴二年（1279）。宋祥兴元年（1278），文天祥在广东海丰北五坡岭兵败被俘，押到船上，次年过零丁洋时作此诗。随后又被押解至崖山，张弘范逼迫他写信招降固守崖山的张世杰、陆秀夫等人，文天祥不从，出示此诗以明志。

[注　释]

①汗青：古代在竹简上写字，先以火炙烤竹片，以防虫蛀。因竹片水分蒸发如汗，故称书简为汗青，也叫作杀青。这里特指史册。

[赏　析]

提起文天祥，所有人脑海中应该会浮现出两句诗："人生自古谁无死，留取丹心照汗青。"他是在怎样的处境中写出如此绝句，这还要从他的人生经历中寻求答案。

文天祥属于颜值与才华兼具的代表人物，二十岁时高中进士，殿试时的文章便是皇帝读罢也赞不绝口，当即点为状元，可谓是响当当的青年才俊。遗憾的是他中状元四天后，父亲因病过世，文天祥回乡守孝三年，期满后，才被任命为宁海军节度判官，由此开始了仕宦生涯。

此时的南宋朝廷外有元军虎视眈眈，内有奸相贾似道迫害忠良，整个宋廷已处于风雨飘摇、大厦将倾的艰难处境。性格刚直的文天祥屡次上书弹劾权臣、针砭时弊，断不为贾似道所容。此后十数年，文天祥宦海沉浮始终不受重用，更在 37 岁时，由于多次得罪贾似道，被勒令致仕。

不做官也不能阻挡他为国效力的决心，德祐元年（1275），元军沿长江东下，文天祥散尽家财，招募士卒勤王，被宋廷任命为浙西、江东制置使兼知平江府，随后升任右丞相兼枢密使。

元军的脚步一步步逼近，宋廷却节节败退。谢太后命宰相陈宜中出使元军，前去乞降。陈宜中表面答应，转头却连夜携家人逃走。危难之际，文天祥挺身而出表示愿意前往，身为朝廷代表，虽谈判求和，却不愿向异族低头。双方谈判不欢而散，文天祥被扣押，后脱险南归，历北海经长江口南下之时，曾作一首《扬子江》，表示自己会继续率兵抗击元军之决心。其中一句"臣心一片磁针石，不指南方不肯休"与"人生自古谁无死，留取丹心照汗青"一样振聋发聩。

双拳难敌四手，最终文天祥因势孤力单败退广东，不过在元军的重兵封锁下，很快被抓获。一应随从尽数死难殉国，无一投降，文天祥见到元军将领时被以兵器逼其行跪拜之礼，但是他一身傲骨凛然不屈。元军将领张弘范见过太多摇尾乞怜的汉人，文天祥的刚烈反而赢得了他的尊重。做了俘虏之后的文天祥被要求写文劝降昔日的同僚，文天祥便拿出此前写好的《过零丁洋》一抒己志。

回想多年前由科举入仕历尽的千辛万苦，到如今战火消歇已经走过了四年的艰苦岁月。国家危在旦夕，好似在狂风中的柳絮一般飘浮不定。自己一生的坎坷命运也如雨中的浮萍一样，漂泊无根，无依无附。惶恐滩的惨败让我至今感到惶恐，可叹我如今在零丁洋上成为俘虏，自此以后更是孤苦无依。自古以来，人都难免一死！倘若能为国尽忠，死后仍可光照千秋，青史留名，便了无遗憾。

此诗表现了慷慨激昂的爱国热情和视死如归的高风亮节，以及舍生取义的人生观,是中华民族传统美德的崇高表现。连张弘范看到文天祥这首诗,尤其是尾联这两句,连称:"好人,好诗!"真正的好诗有时不需任何技巧和雕琢,那赤诚的爱国之心、凛然的一身正气,足以传唱千古、亘古流芳。

正气歌

文天祥

余囚北庭①,坐一土室。室广八尺,深可四寻②。单扉③低小,白间④短窄,污下⑤而幽暗。当此夏日,诸气萃然:雨潦四集,浮动床几,时则为水气;涂泥半朝,蒸沤历澜⑥,时则为土气;乍晴暴热,风道四塞,时则为日气;檐阴薪爨⑦,助长炎虐,时则为火气;仓腐寄顿⑧,陈陈逼人⑨,时则为米气;骈肩杂遝⑩,腥臊汗垢,时则为人气;或圊溷⑪、或毁尸、或腐鼠,恶气杂出,时则为秽气。叠是数气,当侵沴⑫,鲜不为厉⑬。而予以羸弱,俯仰其间,於兹二年矣,幸而无恙,是殆有养致然尔。然亦安知所养何哉?孟子曰:"吾善养吾浩然之气。"彼气有七,吾气有一,以一敌七,吾何患焉!况浩然者,乃天地之正气也,作正气歌一首。

天地有正气,杂然赋流形。下则为河岳,上则为日星。
於人曰浩然,沛乎塞苍冥。皇路当清夷,含和吐明庭。
时穷节乃见,一一垂丹青。在齐太史简⑭,在晋董狐笔⑮。
在秦张良⑯椎,在汉苏武⑰节。为严将军⑱头,为嵇侍中⑲血。
为张睢阳⑳齿,为颜常山㉑舌。或为辽东帽㉒,清操厉冰雪。
或为出师表,鬼神泣壮烈。或为渡江楫㉓,慷慨吞胡羯㉔。
或为击贼笏㉕,逆竖头破裂。是气所磅礴,凛烈万古存。

当其贯日月，生死安足论。地维赖以立，天柱赖以尊。

三纲实系命，道义为之根。嗟予遘阳九，隶也实不力。

楚囚缨其冠[26]，传车送穷北。鼎镬甘如饴[27]，求之不可得。

阴房阒鬼火[28]，春院闷天黑[29]。牛骥同一皂，鸡栖凤凰食[30]。

一朝蒙雾露，分作沟中瘠[31]。如此再寒暑，百沴自辟易。

哀哉沮洳场，为我安乐国。岂有他缪巧，阴阳不能贼[32]。

顾此耿耿存，仰视浮云白。悠悠我心悲，苍天曷有极。

哲人日已远，典刑在夙昔。风檐展书读，古道照颜色。

[写作背景]

文天祥于祥兴元年（1278）十月因叛徒的出卖被元军所俘。翌年十月被解至燕京。元朝统治者对他软硬兼施，威逼利诱，许以高位。文天祥都誓死不屈，决心以身报国，丝毫不为所动，因而被囚三年，至元十九年十二月九日（1283年1月9日）慷慨就义。这首诗是他死前一年在狱中所作。

[注　释]

① 余：我。北庭：指元朝首都大都（今北京）。

② 寻：古时八尺为一寻。

③ 单扉：单扇门。

④ 白间：窗户。

⑤ 污下：低下。

⑥ 蒸沤历澜：热气蒸，积水沤，到处都杂乱不堪。澜：澜漫，杂乱。

⑦ 薪爨（cuàn）：烧柴做饭。

⑧ 仓腐寄顿：仓库里储存的米谷腐烂了。

⑨ 陈陈逼人：陈旧的粮食年年相加，霉烂的气味使人难以忍受。陈陈：陈陈相因，出自《史记·平准书》："太仓之粟，陈陈相因。"

⑩ 骈肩杂遝（tà）：肩挨肩，拥挤杂乱的样子。

⑪ 圊溷（qīng hún）：厕所。

⑫侵沴(lì)：恶气侵人。沴：恶气。

⑬鲜不为厉：很少有不生病的。厉：病。

⑭太史：史官。简：古代用以写字的竹片。据《左传·襄公二十五年》记载：春秋时，齐国大夫崔杼把国君杀了，齐国的太史在史册中写道"崔杼弑其君"。崔杼怒，把太史杀了。太史的两个弟弟继续写，都被杀，第三个弟弟仍这样写，崔杼没有办法，只好让他写在史册中。

⑮在晋董狐笔：出自《左传·宣公二年》，春秋时，晋灵公被赵穿杀死，晋大夫赵盾没有处置赵穿，太史董狐在史册上写道："赵盾弑其君。"孔子称赞这样写是"良史"笔法。

⑯张良：据《史记·留侯传》记载，张良祖上五代人都是韩国的丞相，韩国被秦始皇灭掉后，他一心要替韩国报仇，找到一个大力士，持一百二十斤的大椎，在博浪沙（今河南省新乡县南）伏击出巡的秦始皇，未击中。后来张良辅佐刘邦建立汉朝，封留侯。

⑰苏武：据《汉书·李广苏建传》记载，汉武帝时，苏武出使匈奴，匈奴人要他投降，他坚决拒绝，被流放到北海（今西伯利亚贝加尔湖）边牧羊。为了表示对祖国的忠诚，他一天到晚拿着从汉朝带去的符节，牧羊十九年，始终贤贞不屈，后来终于回到汉朝。

⑱严将军：据《三国志·蜀志·张飞传》记载，严颜在刘璋手下做将军，镇守巴郡，被张飞捉住，要他投降，他回答说："我州但有断头将军，无降将军！"张飞见其威武不屈，把他释放了。

⑲嵇侍中：嵇绍，嵇康之子，晋惠帝时做侍中（官名）。据《晋书·嵇绍传》记载，晋惠帝永兴元年（304），皇室内乱，惠帝的侍卫都被打垮了，嵇绍用自己的身体遮住惠帝，被杀死，血溅到惠帝的衣服上。战争结束后，有人要洗去惠帝衣服上的血，惠帝说："此嵇侍中血，勿去！"

⑳张睢阳：即唐朝的张巡。据《旧唐书·张巡传》记载，安禄山叛乱，张巡固守睢阳（今河南省商丘市），每次上阵督战，大声呼喊，牙齿都咬碎了。城破被俘，拒不投降，敌将问他："闻君每战，皆目裂，嚼齿皆碎，何至此耶？"

张巡回答说："吾欲气吞逆贼，但力不逮耳。"敌将视其齿，存者不过三数。

㉑颜常山：即唐朝的颜杲卿，任常山太守。据《新唐书·颜杲卿传》记载，安禄山叛乱时，他起兵讨伐，后城破被俘，当面大骂安禄山，被钩断舌头，仍不屈，后被杀死。

㉒辽东帽：东汉末年的管宁有高节，是在野的名士，避乱居辽东（今辽宁省辽阳市），一再拒绝朝廷的征召，他常戴一顶黑色的帽子，安贫讲学，闻名于世。

㉓渡江楫：东晋爱国志士祖逖率兵北伐，渡长江时，敲着船桨发誓北定中原，后来终于收复黄河以南失地。楫：船桨。

㉔胡羯：古代对北方少数民族的称呼。过去史书上曾称匈奴、鲜卑、羯、氐、羌为五胡。这句是形容祖逖的豪壮气概。

㉕击贼笏：唐德宗时，朱泚谋反，召段秀实议事，段秀实不肯同流合污，以笏猛击朱泚的头，大骂："狂贼，吾恨不斩汝万段，岂从汝反耶？"笏：古代大臣朝见皇帝时所持的手板。

㉖楚囚缨其冠：据《左传·成公九年》记载，春秋时被俘往晋国的楚国俘虏钟仪戴着一种楚国帽子，表示不忘祖国，被拘囚着，晋侯问是什么人，旁边人回答说是"楚囚"。这里作者是说，自己被拘囚着，把从江南戴来的帽子的带系紧，表示虽为囚徒仍不忘宋朝。

㉗鼎镬甘如饴：身受鼎镬那样的酷刑，也感到像吃糖一样甜，表示不怕牺牲。鼎镬：大锅。古代一种酷刑，把人放在鼎镬里活活煮死。

㉘阴房阒鬼火：囚室阴暗寂静，只有鬼火出没。出自杜甫《玉华宫》："阴房鬼火青。"阴房：见不到阳光的居处，此指囚房。阒：幽暗、寂静。

㉙春院閟天黑：虽在春天里，院门关得紧紧的，照样是一片漆黑。杜甫在《大云寺赞公房》中云："天黑閟春院。"閟（bì）：关闭。

㉚牛骥同一皂，鸡栖凤凰食：牛和骏马同槽，鸡和凤凰共处，比喻贤愚不分，把杰出的人和平庸的人都关在一起。骥：良马。皂：马槽。鸡栖：鸡窝。

㉛分作沟中瘠：料到自己一定成为沟中的枯骨。分：料，估量。沟中瘠：弃于沟中的枯骨。出自《说苑》："死则不免为沟中之瘠。"

㉜岂有他缪巧，阴阳不能贼：哪有什么妙法奇术，使得寒暑都不能伤害自己？缪（miù）巧：智谋，机巧。贼：害。

[赏 析]

　　南宋在崖山灭亡后，张弘范向元世祖请示如何处理文天祥，元世祖说："谁家无忠臣？"命令张弘范对文天祥以礼相待，将文天祥送到大都，软禁在会同馆，决心劝降文天祥。元世祖首先派降元的原南宋左丞相留梦炎对文天祥现身说法，进行劝降。文天祥一见留梦炎便怒不可遏，留梦炎只好悻悻而去。元世祖又让降元的宋恭帝赵㬎来劝降。文天祥北跪于地，痛哭流涕，对赵㬎说："圣驾请回！"赵㬎无话可说，羞愧而去。元世祖大怒，于是下令将文天祥的双手捆绑，戴上木枷，关进兵马司的牢房。

　　从此，文天祥在监狱中度过了三年。

　　狱中的生活很苦，可是文天祥强忍痛苦，写出了不少诗篇，这首《正气歌》就是其中之一。文天祥被关的那间土牢，又矮又窄，阴暗潮湿。遇到雨天，屋面漏水，满地是水；一到夏天，地面上发出一阵阵蒸气，更加闷热。牢房的隔壁，有狱卒的炉灶，有陈年的谷仓，发出阵阵烟火气、霉气，再加上厕所里的臭气，死老鼠的腐味，使人极其难受。文天祥被关在这间牢房里，恶劣的环境使他只能依靠顽强的意志支撑。他坚信，在这样污浊的环境仍未得病，就是凭借满腔的浩然正气来战胜一切。

　　在狱中，他曾收到女儿柳娘的来信，得知妻子和两个女儿都在宫中为奴，过着囚徒般的生活，他也深知女儿的来信是元廷的暗示：只要投降，家人即可团聚。尽管文天祥心如刀割，却不愿因妻子和女儿而丧失气节。他在写给自己妹妹的信中说道："收柳女信，痛割肠胃。人谁无妻儿骨肉之情？但今日事到这里，于义当死，乃是命也。奈何？奈何！……可令柳女、环女做好人，爹爹管不得。泪下哽咽。"为人父者又怎会不疼爱女儿、为人夫者又怎会不怜惜妻子，可是一切都不能违背文天祥的忠义之心，这是他的信仰，也是他始终信奉的正义。

　　于是他列举了古往今来舍生取义的英雄人物，崔杼、董狐、张良、苏武、严颜、嵇绍、张巡、颜杲卿、段秀实……意为天地之间有一种正气，分别表现为各种物体，如地下的大河高山、天空的耀明星辰，在人的身上则表现为浩然之气。越到危急时刻，越能彰显他的气节。"哲人日已远，典刑在夙昔。风檐展书读，古道照颜色。"如今，先贤们一个个已离他远去，但他们的榜样事迹却始终烙印在文天祥的心里。屋檐下他沐着清风展开书卷来读，古人的光辉将照耀他继续坚定地走下去。如是说，亦如此做。

文天祥进牢的第三年，河北中山府发生了一场农民起义。起义领袖自称是宋朝皇室的后裔，聚集几千人马，号召大家打进大都，救出文丞相。如此一来把元王朝吓坏了，如果不杀文天祥，恐怕要闹出大乱子。可元世祖还是没有丢掉招降的幻想，决定亲自劝降文天祥。

一天，文天祥被人从牢房里押出来，带到宫里。文天祥见了元世祖，不肯下跪，只作了个揖，元世祖问他还有什么话说。文天祥说："我是大宋宰相，竭心尽力扶助朝廷，可惜奸臣卖国，叫我英雄无用武之地。我不能恢复国土，反落得被俘受辱。我死了以后，也不甘心。"说着，咬牙切齿，不断地捶打自己的胸膛。元世祖和颜悦色地劝说："你的忠心，我也完全了解。事到如今，你如果能改变主意，做元朝的臣子，我仍旧让你当丞相，如何？"文天祥慷慨地说："我是宋朝的宰相，哪有服侍两朝的道理。我不死，哪还有脸去见地下的忠臣烈士？"元世祖说："你不愿做丞相，做个枢密使怎么样？"文天祥斩钉截铁地回答道："我只求一死，无话可说。"元世祖知道劝降已没有希望，便吩咐侍从把文天祥带出去，翌日便下令处死文天祥。

这一日，北风怒号，阴云密布。京城柴市的刑场上，戒备森严。市民们听到文天祥将要就义的消息，自发集中到柴市来，一下子就聚集了一万人，把刑场团团围住。只见文天祥戴着镣铐，神色从容来到刑场。他问旁边的百姓，哪一面是南方。百姓们指给文天祥看。他朝着正南方向拜了几拜，之后便端端正正坐了下来，从容就义。死后在他的衣带中发现一首诗："孔曰成仁，孟曰取义，唯其义尽，所以仁至。读圣贤书，所学何事？而今而后，庶几无愧。"

文天祥死时年仅47岁,他的一身正气感天动地。

清·康熙《古文评论》卷四十三曾点评《正气歌》:"斯篇出于至性,慷慨凄恻。朕每于披读之际,不觉泪下数行,其忠君忧国之诚,洵足以弥宇宙而贯金石。"正是这宁死不屈的忠诚,这穿越古今的正气,才能感动敌首元世祖、感动康熙、感动千千万万的后来人。

出塞曲

张 琰

腰间插雄剑,中夜龙虎吼。平明登前途,万里不回首。
男儿当野死,岂为印如斗①。忠诚表壮节,灿烂千古后。
朝发山阳去,暮宿清水头。上马左右射,捷下如猕猴。
先发服勇决,手提血髑髅②。兵家互胜负,凡百慎前筹。

[写作背景]

张琰,字汝玉,南宋末广陵(江苏省扬州市)人。为人崇尚节义,曾随制置使李庭芝抗击元兵,城破之时,他独自抵抗敌人,最后力竭战死。这首诗就抒发了他那刚烈之气和报国之志。

[注 释]

① 印如斗:斗大黄金印,指猎取功名。
② 先发二句:先发制其勇者,争取主动。死人头骨为骷髅,此处指敌首级。出自《庄子·至乐》:"夜半,骷髅见梦。"

[赏 析]

这是一位身经百战的将军,他的腰间插着一把宝剑,因得知前线强敌来犯，国家面临生死存亡的一刻，半夜发出龙虎般的怒吼："国家危亡，匹夫有责。"更何况他曾跟随李庭芝抗击元兵，他还记得"若有战，召必回"的誓言，于是便在黎明时，登上征途，昂然向前，万里不回头。

有人说，你是为了封妻荫子的功劳去前线的吧？可他却说，好男儿理应战死沙场，哪里是由于高官厚禄的引诱？如果我是为了名利，那也是为了表明自己的忠诚壮节，让它光耀于千古之后。

古之出塞，或写军容严整，或写依依惜别。但这位将军的出塞却军情紧急，不容一点耽误，所以他早上刚进发朝阳镇，晚上就住在了清水头，那疾驰的马儿就如同他内心催征的鼓点，急切地想要到前线奋勇杀敌。

无独有偶，穿梭上千年时光，《白马篇》中似乎也有这样一位抱着"捐躯赴国难，视死忽如归"壮志的游侠儿。在边城檄文传来时，游侠儿"连翩西北驰"，急切地来到战场。他们的身影好像在战场上重合了，同样可以"上马左右射，捷下如猕猴"，跨上骏马射箭，箭无虚发，敏捷矫健，仿似猕猴，同样可以"先发服勇决，手提血髑髅"，可以勇敢果决、先发制人，在手起刀落间就能提着敌人的血髑髅战胜而回。但诗歌并没有在最高昂处戛然而止，而是话锋一转，转向审慎的一面。南宋与外族的战争，向来胜少负多，所以短暂的胜利并未让他因此而轻敌。孙子有云"恃吾有以待也""恃吾有所不可攻也"，所以古来战争互有胜负，如欲取胜，凡事还要缜密筹谋。

李济阻曾在《宋诗鉴赏辞典》中评："这两首采用乐府古题写成的军旅生活诗，上继汉魏以来征戍诗作的优良传统，活现出一位以身报国而不计较个人名利、勇猛顽强、武艺超群、有胆有识的英雄形象，读来慷慨悲壮，大有盛唐边塞诗的气势。但是，诗中又有以身殉国的明确表示，有'兵家互胜负'一类的议论，因而又具有南宋末年特殊的时代气息。"

整首诗，盛唐气象与南宋悲歌兼有，慷慨激昂与视死如归并存。

第五篇章 明清

立春后寒甚（其二）

于 谦

坐拥红炉尚怯寒，边城况是铁衣单。

营中午夜犹传箭，马上通宵不解鞍。

主将拥麾①方得意，迂儒②抚剑谩③兴叹。

东风早解黄河冻，春满乾坤万姓安。

[写作背景]

　　明朝正统十四年（1449），蒙古瓦剌大举入侵中原，明英宗仓促亲征，在土木堡（今河北省怀来县东南土木镇）全军覆没，不幸被俘，史称"土木之变"。消息传至京师，朝野震惊，人心惶惶。兵部尚书于谦临危受命，内诛宦党，外整军纪，组织了一场惊心动魄的京师保卫战，有效地阻止了瓦剌的入侵。此诗就作于这一时期。于谦与岳飞、张煌言并称"西湖三杰"。

[注　释]

　　① 拥麾（huī）：持旗指挥，这里指统率军队。麾：古代指挥军队的旗子。
　　② 迂儒：不通事理的读书人，这里指主张议和的投降派。
　　③ 谩：徒，空。

[赏　析]

　　这是一首以苦寒之景书悲壮之情的边防诗，苦寒意象的背后是边关将士保家卫国的信念、奋勇杀敌的无畏、坚定向前的执着。

　　朔风号寒、凛凛严冬，京师内，人们围坐在烧得通红的火炉旁，尚觉寒意侵袭，而在边关、在塞外，将士们穿着铁甲正在浴血奋战。诗的开头，一组对比，形象地描摹出了战争的残酷。即便这样，又有什么关系呢？"四郊多垒，卿大夫之耻也"（《明史》），作者于谦的铮铮誓言响彻在庙堂上。国家多难，岂敢安逸享乐。

此时此刻，军营里，将士们枕戈待旦、通宵不眠，午夜尤传令箭，马上未曾解鞍。有如此军容风纪，我军安能不战无不胜、攻无不克！主帅正手持令旗、运筹帷幄，想必此战又是志在必得。反观那些唯唯诺诺、迂腐不堪的投降派，大概只会空在那里抚剑哀叹吧！这几句诗直白简练、潇洒自若，可谓真实再现了于谦诗歌清新朴素的天然本色。明代王世贞评价道："少保负颖异之才，蓄经纶之识，诗如河朔少年儿，无论风雅，颇自奕奕快爽。"（《明诗评》）他的诗正如他的人一样刚健质朴、熠熠生辉。

只愿东风劲吹、黄河解封，到那春满大地之时，必能平定乾坤、百姓安乐。此情此景，似与唐代另一位忧国忧民的大诗人杜甫遥相呼应，"何时眼前突兀见此屋，吾庐独破受冻死亦足"。优秀的诗人总是相似的，优秀的品质总是相惜的。于谦有的，岂止是"粉身碎骨浑不怕，要留清白在人间"（《石灰吟》）的清白名节，更有着可与日月争光辉的赤胆忠心。因而，《明史》评价他："忠心义烈，与日月争光。"

于谦曾自述："新诗直可追晚唐。"（《寒夜煮茶歌》）但通览全诗，可以看到于谦诗歌还有师法太白的浪漫情怀和承继子美现实主义精神的一面，这是受明初宗唐复古思潮影响下，边塞诗的又一发展。

上太行

于 谦

西风落日草斑斑，云薄①秋空鸟独还。
两鬓霜华千里客②，马蹄又上太行③山。

[写作背景]

宣德五年(1430),于谦时年33岁,被越级提升为兵部右侍郎,巡抚河南、山西。到任后,于谦励精图治,深得民心,但因为得罪太监王振,被捕入狱。在山西、河南两地吏民的请求下,朝廷释放于谦,再次任命其为镇边将军,巡抚晋豫,此诗即诗人再次巡行太行山时所作。

[注 释]

① 薄:迫近、接近。
② 千里客:诗人自称。
③ 太行:此指山西境内的太行山。

[赏 析]

这是一首茫茫秋暮中的行旅诗,诗中弥漫着诗人的坚贞、诗人的执着、诗人的哀愁。

苍茫暮色中,疾风吹拂着劲草、西风横扫着落叶。云舒云卷,笼罩着连绵的群山,鸟儿簌簌乍起,寻觅着归家的巢。在狭窄的山路上,一位两鬓斑白的老人正孤独地骑着一匹瘦马,踽踽而来。他在思索着什么?又在回忆着什么?山西,他已经在这里待了将近19年,巍峨的太行山也早已不再陌生,而如今,当再次踏上这片故土,心里却是百感交集。

"两鬓霜华千里客"是诗人自身的剪影。自25岁入宦,诗人先后出使湖广、招抚川贵、巡按江西,如今已是须发斑白、两鬓如霜。"千里客"一词更是如同戏谑,长年累月地奔波劳碌、走南闯北,却仍然是一孤寂之客。这一句准确生动地描绘出了诗人的形象。元代马致远的《天净沙·秋思》中有:"古道西风瘦马,夕阳西下,断肠人在天涯。"客居他乡岁月之久、距离之长,让两位不同朝代的诗人仿佛产生了时空的跨越,惺惺相惜、彼此慰藉。伤心自是远行客,谁人不思家?谁人不恋乡?但是,"忧国忘家,身系安危,志存宗社"(《明史》)的诗人毕竟不同于一般庸庸碌碌的凡夫俗子,他的心里装的是天下,装的是苍生,装的是深情缱绻的爱民之情。突然,一句"马蹄又上太行山"陡然振起,扭转了全诗的格调,虽然年事已高、虽然历尽沧桑,但是"哒!哒!"作响的马蹄声正由远而近传来,闻马蹄之声,如见骑马之人。诗人风尘仆仆,正策马而来,为天下、为苍生,再次登上峰峦起伏的太行山。"又上"两字写出了诗人的雄心壮志:虽然烈士暮年,但壮心不已。一洗以往仕宦的哀怨,为全诗增添了一种高亢、激昂的情调。

《四库全书总目》评价于谦诗曰:"风格遒上,兴象深远",这首《上太行》诗很能体现这点。前两句寓情于景,以萧索凄清的秋景渲染诗人浓厚的思乡之情。后两句直抒胸臆,以自我形象的刻画勾勒诗人深切的爱民豪情。全诗意境开阔,笔调矫健有力。

入 塞[①]

于 谦

将军归来气如虎,十万貔貅[②]争鼓舞。凯歌驰入玉关门[③],邑屋[④]参差认乡土。
弟兄亲戚远相迎,拥道拦街不得行。喜极成悲还堕泪,共言此会是更生。
将军令严不得住,羽书[⑤]催人京城去。朝廷受赏却还家,父子夫妻保相聚。
人生从军可奈何,岁岁防边辛苦多。不须更奏胡笳曲[⑥],请君听我入塞歌。

[写作背景]

正统十四年(1449)十一月,时任兵部尚书的于谦率领明军在经历了三个月同瓦剌大军的激战后,终于取得了京师保卫战的胜利。这次战役,粉碎了瓦剌军企图夺取北京的野心,使得明政府转危为安,同时,也极大地鼓舞了明朝全体军民的士气。这首《入塞》即是军队凯旋时所作,与出征时所作的《出塞》合为上下篇。

[注 释]

①《入塞》：古乐府旧题，属《横吹曲辞》，主要表现将士从边塞返回家乡的内容。

②貔(pí)貅(xiū)：猛兽名，古代用以比喻勇猛的军队。

③玉关门：即玉门关，故址在今甘肃敦煌西北。

④邑屋：乡间的房舍、村舍。

⑤羽书：古时征调军队的文书，上插羽毛，表示紧急，必须速递。

⑥胡笳曲：指古琴曲《胡笳十八拍》。

[赏　析]

这是一首胜利时的凯歌，军威雄壮、群情欢跃，让人如临其境、如闻其声、如见其行。

一片欢声鼓舞中，大军班师而归。将军是意气风发、势如猛虎，与出征时的"紫髯将军挂金印，意气平吞瓦剌家"（《出塞》）相得益彰。"气如虎"三字更是勾勒出了将军的矫健、勇猛、威武，让人不由得想起南宋爱国词人辛弃疾的"想当年，金戈铁马，气吞万里如虎"（《永遇乐·京口北固亭怀古》）。士兵们更是欢欣鼓舞、情绪激昂，如同十万猛兽一般，不仅阵容壮大，而且勇猛异常。整个军队，上上下下，一片欢腾。

敲锣打鼓中，军队已经入城。将士们高奏着凯歌飞驰入玉门关，眺望着远方参差错落的村镇屋舍，魂牵梦绕的故乡此刻就在眼前，心中的激动又该如何诉说啊！兄弟亲戚们听闻大军回师的消息，都远远地跑来迎接，拥挤在街头巷尾，翘首以盼，须知"古来征战几人回"（《凉州词》），看到出征塞外的哥哥、久别未归的弟弟、垂垂暮老的父亲、青春健硕的儿子，相互之间是百感交集、欲说无言。

无言中又蕴含着千言，是喜到极致的泣涕、是劫后余生的庆幸、是欢聚团圆的欣喜。此刻之间，尽情涌来。此情此景，令读者也仿佛置身其间，唏嘘不已。但是，战争从不认柔情！一纸羽书突然下达，这种温情脉脉的氛围很快被打破。将军跃马而上，未有片刻停留，就向着京城的方向疾驰而去。这便是军队、这便是战争，军令如山，没有丝毫犹豫。但是，这种离别是短暂的，朝廷要为立下赫赫战功的将士们封赏。士卒们在战争中所受的苦、遭的罪都会得到回报，父子夫妻也终会团圆。

战争总是残酷的，从军打仗是一种无可奈何，年年岁岁的边防更是辛苦。但是，为了国家、为了百姓，洒下这一腔热血，又有何怨呢？就像于谦时常慨叹的："此一腔热血，意洒何地！"（《明史》）戍守边关的将士们，何必吹奏边疆的胡笳曲，只听于谦的这首《入塞歌》就好！

全诗刚健质朴、风格婉转，展现了于谦忠贞不贰的爱国情操和追求和平、反对侵略的战争观。

秋 望

李梦阳

黄河水绕汉宫墙①，河上秋风雁几行。
客子过壕②追野马，将军弢③箭射天狼。
黄尘古渡迷飞挽④，白月横空冷战场。
闻道朔方多勇略，只今谁是郭汾阳⑤？

[写作背景]

明代弘治年间，北方鞑靼屡次侵扰，西北边境多有战事。明孝宗弘治十三年（1500），作为明代"前七子"的领袖人物、时任户部主事的李梦阳奉命到陕西榆林前线犒军，七律《榆林城》与此诗即作于此时。这首诗的题目，明代钱谦益《列朝诗集》作《出使云中》，清代汪端《明三十家诗选》作《出塞》，明代邓云霄、潘之恒《空同集》作《秋望》。

[注 释]

① 汉宫墙：指明朝当时在大同府西北所修建的长城，它是明王朝与鞑靼

部族的界限。一般作"汉边墙"。

②过壕：指越过护城河。

③彂(tāo)箭：将箭装入袋中，就是整装待发之意。彂：装箭的袋子。

④飞挽：快速运送粮草的船只，是"飞当挽粟"的省说。

⑤郭汾阳：即郭子仪，唐代名将，曾任朔方节度使，以功封汾阳郡王。

[赏　析]

这是一首描写边塞风光的写景诗，诗中之景，无非"望"中所见，透露着一股凄清肃杀的秋之气息。

秋风萧瑟中，诗人登临远望。滔滔黄河，绵延不断，绕城而过，南飞的大雁在天空中时而成行、时而成列。黄河、宫墙、秋风、雁，几组意象构筑了一派边塞的秋的意境，既点明了时节，也奠定了整首诗空阔、苍凉的基调。

战场上，备战中的将军和士兵正严阵以待，紧急操练。士兵们虽然远离家乡，客居他方，但情绪饱满、意气风发，正在越过壕沟，纵马驰骋，马蹄荡起阵阵烟尘。将军则是全副戎装，挽弓搭箭，随时装备射向敌人。"追野马"与"射天狼"相对举，展现了将士们志存高远、保国安民的崇高理想。

移目远望，滚滚黄沙中，黄河渡口一派繁忙，运输粮草的车队、船队来往熙熙、络绎不绝。黄河渡口的繁忙，正预示着一场大战即将爆发，如同李梦阳同时期所作《榆林城》诗中描绘的："旌干袅袅动城隅，十万连营只为胡。"此刻，洒满月光、寂静无声的黄河古战场上，是死一样的沉寂，仿佛一切都没有了声息，诗人的心不仅一阵收紧，而一个"冷"字更描绘出了古战场的清冷与寒意，又隐隐透露出诗人内心的寒意。

看到这一景象，一种豪情油然而生。诗人的视角也由写景转向抒情。战争的成败，主帅起着关键作用。听说北方边境多有善战而富有谋略的将领，但如今，谁人才是郭子仪呢？这两句诗，透露出诗人对战争境况充满了忧虑和担心。明代边患严重，榆林作为军事要地，经常受到袭扰，诗人此次犒军，见到这种战火连绵的景象，不由得抒发出忧国伤时的忠血情怀。

整体看来，这首诗笔力遒劲、气象开阔，是"前七子"领袖李梦阳边塞诗中的代表作。

石将军战场歌

李梦阳

清风店南逢父老,告我己巳[①]年间事。店北犹存古战场,遗镞[②]尚带勤王[③]字。
忆昔蒙尘[④]实惨怛,反覆势如风雨至。紫荆关[⑤]头昼吹角,杀气军声满幽朔。
胡儿饮马彰义门[⑥],烽火夜照燕山云。内有于尚书[⑦],外有石将军[⑧]。
石家官军若雷电,天清野旷来酣战。朝廷既失紫荆关,吾民岂保清风店[⑨]。
牵爷负子无处逃,哭声震天风怒号。儿女床头伏鼓角,野人屋上看旌旄。
将军此时挺戈出,杀敌不异草与蒿。追北[⑩]归来血洗刀,白日不动苍天高。
万里烟尘一剑扫,父子英雄[⑪]古来少。天生李晟[⑫]为社稷,周之方叔[⑬]今元老。
单于痛哭倒马关[⑭],羯奴半死飞狐道[⑮]。处处欢声噪鼓旗,家家牛酒犒王师。
休夸汉室嫖姚将[⑯],岂说唐家郭子仪。沉吟此事六十春,此地经过泪满巾。
黄云落日古骨白,沙砾惨淡愁行人。行人来折战场柳,下马坐望居庸口[⑰]。
却忆千官迎驾初,千乘万骑下皇都;乾坤得见中兴主,日月重开载造图。
枭雄不数云台[⑱]士,杨石[⑲]齐名天下无!呜呼杨石今已无,安得再生此辈西备胡[⑳]。

[写作背景]

　　正统十四年(1449)的那场京师保卫战令后人久久难忘。如李梦阳,其家乡庆阳(在今甘肃庆城县)附近多有鞑靼侵扰,其本人也多次赴边犒军,对于边患问题的严重性深有体会。明武宗正德四年(1509),距离京师保卫战已经过去了60年,但是诗人遥想起当年明军抗击瓦剌大军的勇猛,以及统帅石亨的赫赫战功,心情依旧难以平静。这首诗就作于这样的背景下。

[注　释]

①己巳：明英宗正统十四年（1449）。

②遗镞（zú）：留存下来的箭头。

③勤王：朝廷危急的时候，救援王室的兵叫勤王。

④蒙尘：天子出走曰蒙尘，此处指英宗被也先所俘虏。

⑤紫荆关：在今河北省易县西北约四十公里的紫荆岭上。是年十月，也先挟持英宗攻陷紫荆关，向北京进攻。

⑥彰义门：在《明史·地理志》中作彰仪门，京城九门之一。

⑦于尚书：指于谦。

⑧石将军：即石亨，渭南人，为宽河卫指挥佥事。

⑨清风店：在今河北易县，石亨追破伯颜帖木儿（也先弟）于此。

⑩追北：追逐败逃的敌人。北：败北，这里作名词用。

⑪父子英雄：指石亨及其侄石彪。引自《明史·石亨传》："其从子彪，魁梧似之。骁勇善战，善用斧也。也先逼京师，既退，追击余寇，颇有斩获，进署指挥佥事。"

⑫李晟：唐代中期名将，多次平定叛乱。

⑬方叔：周宣王时贤臣，曾征讨蛮夷。

⑭倒马关：在今河北省唐县西北。明代与居庸关、紫荆关合称三关。

⑮飞狐道：又名飞狐关，在今河北涞源县和蔚县交界处。

⑯嫖姚将：指霍去病。汉武帝时，霍去病为嫖姚校尉，官拜骠骑将军，封冠军侯。

⑰居庸口：居庸关，在今北京市昌平区西北，为长城重要关口。

⑱云台：汉代所建高台。汉明帝为追念前代功臣，曾命人在台上画了邓禹等二十八位大将军的画像。

⑲杨石：指杨洪。明代保家卫国的功臣之一。

⑳胡：指鞑靼。

[赏　析]

这是一首追忆诗，追忆的是明朝大军的勇猛顽强，追忆的是大将军石亨的赫赫战功，追忆的是明朝政府辉煌的抗敌历史。

硝烟散去，诗人来到清风店南，遇见了一位当地的老人，拿着一个刻着"勤王"字样的箭头，指着北方的古战场，徐徐讲述了一场六十年前的战事。

这场战事是何其惨烈，又是何等荣耀！正统十四年（1449）八月，土木堡之变，英宗被俘。瓦剌兵乘胜多次入侵，势如风雨，就像高适《燕歌行》诗中描述的："胡骑凭陵杂风雨。"是年（1449）十月，瓦剌统帅也先挟持英宗攻陷紫荆关，向北京进攻，幽州和朔方笼罩在浓重的战争氛围中。彰义门前已经有胡儿饮马，京师危在旦夕。当此之时，石亨的军队正以雷霆之势奔赴战场，随即就与鞑靼军队展开了激战。"天清野旷"四字本处于杜甫《悲陈陶》诗句："野旷天清无战声"，这里却恰恰相反。"天清"言天时，"野旷"言地利，可以看到，决战的时机都已具备，只等一战到底了。

而此时，视角一转，插入了对战区百姓状况的描写，朝廷已经失去了紫荆关，百姓又怎能守住清风店？家家携老挈幼，逃避战祸，哭声震天。但同时，"儿女床头伏鼓角，野人屋上看旌旄"，可以看到，边境地区的军民也在齐心抗敌。这些皆渲染了战争的氛围，为引出石亨抗敌做了铺垫。石将军一出场，立刻让人眼前一亮，他是挺戈而出，杀敌如同蒿草。有我无敌，奋勇追杀。"白日不动苍天高"一句，更可看出战争的惊天动地。不仅石亨，其从子石彪也是勇猛异常。父子两人携手，横扫敌军，打得敌军是鬼哭狼嚎、丢盔弃甲。战胜归来，到处是欢声锣鼓，家家宰牛备酒犒劳军队。石将军的这种战功，比起汉朝的霍去病、唐朝的郭子仪是有过之而无不及啊！

这件事情虽然已经过去60年了，但如今经过旧地，仍然涕泪沾巾。看到嶙嶙白骨露于荒野，飞沙走石的景象，让路过的行人也感到伤感。折下战场上的一枝柳，在居庸关口遥望，想起景泰元年（1450）千官迎驾的场面，前呼后拥，热闹非凡。终于等到英宗还都的那一日，国家就要重新开始建设。石亨将军的功绩朝廷应该会记得，这样的战功天下少有啊！唉！可是他的战功现在已经没人记得了，将来怎么还会有石亨这样为国效力、抵御外辱的人呢？

全诗感情深沉、悲壮，叙述历史事件，如在眼前，让人不禁感怀深思、慨然长叹。

咏海舟睡卒

俞大猷

日月双悬照九天，金塘①山迥亦燕然②。
横戈息力③潮头梦，锐气明朝破虏间。

[写作背景]

明代嘉靖（1522—1566）年间，倭寇对我国东南沿海的侵扰十分猖獗。抗倭名将俞大猷转战江、浙、闽、粤等地，抗倭御敌，安定海疆，功勋卓著，其军队被称为"俞家军"，其本人与戚继光并称为"俞龙戚虎"，名震一时。这首诗是俞大猷在抗倭前线巡视时的所见所感。

[注 释]

① 金塘：指今上海市东南海上的金山，明朝时设金山卫，为江浙沿海要塞。

② 燕然：燕然山。据《后汉书·窦宪传》记载，大将窦宪追击北匈奴，出塞三千里，至燕然山刻石记功。后以"燕然未勒"指把记功文字刻在石上。

③ 息力：休息、睡觉。

[赏 析]

这是一首巡边诗。战争不仅有烽火硝烟、金戈铁马，还有将领与士兵之间的上下同心、相互体恤。

日月当空悬照，山峦阵列成行。遥望远处的金塘山，卓然独立，不禁让人想起"燕然勒石"的典故。何时才能效仿东汉大将窦宪，追击匈奴三千里，燕然山刻功而返？"燕然未勒归无计"，范仲淹的这首《渔家傲·秋思》似乎点出了诗人的心意，一面是建功立业的豪情壮志，一面又是归期无计的哀伤凄凉。两者该如何权衡呢？让人陷入深深的思考中。但随即，笔头一转，"横戈息力潮头梦，锐气明朝破虏间"，这两句诗由远及近，将镜头聚焦于船头上"横戈息力"的士兵。此刻他们正伴随着波涛的起伏酣然入睡，相信经过一夜的休养生息，定能在明朝精神饱满、奋勇杀敌。看到此情此景，不禁让人为之一振，也更坚定了诗人杀敌报国的决心。

全诗感情真挚、气魄雄伟，字里行间流露出诗人对战士的关心和信任，同时也展现出诗人痛歼倭寇的决心和意志。俞大猷可以说是500年前的抗日英雄，他一生抗倭，体恤士兵的事迹也被后人称诵，清代张廷玉就说道："大猷为将廉，驭下有恩。数建大功，威名震南服。"（《明史》）而俞大猷最终也完成了自己的心愿，在广东肇庆市七星岩刻石记功，曰："胡然北斗宿，化石落人间。天不生奇石，谁擎万古天。"大气磅礴！

颂任公[①]

归有光

轻装白袷[②]日提兵，万死宁能顾一生。
童子皆知任别驾[③]，巍然海上作金城[④]。

[写作背景]

在明朝中叶的抗倭将领中，任环无疑是瞩目的一位。嘉靖三十四年（1555），任环与俞大猷破倭寇于陆泾坝、马迹山等地，斩获颇多。史载任环："与士卒同寝食，所得赐予悉分给之。军事急，终夜露宿，或数日绝餐。"士兵们十分感激，愿意为他效命。任环英勇抗倭，在东南沿海一地深受民众喜爱，童子皆知。这首诗就是归有光写给任环的颂诗。

[注　释]

① 任公：任环（1519—1558），字应乾，山西长治人。
② 白袷（jiá）：白色夹衣。
③ 任别驾：任环曾任苏州同知，近似古之别驾，故称其"任别驾"。
④ 金城：指坚固的长城。

[赏　析]

这是一首英雄的颂歌。金杯、银杯，不如老百姓的好口碑。英雄的名字会被人们铭记，英雄的伟绩会被人们歌颂。

东南沿海，天气炎热，军营中，一身轻装白袷的任环正在日复一日地操练军队。倭寇经常神出鬼没，常趁人不备发动偷袭，因此，加强防范格外重要。对抗倭寇并不是那么容易的，常常是九死一生，但是任环毫不畏惧，从"万死宁能顾一生"，可以看到他决心战死沙场的英雄本色。史载任环"尝书姓名于肢体，曰：'战死，分也。先人遗体，他日或收葬。'"（《明史》）怕死后家人找不到遗体而把姓名提前刻于肢体上，可以看到任环献身疆场的决心！

作为军人来说，打胜仗就是向人民交出的最好答卷。任环在苏州、松江等地担任将领的六年里，浴血奋战，苏北、浙北的倭患渐告平息，他为抗倭斗争作出了巨大贡献，边疆地区也因为有了他，可谓固若金汤。人民群众的眼睛是雪亮的，判断一方官吏或守将的政绩如何，人民群众最有发言权，"童子皆知任别驾"，连小孩子都知道他的大名，可以看到任环在人民群众中的声望极高。旧时苏州、常熟、松江等地还流传着他与王铁、钱泮、钱鹤州等抗倭英雄的传说。

整首诗热情洋溢，格调爽朗、明快，歌颂了任环的英雄事迹，表达了诗人和广大人民群众对英雄的敬重和信赖。

龛①凯歌（其二）

徐　渭

短剑随枪暮合围，寒风吹血着人飞②。

朝来道上看归骑，一片红冰③冷铁衣。

[写作背景]

嘉靖三十四年（1555），提督胡宗宪和兵部郎中王忬在龛山驻兵，修筑堡垒，大破倭寇，取得龛山大捷。徐渭正值三十五岁，在胡宗宪门下作幕僚，参与筹划抗倭斗争，更目睹龛山大捷的全过程，写下了《龛山之捷》翔实描述了此次战役。而《龛山凯歌》五首则是在充分和深入了解战争始末的基础之上创作的一组诗歌，堪称一组纪实的史诗。本诗是其二，最具代表性。

[注　释]

① 龛（kān）山：在今浙江萧山东北五十里，其行如龛（供神佛的小阁），下瞰钱塘江，与海宁赭山对峙。

② 着人飞：指血飞溅人身。

③ 红冰：一作"冰红"，血凝结成的冰块。

[赏　析]

这是一首胜利时的凯歌，气候条件的恶劣、战场厮杀的惨烈、将士抗击的勇猛都映照出这场胜战的来之不易。

苍茫暮色下，将士们或持短剑，或握长枪，从四面八方涌出，正将倭寇层层包围。从"短剑随枪"可以看出，将士们这次是轻装上阵，训练有素。一个"暮"字点明时间。夜幕掩护下，是进攻的好时机。"合围"则是这次战斗的特点，表明这次作战有周密的部署，准备全歼敌寇。开头一句，先将战争的总体情况全盘托出。具体的作战情况又是怎样呢？一句"寒风吹血着人飞"，点出了这一惊心动魄的激战场面。

隆冬时节，寒气凛冽、寒风刺骨，气候恶劣，但是风助军威、寒激勇气，将士们一个个杀得敌寇血肉横飞，鲜血飞溅到战士身上。尤其是"血着人飞"这一细节的描写，点出了战争的惨烈、伤亡的严重，眼前也仿佛浮现出敌我双方生死拼杀的情景。同时，也感受到了我方将士不畏严寒、不怕牺牲、英勇拼杀的昂扬气概。

清晨，老百姓们都围在街道两侧，迎接凯旋的将士，但是映入眼帘的是鲜血凝结成的寒冰，一片片地冻结在将士们的盔甲上。这"一片红冰冷铁衣"是胜利的勋章，是凯旋的号角，是荣誉的象征。"红"，给人以鲜明的视觉冲击，"冷"，让人感受到阵阵寒意，这几个字的勾勒足以见战况之惨烈、战果之辉煌。同时，"红冰"又与上文的"吹血"相呼应，无论是鏖战时的寒风吹血，还是作战回来的凝血成冰，都显示出抗倭将士血战到底的英雄气概和夺得胜利时的豪情壮烈。

战争是残酷无情的杀戮，是你死我活的争斗，怕流血就不要来当军人，怕牺牲就蜷缩着做一个懦夫。我们泱泱大国需要的是铮铮铁骨、是好汉男儿！

马上作[①]

戚继光

南北驱驰报主情[②]**，江花边月笑平生。**
一年三百六十日，多是横戈马上行。

[写作背景]

嘉靖三十四年（1555），戚继光调任浙江都司佥事，在倭患严重的浙江负责海防，他组织戚家军与俞大猷一起抗击倭寇，解除了东南沿海长达二十年的边患。后受命驻守蓟州，筑城练军，北御鞑靼，拱卫京畿。这首诗就是戚继光在南北驱驰中抒写行迹、表达心志之作。

[注　释]

① 马上作：骑在马上作出来的诗。
② 报主情：报答君王的恩情。

[赏　析]

这是一首行旅诗。题为"马上作"，简单说，就是骑在马上创作出来的诗歌，可以看到诗人的朴实、随兴。他是一位文采横溢、乐观豪迈的"马背诗人"。

宋代王禹偁《村行》诗曰："信马悠悠野兴长"，似与这首诗的整体风格相映。诗人戚继光曾先后在南方的福建、广东一带和北方的蓟州一带镇守，史载其"血战歼倭，勋垂闽浙，壮猷御虏，望著幽燕"。（《明神宗实录》）故而开篇曰："南北驱驰报主情"，"南北驱驰"即南征北战。"报主情"三字奠定了全诗的感情基调，戚继光组织"戚家军"抗倭十余年，后又应天子之召戍守北方，可以看到其戍边卫国的忠君爱国情怀。"江花边月笑平生"则是"南北驱驰"的细化，"江花"代指南方，"边月"代指北方。一"笑"字置之于南征北战的戎马生活，可以看到诗人的乐观、爽朗，这是回顾平生功业所产生的复杂心情，"封侯非我愿，但愿海波平"（《韬铃深处》），诗人在乎的是家国平定，而不是世俗的加官晋爵。

屈指一算，一年三百六十五日，诗人可以说天天都在驰骋疆场中度过。简简单单的一句口头倾诉，蕴含着多少辛苦与奔波。袁枚曰："诗宜朴不宜巧，然必须大巧之朴；诗宜淡不宜浓，然必须浓后之淡。"（《随园诗话》）戚继光的这句诗，正是他平生经历的真实概括和崇高感情的凝聚，平易自然，朴中有巧、淡中有浓。征战不息、意志不泯，"多是横戈马上行"一句总括全诗。诗人对自己横戈立马的生活没有抱怨、没有悔恨，淡淡诉来，似云淡风轻。殊不知，每一场战争背后都是生死攸关的考验，每一个荣誉的背后都是生死厮杀的较量。一将功成万骨枯，战争从来就是冷酷、无情的，但是诗人却能从中脱离出来，平淡叙述，让人感受到一位大气爽朗、乐观向上的武将形象。

戚继光一生的丰功伟绩耳熟能详、妇孺皆知，而其以短短的四句诗概括出来，展现了他乐于驱驰边疆的爱国情怀。

边中①送别

袁崇焕

五载离家别路悠，送君寒浸②宝刀头。
欲知肺腑同生死，何用安危问去留？
策杖只因图雪耻，横戈原不为封侯。
故园亲侣如相问，愧我边尘③尚未收。

[写作背景]

天启二年（1622）正月，明军在广宁（今辽宁北镇）之战中全军覆没，时任兵部职方主事的袁崇焕自请守辽，被任山东按察司佥事，奉命扼守宁远。天启五年（1625），朝廷任用宦官魏忠贤党羽高第为辽东经略，然其畏敌怕死，下令从关外撤军。袁崇焕拒绝撤退，率两万孤军守城。这首诗就是宁远保卫战之前写的。

[注　释]

① 边中：指辽东边防前线。
② 寒浸：经过严寒天气的侵袭。
③ 边尘：指边境战事。

[赏　析]

这是一首边城前线的送别诗，没有儿女情长、卿卿我我，呈现出的是一种报效国家、矢志不渝的豪情壮志。

从天启二年（1662）诗人自请出关守辽，如今已经五年过去了。故乡远在广西藤县，乡关远隔，路途遥远。"山川悠远，维其劳矣。"（《诗经·小雅》）一个"悠"字点出无限怅惘。而现在，同行的亲友就要还家了，不禁又勾起了自己的思乡情绪。离别的时候，该送点什么呢？就送一把浸着寒气的宝刀吧！宝刀为寒气所浸，凛凛然而有杀气。"人生何处不离群，世路干戈惜暂分。"李商隐的这首《杜工部蜀中离席》仿佛道出了诗人的心声。对于卫国戍边的男儿来说，这点离别又算得了什么呢？"欲知肺腑同生死，何用安危问去留"，诗人早已将个人安危置之度外，欲同国家共存亡。一个"何用"，反问语气，态度果敢坚定，不容置疑。

不仅如此，诗人还有着超乎常人的崇高境界，"策杖只因图雪耻，横戈原不为封侯。"自己策马横戈，驱驰疆场，目的是为国家洗雪耻辱，而非求取个人功名。明代戚继光曰："封侯非我意，但愿海波平。"（《韬钤深处》）两人可谓意气相投。尾联"故园亲侣如相问，愧我边尘尚未收"。化用唐代王昌龄《芙蓉楼送辛渐》诗中的"洛阳亲友如相问，一片冰心在玉壶"。请对方回家后告诉父老乡亲，边境尚未安定，自己实在愧对故乡亲友。

全诗感情悲慨、情感充沛，表达了作者边尘未定、决不收兵的意志和宏伟抱负。

军中夜感

张家玉

惨淡天昏与地荒，西风残月冷沙场。
裹尸马革①英雄事，纵死终令汗竹香②。

[写作背景]

弘光元年（1645）六月，张家玉被授为翰林院侍讲，兼编帝王起居注，七月初，为兵科给事中，监督御右营永胜军。明朝灭亡后，张家玉变卖家产，起兵抗清，与敌人展开殊死搏斗。清顺治四年（1647）十一月，张家玉指挥义军在增城与清军大战十天，身负重伤，不愿被俘，投塘而死。这首诗就作于这一时期。

[注释]

① 裹尸马革：即"马革裹尸"，古代将士死于战场，用马革包裹其尸体。《后汉书·马援传》中，东汉名将马援曾说："男儿要当死于边野，以马革裹尸还葬耳，怎么能卧在床上等死呢！"

② 汗竹香：指青史留名。汗竹：指史册。

[赏析]

这是一首感兴诗，诗人驰骋沙场，月夜思之，有感而发。

天空昏暗、大地荒凉、西风凛冽、残月冷照，战场上一片惨淡萧条。开头两句以景带入，令读者仿佛置身其中，同时也衬托出作者身陷绝境时沉郁凄凉的心情。

身为英雄就应该战死疆场，像东汉马援所说的那样，马革裹尸而还，这是英雄本来就应该做到的事，即便战死，也要使自己的名字在史册上千古流芳。读到这里，仿佛看到了一个铮铮铁骨的英雄巍然屹立。"裹尸马革英雄事，纵死终令汗竹香。"这两句如同点睛之笔，使全诗的格调陡然一振。

马革裹尸，是中国历代军人的荣耀，抒写着英雄的荣光，承载着英雄的梦想。

热血男儿，纵死无悔，为了祖国、为了民族的大义，虽死无憾。千秋之下，马革裹尸的精神将永远照亮民族心灵的天空。

复 台

郑成功

开辟荆榛逐荷夷①，十年始克复先基②。

田横③尚有三千客④，茹⑤苦间关⑥不忍离。

[写作背景]

台湾自古以来就是中国的领土。元、明之际，朝廷曾设巡检司于澎湖，管理台、澎事务。明天启四年（1624），荷兰人趁明清交战、无暇他顾之机，侵占了台湾。1661年，郑成功率军登陆台湾，与当地民众一道，奋力驱逐荷兰殖民者，于次年收复台湾。这首《复台》诗就作于此时。

[注　释]

①荷夷：指荷兰侵略者。

②先基：祖先的基业。

③田横：秦末狄县（今山东省高青县东南）人，齐国贵族，从兄起兵反秦。汉朝建立后，率部属五百人逃居海岛，因不愿称臣而自杀，其部属闻之，亦全部自杀。

④三千客：田横部属实为五百人，这里的"三千"是夸张之笔。

⑤茹：吃。

⑥间关：本指道路崎岖，这里指境遇坎坷。

[赏　析]

这首《复台》诗是中国人民收复宝岛台湾的历史记录，同时也凝结着包括台湾人民在内的全国人民统一祖国的心愿。

郑成功，我国历史上著名的民族英雄。永历十五年（1661）三月，郑成功亲率将士两万五千人，于台湾禾寮港及鹿耳门登陆，先夺取赤嵌城，继而围攻台湾城，迫使荷兰总督揆一于永历十六年（1662）二月一日签字投降，台湾重回祖国怀抱。此时，距离顺治八年（1651）年台湾郭怀领导的反对荷兰殖民者的起义已经过去了十年。诗歌开篇："开辟荆榛逐荷夷，十年始克复先基"描述的便是此事。一方面，回顾了经过十年的斗争，终于光复台湾的进程。另一方面，明确表达了诗人对台湾的深厚情感和驱逐荷兰殖民者、发展经济的主张。

后两句，"田横尚有三千客，茹苦间关不忍离"，引用齐国田横的典故，表明诗人及其部属与台湾人民生死相依、永不分离的决心。诗中充满了收复台湾的喜悦和坚守台湾的豪情壮志。郑成功崇高的历史地位在于他驱逐了荷兰殖民者，收复了宝岛台湾。这是他一生的高光时刻，他也因此成为彪炳史册的民族英雄，受到后代百姓的颂扬。

军人就应该守护祖国的领土，捍卫民族的尊严。收复台湾是历史的必然，两岸同胞应该齐心协力，早日完成祖国统一大业。

即事（其一）

夏完淳

复楚[①]情何极，亡秦气未平。
雄风清角劲，落日大旗明。
缟素[②]酬家国，戈船决死生！
胡笳[③]千古恨，一片月临城。

[写作背景]

弘光元年（1645），清兵下江南，夏完淳时年十五岁，随父夏允彝、师陈子龙在松江起义抗清。失败后，夏允彝投水自殉。夏完淳追随陈子龙与太湖义军联系，参加吴易起义，继续进行抗清救国活动。诗人身在义军，面对着旌旗号角，怀着无限愤慨之情，写下了《即事》三首，此是其一。

[注　释]

① 复楚：暗指复明。

② 缟素：指白色的孝服。

③ 胡笳：古代管乐器。

[赏　析]

这是一首爱国诗，诗人的亡国之恨、光复雪耻的雄心壮志跃然纸上，让人感同身受。

据《史记·项羽本纪》记载："夫秦灭六国，楚最无罪。自怀王入秦不反，楚人怜之至今，故楚南公曰：'楚虽三户，亡秦必楚'也。""楚虽三户，亡秦必楚"象征着即使弱小，团结一致也能报仇雪恨。诗人开篇就引用这一典故，蕴含着深刻、激愤的灭清复明之志。"情何极""气未平"则定下了全诗悲壮激越的情感基调，仿佛听到了誓灭清人、恢复明朝的铮铮誓言在沙场上回荡。接下来，由情入景，雄风中，军队的号角声传来；红日里，战旗迎风飘动。这是沙场的独有景观，"劲""明"两字更凸显出义军的庄严、威仪。

此时诗人一身缟素，迎风而立，指挥军队有条不紊地作战。为什么要一身缟素呢？因为诗人早已做好了为国殉身的准备。"决死生"更显出这场战争的重要性，是一场生死决战。"酬家国"是目的，"决死生"是决心，鲜明地突出了诗人为雪耻复国而生死决战的惨烈情怀。当此之时，一阵阵胡笳声响起。这悲凉的胡笳声中熔铸的是诗人难以诉说的千古仇恨，国破家亡的耻辱、复国不得的焦虑、战争未定的担忧，只有一片凄凉的月色映照着古城，似与诗人此时的心境相似。

全诗意境开阔，思入微茫，国恨家仇糅合在一起，浩然之气充斥于天地之间，让人感到无比振奋。

又酬傅处士[①]次韵（其二）

顾炎武

愁听关塞遍吹笳，不见中原有战车。
三户已亡熊绎国[②]，一成[③]犹启少康[④]家。
苍龙日暮还行雨，老树春深更著花。
待得汉庭[⑤]明诏近，五湖[⑥]同觅钓鱼槎。

[写作背景]

　　清兵南下后，顾炎武曾参加家乡昆山及嘉定一带的抗清起义军。失败后，他遍游华北，不忘兴复。清康熙元年（1662）秋，顾炎武由河北入山西，在太原结识傅山，一见如故。康熙二年（1663）春天，顾炎武外出回家，路途中与傅山相遇。傅山以《晤言宁人先生还村途中叹息有诗》相赠。顾炎武以《又酬傅处士次韵》二首相答。此是其二。

[注　释]

　　① 傅处士：傅山，作者友人。
　　② 熊绎（yì）国：指楚国。
　　③ 一成：古代计算土地面积的单位，方十里。
　　④ 少康：夏代中兴之主。
　　⑤ 汉庭：指代推翻清王朝后建立的汉民族政权。
　　⑥ 五湖：范蠡复兴越国后功成身退、泛舟五湖。

[赏　析]

　　这是一首次韵酬答诗。国破家亡之际，诗人路逢友人，一方面，对其民族气节深为感动，另一方面，表达了自己坚持抗清的复国之志。

　　茫茫塞外，诗人怆然独立，听着远处飘来的胡笳声，脸上流露出无尽的愁绪。这愁来自哪里呢？国破家亡、山河易主。诗的开篇，一"愁"字奠定了全诗的感情基调。而中原呢？此时却看不到有任何战车发出。如此疏于备战，怎能不让人忧虑万分。"楚虽三户，亡秦必楚！"夏朝少康仅有方圆十里的土地，仍能使夏朝再度中兴。要时刻充满信心，要相信复国的道路为时不远了！

苍龙不顾日落还要腾空行雨，老树在春深时更发出新花。而诗人呢？此时虽然已经华发苍颜，但是倘有一口气在，复国的大计就一定要坚持！我们要像苍龙一样，虽然日薄西山、气息奄奄，仍要行云播雨；要像老树一样，一到春天，仍要鲜花怒放。"苍龙日暮还行雨，老树春深更著花。"这两句诗可谓全诗的点睛之笔，让人眼前一亮。

与此同时，也是诗人心志的抒发，表明誓死效忠国家的决心，如同他说的"远路不须愁日暮，老年终自望河清"（《五十初度时在昌平》）。诗人如此忠贞，是为了什么呢？"待得汉庭明诏近，五湖同觅钓鱼槎"，朝廷若要论功封赏，是断然不会接受的。做臣子要像范蠡那样，功成身退，去五湖垂钓、归隐林泉。可以看到，诗人做这些绝不是为了功名利禄，而是为了报效国家。

整首诗用典精当、对仗工稳，在同友人傅山的次韵酬唱中，表明了自己不屈斗争的爱国情结。

南将军[①]庙行

王士禛

范阳[②]战鼓如轰雷，东都[③]已破潼关开。山东[④]大半为贼守，常山平原安在哉！
睢阳独遏江淮势，义激诸军动天地。时危战苦阵云深，裂眦不见官军至。
谁欤健者南将军，包胥[⑤]一哭通风云。抽矢誓仇气慷慨，拔剑堕指何嶙峋！
贺兰[⑥]未灭将军死，呜呼南八真男子。中丞[⑦]侍郎同日亡，碧血斓斑照青史。

淮山峨峨淮水深，庙门遥对青枫林。行人下马拜秋色，一曲《淋铃》⑧万古心。

[写作背景]

　　安史之乱中，睢阳（今河南省商丘市）陷入叛军重围。南霁云奉睢阳守将张巡之命到临淮（今安徽省盱眙县西北）向河南节度使贺兰进明求援。贺兰进明对张巡十分嫉妒，不肯出兵相救，睢阳因此陷落，张巡、南霁云等人均遇害。后人为了纪念南霁云，在临淮修建了南将军庙。康熙三年（1664），王士祯路经此地，缅怀往事，感慨万千，于是写下了此诗。

[注　释]

　　① 南将军：唐将南霁云，顿丘人。

　　② 范阳：唐方镇名。

　　③ 东都：指洛阳。

　　④ 山东：太行山以东。

　　⑤ 包胥：即申包胥。

　　⑥ 贺兰：复姓，指贺兰进明，时为河南节度使，驻军临淮。

　　⑦ 中丞：指张巡。

　　⑧《淋铃》：相传唐玄宗入蜀，至斜谷淋雨弥旬，栈道中，铃声隔山相应，因采取其声为《雨淋铃》曲以悼念杨玉环。

[赏　析]

　　这是一首怀古诗。张巡、南霁云之事，历代文人多有歌颂，如《隋唐演义》第九十四回有："安禄山屠肠殒命，南霁云啮指乞师。"王士祯也深为感动，作了这首诗。

　　战鼓轰鸣中，安禄山起兵洛阳，很快，洛阳沦陷、潼关失守，太行山以东大半落入敌手，以至于颜杲卿兵败身死、颜真卿被迫撤退，黄河以北各地全部沦陷，形势十分危急。诗的前四句节奏紧凑，大有刻不容缓之势，仿佛让人看到了战场上一触即发的局势。叛军攻打河南，张巡先为真源令，后拜御史中丞，与太守许远率部死守睢阳，方使整个江淮的形势稍稍稳定，唐军由此获得了暂时喘息的机会。但是，睢阳的局势同样十分危急，粮食短缺，甚至流传着张巡杀了自己的爱妾来犒劳士兵。救兵迟迟不来，无奈之下，南霁云只好前往临淮乞师求援。

南将军是何等的英雄好汉，像春秋时楚国大夫申包胥那样只身去往秦廷求援。但是，小人作祟，贺兰进明不但见危不救，还将南霁云强留下来。为了表明自己与睢阳守军共赴难，不愿留在临淮苟且偷生的决心，南霁云随即拔剑砍断自己的手指，这种气概，是何等激昂！

不仅如此，南霁云毅然策马离开临淮，出城时，还抽箭射中佛塔，表明自己誓死要在击退叛军后，必来消灭贺兰进明的决心。但是，遗憾的是，贺兰进明未灭之时，南霁云和张巡等人就英勇就义，永垂史册。

淮山巍峨，淮水流淌，它们正可寄托后人的景仰之心、怀念之情。南将军庙如今依山傍水，一派庄严肃穆的景象。诗人于金秋时节来到这里，不禁下马而拜，献上一曲哀歌，表达自己的无限深情。

这首诗以怀古为主，大气磅礴，发人深省，以浓烈的气氛烘托出了主人公的光辉形象。

于中好[1]

纳兰性德

雁贴寒云次第飞，向南犹自怨归迟。谁能瘦马关山道，又到西风扑鬓时。人杳杳，思依依，更无芳树有乌啼。凭将扫黛[2]窗前月，持向今朝照别离。

[写作背景]

纳兰性德，叶赫纳拉氏，满洲正黄旗人，清朝初年词人。自幼饱读诗书，文武兼修。康熙十五年（1676）殿试中二甲第七名，赠进士出身。纳兰性德的词以"真"取胜,写景逼真传神,词风"清丽婉约,哀感顽艳,格高韵远,独具特色"。这首词就很好地体现了这一特色。

[注　释]

① 于中好:词牌名,双调,五十五字,押平声韵。
② 扫黛:扫眉,即画眉,这里指闺中妻子。

[赏　析]

这是一首词人在出行途中所写的思妇之作。语近情遥、含思隽永、深婉动人,让人感受到了纳兰性德词的独特韵味。

秋风正浓之际,一群群大雁迫不及待,向南飞去,唯恐落后。秋雁尚且思归,那么人呢?在一条细细的山间小道上,词人也在迫不及待地向着故乡归去。西风飒飒,扬起鬓角之发,但是依旧挡不住词人迫切的归乡之情。似乎从心里产生了一种错觉,这归乡的路怎么越走越远了呢?

"近乡情更切",离人杳无踪迹,消失在关山古道上。佳人愁思依依,无心寻芳弄柳,终日待在深闺中,任凭月落乌啼。随手闲拂窗前明月,月光啊,想必此时也落在了离人的身上吧!如此,好像有了"海上生明月,天涯共此时"(张九龄《望月怀远》)的感觉。

黄天骥评说这首词曰:"上片说,大雁匆促飞走,它们尚且埋怨南归太迟了,而离人却骑着瘦马,行走在关山道上。去年是古道西风瘦马,今年又是西风扑鬓。这几句,感情层层深入,而又流畅自然,有如清溪泻玉。"(《纳兰词全集》)此词层层翻转,以月牵合,让人深感缠绵悱恻、婉转动人。

第六篇章 近代部分

次韵答陈子茂德培

林则徐

送我凉州浃日程，自驱薄笨短辕轻①。

高谈痛饮同西笑，切愤沉吟似《北征》②。

小丑跳梁谁殄灭？中原揽辔望澄清③。

关山万里残宵梦，犹听江东战鼓声④。

[写作背景]

林则徐（1785年8月30日—1850年11月22日），福建侯官人（今福建省福州市），字元抚，又字少穆、石麟，晚号俟村老人、俟村退叟、七十二峰退叟、瓶泉居士等。是清朝后期政治家、思想家和诗人，是中华民族抵御外辱过程中伟大的民族英雄，其主要功绩是虎门销烟。道光二十二年（1842），由于陕甘刀客与当地回民联合反抗官府的斗争此起彼伏，九月钦差大臣、陕甘总督林则徐遣戍新疆，途经古浪、凉州作《次韵答陈子茂德培》一诗，盛赞西北的大好河山。

[注 释]

① "送我"二句：凉州：在今甘肃武威，是从中原赴伊犁的必经之路。浃日：古代用干支纪日，从甲到癸共十日，称为"浃日"。薄笨短辕：简陋的小车。这两句是说，你从兰州送我到凉州，已有十天的路程，路上自己驾驶简陋的小车，似乎很轻快。

② "西笑"二句：语出汉桓谭《新论》："人闻长安乐则出门西向相笑。"长安当时是京都，"西向"指面向长安，"西向相笑"表示与京都同乐。这里表示

议论京师时事。切：深切。北征：汉班彪作《北征赋》，表达对西汉末年连年战乱的忧虑。这两句是说，路上两人有时高声谈笑，痛饮美酒，评论京城中的政事，深切的悲愤心情有如写《北征赋》的班彪。

③"小丑"二句：小丑：指英国侵略者。殄：消灭，灭绝。辔：马缰绳。澄清：指政治清明。这两句是说，谁来消灭英国侵略者那帮跳梁小丑？骑在马上望中原，盼望中国出现政治清明的局面。

④"关山"二句：江东：泛指长江下游和江南地区。这一年五六月间，英军攻陷上海、镇江，进逼南京。这两句是说，我虽被充军万里，但在夜间梦里仿佛还听到了江南地区抗英斗争的战鼓之声。

[赏　析]

　　道光二十年（1840），鸦片战争爆发。在内外交困下，在一众投降派的打压和诬陷下，道光皇帝对林则徐的不满与日俱增，并以办事不力罢免林则徐。旋即不久，便把他谪戍伊犁。道光二十二年（1842），林则徐离兰州西行，挚友安定县主簿陈德培一直陪送到凉州。是年九月二十六日，林则徐离开凉州继续西行，陈又送至凉州西境四十里堡，二人共餐而别。陈作诗赠林则徐，林则徐步陈诗原韵以作答。此诗就是林则徐在陈德培的陪同下从兰州到凉州途中一路心情的真实抒写。

　　诗作前四句写发配途中，陈德培亲自驾驭着粗笨的马车送林则徐西行，同诉衷肠。一路上，两人既有坦然自若、高谈痛饮的欢愉，又忧心忡忡、内心充满对家国的切愤，这种忧虑恰如写作《北征赋》的班彪一样。这亦喜亦忧的心情，将林则徐对人生境遇的坦然和对国家未来的担忧一一展现。

　　诗作的五六句话锋一转、抒发志向，他先将英国侵略者视为跳梁小丑，表达作者对英国侵略军的蔑视和仇恨，后又强烈地盼望有志之士能够接替自己的未竟事业，重振朝纲，澄清玉宇。最后一句又转向实写，写他虽人在充军路上，但依然心系万里关山，即使在梦中还时时响起东南沿海抗敌的咚咚战鼓声。一位虎门销烟英雄，心系天下，却被国家的统治者抛弃。

但在贬谪的路上，他依然能淡然地面对人生起伏，同样还对国家的前途命运心存忧虑，这才是真正不计个人得失、真正为国为民的赤子！

冯将军① 歌
黄遵宪

冯将军，英名天下闻。将军少小能杀贼，一出旌旗云变色。
江南十载战功高，黄袿色映色翎飘②。中原荡清更无事，每日摩挲腰下刀。
何物岛夷横割地，更索黄金要岁币③。北门管钥④赖将军，虎节重臣⑤亲拜疏。
将军剑光方出匣，将军谤书忽盈箧⑥。将军卤莽不好谋，小敌虽勇大敌怯。
将军气涌高于山，看我长驱出玉关。平生蓄养敢死士⑦，不斩楼兰今不还。
手执蛇矛长丈八，谈笑欲吸匈奴血。左右横排断后刀，有进无退退则杀。
奋挺⑧大呼从如云，同拼一死随将军。将军报国期死君，我辈忍孤将军恩。
将军威严若天神，将军有令敢不遵，负将军者诛及身⑨。
将军一叱人马惊，从而往者五千人。五千人马排墙进，绵绵延延相击应。
轰雷巨炮欲发声，既戟交胸刀在颈⑩。敌军披靡鼓声死，万头窜窜纷如蚁。
十荡十决⑪无当前，一日横驰三百里。
吁嗟乎，马江一败⑫军心慑，龙州蹙地⑬贼氛压。
闪闪龙旗天上翻，道咸以来无此捷。得如将军十数人，制挺⑭能挞虎狼秦。
能兴灭国柔强邻，呜呼安得如将军！

[写作背景]

　　黄遵宪（1848年4月27日—1905年3月28日），晚清诗人，外交家、政治家、教育家。字公度，别号人境庐主人，广东省梅州人，光绪二年举人，历充师日参赞、驻旧金山总领事、驻英参赞、驻新加坡总领事，戊戌变法期间署湖南按察使，助巡抚陈宝箴推行新政。工诗，喜以新事物熔铸入诗，有"诗界革新导师"之称。这首诗是讴歌清代名将、民族英雄冯子材将军，表现了冯将军保家卫国的英雄事迹，希望在国家多难之际，能够有更多的人才涌现。

[注　释]

①冯将军：冯子材（1818年7月29日—1903年9月18日），字南干，号萃亭，出生于广东廉州府钦州沙尾村（今属广西钦州沙尾村），晚清抗法将领、民族英雄。

②黄袿色映色翎飘：黄袿：指朝廷赐给冯子材的黄马褂。冯子材在镇压太平天国时有功，即诗中所说"能杀贼"。作者在太平天国问题上，是站在清廷立场上的，故有此说。花翎飘，廷赐有功者赏戴蓝翎，插戴官帽上。花翎，一种赐功臣的孔雀翎，作帽饰。

③岁币：每年交纳的金银货币，此指法军要清政府赔款8000万法郎事件。

④北门管钥：掌握城防。管钥，城门关锁。引自《春秋左传·僖公三十三年》："杞子自郑使告于秦曰：'郑人使我掌其北门之管，若潜师以来，国可得也。'"这里指冯子材守镇南关。

⑤虎节重臣：指朝廷派往地方掌握兵权的大臣。虎节，虎形符节，旧时朝廷给大臣的一种符节。这里指当时的两广总督张之洞。

⑥谤书忽盈箧：据《战国策·秦策》记载，乐羊攻中山国，凯旋而归。魏文侯拿一箱诽谤他的信给他看，表示他对乐羊的信任。这里指广西巡抚等人对冯子材的诬蔑。

⑦敢死士：不怕死的勇士。指冯子材平日训练的藤牌队。

⑧奋挺（tǐng）：奋举棍棒，意谓挥舞武器。

⑨负将军者诛及身：指战前藤牌军请战，誓言说如有负将军之恩，自到以谢将军。

⑩ "轰雷"二句：这两句是说，法军以炮火轰击，但冯子材军突袭法军，剑戟临身，于是敌军火器无法施展。

⑪ 十荡十决：指冯子材军多次扫荡冲锋多次歼击敌军。语出古乐府歌辞《陇上歌》："丈八蛇矛左右盘，十荡十决无当前。"

⑫ 马江一败：指法军袭击马尾港，击溃清廷南洋海军。马江，马尾港，在福建闽江口。

⑬ 龙州蹙地：指广西龙州，当时为广西太平府龙州厅。广西巡抚潘鼎新等皆不战而退。蹙（cù）地，指龙州败退以及谅山守将苏元春弃地而退至广西境内。蹙，收缩。《诗经·大雅召旻》："今也日蹙国百里。"

⑭ 制梃：即掣起棍棒一类武器。制，通掣，拿。挞，鞭打、惩罚。虎狼秦代指法国侵略军。

[赏 析]

在整个中国近代史上，中国一直处于被侵略的一方，看似根本没有反抗的机会。实则不然，中国军队也曾打出过赫赫威名，镇南关大捷就是其中一役，而指挥这场战役的就是冯子材将军。

在中法战争陷入胶着后，冯子材"老骥伏枥"，临危受命，接手镇南关指挥事宜。虽然他年事已高，但仍宝刀未老，在上任后就已抱定了马革裹尸的决心，誓与镇南关共存亡。在最危急时刻，他还大声疾呼："法再入关，有何面目见粤民？何以生为？"他亲自带领士兵发起总攻。在他的激励下，清军士气锐不可当，最终打破了法军的包围圈，先后攻克文渊、谅山地区，击毙法军近千名，重伤法军统帅尼格里，取得了镇南关大捷。这首诗就是大捷消息传回朝堂时，黄遵宪歌颂冯子材将军抗法胜利的赞歌。

"冯将军，英名天下闻"，在诗歌一开始，作者黄遵宪就直抒胸臆，大赞冯将军的威名。那是什么样的威名呢？他年轻的时候便能杀贼，一挥旗就能震惊白云，转战江南十年功劳最高，黄马褂闪光花翎头上飘。当中原在冯将军等英雄的扫荡下已无战事的时候，他便只能每天摩挲腰下的宝刀。如果我们忽略讨伐对象是太平天国，只看他少年时便积累下的赫赫战功，

第六篇章　近代部分 | 331

那冯将军的武艺无疑是高强的。而"中原荡清更无事，每日摩挲腰下刀"更像是一种凡尔赛般的说辞，再无强敌值得冯将军对峙了。

冯将军虽英勇，但却和老将廉颇一样，有着同样的命运。当赵王派使者问"廉颇老矣，尚能饭否"时，当国家处于内外交困时，才想到有这位年迈的、能征善战的将军。但冯将军比廉颇幸运，有一个极力推荐他的伯乐，"虎节重臣"张之洞深知冯子材是守住镇南关的绝佳人选，于是亲自向同治帝上疏，令冯子材"北门管钥"。

但事情也并非一帆风顺，冯子材的剑锋刚一出鞘，就遭到同僚诽谤，说他"鲁莽不好谋"，说他"小敌虽勇大敌怯"。可久经沙场的大将又怎会将精力放在这毫无根据的谗言谄语中？比起唇枪舌剑，他更愿意用实力证实自己。

"将军气涌高于山，看我长驱出玉关。平生蓄养敢死士，不斩楼兰今不还。"带着满心的报国情、家国义，将军长驱镇南关；他早早就为保家卫国做好准备，如辛弃疾筹建飞虎军一般建立藤牌队，队中的好儿郎个个也有"不破楼兰终不还"的壮志。这壮志是岳飞"笑谈渴饮匈奴血"的男儿血性，也是冯将军立下"左右横排断后刀"的军令——没有人敢退、更没有人愿意退，除了战胜和战死绝无第三条路走。

"奋挺大呼从如云，同拼一死随将军"二句，将战士们誓死跟随将军的决心和意志刻画了出来，也再次让我们看到冯将军的号召力。而这种号召力又恰恰来自战士们对他品行和武艺的钦佩。这样一个团结一心、士气高昂的部队，又有谁能够抵挡？所以"敌军披靡鼓声死，万头窜窜纷如蚁"，敌军全部抱头鼠窜，胆小怯懦如同可以一脚踩死的蚂蚁，这是一种对洋人的蔑视和深深的民族自豪感。

"吁嗟乎"之后，便是作者对冯子材的仰慕之情和忧亡伤危的爱国苦心。自马江海军一战以来，整个神州动荡不安，贼军压境。但冯将军的镇南关大捷，就如同一道金光驱散所有人心头的阴霾，也让国家的旗帜重新飞腾耀眼。所以他多么希望朝廷能多有几个像冯将军这样的将才，那复兴国家、使邻国柔服便指日可待!

全诗刻画冯将军,一气呵成,栩栩如生;表达情感和抒发志向,也酣畅淋漓、荡气回肠。

永遇乐·秋草
文廷式

落日幽州,凭高望处,秋思何限。候雁哀鸣,惊麇①昼窜,一片飞蓬捲。西风万里,逾沙越漠,先到斡难河②畔。但苍然、平皋接轸,玉关消息初断③。千秋只有,明妃冢上,长是青青未染。闻道胡儿,祁连每过,泪落笳声怨。风霜顿改,关河犹昔,汗马功名今贱。惊心是、南山射虎④,岁华易晚。

[写作背景]

文廷式(1856—1904),字道希,号云阁,别号纯常子、罗霄山人、芗德,江西萍乡人。出生于广东潮州,少长岭南,为陈澧入室弟子,近代词人、学者、维新派思想家。他为赞助光绪帝亲政,支持康有为发起强学会,受到慈禧太后的嫉视,被参革职。工于词作,朱孝臧称其"拔戟异军成特起""兀傲故难双",风格似苏、辛。这首词就是一首被誉为神似东坡、逼肖稼轩之作的塞外秋景词。

[注　释]

① 麇(jūn):一种鹿。

② 斡难河:黑龙江上源之一,是蒙古族早期世居之地,1206年成吉思汗即位于此。

③ 平皋接轸,玉关消息初断:平皋,指芳草生长的地方。接轸,车多的样子。玉关,玉门关,泛指通往内地的关隘。

④南山射虎:指汉代名将李广事件。李广与匈奴作战几十次,被誉为"飞将军"。晚年却一度罢官家居,在南山射虎,而自己年岁很快就老了,却壮志未酬。

[赏　析]

不管是曹丕的"秋风萧瑟天气凉,草木摇落露为霜",还是白居易的"离离原上草,一岁一枯荣",抑或是吴梦旸的"八月幽并百草黄,还闻一曲奏清商",秋草总会带来一种凄清萧瑟之感,让人不禁吊古伤今。

而此时此刻,作者所处的正是夕阳映射下的塞外,当他登上高楼,遥望远方时,有无边的空旷和无数的寂寥席卷而来。悲雁的哀鸣,似乎是为备受列强欺辱的祖国而哀;惊麇的四窜,恰如坚船利炮下四处奔逃的黎民;而大风之下卷起的蓬草,既是风雨飘摇的神州大地,又是流离失所的普通百姓,在战火与硝烟中,他们都摇摇欲坠,不知飘向何方。

在万里的西风中,作者开始在塞外之地穿行,走过黄沙弥漫,先到斡难河畔,这里曾是成吉思汗即位的地方,如今只剩满目的萧然,连河边上的草地也渐渐枯萎,将黄未黄,似乎在慢慢隔断远处的"玉关"。白居易有诗"远芳侵古道,晴翠接荒城"(《赋得古原草送别》),芳草可以一直延伸到天边,与遥远的玉关相接,这不啻是玉关消息得以传递的一条通道。但现在芳草已老,玉关隔断,所以"消息初断"。

如果上片是实际情境的描摹,那下片便转为内心的驰骋之景。在无边的荒草中,只有一处"青青未染",那是明妃王昭君的青冢。两千年来,出塞的昭君为了维护汉匈的和平,至死未能回归故里。祁连山上,水草丰茂,但在骠骑将军霍去病北击匈奴后,匈奴连失两山,从此每过祁连,匈奴"未尝不哭"(《汉书·匈奴传》)。秋草的背后,是两位不同类型的英雄,他们都为自己的家国作出了自己的贡献,建立了自己的功勋。

可作者呢?时光回转到现在,"风霜未改、关河犹昔",曾经的"汗马功名"如今却被清廷轻贱。人人不思保家卫国,只知贪生怕死,当维新变法以失败落幕,朝堂之上再难见雄心壮志。更令人心惊的是,作者的年岁已老,就如同罢官家居、在南山射虎的李广一样,满腔抱负再难等到施展空间,变法图强的理想也只剩没落。

草木无情人有情,当功业难成的悲哀与满目萧条的秋草相映相合,当繁盛的青青绿草只能在想象和过往中出现,当我们在为情景虚实、完美交融而赞叹时,又何尝不怜惜作者的人生际遇,如何不悲叹那个外敌环伺、自甘堕落的帝国?

出 塞

徐锡麟

军歌应唱大刀环①,誓灭胡奴②出玉关。
只解沙场为国死,何须马革裹尸还。

[写作背景]

徐锡麟(1873年12月17日—1907年7月7日),字伯荪,号光汉子,浙江绍兴府山阴东浦镇人。少年好学,光绪年间游学日本,投身革命,自日本归国后,又北游京师,"览其山川形势"。后与秋瑾一起组织光复军,约定于1907年7月中旬在皖浙两者同时发动起义,但因叛徒告密被迫提前行动,在枪杀安徽巡抚恩铭后被捕就义。

[注 释]

① 大刀环:本指刀头上的环,因"环"与"还"谐音,故古代戏文中常以"刀环"或"大刀头"作还乡的隐语。这里指出征将士杀敌凯旋。

② 胡奴:对胡人的贱称。

[赏 析]

在列强环伺的近代,难以有这样一首慷慨激昂的边塞诗,将无尽的热血与激情尽抒其中。

当其他诗词将"不破楼兰终不还"放在最后激扬情绪时，该诗词一开篇就先声夺人，将决心与意志开门见山。"军歌应唱大刀环，誓灭胡奴出玉关"，是军人就应该高唱着战歌凯旋，只要有决心，就一定可以把胡奴赶出玉门关。这实际是很多国人共同的夙愿——虽然清军入关、统治中原已近三百年，但晚清政府的软弱、不作为，又让大家重新燃起"驱逐鞑虏、恢复中原"的强烈愿望，而徐锡麟的愿望比之众人更决绝、更坚定，也让这首诗的起句更加霸气。

"只解沙场为国死，何须马革裹尸还"，如果说前一句的意气已足够高扬，那这一句便在前句的基础上，更进一步强化出征战士的思想境界，把他们出征的雄心和壮志上升到为国牺牲的高度。军人出征，从不问归途，如果能为国牺牲，更是无上的光荣。那既然战死沙场是人生之中最大的荣幸，对于尸体归葬的问题也就不必考虑了。东汉马援说："男儿要当死于边野，以马革裹尸还葬耳，何能卧床上在儿女子手中邪！"（《后汉书·马援传》）马援认为"马革裹尸"就是将军最好的命运，但徐锡麟又在此基础上作了更进一步的发挥，他用了"何须"二字，认定只要是为国牺牲、死得其所，连尸体归葬故土的问题都不必考虑，这种大无畏的英雄气概，非常人所不能有。

在写下这首诗的一年以后，徐锡麟在安庆起义，失败被捕，清政府要他写口供，他挥笔直书："尔等杀我好了，将我心剖了，两手两足断了，全身碎了，均可，不可冤杀学生。"尔后，慷慨就义。他用生命实现了自己的理想，也为这首短诗作了最豪迈悲壮的注脚。

鹧鸪天·祖国沉沦感不禁

秋 瑾

祖国沉沦感不禁，闲来海外觅知音。金瓯已缺[①]总须补，为国牺牲敢惜身！嗟险阻，叹飘零。关山万里作雄行。休言女子非英物[②]，夜夜龙泉[③]壁上鸣。

[写作背景]

秋瑾（1875年11月8日—1907年7月15日），女，中国女权和女学思想的倡导者，第一批为推翻清政权和数千年封建统治而牺牲的革命先驱。为了寻找革命道路，光绪三十年（1904），秋瑾赴日留学，并在日本加入了光复会、同盟会，从此走上救亡图存的革命道路。1907年7月15日凌晨，秋瑾从容就义于绍兴轩亭口，年仅32岁。该词为赴日不久的作品，创作时间约为1904年。

[注 释]

① 金瓯已缺：指国土被列强瓜分。《南史·朱异传》："我国家犹若金瓯，无一伤缺。"金瓯：金的盆盂，比喻疆土之完固。此处用于指国土沦丧。

② 英物：杰出的人物。

③ 龙泉：宝剑名，雷焕于丰城狱基掘得二剑，一名龙泉，一名太阿。晋王嘉《拾遗记·颛顼（xū）》："（颛顼）有曳影之剑，腾空而舒，若四方有兵，此剑则飞起指其方，则剋伐，未用之时，常于匣里，如龙虎之吟。"

[赏 析]

"祖国沉沦感不禁，闲来海外觅知音"，甲午中日战争之后，国家形势岌岌可危，一句"沉沦"道不尽中华儿女的满腔悲愤。所以当国家危难之时，无数不愿做奴隶的中华儿女都站了起来，积极寻求救亡图存的道路，秋瑾也来到日本，寻找救国良方。所以虽是"闲来"却非"闲事"，一个"闲"字剑锋直指腐朽懦弱、衣冠委地的清廷政府，指责他们的无所作为。

"金瓯已缺总须补,为国牺牲敢惜身",中华儿女自古以来就有誓死捍卫国家主权和领土完整的决心和意志,所以有"但使龙城飞将在,不教胡马度阴山"的骄傲,有"死去原知万事空,但悲不见九州同"的憾然,有黄遵宪"寸寸山河寸寸金"的执着,也有秋瑾"为国牺牲敢惜身"的决绝。只要可以让国家疆土重回完整,补全"金瓯",她又怎敢吝啬自己的生命?一句反问掷地有声,激荡了无数国人的热血,也让我们看到一个大义凛然的秋瑾。

　　但这并不是一声简单的呐喊,在这个反问背后,是秋瑾"嗟险阻,叹飘零。关山万里作雄行"的厚重。一个女儿,从此脱下红装,改换男儿的装扮,她面对的是清廷政府的阻挠、是世俗礼法的重压、是父母亲人的不解、是跳梁小丑的嘲笑。这一路的风霜雨雪、漂洋过海,秋瑾仅用短短三笔写尽,不是因为她不苦、不痛、不悲、不恨。而是比起这些,她更看重家国之恨,更在乎祖国的命运,所以她将个人私情放在一边,把祖国大义扛在肩上。

　　谁说女子不如男?在秋瑾的诗词中,从来不甘世人的偏见。所以"身不得,男儿列。心却比,男儿烈",所以"休言女子非英物,夜夜龙泉壁上鸣"。人们总说女子不能成为英雄,可你们看,连我那挂在墙上的宝剑,也不甘于雌伏鞘中,而夜夜在鞘中作龙吟。可男儿呢?又有几个男儿愿如我一般抛家舍业,愿如我一般为救亡图存四处奔忙?

　　秋瑾牺牲时,年仅31岁,无数人为她赴法场时的从容淡定所折服,无数人为她的含冤就义而愤怒。她用自己的生命扬起了中国革命者的气质,也在无数女性心里种下一颗自立自强的种子。无怪乎她被称为"辛亥三杰",无怪乎人们总喊她"秋瑾女侠"!